导弹和向日葵

王凯 著

北京出版集团公司
北京十月文艺出版社

目录 / Contents

引　子

“几亿年前，这是一片海。几千万年前是原始森林。到了几百万年前，它成了沙漠。你们知道一个地方为啥会变成沙漠不?”钟军把脸贴在车窗上自问自答，“因为干旱，还有风。”

“没准以前还有恐龙呢，还有始祖鸟什么的。嘎嘎叫着飞，从天上掉下一个蛋，咣，正好砸在恐龙脑袋上。”兰甘顿一顿，一口痰吐在车厢地板上，又很恶心地用鞋底蹭了蹭，“你们还别说，沙丘看着真挺美的，要是再有一队骆驼就妥了。”

“美什么啊！一泡屎到了你那儿都能又软又糯入口即化。”胡天垮坐着，两条腿一直伸到了对面白雪歌的座位底下，“真是一泡屎。每个沙丘都像一泡屎。”

“还行吧，起码草长得比我想象中多。”我笑起来，一个长着黄绿色骆驼刺的小沙包从车窗前掠过，“是吧白雪歌?”

“怎么了?”手托着下巴正在发呆的白雪歌像被惊动了,“你说什么?”

“我问过列车长了,只有第一次坐军列的人才喜欢靠窗坐。”车红旗铁青着脸,“我劝你们最好离窗户远点儿,不然到了基地,兜里全都是沙子!”

第一章　时光之炉

我们是多么欢欢喜喜地使自己沦于万劫不复的境地啊！

——《白鲸》第一章

1

你信吗？第一个看透沙漠的人居然是胡天。当我不得不承认这一点，成吨的时光已如发射筒内冷弹而出的“C-300”导弹，“嘣”一声蹿上半空，腰身一扭，屁股腾起大团烈焰，转眼就没影了。

“问个问题，”很多年前，一个冬夜，电话里的胡天严肃又低沉，“你知道这儿是什么地方吗？”

“你问的这叫屁话。”我说。考虑到认识我之前，胡天一直以为广西的首府是桂林，而“阿拉伯国家”就是一个名叫阿拉伯的国家，所以我又说，“这是沙漠啊，白痴。”

“你没明白我意思。我没问你这地方叫什么，我在问你沙漠到底是个什么地方。”在我的印象里，胡天只有提起他爸时才会这么咬牙切齿，“不知道吧？我告诉你，沙漠就是一个，怎么说呢，就是一个专门把人搞成傻×的地方。你、我和所有到这儿来的人，一个个全都得变成傻×！”

胡天说这话时，距我们从军校毕业被分到这个位于沙漠深处的空军基地才没多久，连一次正儿八经的沙尘暴都还没见过。对自己一无所知的事物妄下结论，跟一个新兵端着五六式半自动步枪打了八发子弹就以为自己是施瓦辛格一样欠踹。我快速检索了一下曾经把胡天搞成傻×的种种因素：站军姿、背条令、整内务、刷厕所、紧急集合、野营拉练、四百米障碍、五公里越野、单板机编程、电路图绘制、轻武器射击、炊事班帮厨、单杠练习以及任何一个练习、英语四级考试以及任何一次考试。换言之，军队里任何一件微小的事物都足以使胡天陷入巨大的困境，遑论眼前这片茫然无际又不怀好意的沙漠。

“少扯上我。”想到此处我咧开了嘴，“沙漠真要能把谁搞傻×的话，这个傻×舍你其谁呢？”

忘了胡天是否与我就此问题继续争论下去。我只记得胡天认清了沙漠的本质之后很快就消失了。一天吃过早饭，胡天找队长请假去基地政治部干部科办军官证。他说毕业几个月了连个证件都没有，军校学员证早已过期，他成了一个副连职黑户，取个包裹还得先穿越八公里戈壁滩去团站机关开证明，否则军邮所的兵拒绝相信站在柜台外面这个晃着大脑袋的家伙果真就是他所声称的自己。如蒙队长开恩，让他跟着队里拉猪饲料的车去趟基地机关，定当感恩戴德涌泉相报。队长没好气地告诉胡天，他目前正处在见习期内，正式任职命令还没下来，干部科不可能给他办理证件。可胡天仍然强烈要求去碰碰运气，表示办不成也没关系，起码能帮着往车上装装猪饲料。队长一向把胡天视为军马群中混进来的一匹斑马，除了一身艺术的条纹之外屁用不顶；但也许是头一次见到胡天主动请求出公差，要么就是认为让这号不知天高地厚屎香屁臭的生瓜蛋子去碰碰钉子有百利而无一害，竟然破例开恩允了。

去基地机关的路上，胡天站在扔着一摞空麻袋的卡车大厢上不停地嗷嗷叫，嘴张得比蒙克《呐喊》里那个长着西葫芦脑袋的家伙还要大上一圈。冷硬的漠风大耳刮子一般把胡天的号叫扇得七零八落，据当时坐在驾驶室里的副队长和司务长回忆，胡天的叫喊声只能与一个不愿清理猪圈的大兵故意把铁锹拖在水泥地上发出的噪声同工异曲，不可与他画在政治教育笔记本上那些曼妙动人又姿态放荡的裸女相提并论。他们一致认为，胡天的叫声尽管瘆人，却并非是绝望的惨叫，更近于狂喜的欢呼——一个被拉到刑场即将枪决却突然被宣布无罪释放的死囚顶多也就兴奋成这个德行。

到机关办公楼前还不到上午九点。等胡天笨手笨脚爬下大厢，副队长摇下车窗探出脑袋，叮嘱他不论军官证办成与否，都务必在十点半之前赶到生活服务区豆腐房门口集合出发，以便赶回连队吃午饭。副队长自感虑事周全，岂知胡天已经看穿了沙漠的底细，下定决心要去挑战人生道路的交通规则，横闯红灯高悬的三岔路口。

副队长带人一边装豆腐渣，一边算计着给胡天留下几麻袋更合适。多了吧胡天搞不定，少了吧又太便宜这小子。哪知道装完车也没见胡天的影子。副队长认为胡天是故意拖延时间逃避公差勤务，火冒三丈，骂骂咧咧又等了一个钟头，眼见下班时间到了，胡天依然没有出现。副队长按捺不住给干部科打电话，却被告知上午根本没人来办军官证。要是晚几年，副队长会掏出手机直拨胡天，问题是在 1997 年初的沙漠，手机这种东西听上去跟涨工资一样遥不可及。副队长先是怀疑初次来机关办事的胡天迷了路，司务长立刻否定了这种想法。基地机关所在的 0 号地区一共也没多大，而且只有一个比篮球场大不了太多的生活服务区，家属院随便哪个流着鼻涕的小孩都能提供精准的坐标。副队长气得猛踢麻袋也无济于事，不得不跑到机关办公大楼去打探消息。值班干部翻了翻访客登记本，上面并没有胡天的名字。副队长龇着牙回到豆腐房，发誓等胡天回来以后，非把他用豆腐渣活埋了不可。

又等了一个钟头，副队长坚持不住了。他让司务长留守，自己带着车在 0 号转了一大圈。他希望回来时胡天已经站在豆腐房门口俯首待罪，司务长则盼着副队长会将胡天捉拿归案。结果他们都失望了。不祥的预感笼罩着豆腐房，副队长终于意识到，这是一次早有预谋的行动，而自己扮演的是个愚蠢的角色。所以在电话里向队长报告时他说，胡天很可能已经逃跑了。

“扯淡!”队长不以为然，“一个新兵跑了还说得过去，他一个新干部干啥要跑?”

“也不好这么说。我刚分来的时候也想跑来着，可惜最后没鼓起勇气。”副队长说，“这种破地方……你就从来没想过跑吗?”

队长拒绝回答这个问题。他只是反复强调，别说胡天不可能逃跑，就算想跑也不可能跑得掉。没有军官证也没有军人通行证，想在由陆军老大哥把持的军用火车站无证购票，难度不亚于把假钞存进银行。试图靠两条长满黑毛的细腿徒步离开基地，那未免太不理智了。一头品性顽强身形壮硕长着四条腿三个胃外加两个驼峰的阿拉善骆驼想要穿越沙漠走到黄羊滩车站少说也得三天，而胡天两手空空甚至连个水壶都没背。基于此种分析，队长让副队长先别声张，也许再过十分钟，胡天就会连滚带爬哭着回来伏地请罪了。

胡天的队长和我犯了一个毛病。我们都低估了胡天。我认为胡天那颗画满了2B铅笔线条的冬瓜脑袋不可能迸出什么震撼人心的思想火花，队长则认定胡天缺乏逃离基地的雄心、胆识、方便面和交通工具。然而就像一滴水滴进了沙漠或是一粒沙丢进了大海，一滴水滴进了大海或是一粒沙丢进了沙漠也行，总之胡天就这么消失得无影无踪，连个泡都没冒。

金乌西坠，玉兔东升，胡天依然没有消息。队长彻夜未眠，在黎明的晨曦中给0号火车站验证处打电话。对方正告队长，就算一夜之间海枯石烂，没有身份证件和通行证也休想靠近军列半步，这种询问完全是对验证处全体同志的侮辱。到了中午，队长的精神支柱即将崩塌，不得不硬着头皮给团站机关上报了胡天“逾假不归”的情况。当闻讯赶来的团站保卫股股长手持改锥，准备撬开胡天宿舍内务柜上的挂锁时，队长仍无法想象，在距离最近的黄羊滩车站一百八十公里的沙漠腹地，一个连五公里都跑不下来的新干部究竟能走到哪里去。

胡天的内务柜里乱七八糟地塞满了各季军装和酸臭的内衣裤，掏完衣物，露出一个椭圆形的铁盒。揭开盖子，里面放着一支0.5毫米的黑色碳素签字笔和一些笔芯，几根削好了的中华牌铅笔，一把功能齐全的瑞士军刀，一把塑料三角尺，一个红色的圆形印章，一盒印泥，几张胡天的一寸免冠军装照，外加几张对折的十六开白纸。翻开纸，上面是几张未完工的军人通行证。就算这样，被胡天视为次品淘汰的伪造通行证上，“兹有我部____同志携带__枪__支、子弹__发，从______出发，经______前往______，请予接洽为盼”的粗宋体字仍足以乱真。

保卫股股长朝着印章呵了口气，用力摁在一沓报纸上。报纸空白处现出的一圈红字——中国人民解放军空军第七综合训练基地第四十二站司令部——鲜艳夺目字迹清晰，没人能说出这跟锁在团站军务股铁皮柜里那枚公章印出的字样有何区别。

“还真是个人才!”保卫股股长击节赞叹。

仿造的通行证足以证明胡天的失踪早有预谋，可光有通行证没有军官证他同样走不了。军官证有红色塑料封皮和带着水印的进口内芯纸，上面加盖基地政治部的钢印和证件专用章，这玩意儿靠铅笔是画不出来的。还是保卫股股长有主意，让队里赶紧查一下全体干部的证件都在不在。不一会儿，一个呆头呆脑的中尉技师报告说，前几天胡天毫无来由地请自己喝了一次啤酒，现在他才发现自己的军官证不见了。保卫股股长问了他的名字，再打电话给0号火车站验证处，果然在一天前的旅客名册上找到了这个被利用了的名字。

胡天伪造了军人通行证，又在偷来的证件上贴了自己的照片，就这么混上军列扬长而去。事实清楚，证据确凿。至于骗来的证件换成胡天的照片后，照片右下角的钢印如何解决，无人知晓。不过大家都相信，这对胡天来说一定不算问题。

很多年后的一个夏末，我带着两台东风卡车在巴彦苏木附近搜索一发失控自毁的“红-12”导弹残骸时走错了路。我爬上沙山，在望远镜里发现了一丛绿树，这才第一次前往93号——和基地机关所在地0号一样，93号也是个保密代号，它的正式番号是四十二站第九光学观测队。狼狈的我们在93号受到热情欢迎，这我理解，毕竟他们好久都没见过生人了。当聊到我是胡天的同学时，队长立刻叫炊事班上酒。直到他兴奋地拍着我的肩膀说，当年胡天就是顺走了他的军官证，才得以逃离这片在月球上也能看到的沙漠时，我才明白他为什么那么激动。他问我是否知道胡天的下落，我赶紧笑笑说我怎么会知道呢，那都是上个世纪的事了。

酒足饭饱后，我爬上半球形的观测台四处张望。那时我自认对沙漠已很熟悉，然而在那个明晃晃的中午，眼前的一切仍令我眩晕。从观测台到微曲的地平线之间任意一个角度望去，都看不到任何动物、植物、建筑物和自己的同类，甚至连一片云都没有。也许正是这火星地表一般的死寂深深震撼了胡天，才使他不顾一切要从这里逃往地球。

2

胡天失踪的消息我很晚才知道。那时我天天在三十九站锅炉房给轰轰作响的锅炉加煤，除了噪声之外什么也听不到。而仅仅两个月前，锅炉房这种地方对我来说还跟监狱、女澡堂、银行金库或者国际空间站没什么区别——你知道它存在，仅此而已。好比我知道自己有一个肝、两叶肺和几米肠子，但我感觉不到它们。一旦感觉到，事情就坏了。大二那年夏天，我突然感觉到了自己包皮的存在，结果就被送去451医院做了环切手术。

“你这兵器不行，还没启封就送厂大修。”护士备皮时我紧张得要命，胡天却站在床边嘿嘿笑。

“啥兵器？哪儿来的兵器？”钟军站在床的另一边问。

我可一点也笑不出来，只顾死死抓着钟军的手腕。现在不行。我没谁可抓。我手里只有一柄巨大的方头铁铲。一铲煤端起来重心立刻前移，动不动就磕在窄小的炉门上，煤撒了一地，踩上去咔咔响。上完煤，紧接着要用一根高我一头的铁钩伸进炉膛，前后推拉左右摇摆以便把炉排上的煤摊平。按班长老武的说法，煤不摊平就不能充分燃烧，热效低出渣多。老武总结了烧锅炉的种种秘诀，什么“火焰亮黄抽根烟、火焰暗红把煤添”，什么“急关门、快上煤，手脚麻利出炉灰”，还有什么“煤一厚烧不透、煤一薄火就活”。问题是作为热的良导体，那根铁钩子越来越烫，明黄色火舌舔着炉门，热浪激涌而出，一张脸烤得辣疼，感觉皮肤随时都会像锅炉房四壁乌黑起翘的墙皮那样一片片剥落。

我算了算，要把每次新添的煤摊平起码需要五分钟，而我顶多能坚持两分钟。在脸皮即将开裂的瞬间，我会果断抽出铁钩了，“咣当”扔在地上，跑到院子里去降降温。不用担心锅炉。老武会立马顶上我的缺，快得就像被弹夹弹簧顶进枪膛的子弹。他会搞定一切，每次等我重新回到锅炉前，连地上的煤渣都已经扫得干干净净。

但凡轮我值班，老武定然跟个鬼一样站在不远处昏暗的墙角，一声不吭地盯着我。团站各连队抽来烧锅炉的一共四个人，他只盯我。其他三个小子清一色的第二年兵，他们在老武面前不敢造次。老武说什么就是什么。循环泵回水说四十度就是四十度，温度不够老武就会用鞋尖里垫着钢片的大头鞋去踢他们的屁股，差几度就踢几下。那三个小子被踢了还嘻嘻笑，仿佛那是种享受。老武肯定也很想踢我，可他当了十来年兵，不会不清楚我迷彩服上那副脏兮兮的中尉软肩章相当于丹书铁券免死金牌。当然，还有床头那本企鹅原版的《白鲸》。那是我从军校图书馆借来后唯一没还的书，封面上一个家伙站在小艇上举着标枪，周边翻滚着青色的海水。这本书就似放归草野的将军手中仅剩的一口宝刀，能不时提醒老武和那帮二年兵，我跟他们有着天壤之别。

“叶技师，上煤不是这个上法，这样炉门开的时间太长，费煤。”刚来锅炉房那两天，老武曾从我手里夺过铁铲，行云流水般唰唰送了几铲煤，然后把铁铲插在我面前的煤堆上，“你看，你应该使点巧劲！”

“我他妈最烦投机取巧，想要巧的你找别人去吧!”我一脚踩在铲柄上，挑起的煤渣纷纷落在老武身上，弄得他一张瘦脸涨得通红。我不喜欢老武这张脸。这张脸酷似一枚生着绿色铜锈的战国铲形币，两颊在突出的颧骨下拐了个直角后直达下巴，仿佛一层人皮包着的髑髅。我从来没见过瘦成这副模样的人，正如我从来没见过幅员如此辽阔的铁铲。不合预期的东西往往令人不快。

今天早上天不亮，营房股岳助理就开始在锅炉房破口大骂。原因是他发现院子东南角的煤堆缺了一块。那个小煤堆单独存放，煤块大小均匀乌黑发亮，比对面那座大煤堆的煤好烧多了。但老武每次开班务会时都强调，烧锅炉只能用大煤堆的煤；岳助理专门交代过，小煤堆不能动。

我问他为啥不能动，老武给不出理由，那就不能怨我。每次往锅炉房里运煤，我只去小煤堆取。手推翻斗车一次五车，离得又近又好烧。不像大煤堆，出的炉渣里尽是矸石。何况每隔一两个星期，一辆地方农用车就会突突突开进院子，跳下几个人，围着小煤堆嘁里咔嚓，装满一车后突突突又开走。老武当然知道这些人是什么来路，却连屁都不放一个。农用车每来一次，小煤堆的造型就会变一次，我一次才取五小车，岳助理不可能看出来。岳助理是个白胖子，如果扣上风纪扣，军装领子能把他活活勒死。他一进满地煤屑的锅炉房院子，就像一个馒头滚进了炊事班的大锅。我向来以为人一胖就会变蠢，这种观点确实有失偏颇。至少岳助理就很精明，今天一早就发现小煤堆有问题，并且一口咬定起码少了五吨煤。

“这是老子专门去后旗买的无烟煤，一吨一百一呢！你个驴日的拿来给我烧锅炉?”岳助理指着老武大骂，嘴像锅炉阀门一样喷着白汽。

“是我不对，是我不对。”老武赔着笑，“有时候一忙就给忘了。”

“忘了？月月领工资你个驴日的咋没忘？我立马叫财务扣你工资，看你个驴日的还敢忘不敢!”

“不敢不敢。”老武低三下四地给岳助理发烟，却被他一把打在了地上，气呼呼地走了。

上午值班时，我又走出来抽烟。刚抽了没半根，老武也掀开门帘钻了出来。他瞟了我两眼，看来是想跟我谈谈小煤堆。他替我在岳助理那里打了掩护，我就不好意思不听他的。他要这么想可就错了。也许他自以为是个可以掌控锅炉房一切事物的班长，而在我眼里，他不过是个拿根鸡毛当令箭的家伙。我可没请他替我背黑锅。在我看来，挥起大铁铲把岳助理从馒头拍成烙饼才是正确的选择。老武要是跟我探讨小煤堆的问题，我会给他讲讲这个道理。

“听我老乡说，四二站前两天有个新分来的干部跑了，你知道这事不?”

我脑子里准备集火射击的高炮炮口正齐刷刷对着东边，老武的话头却从西边冒出来，我一时转不过弯来。

“听说跑掉的那个干部自己画了个假通行证，直接到0号买票上车走了。”见我没吱声，老武笑一下，“你们这些念过大学的还真是不一样。”

一瞬间，我想起了胡天和他画的那些裸女，以及他关于沙漠会把人搞成傻×的歪理邪说。我立刻扔下老武奔回值班室，手刚摸到电话，它却先响了。

“小叶，赶紧到机关办公楼二层会议室开会。”世界上最烦人的声音出现了，“五分钟能到不？”

“到不了。”我立马切换一个冷嘴，“我忙着呢。”

“忙什么？”

“在锅炉房还能忙什么？加水，上煤，出灰！”

“赶紧来开会。”袁门像是没听见，“基地机关来人召集的会，就等你了。”

“教导员，我现在归锅炉班管。”我说，“有事请找我们班长。”

“小武对吧？你叫他接下电话。”

“对不起，他不在！”

没等袁门说话，我“啪”地按一下叉簧，开始拨胡天，可连拨五十遍，始终占线。又打到测试队找兰甘，被告知兰技师去机关开会了。再打新兵连找钟军，也说去机关开会了。车红旗和钟军都在新兵连当排长，我应该顺口再问一句车红旗，想了想还是算了。我现在跟他关系比较微妙。我抓着电话想了想，决定问问白雪歌。

“我亲自来请你，这下总可以去了吧？”不料号还没拨完，袁门突然冷飕飕地出现在了门口。

“噢，对，要给你们班长请假。”他说着退出门，冲着锅炉房深处大喊，“武攀！”

老武高声答“到”，从锅炉房里跑出来。一见袁门，马上立正敬礼：“教导员好！”

"武班长，我来叫叶春风去开个会。"袁门笑笑，"给你请个假。"

"教导员，你这是往死里折我哩!"老武满脸通红拼命摆手，"叶技师是你加注队的技师，是你的部下，你就别拿我个小兵开玩笑了。"

"临时隶属关系也是隶属关系，按级请假没错。"袁门上下打量一番老武，"最近怎么样?"

"就那样吧。"

"有动静没?"

"没啥动静。等停了暖回去再说吧。"老武咬咬嘴唇，"教导员你呢，春节回不?"

"队长要回，我就算了。"袁门冲老武微微点头，"也不要太着急，不会有啥问题。不过烟别再抽了，你还是在抽对吧?"

老武不好意思地揪揪耳垂。弄不清眼前这两个人为什么这么熟，以及他们在聊什么。我搞不清也不感兴趣，只是站在一边，飞快地思考接下来怎么办。

"教导员你们忙，我去看看锅炉。"老武走了两步又回转身，"对了教导员，我还没给你报告，叶技师在这里很辛苦，一个大学生干部跟我们一样一天三班倒，又脏又累还从来不叫苦，我们都要向他学习哩。"

"好，好。"袁门一直看着老武消失在锅炉房深处才回过头看我，"现在可以走了吧?"

"一脸煤灰。"我梗着脖子，"我得先洗洗。"

“不洗也很精神嘛。”他笑一下，“要洗就快去，我等你。”

他这么一说，我反倒犹豫了。为什么他总像个锡箔靶标，照射上去的雷达波全被反射回来？他为什么不暴跳如雷？快点！一二三，跳跳跳！只要他跳起来，我就可以趁机和他来一场期待已久的肉搏。如果我是教导员，遇上这么一个操蛋的部属，最不济也该一脚把床边那个明黄色军用搪瓷脸盆连同里面的牙缸牙刷香皂盒踢飞才对吧。这他妈又不是什么贵重物品，踢一脚有什么关系？我已经绷紧了神经抡起了棍子，结果他拿出来的不是寒光闪闪的砍刀，却是把题着小诗的折扇。我实在想不出还有什么能拿出手的理由，只得抓起大头帽噔噔噔往外走。

3

主持会议的中校是团站副政委。在他身边居中落座的另一位中校应该是基地机关来的领导，细眉细眼的面孔有些眼熟，却死活想不起在哪里见过。直到副政委斜过身子恭敬地请他讲话做指示，我才想起他是基地政治部干部科冯科长。刚到基地报到时，我们几十号刚分来的军校学员和特招的地方大学生都住在0号招待所等待二次分配，冯科长曾代表基地首长来看望过我们，还给我们讲过一次话。我记得冯科长温文尔雅谈吐不俗，博得了很多掌声和笑声，不过现在他看上去却非常严肃。

“大家可能已经听说了，前两天，四二站九队的胡天同志利用仿造的证件不假外出，到现在一直联系不上。今天专门把你们几位请来，主要是想了解一下胡天同志的情况。”冯科长的目光从我们脸上扫过，南方口音的普通话让他显得很斯文，“在座的同志都是胡大的军校同窗，我希望大家本着为同学前途命运高度负责的态度，认真仔细地想一想，看看有什么线索，好帮助我们尽快找到他。”

会议主题一明确，我立刻头大如斗。我想起半个月前那个晚上，胡天在电话里很沉重地通知我，他已经无法再在沙漠待下去了，必须想办法离开。当时我劝他继续坚持，直到他爸心软后把他从基地调走。

“没戏了。我给我爸讲了，要是春节前还不把我弄走，我就把他跟那个女研究生的事告诉我妈。你猜他说啥？他说我要敢把这事捅出去，他只能跟我妈离婚。你不知道我老爹那人，他可什么事都干得出来。要真是那样，我妈就太可怜了。”胡天幽幽地说，“话说到这个份儿上都没用，我只能自己想办法了。”

“什么办法？”我想不出胡天能有什么办法。入校第一次去澡堂，我提醒他穿三角内裤时较窄的一面应该朝前，他才明白为什么这十几年来内裤总是夹在屁股缝里。帮厨时安排他削土豆皮，每个土豆他都切六刀，在案板上摆了一大堆立方体，气得炊事班班长差点拿剔骨刀剁了他。一上课，他就用学校发的2B制图铅笔在笔记本上画各种裸女和她们身上那些神秘的部位。每次考完试，队长都对胡天的成绩秘而不宣，然后觍着脸去找教员替胡天说情。跟着倒霉的是我。队长会勒令我给胡天补课。谁叫你是他的班长？谁叫你成绩好？补考通不过我拿你是问！没办法，我只好耐着性子翻来覆去给胡天讲拉格朗日中值定理、热力学第一定律或者天线工作原理，他好像也耐着性子坐在一边听，可到了最后还是一问三不知。综上所述，我认为胡天不可能有什么办法。他唯一的办法就是他爸。他爸身为我们军校的少将教务长，主管全校的教学训练工作，却连自己唯一的儿子都搞不定，只好把企图献身艺术的胡天一把塞进军队大熔炉。但恨铁不成钢的胡教务长可能没想过，要想百炼成钢，胡天首先得是块铁，而且他被塞进去的地方确实得是座熔炉，而不是一个锅炉。否则的话，胡天的下场就会跟我铲进锅炉的煤一样，最后全成了渣。

“我准备闪了。”胡天像是用手捂住了话筒，呼吸声像风吹动窗棂，“春风，咱俩一块儿走吧。”

“走？上哪儿去？”

“我不是给你说过吗，我有个发小的老爹转业以后下海了，在深圳开了个公司，开着大奔带着小蜜，爽得一塌糊涂。可惜命不好，去年出了车祸，咣一下死了——操，你说我爸怎么还不死？”胡天惋惜地叹口气，“现在我发小成了老板，咱们直接投奔他去，吃香的喝辣的，多爽！”

“你想逃离部队？”我这才反应过来，“你他妈疯了！”

“我还从来没这么清醒过呢。我必须在变成傻×之前走掉，离开城市文明我无法生存。”胡天说，“怎么样，一起吧。你这么牛×的人才都被弄去烧锅炉，这地方还能待吗？”

胡天戳到了我的痛处，但这对我来说远远构不成逃离部队的理由。高考填志愿时，我妈想让我跟她一样学医。我可不想像她一样天天拿着手术刀给人开膛破肚。我所有志愿全部填的是军校。当兵不好吗？我就喜欢当兵。再说我考的是军校，出来以后就是军官。儿子你癫啊，我们那个年代你当兵可以，有点才的人确实大都去了军队。现在是什么年代？现在是商业时代，和平与发展是当今世界的两大主题你懂不懂？你看看考军校的都是什么人，那都是农村孩子，因为军校不用交学费，可妈还能让你缺这个钱吗？妈辛辛苦苦工作还不是为了你！帮腔的还有我姐。她原来答应我考上大学就送我一个索尼 WALKMAN，现在全不认账。我说的是清华同济那样的大学，军校也能叫大学？清华同济算个啥，能直接跟国家兴亡挂上钩吗？等打起仗来，你们全都得靠我罩着。哈哈，人家都忙着跟钱挂钩，你还跟国家挂钩。你以为国家是条黄鳝，谁稀罕上你的钩？只有我爸没说什么。他高中时参加招飞，一路顺利，不想最后一轮体检前打了一场篮球，撞断一根肋骨，没当成空军飞行员，却成了个小公务员。不管怎么说，我毕竟上了军校。高考志愿我填的全是军校，入伍宣誓的那一刻，我激动得浑身发颤，地球都为之小了一圈。即使毕业几个月来诸事不顺块垒难消，但我仍旧喜欢穿军装不是吗？几十年后没准我就是基地司令员，甚至还可能像胡天他爸一样当上将军，怎么可能跟着胡天逃离部队，隐姓埋名去当个打工仔，这他妈也太荒唐了吧！

“别胡来啊。”我说，“过几天被抓回来，那你可就真傻×了。”

“放心吧，谁也不可能找得到。”

“你听我的，千万别胡来。千万千万。”跟胡天聊天我从来没这么严肃，“我他妈没跟你开玩笑！”

“你看你看，你还当真了。”胡天顿一顿，又嘿嘿笑起来，“我逗你玩呢。别说这地方根本跑不出去，就是真跑了，你也不会把我卖了，对吧？”

“那可未必。”

“我知道你不会，咱俩是好兄弟，是不是？”

这点我没法否认。胡天什么事都给我讲。泡过的姑娘、去过的地方、吃过的好东西、要好的哥们儿和丢过的人。他给我聊过的那些秘密应该不会有第二个人知道。绝对的信任带来的是绝对的义务。事实上那个电话打完以后，我连着一周天天都给胡天打电话。还好，他每次都在，而且再没提过要跑的事。谁能想到我都要把这事忘了的时候，他会突然跑了呢？

“胡天的父亲你们都认识，是一位军队高级干部，学识渊博，很有声望，政策水平也很高，他专门给基地首长打了电话，急切盼望我们尽快找到胡天，依纪依规严肃处理。如果胡天真的是逃离部队长期不归，那问题就严重了。”冯科长又说，“我希望大家伸出手，在胡天不慎跌倒的时候拉他一把，不要让一个年轻干部人生刚起步就摔得头破血流，你们说呢？”

大家都低着头不吱声。副政委催促了几次，大家依然沉默。沉默也没错。大家是胡天的同学，又不是胡天的胶鞋，胡天要不说，谁也不可能知道他的去向。那我呢？这时候，我突然意识到拥有别人的秘密一点都不好玩。深圳。发小。大奔。我抠着指甲缝里的煤灰，只希望自己什么也不知道。

“穿迷彩服的小伙子，”冯科长见围歼不成，决定逐个击破，“你先说说。”

我吓了一跳，想一想才开口："毕业后我们联系不多，一下也想不出什么。"

"再好好想想，想起什么随时都可以说。"冯科长看我一眼，接着又点兰甘，"你说说。"

"上军校我和胡天不住一个宿舍，交往不多，不太了解。"兰甘眨眨眼，"我估计过两天他就该回来了吧，香港马上都回归了，他还能跑到哪儿去？"

"领导问啥就答啥！"副政委沉下脸，"上级机关领导在这里，抖什么机灵？"

兰甘的小脸立刻刷白，转眼又变得通红，赶紧低下头。

"胡天人挺不错的。上学的时候经常请我们看电影。每次有好电影他都能弄来不要钱的票，还都是中间的好位子。他还会画画，给我们宿舍每个人都画过一张素描，我现在还留着呢。"接下来是钟军，"他母亲人也特别好，有一次我们去他家玩，他母亲一个人给我们七个人包饺子——"

"这个就不用讲了。"冯科长用笔轻轻敲了几下桌面，"你主要帮我们分析一下胡天为啥跑，还有他可能跑到什么地方去，好不好？"

"噢，是这样。"钟军挠挠头，"那我就不知道了。"

"小白，你也说说？"冯科长微笑着点了白雪歌。她低垂眼帘一动不动，白色高领毛衣一角从她冬装翻领里露出来，真是美极了。

"胡天怎么能这样，别人不管就算了，连自己爸妈都不要了吗？"好一阵白雪歌才开口，说话竟然带着哭腔，"太不负责任了！"

我要跑了白雪歌会伤心吗？这个问题让我有点难受。

冯科长端起杯子轻轻吹着茶叶，又细致地啜了一口。就在他放下杯子的瞬间，椅子腿在水磨石地面上发出一声尖叫，车红旗站了起来。

“报告首长，我想汇报一下。”

“好，请讲。”冯科长抬起头，“不用叫我首长，叫我科长就可以了。”

“是，首长。我叫车红旗，现任三九站加注队氧化剂中队技师，目前抽调在新兵连担任一排排长。其实我对胡天还是比较了解的。因为军校四年里，我一直担任学员模拟连连长，也是同批学员里第一个入的党，经常配合学员队领导参与教育管理工作。胡天的确很有才华，但他一直不太安心在部队工作，上学时作风就很稀拉，怕吃苦，公差勤务能躲就躲，排名也一直比较靠后。我经常和他谈心，给他做工作，后来他确实也有所改观。毕业以后我们不在一个站，一直没联系过。不过我认为，胡天在离开基地之前，肯定有过一番激烈的思想斗争，这里面还是有迹可循的。”

车红旗说到这儿停了下来。大家都在看他，冯科长也看。我不知道车红旗究竟在说什么，只等着他赶紧说完了事，谁知他却把脸转向了我。

“春风，学校里你可一直是胡天的班长，同学里就数你俩关系最好了。咱俩在队里的时候，他不是三天两头给你打电话吗？刚才首长说这事关系到胡天的前途命运，说得太精辟了。”车红旗面色潮红两眼放光，“春风，你要知道点什么就赶紧说吧，咱们得赶紧把胡天找回来啊!"

"我凭啥应该知道?"我瞪着车红旗，好一阵才想起说话，"同学之间闲聊几句不行吗?"

"春风你别误会。我不是那意思。"

"那你啥意思?"我气坏了，"你到底啥意思?"

"不要急，慢慢说。"冯科长冲我摆摆手，"好好回忆回忆，你们最近一次打电话是什么时候?"

"前几天吧。具体时间记不清了。"我抬一下眼赶紧又垂下。这个时候我无法跟任何人对视。我使劲想给自己弄出一个诚恳的表情，可越这么想就越感觉心虚。

"都说了什么?"

"也没说什么，就是闲聊。"

"闲聊也有点内容吧。"

说了什么呢? 每次和胡天打电话，他都在抱怨沙漠，而我都在说白雪歌。或者我挖苦他总是抱怨沙漠，他嘲讽我总是说白雪歌。我说的是爱情好不好? 爱情个屁，你敢说你不想操她? 滚蛋! 我他妈早想滚蛋了，这破地方谁愿意待? 这就是我跟胡天的聊天内容，而这些话显然不便放在桌面上公开讨论。

"真没啥，都是同学之间闲扯，没一句正经话。"

"再仔细想想。"

"确实没说啥。"

"我就不信你一句都记不得!"副政委冷不丁冒了出来，"你到底是记不清还是故意不说?"

“记不清了。”

“你把头抬起来！”副政委抓着我不放。

“我真的记不清了。”我抬起头，两眼看着桌面嘟哝，“你们要不信我也没办法。”

“什么态度！”副政委突然大吼一声，“领导问你话你就这样子回答？我一看你小子就不老实！你给我站起来，听见没有，站起来！”

这算怎么回事？我浑身僵住，血直往头上涌，泪水一下盈满了眼眶，而我还不能让它掉出来。副政委是中校副团，我他妈才是个中尉副连，他叫我站我不能不站，哪怕我直想挥起锃亮的方头铁铲直取他的首级。

“你给我听清楚，要是知情不报，到时候连你一起处理！”副政委又吼，“你听明白没有？”

“我听不明白！”这下我憋不住了，“跑的人是我吗？我说不知道就是不知道，不相信你们枪毙我啊！”

袁门上前拉我，我一把甩开了。我他妈活了二十二岁，当了四年半兵，还从来没受过这种气。也可能在军校时我净受表扬了，所以才会气得浑身发抖，站立不稳。

“好了好了。”冯科长笑一下，“不知者不为罪，今天先到这儿吧。”

出了会议室，车红旗正没命地往楼梯口方向逃窜。我猛跑几步追上去，一巴掌打飞了他的大头帽。

“我错了我错了。”车红旗捂着脑袋，“我担心胡天，也是一片好心啊。”

“真鸡巴小人！”

“我就是想到哪儿说到哪儿。再说我也没瞎说啊，你俩关系本来就比别人好！”

车红旗义正词严，我一时竟无言以对。猛回头，白雪歌迎面走了过来。正想跟她打个招呼，袁门却从会议室门口闪出来：“叶春风，你回来！”

“下次再他妈给我玩阴的，”扔下车红旗走出两步，我又回转头，“看我不打死你。”

4

“嗯，加注队的小叶，叶春风。”冯科长坐在我对面，带一丝笑。副政委被他支走了，偌大的会议室只剩我们两人。

“你的情况我知道。高考分数够上清华，军校期间表现优异，一直担任骨干，年年都是全优学员，得过全省高校英语演讲比赛第一名，大学生数学建模竞赛一等奖，还保持全校五公里武装越野比赛纪录……对了，还立过一次三等功。”冯科长说，“更难能可贵的是，你毕业本来可以留校，却自己主动要求到基地工作，来了以后又主动要求去烧锅炉锻炼自己，做到这一点非常不容易。我希望你很好地成长进步，不要为了一些不必要的麻烦影响到你自己。明白我的意思吗？”

“明白。”冯科长一口气说出了我军校生涯中最辉煌的成就，这让我既慌乱又感动。

“那你能说说胡天到底去哪儿了吗?”

“科长，他真的没说过。”

“再仔细想想?”

“真没说过。”

“那好,”冯科长沉吟一下，“你先回去吧。”

回到锅炉房，我心神不定，干脆端起盆去洗澡。锅炉房一角的那间小浴室可算是此地唯一的好处，可以随时洗澡。最多时我一天洗过三回，不然总感觉潮湿的睾丸上沾满了煤灰。我还经常邀请白雪歌来洗。胡天说过，女人最喜欢洗澡，只要洗个澡她们就会产生错觉，以为自己比洗澡前白嫩上个十几倍。这些方面胡天向来高明。那间小浴室虽然黑得像菜窖，白雪歌依然很感兴趣。美中不足的是她来时总带着同屋的李凝。李凝是西工大特招的本科生，到了基地谁也不认识，正好和白雪歌一起分在团站司令部技术室，无可选择地成了室友。不过我也不能要求太多了是不是？只要白雪歌带来的不是男人，我都不会计较。每次蹲在煤堆旁边，一边看着墙上的温度计，一边听着小浴室里的说笑声，想象的翅膀根本夹不住。目送白雪歌抖散湿漉漉的短发，把脸盆卡在腰间，散发着迷人的香味离去时，我都会钻进小浴室感受一下她的气息。有几回她们走后，我急不可耐地把自己扒个精光钻进浴室，在残留的洗发香波味道里接着展开想象。跟白雪歌共浴的场面如此活色生香，每次洗到最后我都不得不把水调凉，好让我身上那枚上架的导弹从发射状态缓缓退出。

洗完澡，换一身干净的作训服，我径直去了技术室。敲了好一会儿门，白雪歌总算出现了。她只打开一条门缝，不太友好地看着我。

“干吗？”

“刚才开会看你不开心，过来看看你。”

“谁说我不开心了？”

“你看，你现在就不开心。”我满脸堆笑，“我知道你生胡天的气。这家伙太不像话，招呼都不打一个就跑了，确实气人。”

“你说什么呢？他跟我有什么关系？”白雪歌冷笑一声，“就算我生他气，跟你又有什么关系？”

“你别生气啊，我就那么一说。”我赶紧解释。

“我说了我没生气，没生气！”白雪歌突然抬高嗓门，“还有事吗？没事我要休息了，我头疼！”

门“砰”一声关上，好像在我脸上打了一拳。

搞不懂这是怎么了。我记得第一次跟白雪歌说话是在学校图书馆书库里，两排书架之间，空气弥漫着旧书好闻的味道。那时我大三，而白雪歌入校也有大半年了，我每时每刻都在注意她，可我们从来没说过话。对于我喜欢的姑娘，我总是不知道怎么说话。潜藏于心的感觉如三千弱水，而我缺一只瓢。我侧过身子给她让开路，她却在我身边停了下来。叶春风，祝贺你呀！她微笑着轻声说。我知道她在说我刚得的那个英语演讲比赛的奖，可那时我心跳得说不出话来，只能跟个傻瓜一样露出痴呆的笑容，然后看着她消失在书架尽头。那时候我们并不熟悉，但后来我们不是终于变得熟悉又亲密吗？大四最后一个学期，我俩常去服务社二楼的饺子馆吃饭，要么就去教保处的餐厅吃冷饮，花五块钱看一场镭射电影。记得最清楚的一次是我俩一起看《本能》——一个姑娘会和她讨厌的人一起去看《本能》吗？我们在夜色中的樱桃林里拥抱，在声控灯坏掉的教学楼楼梯上接吻，可为什么到了基地，一切全都不对了呢？

站在路边抽了根烟，才拖着两条腿蹭回了锅炉房。一脚踹开值班室的门，门却撞在老武的后背又弹了回来。这时我才看清床边坐着的是谁。

"小叶，我想了想，还是再找你谈一次。"冯科长看着手里的本子，"刚才我让通信科帮我查了一下程控机上的通话记录，从你毕业到现在，胡天他们九光队和你们加注队一共有三百四十四次通话。当然，这不能说明什么。不过从十一月十五号——也就是供暖那天——开始，九光队跟你们这里一共通话五十一次，最近一次是在一月三号星期五晚上，而胡天是一月六号星期一早上离开的。刚才我问过了锅炉班的其他战士，他们都说在九光队不认识任何人。"

我感觉腋下的汗水顺着皮肤流到了内裤边缘。

"我想让你仔细回忆一下，这五十一个电话里胡天有没有说过什么？"冯科长似乎还残留一丝一个小时前的笑意，"我还要提醒你，千万不要被所谓的哥们儿义气所左右，这东西不仅害人，而且害己。我希望你站在党性原则的高度来看待这个问题。错误是胡天犯的，跟你没任何关系，但要是知情不报，这错误就有你一份了。这道理不用我多讲吧？"

"科长，我们是经常打电话，但真的都是闲聊。"我嗫嚅着，

“他没说过他要跑。”

“小叶，我觉得你可能还没意识到事情的严重性。逃离部队情节严重的话，那是要判刑的。胡天是你的同学，你的朋友，他现在一时糊涂犯了错误，你难道不应该尽你所能帮他迷途知返吗？”

我沉默着。

“你其实知道，但就是不愿说，对不对？”

“我没有。”

“这里就我们两个。你说什么我都会替你保密。”冯科长说，“还有一件事要告诉你，一季度基地机关要调入干部，好几个科长都让我帮忙推荐人选呢，我觉得以你的条件，去哪个科室都没问题，你觉得呢？”

“科长，我确实不知道。”胡天的老底已经都到了嘴边，可我就是没办法说出来。

“叶春风同志，我代表组织，也代表基地首长和胡天的父母再问你一次，最后一次，请你负责任地回答我。”冯科长忽地提高了嗓门，“胡天到底去哪儿了？”

我感觉自己快顶不住了。脑袋里像开了一台七十五千瓦的柴油发电机，震得我头皮发麻。我只能拼命咬着牙。我不能说。不能。胡天确实是个混蛋，可只要一松口，那我立刻就会变成一个比他更加混蛋的混蛋，我他妈这辈子都会从头到脚恶心死自己。

“我不知道。”

“叶春风，你让我很失望。”冯科长阴沉着脸，“非常失望。”

我定定地站在屋子当中，看着冯科长起身戴上帽子，拉开门走了。

不知站了多久，我才拖着两条腿出了门。我必须回趟加注队。我得找罗慕说说这事。除了他，不可能再有谁能帮得了我。

“你到底知不知道你同学去哪儿了？”罗慕小心地关上门，劈头就问。还没等我回答，他又说，“算了，你也不用告诉我。真相在你脑子里，你不说，谁也不能把你脑袋撬开看。现在的关键不在这儿，关键在于你的态度，你明白吗？”

“不明白。”

“不管你知不知道你同学去哪儿了，你在冯科长面前这种表现，都会让他认为你在隐情不报。”罗慕隔着闪着绿光的眼镜片盯着我，“现在只能这么办。如果你知道，那么马上给冯科长打个电话，今天就打，不在办公室就打家里，尽快把实情都告诉他，那这事还可以挽回。如果你确实不知道，也马上给冯科长打个电话，主动向他承认错误，说你今天态度不好，主要是因为副政委训了你，一时接受不了，所以回答问题带着抵触情绪。你必须要让他感觉到你在这件事情上没有撒谎，特别是要让他感觉到，你的态度非常诚恳。”

“这我干不了。”我有点失望，“还有更好的办法吗？”

“这就是我能想到的最好的办法。”罗慕说，“这么给你说吧，军人逃离部队这种事从来都归保卫科管，为啥来的是干部科科长？道理很简单，因为基地保卫科科长刚确定转业，新科长还没到位，没人管事。你那个同学的父亲又是个高干，基地首长肯定很重视，认为冯科长能力强，能把人找回来，所以才会把他派来处理。现在呢？事情没办成，他回去就不好交差，在首长面前就会失分，就会认为自己很丢脸，就会把账都算在你头上。”

“可我已经说过我不知道了啊。”我说，“说了起码十遍。”

“我只是建议，电话打不打看你自己。不过我还是建议你打一个。曹操早就说过，不可慕虚名而受实祸。曹操是什么人？明白人。人类历史上其实没几个明白人，大部分人还没明白过来就已经死了。冯科长人家是干部科科长，身居要职，级别也比你高多了，你说几句软话有什么丢人的？”罗慕停了停，“说句你不爱听的，有时候你真得学学车红旗，跟领导相处这方面，他真比你灵光多了。”

要换别人这么说，我会很不高兴。但罗慕不同。从职务上说，他是上尉副营、加注队副队长，然而他还有另一个身份——我军校同队同专业的师兄，可惜我入校时他已经毕业了。我俩关系密切起来的直接原因是有一次在菜地闲聊，我随口提起他曾在母校学报上发表的几篇论文，而且还能说得出标题和主要观点，并就此与他探讨了几番，这下让罗慕顿感遇上了知己。作为加注队分管后勤的副队长，罗慕主要负责炊事班、菜地、大棚和猪圈，菜长得越好猪养得越肥他就离自己的专业越远，平时没人跟他探讨什么无线电自动控制或者三自由度陀螺仪之类的话题，就像没人会和一只兔子探讨怎么啃肉骨头的问题。基于惺惺相惜的原理，虽然我跟车红旗一起分到加注队，但罗慕明显跟我更亲近。他其实只大我五岁，但他蹲个坑也要拿本繁体竖排的《通鉴纪事本末》来看。我刚分到加注队时他在看“匈奴归汉”，我被弄来烧锅炉时已经到了“祖逖北伐”。从这个意义上说，罗慕的主意并非来自长我的那五岁，而是来自上下五千年。长这么大，我没服过谁，但我服他。有这层感觉垫底，罗慕偶尔说两句重话，我也不会介意。我只是不喜欢他拿我跟车红旗比。

“那是，他能借着胡天的事在会上吹嘘自己，还顺手把我卖了。”我说，“反正我是干不出这种事。”

“所以我说你没他灵光。”罗慕笑笑，“他是为了在冯科长面前留印象，这点你还看不出来？所以我建议你还是尽快给冯科长打个电话，千万别把印象搞砸了。冯科长那可不是一般人，能力水平在全基地绝对是最拔尖的。车红旗那么积极地要给他留个好印象，你难道要专门给他留个坏印象？我要有机会，我也得赶紧争取在他面前留个好印象呢。”

“这事跟你又没关系。”罗慕把我弄糊涂了，“你留什么印象？”

“冯科长年后就要来站里当政委了。”罗慕吃惊地望着我，“你可别告诉我你不知道！”

5

整个光秃秃的冬天，我在锅炉房院子里抽烟时，见得最多的就是成群结队哇哇乱叫的乌鸦，还有车红旗和钟军。搞不懂沙漠里为什么有这么多乌鸦。中午我看到《白鲸》那一页说，“裴廓德”号捕鲸船到达好望角洋面，遇上了成群的乌鸦。大海上的乌鸦好办，沙漠一带的乌鸦所过之处净是白色的稀屎，很难把它们打扫干净。但这也远没车红旗和钟军经过时留下的东西令我烦躁。每天在锅炉房门口抽烟时，我都能看到他俩穿着笔挺的马裤呢冬装，腰扎棕色武装带，戴着黑色皮手套，脚蹬崭新的浅黄色大头鞋，在寒风中红着脸蛋，很神气地带着各自排里的新兵列队齐步走过，数百个指尖摩擦裤缝发出“唰唰”的声响。一二一，一二一，一二——三四，一二三——四……每走几步就能听到车红旗或钟军冲着队列厉声高喝：

“排头把步子压住！”

“前后对正，左右标齐！”

“臂是怎么摆的，注意手形！”

“瞎看什么？两眼平视前方！”

“那个谁谁谁，你怎么回事？出列！”

…………

他们对新兵说的每一句话都跟圣旨那样不容置疑。此时此地，车红旗和钟军是正儿八经的指挥员，指哪打哪说一不二，没人敢说半个不字。我呢？我他妈的相当于一个饲养员，只不过喂的是比猪更难伺候的卧式燃煤采暖锅炉。他们动不动还唱歌。钟军最喜欢起的歌是《团结就是力量》，而车红旗更偏爱“说打就打，说干就干，预备——唱！”话音未落，那帮军装肥大表情呆愣的新兵就跟杀猪一般拼命扯着嗓子唱了起来，比一群惊飞的乌鸦更加聒噪。

两个月前，我压根没想到自己会混成现在这个熊样。那段时间，我经常设想自己每天带着一队新兵，往返于技术室楼下。那些1024×768的画面如同CCTV色彩艳丽的广告在我脑海里反复滚动。在新兵面前，我永远丰神俊朗玉树临风，目光如炬表情坚毅，泰山崩于前而色不变，麋鹿兴于左而目不瞬，随便一次队前讲话就能让他们心潮奔涌，随便一个示范动作就能让他们五体投地。而白雪歌，我爱情的主人公和女一号，我人生的首要任务和中心工作，我内心的远大理想和精神支柱，我行为的动机和出发点，我梦中的主宰和女神白雪歌，正在技术室那栋暗红色二层砖混小楼的宿舍窗口深情地注视着我，眼波流动面色绯红，长长的睫毛微微抖动，饱满的胸脯剧烈起伏，唇间吐露的芬芳气息被漠风轻送，随便几个有机化合物分子就足以令我沉醉。

这不能算胡思乱想。要是当初袁门没有把我叫到他办公室，很正式地通知我准备去新兵连当排长的话，我也不会这么想。至少不会想得那么多。人的想法一旦生发就无法逆转，像风吹散的草籽遍地疯长，谁也不能再让它们回归原状。

袁门的通知让我感到意外。我知道加注队要抽调一个新干部去新兵连当排长。这是罗慕透露给我的。他说，首长没事就喜欢去新兵连送温暖，对一个新干部而言，没哪里比新兵连更有利于在首长面前展示自己了。往年在新兵连带过兵的新干部，十有七八都去了机关。我当然也想去。去了机关就用不着天天闻那恶心的燃料味儿，更重要的是有更多时间去找白雪歌。但我一直认为这个人选只能是车红旗。毕竟车红旗一到周末就陪着宋队长打“双抠”，一有空就去找袁门汇报思想。而我顶多也就去副队长罗慕那里坐坐，更多的时间，都跟燃料班的中士班长田山路坐在菜地边上喝啤酒。

“想去新兵连的不止你一个，符合条件的也不止你一个。”袁门提了几点要求后问我，“知道为什么推荐你吗？”

“因为教导员你比较关照我。”我确实不明白这等好事为什么会落在我头上，只好顺势拍了一下马屁。

“我为什么要关照你?”袁门面无表情地看着我,“你觉得我有必要去专门关照某个人吗?”

我脸红了。

“你没争,也没找人。就因为这个。”袁门停了一会儿,“没事了,你回去吧。”

袁门找我谈完话,我立刻开始为去新兵连当排长做准备,常趁没人的时候对着楼门口的军容镜练习敬礼,军装兜里随时揣着红色条令本,一有空就拿出来背上几条。我甚至连收拾新兵的装备都准备好了—— 一根缠上了绿色胶布的细竹棍,谁要给我冒泡我就抽谁。

可结果呢?袁门把我要了。这让我至今缓不过劲儿来。人为什么会遭遇自己所遭遇的一切?是因为一个人总得遭遇点什么于是就遭遇了,还是因为如果不遭遇这一切,人就无法成为终将会成为的那个自己?仅在半年前,我还以为自己会留校呢。所有人都知道我会留校。连每晚蹬着三轮车来学员队饭堂收泔水的弓老三都知道。那时我认为自己的未来毫无悬念。我将成为一个助教或者教务参谋之类的角色,几十年后混成一个道貌岸然的教授或者掌握着科研经费的系主任。奇怪的是我却来了沙漠,接着又进了锅炉房。由此观之,生活就是一个跟种种不着调的事物扯上关系的漫长过程。你以为你扯不上,偏偏就叫你扯上,再想脱身连门都没有。那些奇怪的非线性关系像特工一样潜伏着,总在你毫无防备的时候出来搞你一下。

所以现在,站在锅炉房前抽闷烟的是我,带着新兵招摇而过的是车红旗。这时候心情就成了天上的乱云，草书一样看不明白。

我跺着脚正打算回值班室，树上的乌鸦突然又叫了起来。常年混迹于锅炉房门口树上的这帮乌鸦处在营区主干道的制高点，视野开阔见多识广，除了新兵经过会叫上一阵，平时很少大惊小怪，突然这么叫怕不是什么好兆头。果不其然，几秒钟后，兰甘出现了。他双手捧着挂在脖子上的相机，两条小短腿左右腾挪，像一只猴子捧着仙桃过河，生怕满地煤屑弄脏了他锃亮的三接头制式皮鞋。

“哪儿弄的相机?”我有点奇怪。

“宣传股的啊!”兰甘咧着大嘴，“前两天刚到宣传股报到，还没顾得上给你说。”

“你调宣传股了?”刹那间，旱地惊雷晴天霹雳，我成了一个被反向电流瞬间击穿的二极管。地球像磁带一样吱吱倒转，重新处在了一群小脑袋恐龙的统治之下。我之所以没被车红旗和钟军去新兵连的噩耗击垮，很大程度上是因为兰甘在给我垫底，一个独眼龙从一个瞎子那里找到的全部优越感我都能从兰甘身上找到。这种想法虽然像冬天的腋毛一般隐秘而扭曲，却至少维持了我脆弱的心理平衡。这下好了。兰甘后来居上，新兵连都不用去就直接进了机关，天理何在!

“不是调，准确地说是帮助工作。”兰甘笑嘻嘻地纠正我，“我上次写了篇稿子在报上发了，正好宣传股缺个新闻干事，就把我借去帮忙，能不能留下还不一定呢。”

“你在报上发表文章了?”我拼命把嘴角调整到水平线以上，“写的诗吗?”

“诗在领导眼里还不如屎呢，屎还能种菜。领导要的是新闻稿子，知道吧？”兰甘费劲地谦虚了一句，“也没啥大不了的，就那么回事。”

“不错不错。”我心如刀绞，“恭喜你。”

“恭喜啥呀，要想留下，就得赶紧多弄几篇稿子上报才行。”兰甘晃晃脑袋，“问题是咱们一个团级单位，哪儿来那么多新闻？想了半天，只能找你了。”

“找我干啥？”

“你看，我准备写篇人物通讯，主要讲一个优秀军校学员——也就是你——怎么样主动申请来基地工作，又怎么样在艰苦的环境和艰苦的岗位上升华自己境界的过程。军校那段不用说，你的底细我都清楚，你就给我说说为什么主动来烧锅炉，这里面有些啥动机和想法，有些啥细节和故事，另外锅炉房我也得进去瞅瞅，增加点感性认识。这稿子写出来一定不错，你感觉呢？”

“我感觉你的狗头叫测试车碾了。”我说，“谁给你说我主动要来烧锅炉的？你当我傻×还是怎么着？”

“我问过你们教导员啊，袁教导亲口说是你主动要求来的！”

“放屁！”我正想大骂袁门，忽然又意识到，烧锅炉确实是我自己选的，只不过是在一个特定的环境下。类似让一个蒙受不白之冤的死囚从绞刑或者枪决里选一种死法。仅就这个孤立的事件而言，袁门也不算瞎说，这正是他的阴险毒辣之处。

“主动不主动都无所谓，重点是你确实在烧锅炉。”兰甘眨巴着两只黑豆眼，“不主动我也能给你写成主动，那还不容易。”

“少他妈打我主意!”我朝地上吐口唾沫，“你要敢乱写，小心我捏死你。”

“为啥？你开会公然顶撞副政委，我给你写篇稿子正好挽回一下影响，我也多点成绩，这不是两全其美的好事吗?”

“好个屁。”

“叶春风你别给脸不要脸好不好?”兰甘仰起脸瞪着我，这个矬子，“别人求我我还不一定愿意写呢!”

“别人我管不着，反正你别写我。”我扯了扯身上的迷彩服，“照张相还行，来，给我照一张。”

“滚!”兰甘捧着相机掉头就走，“你不让我写，我凭啥让你浪费我胶卷?”

回到值班室，拿起窗台上的报纸一通猛翻，果真在一张报纸的第二版右下角看到了兰甘的名字。我双手撑在桌上，把那篇题为《当兵就当这样的兵》的人物通讯反复看了几遍。里面写的确实是兰甘他们测试队一个老兵的事迹。那小子我见过几回，跟兰甘住一个宿舍，长一对招风耳，没事就喜欢抠鼻子，然后把鼻屎抹在床头柜背后。看完报纸，我仍不愿相信标题下面那两个黑体字“兰甘”果真就是刚才准备采访我的兰甘。军校里，除了齐步走总是顺拐、上厕所老用别人的卷纸、吃饭从来不付账、半夜在被窝里一边自摸还一边哼哼之外，我不记得他有什么过人之处。大一时兰甘倒是写过几首诗，还在课间休息时拿给我和胡天看。我第一感觉是假如这也能叫诗的话，那他的柿饼脸就可以叫作帅。胡天也认为这诗一定是兰甘用脚丫子写的，散发着浓重的胶鞋味。不过当着兰甘的面，我俩一口咬定他写得比汪国真还好。兰甘兴冲冲地拿着那些诗去申请加入学校的"神箭"文学社，不料惨遭拒绝，为此还难过了挺长时间。现在看来，这家伙受了刺激以后一定在卧薪尝胆暗中使劲。在0号招待所集中等待分配那两天，兰甘还写了两首诗，一首叫《大漠抒怀》，另一首叫《大漠抒怀二》，"没有植物的世界里，军装是唯一的绿色"，这句诗得意得他粉色的牙床都露了出来。当时胡天正为自己被孤零零分到四二站生闷气，指着马路边高大的钻天杨说兰甘写的纯粹就是个屁。然而今非昔比。兰甘一飞冲天，难怪门口的乌鸦见了他都叫，一定是把他当成了同类。

最后我拿起电话打测试队。这个苍白又魔幻的上午，我必须确认眼前的报纸是不是兰甘自费印的。

"兰技师不在。"电话那头说，"到宣传股帮忙去了。"

没什么可说的了。很长时间我都以为自己是一发"红-122"导弹的战斗部，飞得最高最远，与目标遭遇时瞬间起爆，迸出璀璨的光芒。没想到车红旗和钟军率先起爆，接下来是兰甘。他不仅是一枚战斗部，而且还不是一般的战斗部，起码也是进口的"C-12300"战斗部，我却一直把他当成是粗笨的"红-2"发射架。我搞错了。我他妈根本不是什么战斗部。导弹上像我这么又大又笨的部分只有一级火箭，肚子里塞满了火药柱，把导弹余段推上高空后就没用了。它将被自动抛弃，从半空中一头栽下来，冒着刺鼻的黄烟，摔得面目全非。

6

中午吃过饭，老武带着三个二年兵去基地营房科领水暖器材。我挺想去0号转转，那地方多少有点人间烟火，不像三九站，安静得像一处遗址。但一想到我堂堂一个中尉被一个志愿兵呼来喝去搬阀门扛水管，这个念头顿时又消失了。

老武在的时候海晏河清，他一走就天下大乱。先是一个操着山东口音的女声，说临时来队宿舍暖气不热。不热就放气。放过了，不行。那就放水。放过了，也不行。多放点。我已经把我掌握的全部维修知识都告诉她了，她还不依不饶。

“都放了快一个钟头了，水接出去好几十盆，暖气片还是冰凉的。”电话里的哭腔听得人很烦，“自来水管冻住了，家里小孩也冻得流鼻涕，你们快来人看看吧。”

“你先等一会儿。”

“多长时间？”

“这我说不好。现在没人。”

“你不是人吗？”

“我？”我想了想，“我不是锅炉房的人。”

没一会儿，新兵连又来电话，说俱乐部暖气漏水，让我们火速派人去修。要是别的连队，我可能会如实相告。新兵连就算了。眼下我最讨厌的单位就是新兵连。

“没问题。”我说，“你们等着吧。”

拔掉电话线，继续躺在床上看电视。没什么可看的，但破电视没有遥控功能，我又懒得起来关，于是闭上眼，任它在那儿响着。不知过了多久，有人推我，一睁眼，看见了田山路的笑脸。

“叶技师，你咋把电话拔了？打半天没人接。”田山路擦一把汗，从大衣怀里掏出一个铝制饭盒，“快来，好吃的来了。”

羊肉大葱馅包子，香得让我不好意思。冯科长离开锅炉房之后好几天，只有这会儿才感到些许愉快。田山路是第四年兵，戴一粗两细三条杠的中士肩章，号称我们燃料中队头牌号手，加注枪在手里玩得出神入化，伸手在加注车外壳上一摸就知道加注量是多少，根本用不着看温度计。从我报到那天起，田山路就成了我师傅，一门心思毫无保留地向我传授专业技能，希望我尽快成为一个合格的燃料加注号手。跟老武不同，田山路虽然是我师傅，却从不以此自居，跟我想象中士兵对军官的态度分毫不差，哪怕我到现在都打不好一个燃料舱加注口盖上的铅封，他也照样对我非常尊重。

“大冷的天，你没必要专门跑一趟。”我大口咬着流油的包子，有些伤感。

“那咋没必要，咱们是一个车上的人，一个车上的人就是一根绳上的蚂蚱，就得拴在一起才对。”田山路靠在暖气包上，“咋样，好吃不？”

“真他娘的好吃。”我说，“怎么，你还没吃？”

“我回去再吃。”田山路脸上两块酡红，轻微的龅牙让他笑起来很可爱，“你不是说你最爱吃包子吗？这是第一笼刚蒸出来的，我先给你送几个。我怕晚了狼多肉少。”

“估计也就你记着我爱吃包子了。”我鼻子有点发酸。

“那咋不记得。”正感动着，田山路又说，“教导员也记得，每次炊事班蒸包子，他都让我多给你拿几个。”

“他怎么知道我爱吃包子?”我一怔，嘴里的肉包子一下成了土坷垃。

“我也不知道他咋知道的。”

“操，他还知道我最爱烧锅炉呢。”

“教导员是比较严肃，人其实挺不错的。”田山路像被暖气包烫着了似的，一激灵站直了身子，“你看，我入党当班长都没找过谁，都是他主动提出来给我的。”

我没吭气。在加注队时，田山路常替我打饭，帮我买烟，还背着被褥送我来锅炉房报到，今天又不远五里给我送包子，的确比较感人。遗憾的是这依然无法填补横亘于我们之间的鸿沟。说到底，田山路只是个兵。到基地以后我见过的兵似乎都没念过什么书，每天只关心饭堂有没有肉吃。图书室最受欢迎的杂志是《知音》和《恋爱婚姻家庭》，夫妻生活栏目那一页常常不知去向。抽屉里几本仿冒武侠小说被翻得稀烂，作者分别是全庸、古尤和梁习生。我挺喜欢田山路，但那只能说明他善良单纯，并不代表他就跟别的兵有什么质的区别。他跟自己刚订婚的对象总共只见过一面，就是订婚那天，还在晚上。他说他已经忘了未婚妻到底是剪的短发还是留着辫子，但“只要是女的就行”。他最大的理想就是今年年底超期服役，明年年底转个志愿兵。接下来他会成为另一个老武，一直干到军龄满十三年之后转业。我可以跟他在菜地喝着啤酒谈论天气、燃料、工资和伙食，但无法超越物质层面进入精神领域。换句话说，我真正想说的他都听不明白。特别是在关于袁门的问题上，我永远不可能跟他形成共识。袁门让他立了功入了党当了班长，田山路当然心怀感激。可袁门对我干了什么？

送走田山路，天也黑了。我把剩下两个包子放在暖气片上热着，晚上值班时可以当夜宵。转念一想又觉得不妥。这么好的包子，怎么也该跟白雪歌分享才对。这个念头又让我激动起来，赶紧洗澡换衣服，再往脸上擦点大宝 SOD 蜜，这时镜子里的我又开始英俊了。何况还有两个羊肉大葱馅的包子。手里有粮心中不慌，揣着大包子去找白雪歌，多么浪漫！

上了技术室二楼，白雪歌宿舍的门虚掩着，灯光和笑声从门缝钻出来。敲敲门，白雪歌出现了，脸上还挂着笑。我飞快地瞟了一眼，屋里坐着一个上尉，好像是司令部的一个什么股长。

“有空吗？”我侧身站在门口，“出来一下。”

“啥事啊，鬼鬼祟祟的。”

“这个给你。”等白雪歌走出来，我赶紧把包子递给她，“赶紧吃，还热着呢。”

“什么东西呀？”

“羊肉包子，特好吃。”

“我不吃羊肉，受不了那个膻味。”

“这是我们加注队自己养的羊，山绵羊，就是山羊和绵羊杂交出的羊，相当于混血儿，特好吃，一点不膻。”为了强化一下效果，我没忍住虚构了一下说，“这可是我专门跑回加注队给你带来的。”

"那我也不能吃，我正减肥呢。"

"你哪里肥了?"我伸出手作势要摸她，"我摸摸看。"

"干吗你!"她一把打开我的手，脸色变了。

我很难受地看着她。我只是开个玩笑。军校时我俩开过比这更剧烈的玩笑，她也从没生过气。她会笑起来，然后像小鹿一样跑开。

"别这样好吗?我这儿还有人呢。"白雪歌轻叹一声，又把包子塞还给我，"你晚上不还要干活呢吗，留着当夜宵吃吧，我真的不爱吃。"

"算了，不勉强了。"我别过头，"你忙吧!"

抓着包子出了楼门，一个不知从哪儿冒出来的上尉拦住了我。

"伙计，知道白雪歌住哪个宿舍不?"

"谁他妈是你伙计?"

我头也不回地走到路边，一扬手，两个包子飞进了夜空。远远不够。我提提裤子，紧紧腰带，做了几个高抬腿运动，然后迈开步子向夜色深处跑去。飞机要把多余的燃油耗尽才能着陆，否则后果会很严重。我也得干点什么来让自己别那么胸闷。我沿着水泥路一路狂奔，跑过警通连，跑过卫生所，跑过测试队，跑过汽车连，跑过气象台，跑过加注队，跑过八号山，风在耳边呼呼响，不时得侧过头去免得被风塞住嘴巴。一直跑到水泥路的尽头，在十二公里外的回收队门前掉头继续往回跑。再次经过八号山时，我离开马路，深一脚浅一脚地走到山脚，沿着台阶爬上山顶。四野空阔，星光下沙丘灰白，宛如大海里的冰山。

我有多久没这么跑过步了？军校里我是多么热爱跑步。像一匹马。白雪歌知道我爱跑步。军校里我几乎每天下午都要跑一个十公里。大四那年参加五公里武装越野比赛，我看见白雪歌在终点处拼命拍着手为我加油，嗓子都喊哑了，第二天我还专门去药店买了含片给她。我喜欢这种回忆。从图书馆的第一次接触开始，镶嵌在时光中的每一片回忆都像军装纽扣一样被我磨得发亮。毕业分配方案宣布之后，白雪歌在我怀里痛哭了一场。她哭得那么惨，泪水打湿了我的月白色制式短袖。而当时我并不知道，那将是我们最后一次亲密的拥抱。

我到现在也无法理解，白雪歌为什么那么抗拒被分回基地。按说她一入伍就在基地，在干部科当了两年多打字员后才考上军校，她应该比我们任何人都适应沙漠才对。她完全清楚，像她这样先当兵后考学的“部队生”，没有特殊原因，都将被分回自己从前的老部队。但毕业前，她却像一个违反了假释条例而被重新收监的囚犯一样坐立不安。那地方我想想都会做噩梦，她说。就是这句话，让我觉得我应该为她做点什么。事实上我确实也厚着脸皮找了我所有能说上话的人——系里的参谋、副主任乃至对我一向不错的系主任。包括胡天我都找了，而我向来是个不愿给哥们儿添麻烦的人。我想让胡天求求他爸，不要把白雪歌分回基地，但最后一刻我才明白，这个想法如同徒步前往大洋中的小岛，永远无法抵达。

分到基地以后，我们之间共同的回忆便像沙漠里的河床一样彻底干涸。我多么希望能持续拥有并不断创造属于我和白雪歌的共同回忆。人的一生不就是回忆构成的吗？经过的时光并不重要，唯有被记住的片段才构成真正的生命。

所以去年晚秋那个晴朗的下午，白雪歌突然来电话，让我帮她去0号搬东西时我高兴极了。我俩并肩步行去路口拦车，微凉的漠风轻拂在我发烫的脸上，举目四顾，远处的沙海跟我身边的白雪歌一样美不胜收。走到路口，一辆挂着陆军牌照的解放141高速驶过。司机肯定是在后视镜里看见了挥手的白雪歌，毫不犹豫地刹住车，然后飞快地把车倒回到白雪歌面前。但驾驶室里已经坐了两个人，我只能跑到车后爬大厢。坐在半车新鲜的羊粪上，我依然感到兴奋，哪怕羊粪堆上爬满了蜘蛛一样的骆驼虱子。

到了0号，我陪白雪歌去她当打字员时的宿舍收拾东西，那些衣服、鞋子和小零碎装满了一个纸板箱。之后她又带我去生活服务区的小饭馆。刚坐下点完菜，老板却在吧台后面举起电话，喊着白雪歌的名字。

“老乡找我有点事，不能跟你一起回去了。”接完电话，白雪歌给我来了这么一句。

“你老乡是算命的吗？”我的情绪顿时坏了，“他怎么会知道你在这儿？”

“他说刚才在路口看见我了。”

“那他干吗不跟你打招呼？”我努力藏着自己的不高兴，“你这老乡多大官啊，一句话你就得赶紧过去？”

“说了你也不认识。”

“没准我认识呢？”我说，“就算不认识我也知道肯定是个男的。”

“你烦不烦?”白雪歌脸色变得很不好看，“我说有事就是有事好嘛!”

我低下头，闭上了嘴。

“东西我先寄存在这儿，有时间我再来取。”

“算了，东西你别管了。”我说，“快去忙你的吧。”

“嗯，那你自己要点爱吃的，一定吃饱啊。”白雪歌走出两步又转回身，“完了你去大路口，那儿车多，肯定能拦到顺路的。”

我失望地看着白雪歌离开。虽然我微笑着。我试着理解白雪歌。她毕竟在0号当过两年兵，认识许多我不认识的人。那天我守着纸箱子在路口等到天黑，车的确不少，却没一辆肯为我停下。后来我才明白，那帮军车司机仿佛泰坦尼克号上一根筋的水手，只会为拦车的女人停留。过了八点，我决定步行回去。箱子起初我抱着，后来又扛着，从左肩到右肩再到头顶。每走一百米，箱子的重量就增加一斤，累得我几乎懒得再活下去。从0号路口到三九站路口，全程二十三点七公里，那些白底黑字的水泥里程碑和白色百米桩我逐个数过。我在其中几个上面坐着休息过，还在另外几个上面撒过尿。那个星垂平野寰宇冷寂的夜晚我此生难忘。可惜它独属于我，而非我所期待的共同回忆。白雪歌没有问我那天是怎么回去的，而我也没有向她提过那个趺趺撞撞的夜晚。

把白雪歌那只一吨重的纸箱送到她宿舍门口，返回加注队时已过凌晨三点。院子里一片漆黑，只有二楼袁门房间的灯还亮着。他的灯总是亮到那么晚。此刻我站在八号山顶的“引箭亭”里抽烟，远远就能望见加注队楼上那个亮晶晶的窗口。

一阵风吹来，浑身的汗瞬间成了冰碴儿，冻得我连打几个哆嗦。没刚才那么冲动了，余下的只是夜空般浩渺的虚空，外加一点饿。那两个包子可惜了。要是烤一烤再吃，一定会很美味。

下了山慢慢往回走，刚进锅炉房院子，一个黑影从斜刺里冲出来，吓了我一跳。

“叶技师，你不能这样啊!”老武破天荒地怒视着我，一张窄脸像炉膛里黑红的煤块。

“我哪样了?”

“锅炉停机了你不知道吗?”

“我怎么知道?”

“你值班，你为啥不知道!”

“停就停，有什么了不起的!”

“零下十几度的天，家属院还有孩子呢!”

“关我屁事!”我略感心虚，嘴却不软，“冻就冻，都他妈冻死了才干净!”

老武痉挛似的伸出右手指着我，嘴唇哆嗦着却说不出话。右臂支棱了几秒，又像猛地抽去了筋，颓然垂下。他转过身去，摇摇晃晃地消失在棉门帘背后。

7

重新起炉之后，老武像是什么也没发生过。开饭照样喊我。值班照样盯着我。地上的煤渣照样扫得一干二净。叶技师，你看还有啥要说的没有？班务会结束前照例还会问我一句。唯一的变化是，他不再来值班室转悠了。从前他来时我会很烦，突然不来了又有些不习惯。说起来，值班室本就是老武的宿舍，里面有电视、电话和一张单人床。老武把它让给了我，自己跟另外三个兵挤进了隔壁宿舍。他完全没必要这么做。我不过是锅炉房的过客罢了。但我还是无法主动跟老武说什么。也许在锅炉房这种地方，除了一点煤矸石般死硬又无用的自尊，我已经一无所有。

年前一天晚上，又接到家里电话。一听老妈声音不对，立刻意识到事情坏了。临来锅炉房我已经考虑到了这一点，接家里电话时，专门让我姐记下了锅炉房的电话号码，说这是我房间的电话，平时没时间，晚上可以打。老弟混得不错呀，一当上军官房间就装电话啦？我姐听了很高兴，又问电话里为什么有那么大的噪声。我告诉她，那是她闻所未闻的高精尖兵器在昼夜工作。半个冬天都蒙混过去了，谁能想到老妈会昏了头，看错了小本上的号码，把电话打到了加注队。数千里之外的茫茫沙漠，赤地千里不见人烟，一根烟囱在漫天黄沙中若隐若现，而她的宝贝儿子正孤零零地靠在煤堆上暗自垂泪，呼天不应喊地不灵。估计我妈脑子里就是这幅画面，所以心疼得说话都在打战。

“你们部队领导怎么回事，怎么能让你去烧锅炉？勤杂工都干什么去了？”

“部队不像你想的那样，我们还自己种菜喂猪呢。”

“那也不能烧锅炉呀！”

“张思德还烧炭呢，我是想锻炼锻炼。”

“你老实给妈说，是不是犯什么错误了？”

“怎么可能，一年才烧一次锅炉，好多人想来都没让来。我自己要求的，再说根本不用我动手，手下一帮人马，我指挥得他们团团转。”

“你也别嫌妈烦，你当初就不应该考军校。你看现在，过个年都见不上一面，妈想你，想得厉害……”

老妈说着就哭了起来，听得我也挺难受。电话有什么好？还不如写信。信里我想怎么说就怎么说。我可以说自己正在带新兵，或者说正在参加重大军事演习，顺便再把沙漠描述成一片风调雨顺的绿洲，那就比烧锅炉这事好理解也好接受多了。

毕业之前，我的确这么想过。这个号称国家级综合武器靶场和多兵机种联训中心的空军基地，理应遍布着飞转的雷达、待发的导弹和轰鸣的战机，而不是什么破锅炉和铁铲。这玩意儿简直跟宇宙是否拥有边界或者外星人如何交配一般匪夷所思。正如在我关于白雪歌的一切瑰丽的想象之中，绝不包括任何类型的鸡眼和痔疮。即便在黄羊滩车站换乘军列时，我脑海中的基地还是沙漠中一片孤悬世外、胡杨环绕的绿洲，沙丘造型优美，驼铃叮当作响，鲜嫩的羔羊在烤架上滋滋流油，冰镇啤酒在杯子里汩汩冒泡，大家人人相熟，天天见面，同学们没事就凑在一起爬沙丘、看星星，抱团取暖把酒临风，每一天的阳光都比前一天更灿烂。直到军列吭哧吭哧穿越神秘辽阔而鸟不拉屎的茫茫沙海抵达基地，我从靠车窗一侧的军装兜里掏出一把沙子时才隐隐感到不安。现在我懂了，我抵达的并非理想主义的绿洲，而是现实主义的荒漠。

自从来了锅炉房，几乎每天晚上，我都要喝掉一瓶“小二”，好让灵魂像探空气球一样缓缓飞升。挂了老妈的电话，我继续靠着暖气包有一搭没一搭地喝着酒。《白鲸》还扔在床头，“裴廓德”号还在好望角，而“莫比－迪克”还不知在哪里游荡。

这时候门一响，钟军来了。这个家伙。前两天我去服务社买烟出来，正好跟钟军带的队伍在路口撞个正着。当兵的都知道见了队列要让，我不得不赶紧退到树沟边上。遇上钟军总强过遇上车红旗，我甚至已经开始冲他微笑了，这厮却喊着口令，目不斜视地从我面前走过，好像我是根电线杆或沙枣树，根本不值一瞥。那时我很想立刻成为一个特别牛的人，把钟军之流全部震翻在地。但在路边戳了很久，也没想出自己应该成为哪种牛人，只好勾着头钻回了锅炉房。现在他来干什么？难道是他对自己之前的无礼感到惭愧，特地前来向我道歉？要是这样，那我会骂他两句，然后再大度地摆摆手，当作一切都不存在。

“春风，小樊要来看我。”钟军一屁股坐在我床上，丝毫不像道歉的样子，“她来得不是时候。连里那么多事，哪有工夫管她。”

“那就别来啊。”

“我说别来，她不干。没办法，人家就是这么死心塌地。”钟军没看出我不高兴，反倒从军装口袋里掏出张纸递过来，“你帮我去黄羊滩接一下她吧。家属通行证我开好了，她明天的火车，后天中午到。”

“你他妈搞清楚，小樊是你的女人！”

“是啊，不然我找你干啥？”我不接通行证，钟军就一直伸着手，

“我女人就相当于你女人，你就帮我接一下嘛。”

“你女人又不跟我上床。”我说，“我有事，没时间。”

“你有啥事，不就烧个锅炉吗？”钟军还在晃他那张通行证，“我给干部股和军务股的哥们儿都打过招呼了，你明天去机关找他们，先去干部股开个介绍信，再去军务股开个通行证，拿着证明你就可以去了。”

“去什么去！烧锅炉怎么了？我不烧，你们一个个都得冻成傻×！”我气蒙了。钟军才带了两个月新兵，竟然就在干部股和军务股有了“哥们儿”，而我只见过一个猪头狗脸的岳助理，“带个新兵你牛×啥？一个小排长搞得跟司令一样，跑到这儿给我发号施令，老几啊你算？你他妈以为我是新兵吗？”

“春风你咋了，没事吧你？”钟军脸都绿了，“不想去就不去好了，为啥发这么大火啊？”

我闷喝一口酒，仰头看着天花板。

“你家里出啥事了？有事你吭声，别自己憋着呀！”钟军搬个小凳坐到我对面，探着身子很关切地望着我，“咱俩谁跟谁，有啥事你说，看我能不能帮上点忙。”

钟军这么一说，我又没了脾气。军校入学时我到得晚，被安排睡上铺，钟军主动找班长说自己个子小，硬是把下铺让给了我。大学四年，在老家读师专的小樊来看过他三次，每次都是我和胡天积极接待，胡天能打着他爸的旗号在招待所免费开房间，我则管他们的饭，还借来系里的照相机陪他们出去玩。我干吗那么骂他呢？他本来就是个没什么心眼儿的家伙。

“是不是因为胡天啊?”钟军拿过我的酒喝一口，“这家伙也真是，快一个月了也没消息。”

“提那傻×干吗?”我心里跳一跳，“跟他没关系。”

“我知道了，白雪歌，对吧?”钟军嘿嘿笑，“我觉得她还是喜欢你的，只不过被分回基地心里不舒服，过段时间肯定就好了。”

“别问了，不是。”

“总不会是因为没去成新兵连吧?”

“当然不是，谁他妈在乎这个。”一大口酒下去，辣得我皱起脸，“求我去我还不一定愿意去呢。”

“不去也对。反正我感觉没啥意思。”钟军叹口气，“我都后悔来了。”

“为啥?”

“也不为啥。”

“车红旗?”

“你咋知道的?”钟军惊讶地看着我，“我可没给别人说过。”

“新兵都老实，能折腾你的估计也只有车红旗了。”我又为自己敏锐的洞察力得意起来。

“是啊，新兵好说，都比较听话，就是车红旗老跟我过不去。刚去的时候本来安排我当一排排长，他非要找连长指导员跟我换了。一排排长二排排长不都是个排长吗？我现在都不知道他为啥要换。”

“这你就不懂了。一排听着就比二排牛×。在其他因素相同的情况下，它先天地就排在前面，要不然刘亚楼当空军司令的时候，为什么把空一师的番号空了好几年不用？谁打得好他才给谁。”

“一排换二排其实也没啥。”钟军叹口气，“问题是他处处都要显得高我一头，要是我们排里拿了流动红旗，他马上给我甩脸子。有一回我们跟着连长一起检查内务，眼看着流动红旗又要给我们，他出一下门又进来，伸手往暖气包后面一抹，满手黑，硬说我们内务有死角。排里新兵悄悄给我说，车排长出门用手往自己鞋底子上抹了一把，那手能不黑吗？”

我还想再听点这种有利于我平复心情的消息，钟军却不说了。

“算了，不应该给你说这些。都是同学，说这个不好。人想干什么和能干什么是两回事。我觉得自己不适合干这个排长，还是搞技术好，只费脑子不费心，只需要跟自己过不去，用不着跟别人过不去。搞技术我还是可以的，我给你说过没，我来新兵连之前刚设计了一个装填火药柱的小工具，特别管用。”钟军起身扯扯军装，“一会儿晚点名，我得赶紧回去了，你要不想去接小樊就别去了，我再找别人吧。”

“行了行了，给我吧。”我一把扯过小樊的通行证，“也就是我了，别人谁管你这种烂事。”

送走钟军，我一下想起还要向老武请假。逡巡良久，瞅见老武正站在门前抽烟，便走过去咳了一声。

“叶技师，这事我做不了主，我也就是个兵。”老武笑一下，“黄羊滩那么远，我们出去都要给岳助理请假，他还要给股长报哩。”

“算我没说。”我感觉自己又被羞辱了一回，“反正我后天肯定要出去一趟，要是有人问，你说不知道就行了。有什么事我自己负责。”

“那咋行？我不可能那么说。”老武狠抽一口烟，“你该去去吧，路上注意安全就行。”

“黄羊滩那边我有个老乡，在车站招待所当管理员。”我正要走，老武又说，“我叫他给你留个房间，到了你可以休息一下。”

“不用。”我赶紧说，“也没多长时间，我四处转转就行了。”

“那地方两分钟能转三圈，军列早上出去下午才进来，你要等上半天哩。”老武说。

“不用，真不用。”我坚持着。我没必要欠他的人情。三月中旬停暖，到那时，我和他不会再有任何关系。

8

接回小樊，趁周末肯定得张罗着给她接个风。这事也只有我琢磨了。要是大家都在0号，直接去生活服务区下馆子即可。在三九站就很麻烦。最初想放在招待所，可那间小屋除了一床一桌一椅之外什么也没有，上个厕所还得跑到百多米外的旱厕去。唯一可行的地方是锅炉房值班室。把两张三屉桌并起来，正好坐得开，况且这地方一般也没人来。眼下的主要困难是两手空空，甚至连双多余的筷子都没有。想了半天，只能给田山路打电话。

“你咋不找武班长呢？他那儿东西全。”

“不想找他。”

“武班长人不错呀。”

“反正我不找他，你帮我借别人的吧。”我说，“还想上咱们大棚弄点菜，你看方便不?”

“方便得都不成个啥了。”田山路说，“年前没任务，队里正让我弄大棚呢，你赶紧来吧。”

熄灯后，我穿上大衣跑回加注队。袁门房间的窗户照旧亮着灯。我贴着围墙溜到大棚，保温用的草帘子早放下来了，草帘子的间隙透着橙色暖光。基地各连队的蔬菜大棚非常豪华，四根十二点五米长的废钢轨焊在一起，构成五十米长的大棚横梁。大棚骨架用的是几十根刷了暗红色防锈漆的钢管，每根钢管上都挂着两只一百瓦的灯泡。还不算几个大功率电炉和费煤的火墙。夜里拉下灯绳，整个大棚宛如宫殿，灯火辉煌。田山路穿件制式衬衣站在大殿中央笑眯眯地看着我。潮热空气夹着土腥味儿扑面而来，大衣立刻穿不住了。

“你还不如在连里弄大棚，这多美气。”田山路说，“我看教导员也不想让你去烧锅炉。”

“问题是我就是在烧锅炉。”我蹲在地埂子上摘着小油菜，“所以你肯定是看错了。”

“教导员跟别的领导不一样。”田山路说，“往年年终总结，立功的全是干部，你看他一来，今年三等功就给了我。”

“那是，他还得靠你干活呢。再说，干部估计都轮着立过功了，他顺便收买一下人心也不错。”

田山路没说话，却噌地站了起来。一回头，真寸，袁门不知何时出现在了门口。背后说人被听到，没什么比这更尴尬的了。

“怎么不摘了，继续摘啊。来，我帮你摘。”袁门边挽袖子边往地里走，走了几步又招呼我，“来啊。”

“够了够了，吃不了了。”闷头摘了一会儿，我站起来，“队里冬天就靠这个大棚，别摘了。”

“行，你说够了那我们就不摘了。小田，你给找个袋子装上。”袁门撑着膝盖站起身，“小叶，到我房间来一下吧。”

袁门房间内务整得不错，发白的旧军被棱角分明。上次进袁门房间是什么时候？应该就是那个双腿灌铅的深夜。放下白雪歌的纸箱回到队里，袁门房间敞着门，带着锐角的灯光阻断走廊，像岗楼上的探照灯，我没法越过它潜回宿舍。我记得袁门那会儿正坐在桌前不紧不慢地填写《连队要事日记》，直到把表格填满才抬起头，让我“说说怎么回事”。不太好说。我请假时说的是去装配队找同学，没理由半夜才回来。但我还是硬着头皮，坚持说我跟同学聊得高兴，忘了时间。

“你装配队的同学叫钟军，陕西人，军校里跟你睡了四年上下铺，你当班长他当班副，小伙子长得胖乎乎的，人很实在，说了你不少好话。”沉默了片刻，袁门又说，“我一直相信，每个人都应该承担自己的行为带来的后果，你认为呢？”

我以为他接下来会骂我一顿，不料他说了这么一句就让我走了。第二天吃过早饭，罗慕建议我主动写份检查，还让我“写得长一点儿、深刻一点儿”，否则“事情可能会变得比较复杂”。这不能怨罗慕，他并不知道我从来没写过什么检查。军校时，我跟胡天翻墙出去打电子游戏到半夜，回来顶多被队长骂两句。我不认为这点事能复杂到黄羊滩去，没必要作践自己。

那次以后，我就没再进过袁门的房间，他也没再找我。我暗自庆幸，以为这事就算结束了。直到车红旗来找我借胶鞋，说要去参加新兵连班排长集训时，我才明白罗慕说的“比较复杂”是什么意思。

这还不算完。车红旗走后没几天，袁门又来找我。

“今年队里复员的兵比较多，人手比较紧张，你今年春节就不要休假了，等年后不忙的时候你再回，没问题吧？”

“如果大家都不回，我不回可以。”我说，“如果有人回，那我也要回。”

“我不是在跟你商量。”袁门表情很淡，“这是支部决定，我来通知你。”

“随便吧。”我说，“通知田班长也没问题。”

“这是一个事。”袁门不接我的茬，“老兵复员以后，想让你把咱们队里的大棚负责起来。也不是让你一个人干，我们还会再安排一个同志。事情也简单，每天早晚收放一下草帘子，浇浇水除除草，干两天就明白了。这个不是决定，只是我的想法，你觉得怎么样？”

我很想给袁门嘴上打个铅封。用细铁丝戳穿他那两片吧嗒吧嗒往外冒着屁话的嘴唇，穿上一个灰色的铅封球，接着再用铅封钳用力一捏。或者干脆就把加注枪塞进他嘴里，把他充成一个大圆球之后再一脚踢开，让他骨碌碌滚出老远，最后被一块尖石刺破，炸成一摊烂泥。然而想象带来的些微快意在我火山熔岩般的愤怒面前杯水车薪。正如在冬夜，你无法用一个烟头取暖。

“怎么，不愿意?”见我没反应，袁门接着又说，“正好机关通知咱们队出个人去营房股烧锅炉，我和队长还没想好人选。如果你不想管大棚，烧锅炉也不是不可以，两个事你自己选一个，你看你想去哪边?”

我还在沉默。爆发还是熄火，我还没想好。

“你要不表态，那我就替你定了。”袁门笑一下，“留在队里负责大棚，至少可以跟战士们打成一片，以后好开展工作。烧锅炉我们可以派其他同志去，往年——”

“我去烧锅炉。”

“你要考虑好啊。”袁门愣了一下，“要真把你报上去，想不去也不行了。”

“我想去，你报吧。不就是锅炉房吗，又不是火葬场。”整个世界坦克一样轰隆隆向我驶来，反正都他妈要被碾死，不如像只螳螂一样伸展双臂，至少能死得漂亮一点。

“好，我尊重你的意见。”

从那天起，一口恶气憋在肺里，无论如何吐不出来。像沥青滴漏实验，你能预料到，盛在玻璃漏斗里的黑色沥青总有一天会滴进下方的烧杯，但你不知道要等上多少年。

“这烟你拿去抽吧。”袁门从桌斗里摸出一条“阿诗玛”，“领导给我的，我也不抽烟。”

“谢谢教导员。”我背着手，“我有烟。”

“放我这里都干了，算你帮我个忙吧。还有这个，”袁门又从抽屉里取出两个白色的小纸盒，一起装进塑料袋递给我，“我在基地医院要了两瓶叶酸，你帮我捎给小武。你就说袁门说了，想要孩子就坚持每天吃，烟就别再抽了。”

“他不是有孩子吗？”我没忍住问了一句。军人不允许生二胎，而我好多次都看到老武坐在桌前，拿着一本封面印着米老鼠的粉色相册在看。我偷瞄过一眼，里面是个胖乎乎红脸蛋的小女孩。

“对，他有。曾经有过。”袁门的舌尖在下唇上来回抹了几下，“很乖的一个小闺女，可惜去年没了。小武他母亲有白内障，他家属去地里干活，大门没锁死，小家伙跑出去玩，不小心滑进了河里，等发现已经晚了。”他叹口气，“你能想象吗？才不到四岁。”

我的心止不住晃悠起来，连袋子里的药瓶也跟着“哗”的响了一声。

“我毕业分过来的时候，他才第二年兵，脸圆圆的，净是肉，我们两个人在一起烧了一冬天锅炉。那一年锅炉房就我们两个人，年轻，一值班整夜不睡，第二天照样活蹦乱跳。他给你说过没，那时候我管他叫武胖子。”袁门说，“这才一年，你看他瘦的，简直不成个样子。”

“其实我们没怎么说过话。”我呆了一阵，“你也烧过锅炉？”

“我烧得很不错呢，一分钟能上十铲煤。我跟你那个四二站的同学有点像，刚来那年也跑过。不过没你同学弄得那么复杂，我在路口搭了个拉水泥的地方车就走了，在安北县城待了两天又后悔了，然后就回来了。”袁门笑笑，“烧锅炉蛮有意思，你会感觉时间其实并不像水一样流走，倒像是被一寸寸燃尽的。你能看见时间的火焰，还有灰烬。那时候我和武攀还一起编过顺口溜，‘火焰亮黄抽根烟、火焰暗红把煤添’，‘急关门、快上煤，手脚麻利出炉灰’，你看，我到现在还记着呢。”

我一时无语。

“你们应该多聊聊。”袁门说，“武攀这样的兵，真的不多。”

回去的路上，脸都冻木了，脑子却像风一样呼呼作响。把叶酸给了老武，却不敢跟他对视。他女儿夭折了，非常不幸，可话说回来，这跟我没关系。我干吗像是欠他的呢？真他妈怪异。

“你要请人吃饭是吧？”老武看着地上的菜，“我那儿锅碗瓢盆啥的全有，煤气灶我也有一个，你要用我给你拿来。”

“不用不用。我已经找人借了。”

“你找的谁？”我还没想出个合适的名字，老武又说，“谁的也没我的全。”

周六中午，老武不仅送来了一个电火锅和全套白瓷餐具，还外加一公斤装的一桶军用午餐肉罐头和差不多十斤新鲜羊肉，外加葱姜蒜及油盐酱醋若干。我掏出钱，可他死活不要。

“叶技师你这是骂人哩。我在三九站干了十来年，要这点事都办不了，那还混啥？”

这他妈真是老武吗？看着他蹬着三轮车出了院子，我有点胸闷。

剩下就是招呼人了。兰甘本来说要加班赶稿子，一见我拉开架势要骂他列祖列宗，赶紧改口说来。唯独车红旗，一口咬定走不开，气得我摔了电话。

“车红旗你叫一下吧。”我给钟军打电话，“正好缓和一下关系。”

“我叫不了。”

“为啥?”

“昨天中午吃饭，他排里一个兵把馒头扔到猪食桶里，我亲眼看见的。指导员发现了要查，他一口咬定是我们排扔的。最后我也急了，只好把他排里那个新兵揪出来。”钟军听上去很郁闷，“他跟我彻底翻脸了。”

钟军这么一说，我也没了脾气。更郁闷的是这个本该气氛热烈的聚会始终死气沉沉。我拎着瓶子四处倒，可大家都不怎么喝，连男一号钟军都心不在焉，树桩子一样坐着，酒也不知道劝。小樊也是。我记得她很爱说话，然而从黄羊滩接她回来这一路都很沉默，单手托腮望着车窗外的茫茫沙海，跟白雪歌当初坐军列来基地报到时如出一辙。

没办法，我只好扯着兰甘让他喝个大的，不料这厮挥舞着双手拼命反抗。

“你别光灌我呀，我那五钱的酒量你又不是不知道，一会儿喝多了吐你们一脸，你们又说我不儒雅。”兰甘挣开我，“你等我把车红旗叫来喝！我们都来，他凭啥不来!”

“车红旗，你赶紧过来！你要不来，以后别他妈找我帮忙!”兰甘挂了电话，“他说了，跑步过来。”

“你们慢慢吃。”没等到车红旗，小樊突然站起来，“我感冒不太舒服，先回去了。”

“别啊。”我说，“肉还没吃呢！”

“不吃了，吃饱了。”小樊冲我笑笑，“叶春风，谢谢你。”

“钟军你快去送送吧。”白雪歌说。

“要走你自己走，我还没喝完呢！”钟军板着脸，一动不动。

“那好吧，我自己走。”小樊冲我们点点头，起身往外走。

白雪歌瞪一眼钟军，起身追了出去。骨牌一倒覆水难收，场面一下乱了。眼看好不容易搭起来的场子像缺了煤的锅炉一样要停机，车红旗搓着脸进来了。

“好了好了，女人不喝咱们喝。”我赶紧把门关上，“人齐了，咱们继续，谁不喝谁他妈孙子！”

“你俩我当然喝。”车红旗给我和兰甘一人碰了一杯，然后坐下，“这可以了吧？”

“还有钟军呢？”我说，“你们两个排长喝一个！”

“这我不敢。我们排有人扔馒头，他们排又没有，我哪有资格跟他一起喝。”

“我敬你。”钟军端起杯子站起来，“这可以吧。”

“我可担待不起。”

“我有啥惹你不高兴的，敬了这杯酒就算过去了，行不行？”

车红旗依然端坐不动。

“车红旗你啥意思啊？”我说。

“啥意思你得问钟军，踩着同学邀功请赏的又不是我！”

“谁踩你了？”钟军急得话都说不清楚，“馒头难道不是你们排扔的?”

“狗屁!”车红旗一拍桌子站起来，“你有本事再给我说一遍?”

“就是你们扔的!”

“啪”一声脆响，像五四手枪开了一枪。还没反应过来，车红旗的耳光已经打完了。我一把将车红旗搡到一边，再看钟军，他左手捂着脸，右手还端着酒杯，呆得像座雕像。

很久以后，我想起这次聚会之所以缺乏温度，一定是因为我们已经开始有了属于自己的生活。所有的天体都从奇点出发，但最终没有哪两个天体是一样的。它们将拥有各自不同的轨道，并将在扩张的宇宙中彼此远离。

曲终人散，我呆坐在值班室，看着一桌狼藉发呆。老武给的罐头和羊肉只吃了一小半，昨晚摘的菜也剩下不少，火锅里还有好多东西没吃，像心情一样黏稠冰冷。酒劲儿上来，想吐又吐不出来。我晕乎乎地躺在床上抽了两根烟，强撑着起身准备收拾残局，老武进来了。

“叶技师，晚上你就别值班了，早点休息吧。”他看一眼桌子，“东西先放着，等下我找人收拾。”

“不用，我没事。”我赶紧坐起来，“该谁值谁值，该我值我值。”

“那也行。”老武有些意外，“反正我就在隔壁，有啥事你喊我。”

晚上我值凌晨一点到四点的班。中间老武来了一次。那会儿我正满头大汗地给锅炉上煤。袁门当初也像我这样上煤吗?这场景不大真实。给老武发完烟，才又想起他还准备再要孩子。老武在锅炉管道叮叮当当的声响中吞吐着灰白色烟雾，一张窄脸被火光映得忽明忽暗，两只眼珠在深深的眼窝里不时亮一下，像锅炉上红色的指示灯。我眯缝双眼盯着烈焰熊熊的炉膛，全然无法想象，老武居然曾是一个胖子。

9

“副参谋长找我谈话了，准备新兵下连以后让我去军务股帮忙。”三月初，钟军来找我，“我有点犹豫，想跟你商量商量。”

“犹豫啥，这是好事，去啊！”罗慕说得没错，新兵连果真是通往机关的终南捷径。想到我差点就可以走上这条路却最终没走成，心脏便像被谁狠捏了一把，却还不能表露出半点不快。

“机关到底好在哪儿呢？”

“机关干部天天在首长身边晃悠，相当于皇上身边的近臣。”罗慕告诉我的东西总是很有用，有用得我都舍不得告诉钟军，“机关你随便干点活首长就能看见，在连队你累死也没人知道你是哪头蒜。”

“队长和教导员能看见啊。”钟军说，“队里的人都能看见。”

“那是，队里的猪还看见了呢，猪能提拔你吗？”

“那你觉得我还是去？”

“不去你就是傻×。”

“那我听你的。”钟军的表情这会儿才活泼了些。小樊走后他才告诉我，他俩完了。小樊千里迢迢来基地并不是为了见他一面，而是为了以后不再见面。

“车红旗呢?”我忍不住问，“他肯定也要去机关吧?”

“搞不清。不过我听指导员说过一嘴，他好像正活动着去政治处。”钟军说，“他找兰甘给他写报道，兰甘估计知道点消息。”

我试图让自己为钟军或者车红旗高兴一下，可这他妈太难了。自由落体的心情缺个减速伞，无法阻挡。

接下来那几天，心乱如沙，不知干什么好。有天中午吃过饭，我们几个正站在墙根晒着太阳闲聊，一辆挂着地方牌照的蓝色东风卡车开进院子，岳助理从副驾驶一侧跳了下来。

“武攀，赶紧叫人装车。”岳助理走过来，指着那堆无烟煤，“现在就装，有急用。”

“装多少?”老武皱皱眉头。

“全装完，省得你个驴日的再给我拿去烧锅炉。”

老武吧唧一下嘴，招呼三个二年兵去拿铁锹。他没叫我，我也没动。岳助理指挥司机把车倒好，放下大厢挡板，几个人开始装煤。我扔掉烟头正自往回走，却听岳助理在后面喊：“那个谁，你站住!”

我转回身，岳助理站在车旁，左手插在裤兜里，右手正指着我。

“你干啥呢，赶紧过来装煤!”

“他值班呢。”老武赶紧解释，“叶技师轮中午的班。”

“滚蛋，马上停暖了，中午还值啥班?”岳助理瞪一眼老武，又看向我，“你赶紧拿把锹过来一起装，人多好干活。”

和岳助理对视几秒，我懒得说什么，掉头回了值班室。

“你怎么回事?”刚倒了杯水，岳助理跟了进来，“叫你去装煤没听见是咋?”

“听见了。”岳助理又白又红的馒头脸忽然变得很有趣。

“那咋还不动?”

“不想动。”

“你哪个单位的，测试队……加注队的是不是？你叫啥名字?”

“你又是哪个单位的？你叫啥名字?”

“我是营房股的岳助理!”

“噢，我还以为是司令员呢。”

“给我要牛×是吧？行，我现在就给你们队长教导员打电话，我还不信没人治得了你!”

“打吧，电话就在这儿。”

“还干部呢。什么素质!”

“至少我没倒腾公家的煤。”

“你他妈说啥？谁他妈给你说的?”岳助理脸色变了。

“你他妈嘴巴最好放干净点。”

“难怪把你弄来烧锅炉。”岳助理顿了半晌，“我看是该!”

“烧锅炉怎么了？你一个营房股助理员也认为烧锅炉很下贱?”我说，“你是不是这个意思?”

岳助理正在喘着粗气思考怎么回答，老武跑了进来。

“岳助理，”老武挡在岳助理面前，“你过去给我们指挥一下嘛。”

“武攀你给我滚!”岳助理当胸一拳，打得老武一个趔趄。眼见得还要打，我上前一把推开岳助理。他掉头想冲我来，可能感到干不过我，又停下了手，呼哧呼哧喘着粗气。

“算了算了，都是我的不对。”老武赔着笑，“咱们赶紧装车，岳助理你不是急着要装车吗?”

“装你爹的个妈!”岳助理咆哮一声不见了。躺在床上，听着窗外煤块落在车厢板上的声音，外加岳助理一迭声的叫骂。跟岳助理斗嘴有什么意义呢?这无法让我快乐。晚上值班时，我挥舞着铁锹拼命上煤，又抓着铁钩子左右狂摆，洗完澡后精疲力竭地回到值班室准备睡觉，电话突然响了。估计又是我妈打的。我懒得接，一直响到第三次我才拿起来。

“你快到我这儿来一下!”白雪歌说，“车红旗喝多了在这儿哭呢!”

车红旗不光是哭，还在白雪歌的宿舍里吐了一大摊。本来香喷喷的宿舍充满了呕吐物浓烈的臭味，差点把我熏吐了。车红旗叉开两腿坐在地上，背靠着白雪歌的床，头垂在裤裆里人事不省。

“他就这么醉醺醺地跑来，一进来就躺在我床上，我让他起开他不干，还说自己被小人暗算了，颠来倒去就那几句话。”白雪歌气得满脸通红，“我好不容易把他拉起来，他哇的一下就吐在地上，你看我的鞋，还有我的裤子!”

我这才注意到白雪歌的裤子和放在一边的棉皮鞋上净是星星点点的污物。没办法，我只好打开窗户通风，又拖了几遍地。我不好要求白雪歌脱裤子，就撕了条卷纸帮她擦鞋。

“算了算了，我自己收拾吧。”白雪歌不好意思了，“哪能让你干这个。”

“就叫叶春风收拾一下嘛。”李凝在一边抿嘴笑，“叶春风人家愿意，是不是?”

“是是是，我做梦都盼着车红旗吐呢。”清理完鞋上的污物，我又坐在小凳上开始给鞋上油，“李凝你的呢，全拿来，我都给你们擦了。”

“跟你开玩笑呢，你给小白擦就好了。”李凝笑着起身，带上门出去了。

“李凝就是这点好，有眼色。”我说，“专门给孤男寡女留创造干柴烈火的条件。”

“叶春风，请你别这么说好吗?”我以为白雪歌起码会笑一下，可她没有，“别给我擦鞋了，你赶紧回去吧。”

我不想这么快就走，只好讪讪地笑笑。现在的白雪歌不想跟我谈论爱情。有点像军校训保营那台天线收发车，总是电压低，但你只要稍微调高一点，保险丝准烧。十个高工也没解决这个问题。但能和她坐在一起我就很高兴。毕竟到基地以后，这样相对而坐的机会也不多。更多的时候，她似乎都跟我隔着无数光年。

“车红旗有什么事吗?”擦着鞋我问。

“我听说有新兵写信告他状，说他收新兵的礼。他刚才醉醺醺地闯进来，一个劲儿地骂钟军，说是钟军指使新兵告他。”白雪歌看看一动不动的车红旗，小声说。

“不可能吧!”这消息令我精神大振。我拼命压制这种想法，可它跟撞针击中底火的子弹似的，谁也管不住。想到被新兵告发的车红旗很快就要灰溜溜地回到加注队，和我一样每天戴着面具去场地训练，跟我一样扫院子翻菜地清猪圈我就觉得这世界特他妈美好。他那排长本来不就是我的吗？幸灾乐祸的力量如此强大，强大得几乎令我感到恐慌。我长了二十多年，还从来没有为别人的倒霉事高兴成这个屌样。

擦完鞋，又帮白雪歌拖了两遍地，车红旗总算醒了。我扶他去水房洗了把脸，又送他回新兵连。路上风一吹，车红旗扶着树又吐了一回。

“我没事，真的。”车红旗把我往回推，一点看不出像是哭过的样子，“你赶紧回吧，别管我了。”

看他走路还在晃悠，我还是坚持把他送到了新兵连门口。

“春风，有人告我状你知道了吧?”他停下来问。

我赶紧摇头。

“说我收新兵的好处，操，别说我不可能干这事，就算干了，谁能证明？春风，我知道你是君子，可架不住小人多。这年头，大家都得小心点。”车红旗拍拍我肩膀，“我算看明白了，什么同学，什么战友，关键时候谁都靠不住。”

我是君子吗？我可不这么认为。回锅炉房第一时间给钟军打电话，他却一副茫然不知的口气。

“没听说啊。他确实对几个城镇兵特别关照，训练的时候同样做错动作，城镇兵他也就说两句，农村兵就被赶到操场边上罚站。

新兵才从家出来，最敏感了，一碗水端不平他们心里肯定有想法。反正我是农村考出来的，我就有这感觉。”钟军听上去不像在装蒜，“不过这也不能说明他就收了礼吧？”

“那他为什么说是你让人告的？”

“我咋知道。”钟军半晌无语，“嘴长在他身上，他想说就让他说去吧。”

一时间，我竟然无法判断他俩到底谁说的是真的。军校里我从未有过这种感觉。那时人际关系的能见度良好，似乎没什么无法看清的秘密。而在总是晴天的沙漠，景物却突然变得影影绰绰。我讨厌这种陌生感，却无能为力。新兵连马上解散，意味着供暖季也行将结束。院子里沙丘一样高大的煤堆是怎样消失的？刚来时我以为它永远也烧不完。从毕业到现在，我已经在沙漠度过了一个夏天、一个秋天和一个冬天，接下来，我将进入沙漠的第一个春天。僵硬的枝条会变得柔软，冬眠的沙蜥会苏醒过来，钟军将会去司令部，车红旗仍有可能去政治处，我呢？

停暖那天上午，田山路骑着三轮车来锅炉房接我回去。我跟老武告了个别。他那张战国铲形币一般的脸上绽出了笑容，看上去非常真诚。

“感谢你啊叶技师。”老武说，“干这活真委屈你了。”

“委屈啥，你不也在干吗？”

“我就是个兵，你不一样。”

“没什么不一样的。”我说，“你比我强多了，真的。”

我俩握了握手。这是我们第一次握手。老武的手像阳光下的钢筋，坚硬而温暖。

刚出院门上了马路，一个二年兵跑出来高声喊我。

“叶技师，电话！”

“男的女的？”我说，“男的就算了。”

“女的！”

我心里一动，跳下车跑回值班室。电话那头听上去十分嘈杂，仿佛在繁华的街市，而白雪歌所在的技术室不可能有这样的背景噪音。

“喂，叶春风吗？”一个怪异又尖细的声音混着此起彼伏的汽车喇叭声钻进耳朵。我从来没听过这样的嗓音，不男不女，活像个被捏响的橡皮鸭子。

“哪位？”

“你是叶春风吗？”橡皮鸭子又叫了一声。

“我是，你哪位？”

“你连我都听不出来了吗？”

我忽然觉得这声音似曾相识，却无论如何想不出是谁。

“到底谁？不说挂了！”

“别别别，我！春风，是我呀！”细嗓门瞬间变粗，“你连我都听不出来了吗？”

一句话吓得我差点扔掉电话。我紧握着话筒四处张望，还好，没别人。小心翼翼地把听筒贴在耳边，生怕它把我烫着。

“你他妈还没死啊！”我尽力压低声音，“你真的是胡天吗？”

第二章　乌鸦掠过发射架

木匠的钉子有粗钉和细钉之分；人类也同样可以这样分法。

——《白鲸》第二十七章

1

那个令我一朝成名又颜面扫地的上午到来之前，差不多有两年时间，我们三天两头都在菜地干活，准备迎接一个总部联合工作组前来观摩。据说这个工作组的级别比锅炉房的烟囱还高，人数比燃料车上的阀门还多，意义比沙漠里的植被还大，可就是光听楼梯响不见人下来。

我烧完锅炉那年夏天，队里来了一个麻秆似的少校。他在菜地和猪圈转了一圈，拍了些照片后不见了。两个月后，麻秆少校引来了一个戴眼镜的中校，这次他们带了一个小摄像机。到了秋天，麻秆少校和眼镜中校合伙引来了一个红脸膛的上校，他们在队里看了十分钟，再次消失在马路尽头。转年春天，总算来了一个挺着肚子的陆军大校，他两只手如胶似漆，背在身后须臾不曾分离，给我们留下了深刻印象。连田山路这种超期服役见怪不惊的第五年兵都不得不感慨地说，总部机关领导就是有水平，背个手都像上了铐似的那么有派。

来的领导虽然总在变，但有三点始终不变。首先，只要来人，我们就得提前几天打扫卫生整理内务擦玻璃洗地板整理菜地清扫猪圈，动用氧化剂中队的中和冲洗车冲刷马路和院墙。还要给猪洗澡。那些猪被胶皮水管冲得四处乱窜尖叫不止，我们拿着棍子站在猪圈外面，瓦解了它们翻越墙头逃之夭夭的企图。其次，不管谁来，冯政委总会陪在带队领导身边。红脸上校来的时候，我们正在菜地刨土豆，冯政委就站在离我几米开外的地方，比画着手势介绍我们三九站蓬勃兴起的菜园文化，他甚至还随口背诵了《菜园小记》中的若干段落，听得红脸上校一个劲点头。这时候少不了的人还有兰甘。他抱着相机在人堆里钻来钻去，像个看见有人打架就非要挤到最前排一饱眼福的二流子。最后，每次来人，我们种菜的标准就要提高一大截。增加蔬菜品种倒不是坏事，反正我们也要吃。菜种得像阅兵方队一样横平竖直也没关系，毕竟这是军队的菜地。唯有用黄泥去抹平所有的菜地埂子和树沟，这才是最要命的。自打那个陆军大校走后，我们全队每人配发了一把泥瓦匠用的木柄抹刀，沿着绷紧的棉线绳，在营院内外的沟沟沿沿上抹来抹去，活像一群考古队员或者便秘症患者。若非亲眼所见，我绝不相信黄泥居然也能抹出水泥一般棱角分明光可鉴人的效果。怎奈黄泥并非水泥，就算我们小心翼翼地维护保养，依然无法阻止抹好的地埂和树沟在干燥的风中龟裂掉渣，而我们不得不重新和泥，再抹一次。

每次上头来人，我们都空欢喜一场。传说中的那个工作组像戈多一样怎么也等不来，每次来的都是不着调的波卓和幸运儿。戈多不来，我们就死等。他们晚来一天，我们就得多抹一天泥。在菜地干活时，我们经常讨论这个神秘工作组的下落。飞机失事。火车脱轨。汽车掉下悬崖。被沙尘暴卷走。被外蒙来的狼群吃掉。要不就是在0号喝酒喝死了。最奇幻的想法来自氧化剂中队的一个志愿兵，他一口咬定工作组都到西前旗肏骆驼去了，他说公骆驼的生殖器小得像条蚰蚓，根本满足不了那些发情的母骆驼。我们笑得满地打滚，拿抹刀直往泥堆上乱戳，不过很快又冷静下来：工作组死了没关系，死一个上面还会再派一个，反正当官的多得是。但不管谁来，抹泥的永远都是我们，所以还是祝他们一路顺风，看完了赶紧滚蛋比较好。

“你是干部，别跟他们在那儿瞎说八道，他们懂什么？”罗慕对我们的议论不以为然，“和平时期没敌人，那就只能把工作组当成敌人。把工作组应付好了，那就相当于打了个胜仗。”罗慕脑子里装了许多这类新颖的观点，类似枪口上套了个安全套，看着奇怪但非常实用。对于我提出的为什么不用水泥抹地埂的疑问，罗慕扶扶眼镜说：“水泥抹有什么稀奇？是个人就能想得到。只有黄泥抹出水泥的效果，那才稀奇。你以为上面来观摩什么？观摩的就是他们没见过的东西。你要上红烧肉，人家眼都不会扫你一下。你得告诉他们，这些红烧肉全是豆腐做的，那才能把人镇住。这就像开餐厅，你得有特色菜才会有人感兴趣。咱们现在就是在准备三九站的特色菜，必须让人吃一口就拍案叫绝，冯政委人家要的就是这个效果。”

罗慕的话常令我有醍醐灌顶之感。也正常。他坐在地头休息时还不忘摸出一本《简明俄汉科技词典》背几个单词。他一点没白学，引进兵器的俄文技术资料他现在能看个八九不离十，而我的“裴廓德”号至今还在海上漂着。

俄文我学不了，只好摸出游戏机打俄罗斯方块。离开锅炉房那天，胡天在电话里说他要给我寄一个小礼物。想到他四处流窜还不忘给我寄礼物，我还真挺感动。感动了三五秒我又不感动了，因为胡天说他手头有点紧，让我赶紧给他寄点钱。

“你那个当老板的发小呢？”我问，“你不投奔他去了吗？”

“投奔个屁。”胡天说，“傻×说我是逃兵，我不回家他就要报警。”

“那你这么久在搞什么？”

“也没干吗。”胡天吭哧了半天，“偶尔上街给人画个像。”

“你他妈快成要饭的了，还折腾个啥。”我说，“赶紧回来，现在回来还不晚。”

“高更就愿意在塔希提岛上待着，徐悲鸿还在巴黎大马路上给人画过像呢。”胡天说，“我现在起码自由。”

“还是回来吧，你这样肯定不是个办法。”

“你他妈当教导员了还是咋的?”胡天说,“你到底帮不帮忙?不帮就直说!”

“你他妈纯粹就是个二货!”我也火了,“想借钱你还不给我客气点?”

“是是是,你说得对。”胡天口气软下来,“我现在一天只吃一顿方便面,你没听出来我说话都没力气了吗?”

“多少?”我想了想,“我手头一共也就两千多。”

“够了够了,足够了。”

“你不会让我都给你吧?”

“你不给我,我还指望谁去?”胡天又高兴起来,“你收到我的礼物,按上面的地址寄来就行了。不要汇款,我没证件取不出来。你找本书,把现金夹在里面,包好了再寄来!”

没来得及劝胡天浪子回头,电话已经挂了。过了几天,文书取信时给我捎来一个脏兮兮的小纸盒。打开一看,里面是一个白色的掌上游戏机,不过被玩得太厉害,看上去跟老武的门牙一样黄,向右的方向键反应迟钝,得咬着牙使出铲煤的劲去摁才行。即使这样,我玩得依然很投入。俄罗斯方块的好处是能快速拉低我的智商、屏蔽周遭事物,好比戴着制式棉手套去抚摸白雪歌,神经不致太过敏感。

我现在是比较敏感。离开锅炉房时,车红旗已经早我几天回了加注队。他看上去情绪低落,饭量明显减少,常见他独自在院子里溜达,要么就坐在值班室打电话,见了我也爱搭不理。去新兵连之前他可不这样。那阵子他撒尿时总看着天花板,不像现在只盯着小便池。车红旗蔫头耷脑的样子令我十分满意，于是放心地请假回了柳州。谁料假才休了二十天，罗慕在电话里告诉我，车红旗被抽调到政治处干部股帮助工作去了。

“新兵给他送礼的事就算是真的，那也没法查。”罗慕说，“假如你给领导送了礼，又因此得到了关照，你会承认自己送过礼吗？我看不会。送礼的和收礼的都不承认，那还怎么查呢？”

这时候，唯一能让我保持平衡的就是钟军了。钟军的遭遇跟车红旗恰好相反。一直等到新兵连解散，也没人通知他去军务股报到。钟军倒不是那么想去机关，他感到困扰的是为什么去机关的事会莫名其妙就黄了。过一段时间才听说，有人向团站首长反映他和地方女青年未婚同居，导致人家数次流产，后来又把人家给甩了，基本就是个混入革命军队的流氓。时逢干部科冯科长升任三九站政委，革故鼎新励精图治，闻听此事勃然大怒，专门给装配队教导员打电话，痛斥钟军道德品质有问题，不仅要求装配队领导对钟军进行严肃批评，还在全站范围内专门开展了一次“树立正确婚恋观”的专题教育。沙漠里没什么障碍物，消息以光速传播。没几天，全站广大指战员都知道了装配队有个色胆包天的钟技师。

“你说小樊啥时候流过产？”说起这事，钟军脸都气歪了，“你说！”

“我哪知道。”我提醒他，“这得你自己说。”

“我那么尊重女性，每次都戴套的，不戴小樊也不答应啊。”钟军说，“小樊上次来就咱们几个同学知道，学校里的事就你跟兰甘、车红旗知道。谁去告的状还不昭然若揭吗？”

“兰甘也可能啊。”我说，“他长得变那么丑，长得比他好的他都可能告。”

“人家在宣传股干得那么欢，报纸上净是他的名字，他完全没有动机去干这事。”

“我也可能告你啊。”我说，“你以为我是什么好人。”

我也感觉这事像车红旗干的，可谁也无法证明。钟军没去成机关，自然要跟我一样抹菜地埂子。半夜行军要是发现自己落在了最后面，非把他吓尿不可。背后若是还跟着一个连滚带爬的弟兄，感觉就踏实多了。好几次我去找钟军，他都在菜地干活。钟军有点低血糖，蹲久了一站起来就头重脚轻眼冒金星。前几天他抹完一条地埂，准备转移战场时起身过猛，一场大规模流星雨突然来袭，将他击倒在两垄纯天然大粪水浇灌的大葱之间。战友们救人心切，一拥而上猛扇耳光。他一直搞不清到底是谁打得他两颊肿起，谁掐破了他人中的皮，总之涂上紫药水之后跟个小日本一样德行。我也很想学着钟军的样子找个松软点儿的地方晕倒，这样至少能休息休息，可体质太好，无论如何晕不过去。而且只要看我停下手脸色略微发白，田山路准会拿起他的军用水壶准备往我嘴里灌。

“叶技师你没事吧？”他关切地看着我，“来，喝点我的凉茶。”

我才不喝他的凉茶。田山路的凉茶跟他的军装都散发着燃料味儿，闻得我想吐。久居鲍鱼之肆而不知其臭才对，奇怪的是我在加注队待得越久，就越发闻不得这味道。我怀疑自己得了某种心理疾病，可没法告诉别人。我说了也不会有人信。田山路也未必信，虽然他总是那么善良。他现在干劲冲天，只等着年底超期服役期满转志愿兵，队长教导员交代个事跑得比狗还快，他不可能理解我无法言传的复杂情绪。

平心而论，我们加注队在抹埂子这方面还算正常。团站其他几个连队训练都停了下来，一天到晚都在抹埂子，而我们一般会等埂子全都裂缝掉渣时才抹上一回。在这个问题上，两个主官存在分歧。宋队长也想天天抹，可袁门不同意。他甚至还逼着我每周二、四下午给战士们上两个小时英语课。谁愿意学这个呢？你怎么知道没人愿意学？就算只有一个人愿意学，你就没白教。无奈之下，我只好服从。

“中国话能学好就不错了，还教英语！你也不调查调查，全队有几个人能认清二十四个英文字母的？”我没瞎编，宋队长说的就是“二十四”个英文字母。他不便跟教导员斗争，只好冲我撒气，“你叶春风一天不干正事，净给我胡整！”

按说宋队长一当兵就在加注队，三十八岁才干到正营，资历比教导员老得多，可却表现得有点怯教导员。他明明比教导员大七岁，说话时却总是一口一个“老袁”。按罗慕的说法，袁门来加注队之前是基地政治部宣传科干事，材料写得天花乱坠，号称基地头号笔杆子，深得政治部主任赏识，本来再干两年接宣传科科长毫无悬念，可他不知何故却来了加注队。但无论如何，现在的基地政委就是袁门从前的政治部主任，有了这层关系，从氧化剂车上一步步拱上来的宋队长不能不让袁门几分。

在罗慕看来，队长属于学历偏低、年龄偏大、能力偏弱的“老三偏”干部，最大的理想是干到副团再转业，这样回去才好安排。

要干到副团，最起码得让站长政委满意才行。而目前想让首长满意，最基本的一条就是要把地埂抹光溜。袁门不同意天天抹泥巴，队长无计可施，只能干着急。这种状态持续了挺长时间，特别是夏天来过一个金星闪闪的少将之后，队长彻底坐不住了。那两天，他戴个草帽，打了鸡血似的四处乱窜，一看到其他队有什么新动向就急得腮帮子发抖。七月底的一天，我正满头大汗地给大家讲解“what's this”，队长突然冲进学习室，一屁股把我拱下了讲台。

“要抓紧了同志们！我刚看了所有的连队，就数咱加注队最落后！”队长似乎是在向大家训话，可眼睛一直盯着坐在最后一排的教导员，“老袁，其他队的内涵都栽起来了，就咱没有。你赶紧给咱也弄一套呀！”

我们当然知道队长在说什么。冯政委反复强调，迎接工作组观摩是我们三九站的“党委工程”“一号工程”，绝不亚于“红-9”导弹系统性能试验。“红-9”打得再好，那也是研制单位的头功，菜地可是我们自己的。为了提升菜园文化品质，冯政委要求每个连队的菜地必须提炼出一套特色鲜明、好听易记的主题思想和文化内涵，要具体到每一畦菜地、每一个瓜架，这些主题和内涵提炼出来以后，要做成各种蔬菜形状的标语牌栽在田间地头。兰甘是测试队出来的，自然要挖空心思帮着老连队挖掘内涵，比如辣椒的主题是“火热的军营，火红的青春”，土豆是“扎根大漠，奉献硕果”，大葱是“美味佳肴需要你，装备发展需要我”，南瓜是“井冈山的传统，测试队的光荣”，西红柿则是“西北守望，红心向党”，诸如此类。他还打过电话问我萝卜和黄瓜有什么内涵，我说萝卜的内涵是

"个头不小，金枪不倒"，而瓜架可以写上"帘卷西风，人比黄瓜瘦，屌比丝瓜长"，可惜兰甘拒绝采纳。

"把菜种好不就行了吗？搞那些牵强附会的东西有什么用?"袁门说，"说破天那也就是个菜，成不了花。"

"问题是别人搞了咱不搞，不是马上把咱给踩扁了吗?"队长的大嗓门听上去很悲愤，"别的我不说，咱不搞，冯政委那关就过不去!"

"老宋，你难住我了。"袁门叹口气，"我真是想不出白菜萝卜能有什么内涵。"

"谁不知道你是宣传科出来的笔杆子，我不信你弄不出来，你就是不想弄！不想弄我也不勉强你，不过我还是要把话说明白，这是咱加注队的事，不是我个人的事!"队长气呼呼地转身就走，草帽掉了也不回来捡。

2

教导员不愿提炼主题挖掘内涵，队长只得派罗慕去四处剽窃，照样子也做了一批牌子栽在地头。弄完牌子，队长又把院子里的花池、水泥路和猪圈挨个儿骂了一遍，认为它们一概破烂不堪，丢人现眼，必须抓紧时间重新修补。有天夜里将近一点钟，全队正在呼呼大睡，紧急集合哨突然响起，大家骂骂咧咧地跑下楼，只见队长换上了迷彩服，说是要去拉水泥，准备全面维修营院，以最佳状态迎接上级观摩。袁门房间灯亮着，但没见他下楼。

明摆着，队长是被袁门气着了，准备甩开他自己干。这我能理解。唯一想不通的是为什么非要半夜把大家从床上拖起来，而不能等到他妈的天亮。可看队长那气急败坏的样子，谁也不敢多问，只得带着两辆人力板车和一辆脚踏三轮车，直奔军用火车站货场而去。

军用铁路修到三九站为止，各种装备器材燃料给养建筑材料都在那个小小的站台卸载，没及时运走的就存放在车站旁边的货场里。铁路、车站和货场都归附近的陆军部队管理，鉴于沙漠一带均属军事禁区，除了偶尔碰上一两个醉酒骂娘或者失恋号哭的军人之外，治安一向良好，所以车站货场既无围墙也无大门，仅有一排库房存放装备器材，其他东西都露天堆放。快到货场时，队长停下来叮嘱大家保持安静，只许干活不许说话。司务长站在旁边，手里拿着一根8号铁丝，笑得很阴险。到了库房后面的水泥垛，司务长跑到房头，扒在门上听了听，掏出一把钳子剪断了窗台上伸出来的电话被覆线，又小心翼翼地用铁丝穿过门上的锁扣拧了几下，然后冲队长挥挥手。

队长右手往下一劈，大家开始装车。一袋水泥五十公斤，运一趟回去，大家满以为可以休息了，不料队长说还要再运一趟。第二趟快装完时，板车的一个轮胎不堪重负，“叭”一声炸了。没过十秒钟，房头一扇窗户亮起了灯，接着就听到有人拽门。门被铁丝拴住拉不开，窗户上又有铁栏杆，里面的人开始大叫。

“来人啊，有贼呀！快来人呀！喂！你们是哪个单位的贼？把东西放下！”

队长像是没听见，一直到把车装满才不紧不慢地开始往回走。

“队长，有的袋子漏了，一路上洒的都是水泥。”半路上司务长说，“要不要叫人去扫扫？”

“扫个毬。”队长说，“夜里来阵风还不比人扫得干净？”

隔天早晨，我们下楼列队准备出操，一个陆军上尉带着一个列兵找到队里。队长站在队列面前，对被人指控偷盗水泥表现得十分震惊。不过当我们抠掉眼屎仔细一瞅，灰色的水泥粉末正在晨光下十分醒目地朝着院子外面延伸出去。

“你怎么回事，谁叫你去搞人家兄弟单位的水泥了？”队长怒气冲冲地质问罗慕，“人家是友军，但友军的东西你就可以随便乱搞吗？”

“是我自作主张，实在不好意思。”罗慕反应快极了，赔着笑给人发烟，“我们就是想先借用一下，到时候再还给你们。”

“你们光知道偷，啥时候还过？”对方根本不理罗慕，一个劲儿地瞪着队长，“这些建材那是拿钱买的，你们偷个两三袋我真就不说啥了，一次偷四十袋，两吨！有你们这么干的吗？”

“怎么叫偷，别说得那么难听好不好。”队长指着路边灯箱上的领袖题词，“你看，小平同志都说，强大的空军和强大的陆军结合起来，我们将是无敌的。我们结合结合有啥不好，增进友谊嘛。”

“小平同志又没说你们强大的空军可以偷我们强大的陆军的水泥。我不管你那事，要么把钱折给我们，要么把水泥还回来，今天中午十二点以前要没答复，我马上找你们基地首长去！”

“那我们留个五袋行不行？”队长还不死心，“三袋也行。”

“算了，给人还回去吧。”袁门站在几米开外，“那是人家的东西。”

队长“哼”一声，扭身上了楼。

吃过早饭，我们又拉着板车，汗流浃背地把昨晚偷来的水泥分两趟给人送了回去。田山路本来就有点感冒，来回一折腾，午饭都没吃就躺倒了，一路烧到三十九度九。我从饭堂冰柜的冻鱼身上抠下来一塑料袋白霜全化完了，高烧也不退，只得骑上三轮车把他送到卫生所去挂吊瓶。

“哎呀，明早还有两发实弹呢。”正输着液，田山路突然睁开了眼，“叶技师你上吧。”

“我哪行，还得你上。”我愣一下，方才想起白天队长确实通知过这事，“输完液睡一觉，明早你就好了。”

“我一个初中生都能行，你一个大学生咋不行？”田山路眼睛烧得发红，还咧开干裂的嘴唇冲我笑，“你就是不想干这个，我知道。”

田山路说得我脸发热。我是不想干这个。从专业角度客观评价，我在加注队从事的工作跟骑兵、司号员、二代战机和探照灯部队一样属于穷途末路。“红-2”自然有“红-2”的好处。它的前身是苏制“C-75”型（北约代号“萨姆-2”）地面防空武器系统，初创的中国人民解放军空军地空导弹部队就靠它，开创了世界上第一次用地空导弹击落飞机的先例。那事发生在1959年10月7日上午，二十七岁的国民党空军飞行员王英钦上尉驾驶RB-57D高空侦察机从台湾桃园机场起飞，由浙江温岭进入大陆上空，在一万九千米高空度过了他生命中最后几个小时后，被三十四岁的岳振华少校指挥的空军地空导弹兵第二营击落，残骸坠毁在北京通县东南十八公里处。王英钦本可以跳伞逃生，不幸的是“萨姆-2”导弹的战斗部威力惊人，起爆产生的三千六百枚高速金属破片把飞机打得支离破碎，一只断裂的机翼在高空与王英钦的降落伞不期而遇，瞬间切断了二十二根紧绷的伞绳。

现在再看“红-2”系列防空导弹，昂首待发的姿态固然优美，却只是一个血管堵塞骨质增生的暮年英雄，可以独坐窗前忆旧，却很难披挂上阵杀敌，一个小孩偷走拐棍他就寸步难行。准备一发“红-2”导弹总是那么麻烦，庞大的发射架要几个身强力壮的小伙子才能固定，铁锤狠砸粗大的地桩看着都让人虎口发麻。八吨吊车轰响着伸出长臂，导弹起吊时钢丝绳“咯咯”作响，总让人担心它会从半空掉落。手柄快速摇动无数圈才能完成一次装退弹。一级火箭要装填火药柱，二级火箭要加注燃料和氧化剂，战斗准备复杂烦琐，机动起来更加困难，一营套兵器配属数十台特种车辆，一部发射架每次只能发射一枚导弹，而每个目标都要由间隔六秒连续发射的三枚导弹去伺候才行。面对层出不穷性能优异的新型战斗机，它的功力已经捉襟见肘。用不了太长时间，它们全会被方便快捷高低通吃装配有固体发动机的新型地空导弹取代。事实上，基地正在试射的所有新型防空导弹都不再使用老式的固—液混合发动机，当然也用不着再加注燃料和氧化剂。

这理由听上去庞大而坚固，问题是我自己都清楚，这纯属扯淡。我不想干加注是因为我始终认为自己到了基地便明珠暗投怀才不遇。在军校里出类拔萃的我现在混得狗屎不如，白雪歌当然明白这一点。这令我痛苦。但我不能对任何人说。真实的想法总是严严实实地被自尊(或是自卑)包裹，像封在铅盒里的放射源，一旦暴露出来谁也受不了。所以第二天一早，队长把电话打到卫生所时，我只能扯别的。我说我在病房照看田山路，可队长不理这套，说两发实弹马上就到，命令我跑步回队里准备。

“尹技师不是在吗?”眼看被队长逼进了墙角，我不得不垂死挣扎一下，“他搞燃料出身，他咋不上?”

队长有十秒钟没吱声。我来加注队之前，队长和老尹同为加注队副队长，队长是志愿兵转干，而老尹上过军校，又比队长小几岁。老队长转业后，大家都以为老尹会接任，谁知道任职命令却下给了宋队长。老尹虽然也提了正营，却从行政干部改任专业技术干部，重新成了燃料加注技师。没当上队长，老尹心灰意冷，什么都不干。我到加注队两年，一直跟老尹和田山路住一间宿舍，从来没见他出过操上过场地，更别提抹地埂了。老尹长得像个带喷嘴的洗发水瓶子，永远像史蒂芬·霍金那样歪着脖子。每年体检时他的各项指标都十分优秀，找不出任何一个向上或者向下的箭头，他却坚称自己患有结膜炎、肺气肿、腰椎间盘突出和严重的混合痔，一旦休息不好就会目光短浅、心胸狭窄、下肢麻木不仁、痔疮夺门而出。老实说我从来瞧不起老尹。他每天抱着个大号雀巢咖啡瓶子喝茶，只盼着周五晚上坐班车回0号家属院。那我提他干吗?我自己也没想明白。

“你跟他比?你才来了几天?”队长并没像我想的那样深受触动

然后默默地挂掉电话，而是狂怒地咆哮起来，“教个狗屁英语你忘了自己姓啥了？我现在命令你，马上给我往回滚！”

麻烦了。我什么时候加注过实弹？每次实弹加注我都站在一边看着田山路操作，顶多等加注完毕后给口盖打个铅封。事实上铅封我都打不利索。何况平时训练并不真往弹体里加注，只是由二号手抱着加注枪爬到燃料车顶上，打开槽罐盖，把加注的燃料再循环注回车内，目的是让号手熟悉操作程序和计算各种温度条件下的加注量。这种计算毫不复杂，连二元一次方程都用不着。操作面板上有温度计和热胀冷缩关系表，把这个搞熟了，一号手的业务就算基本出师。问题是每次我的脚只要一踩上燃料车尾部的操作踏板，顿时就会头皮发麻呼吸困难手脚僵硬，仿佛中了毒的蟑螂，立刻就会气绝身亡。

我跑回病房摸摸田山路的额头，还很烫，但似乎比昨晚好一点。我看着他，他也看着我。最后他挣扎着从床上爬了起来。

“没事。”他说，“咱们一道去吧。”

我长舒了一口气。队长看着我和田山路一起出现，立刻把我甩在一边，催着田山路赶紧准备。在加注队混了这么久，我依然讨厌那部暗绿色的燃料加注车。每次到了加注场地，我第一件事就是立刻穿上藏蓝色厚呢子防护服，戴上防毒面具和及肘的橡胶手套，套上高筒橡胶靴，系好所有的拉链、纽扣和尼龙搭扣，尽可能把自己包裹得密不透风。哪怕在沙漠酷热的夏日，水泥地烫得可以摊鸡蛋，手套和靴子里全是汗水我也不打算把它们脱掉。就这样还不够。燃料本身散发出的怪异气味——有点像加入了塑料、皮革和精液的螺蛳粉，唯有人工合成的物质才会散发出如此复杂又奇怪的味道——仍在我鼻翼间飘荡，我无法阻止这种有着复杂分子式和中等毒性的可怕微粒不间断地从防护服袖口和面具缝隙悄悄渗入我的皮肤和血液之中。

我看着燃料车从库里缓缓驶出。打开后门，放下踏板，田山路右脚刚踩上去，左腿却突然一软，仰面朝天倒了下去，脑袋磕在水泥地上，“咚”的一声响。站在场地边上的一伙人——里面有基地、团站机关和工厂军代表——发出一阵惊呼。我赶紧冲上去想拉他起来，却怎么也拉不动。几个人七手八脚抬起田山路塞进吉普车里，我半个身子也跟着钻了进去，哪想还是被宋队长一把扯了下来。

“你凑啥热闹？赶紧给我上！”

这下我傻眼了。田山路是班长、代理燃料加注技师、全基地最优秀的燃料车全能号手。训练时他总站我身边，那时我感觉自己还能捣鼓两下，他一走，我脑子顿时一片空白。不容我多想，两台导弹运输车各载着一发“红-2 乙 A”驶入场地，等着加注完成后去四一站发射。站在踏板上，我能清楚地听到防毒面具里自己的呼吸像柏油一样黏稠沉重，手软得连个旋钮都拧不动。

“叶春风，这玩意儿很难吗？”袁门喊一句，“比烧锅炉还难吗？”

这是在激我，是吗？满头的汗在面具内蒸腾，护目镜一片模糊。我学着田山路的样子，一把扯下面具别在腰带上，把脸凑近操作面板，看完温度表，又开始找换算关系，计算加注量，然后用力按下开关。离心泵一声尖叫，槽罐中的燃料被吸入加注量筒。我屏住呼吸，死死盯着快速上升的液平面指示器，到达计算好的刻度时，我立刻扳过转换开关，长长的加注软管瞬间像蛇一般扭动起来。一口大气没出完，“叮”一声，离心泵自动关闭。扭头一看，三号手已卸下加注枪，拧紧口盖开始打铅封。从未有过的成就感从脚后跟直抵天灵盖，我站在踏板上像武林高手那样扭了扭脖子，等着第二发弹过来。

“还行。”队长站在车下仰头看我，“下一发也把它搞好。”

废话！第一发成功，第二发当然不在话下！温度不变，加注量自然也不变。我按照刚才的程序和参数重新设定了一遍，再次按下开关。正盯着快速下降的液平面指示器，突然觉得离心泵的声响中夹杂着某种动静，侧脸一看，队长正冲我狂吼。

“关、关、快关！加冒了！”

猛回头，固定在弹体上的加注枪溢流口正从侧面向外喷射深棕色的燃料，弄得弹体、运输车平台和三号手防护服上到处都是。浓烈的燃料味扑面而来，站在旁边的那帮机关干部逃命一般跑开了。守在二十米开外的两个中和冲洗车号手从来没见过这种阵势，还站在车前傻呆呆地看。队长给每人后脑勺赏了一巴掌，两个小子才如梦初醒，一个去开水泵一个去拿水枪，手忙脚乱折腾了好一会儿，高压水柱才喷射到弹体和三号手身上，被稀释了的燃料流得满地都是。

我倒还站在战位上，只不过从腮帮子到两腿都在发抖。我怎么也想不明白第二发弹为什么会加冒。我标定的值没错啊！

两发弹走了好半天我才反应过来。第一发弹的加注量由两部分组成：一是注入弹内燃料舱的体积，二是注满加注软管的体积。而第二发弹加注时，软管已被注满，而我忘了把软管内的这一部分体积减掉。都怪田山路，谁让他平时训练没让我连续加注两发弹！不不不，也许他让我训练过，只是我根本没听进去。他给我讲过那么多加注技巧和注意事项，我从来也没认真听过。

“娘了个脚！还本科生，还干部，这都啥玩意儿？狗屁都不如！”队长冲过来狠踢一脚踏板，“我加注队的脸都叫你丢光了你知不知道！”

我知道。燃料加冒这种事，至少十年之内没发生过。我无法辩解。我不能说我学的不是这个专业所以才搞砸了，这他妈不算理由。一个初中毕业的农村小伙训练半年照样能成为一个合格的号手。而我，已经在加注队待了整整两年。

3

从场地回来，我连着几天没去饭堂吃饭。田山路晕倒以后又没事了，每顿都把饭给我打回来。他还安慰我说，加了两发弹，一发好一发坏，加起来就是不好不坏，也算不上多大的事。他听他班长的班长的班长讲过，多年以前氧化剂中队一个技师也加冒过，那可比燃料厉害多了，冒着粉红色蒸气的氧化剂腐蚀性极强，喷出来把水泥场地烧出许多小坑，而我起码没把水泥地搞坏。

那几天，我每天傍晚都独自去八号山散步，坐在亭子里抽烟，看远处的沙丘和落日，顿感沙漠和人生如此辽远，而自己渺小得像一只摇头摆尾的四脚蛇，爬了半天其实也没走出多远。

有天散完步，文书说有个女的给我打过电话。我赶紧给白雪歌回过去，她却不承认自己给我打过电话。

“我没打呀。”她的声音还是那么好听，像沙漠里的水声。

“文书说有个女的给我打电话，我以为是你。”

“你开什么玩笑呀。”她笑起来，“难不成这世界上你就认识我一个女的?”

我拿着电话脸红了。白雪歌看不见。我知道白雪歌就正站在技术室走廊尽头的那张桌子前接电话，只是我想不出她此刻穿着什么样的衣服。

“我丢大人了，你知道吗?”

“听说了。”她说，“还有事吗，我得出去一下。”

“没事了，你忙吧。”

电话挂了，我还抓着话筒，直到耳边响起尖厉的空鸣声。两年了，白雪歌似乎变得越来越陌生。春节探家时，我照例给田山路和钟军带了茶叶。给罗慕带的则是一个制作精巧的袖珍小棺材，以取“升官发财”之意，罗慕很高兴。去年探家时我还给老武带了罗汉果，他说泡水特别好喝。不过这次用不着了，他已经转业离开，锅炉房换了一个陌生的面孔。还有一大包零食是我专门给白雪歌准备的，主要内容有鸡仔饼、云片糕、榴莲饼、菠萝蜜干、牛奶椰子酥、黄龙绿豆糕和越南白咖啡。提着这么一大袋香甜可口的混合弹药，我认为足够开展一次漂亮的冲锋。哪知道一去就碰上了车红旗。我实在想不通，作为一个智力正常，天天拿个文件夹在首长面前晃悠的机关干部，车红旗怎么这点眼色都没有。见我来了非但不赶紧识趣地滚蛋，仍旧斜靠在白雪歌的床上高谈阔论，仿佛这是医院的ICU病房，而他已经打算死在这儿似的。与白雪歌肌肤相亲的床是他那军校里曾经长过火疖子的烂屁股应该坐的吗？我每次去都跟新兵似的坐在小凳上，生怕唐突了佳人。而白雪歌呢，笑吟吟地拿着我几千里地背来的东西招呼车红旗“快来吃”，车红旗居然也伸出自己粪叉一般的黑手吃上了，一边吃还一边埋怨我应该多带点回来。我不走，车红旗也不走，熄灯号都吹过了，白雪歌让我们都走，说她不睡李凝也要睡了，我只好起身。走到门口回头一看，车红旗却把双手枕在脑后，换了个更舒服的姿势躺着，似乎准备长眠于此永不挪窝儿。

算一下，最近两个月，我去白雪歌宿舍一共三次，每次都会碰上其他人。有认识的有不认识的，反正都是团站那帮要长相没长相要素质没素质歪瓜裂枣獐头鼠目的单身汉。我倒不担心这帮自不量力的货色，当年在军校，我见过的阵势比这个可大多了。大三那年，包括白雪歌在内的九个两年制中专班女学员出现在校园，好比“轰-6”投下了九枚500型高爆弹，整个学校都人仰马翻。要搁在地方院校，来几个女生根本不算事，但军校不同。九只企鹅待在南极什么也不是，把它弄到长安街则另当别论。军校上千男学员分泌出的大量睾酮被条令条例和各项规章制度严密封装，一旦泄漏绝不输于沙林或者芥子气，立马让人呼吸困难思维混乱。自从我们学员十四队多了这九个女生，好比司务长良心发现炖了红烧肉，全校男生无不垂涎三尺。女生但凡列队去教室或饭堂，广大男生总会自发地组织起来夹道围观，口哨不断，掌声如雷，军务处不得不增派纠察强行驱散。

女生一来，我们队那栋被爬山虎包围着的三层砖混宿舍楼俨然成了耶路撒冷和宝塔山，朝圣的男学员成天络绎不绝。男生洗军衩的频率与女生的高频口号声发生共振，用胡天的话来说，“搞得全校都兽性大发”。事迹最过硬的是隔壁十三队一个小子。他不知用了什么手段爬到了宿舍楼顶，在夜色的掩护下，用几根背包带把自己和楼上的水箱底座捆在一起，从天而降出现在白雪歌她们宿舍窗口。正在宽衣解带准备就寝的女生们吓得尖叫不止，这声波武器一般的尖叫声反过来又吓得那个冒着生命危险一窥红颜的小子四肢瘫软，只能像块腊肉似的悬在窗外，直到警通连荷枪实弹的应急机动小分队火速赶来。

这些新情况新问题令队长和教导员寝食难安，专门申请经费在三楼楼道西头安了一道铁门，又给两个女生宿舍装上厚厚的棕色法兰绒窗帘。每天晚上查铺，第一件事就是去检查铁门是否锁好，九个饱满多汁弹性十足的女生是否如数在位。队领导很希望按照银行金库或者飞机机窝的标准打造女生宿舍，仿佛那扇铁门里面堆满了钞票、古玩和贵金属，而成群结伙又朝气蓬勃的江洋大盗无时无刻不在蠢蠢欲动虎视眈眈。

在阶梯教室一起上大课时，场面最为混乱。任何一个女生都像明星一样，跟着若干崇拜者，但大家都看得出来，围在白雪歌周围的人最多。别人也就罢了，我生气的是胡天这号人也往前凑。他用2B铅笔画了好几张白雪歌，正面的侧面的，全身的半身的，画得漂亮极了，而且都罕见地穿着衣服。课间休息时，胡天大模大样地坐在白雪歌旁边，翻着笔记本让白雪歌逐页翻看他的作品。那时白雪歌还没在图书馆跟我说过话，而我只告诉过胡天我很喜欢白雪歌。我问胡天是不是在追白雪歌，他矢口否认，说他只是想把“外围的那帮傻×”气走，好给我留出个空间。见我不信，他指天发誓，说他在白雪歌面前说了我很多好话，说我作为学员成绩优异，作为班长关心同学，作为男人心地善良，作为处男守身如玉，早上背五十个单词，下午跑十公里长跑，天天洗军衩，没事剪指甲，绝对是德智体美劳全面发展的优秀军校大学生。

就在大家争先恐后向女生献殷勤的新形势下，只有车红旗没有同流合污。起初我怀疑车红旗跟我一样，都像窦唯唱的那样，“独自等待，默默承受，喜悦总是出现在我梦中”，可很快又发现并非如此。车红旗那时早就当上了我们学员十四队九二级模拟连连长，正在按照政治思想强、军事技术精、作风纪律严、完成任务好的标准全面打造自己，凡是党中央和中央军委做出的决策他都完全拥护，凡是队长教导员的指示他都始终不渝地遵循，军校禁止谈恋爱，他作为模拟连连长率先垂范，与队里的女生始终谨慎地保持距离。哪怕队长教导员让他去给女生班通知个事，他也绝不会借机越雷池一步。他每次都会站在离雷池至少二十步——按照齐步走每一步步幅七十五厘米计算——的三楼楼梯口朝楼道深处喊人，一直到有女生从铁门里出来。没人出来他也不担心，反正总有很多没脑子的家伙愿意替他一马当先上前敲门。非但如此，那些想借机与女生接触的家伙还生怕车红旗认为他们有脑子，所以纷纷显出二百五的模样，自告奋勇直奔雷池。车红旗在这种荷尔蒙骚动的局面下还能够独善其身，搞得我对他印象非常之好。

可那终究是过去的事了。那时的车红旗并不是现在的车红旗，那时的我也不是现在的我。前不久一个周末，我从菜地摘了几个西红柿去技术室找白雪歌。她宿舍里坐着一个长着柿饼脸的上尉，两丛鼻毛像下水道井盖边上的杂草，我很想拿打火机给他点了。他也许看出了这一点，匆匆告辞。我才高兴了不到五分钟，门一响，车红旗又来了。我拿来的是西红柿，车红旗提来的却是一兜香蕉，还专门强调是“首长给的”。我坐在一边，看他旁若无人地跟白雪歌吃着香蕉扯着闲淡。他俩说的那些机关内幕我对不上号也插不上嘴，气得有苦难言无语凝噎。世界上最无耻的苍蝇也不能老是叮在一坨屎上吧！实在坐不住，便假装借了本书，然后强装微笑与白雪歌告别。其实她宿舍里哪有什么值得我看的书，一摞摞的都是麦考林邮购目录，最有层次的也不过是几本《女友》。我以为白雪歌起码会起身送我一下，可她只是转头说了一声好，又跟车红旗聊天去了。

“叶春风。”我很伤感地出了楼门，没想到李凝却追出来在后面叫我。她忽闪着两只大眼睛打量我一下，“你没事吧。”

“没事啊。”我说，“离死还远呢，能有什么事。”

“车红旗看样子在追小白呢，你要喜欢她也得抓点紧，不能见他在扭头就走呀。”李凝说，“女孩子在这事上不会太主动，你扭头一走，难道等着小白来追你吗？”

李凝说得过于直接，弄了我一个大红脸。

“我觉得你有点不自信，其实完全用不着。”李凝笑笑，“我这是多管闲事了，你别介意。”

那是头一次有人正面告诉我，车红旗正在追白雪歌。我不信白雪歌真会喜欢车红旗，却依然感到不安。在军校，那么多人都梦想着能帮白雪歌打上一次饭，可她只肯把自己那只印着“941476”编号的搪瓷碗交给我。周末我们分头请假去市里，然后在公交车站碰头。一起逛商场的时候，她喜欢让我看她一件一件试衣服，因为我总是说好看，每一件都比另一件更好看。她信任我，依赖我，至少在来基地报到之前那几天仍旧如此。

然而沙漠风干了湿漉漉的回忆。当初我去锅炉房时，白雪歌还专门打电话问我怎么回事。凭什么让你去烧锅炉呀！她听上去为我不平，我帮你找找人，还是去新兵连吧！我当然不可能让一个女人去为自己说情，但她的话仍让我感觉温暖。可如今，她甚至不愿为我加冒了燃料的事而安慰我一句。

整个八月，我闷声不响地待在加注队，像被炊事员忘掉的一坛泡菜，灵魂的白菜帮子在满腹酸水中沤得稀烂。天气转凉的一个中午，罗慕冷不丁来找我，要我陪他去趟0号。下了楼，只见院子里停着一辆军用三轮摩托车。

“上车！”罗慕扬扬下巴。

“这么牛×啊！”我头一次坐这种摩托，又高兴起来，“哪儿搞来的？”

“警通连借的。”罗慕摆个骑手造型，“怎么样，看着还行吧？”

“那当然，比宣传股兰干事强多了。”

“你可真会聊天。”罗慕哈哈大笑，掉转车头上了去0号的军用公路。

那天罗慕看着情绪不错，可就是不说去干什么。摩托车开到0号单身干部楼下，罗慕带我上了二楼。门打开，罗慕的女友出现了。她是基地医院的护士，经常去队里看罗慕，只不过近半年没来过。罗慕给我讲过，他当年追她时，基地后勤部财务科一个助理员也追得很紧，而他那时只是燃料中队的中队长，根本没什么竞争优势。后来他找那个助理谈判，谈完之后，那伙计就主动退出了。我一直问他到底使了什么杀手锏，可他死活不说。印象中罗慕的女友来队里看他时，总是化着很细致的淡妆，看着很漂亮。而此刻，她头发凌乱，眼睛红肿，像是刚刚哭过。

“什么时候走啊？”罗慕带点嘲讽的口气问。

“后天。”她怯生生地回答，“你还好吧？”

“当然好了，工作顺利身体健康万事如意。”罗慕说着冲我摆摆手，“来，帮我抬东西。”

小屋里光线不好，地上放着两个行李箱和几个大小不等的纸箱子。罗慕走过去吹吹桌上那台二十五英寸“东芝”电视机的灰尘，招呼我跟他一起抬。把电视放在车斗上，他又从兜里掏出一卷背包带捆扎好。

“那我就不送你了啊。”罗慕发动着摩托车，冲站在楼门口的女友拱拱手，“咱们就此别过，祝你幸福！”

她闭了一下眼，泪水的重力超过表面的张力，顺着脸颊流下来。她用手捂着嘴怔怔地看着罗慕，而我们已经开着车轰然远去。

“迎风吐痰，顺风撒尿，这是沙漠永恒不变的法则。”半路上，我们停下来撒尿，罗慕边解裤扣边说，“那电视是我出钱买的，本来说结婚用，不过她调走也用不上了。我现在把它搬回来，没什么问题吧？”

“没问题。”我想了想，说。

“其实我不怪她。如果我是她，我也可能会提出分手。”我们站在路边抽了一根烟，罗慕死死盯着远方的地平线，“我从来不认为待在沙漠就吃了多大亏，像报纸上写得那么苦情，那么单纯。每个人之所以能在某个地方待下去，一定是因为他觉得能在这个地方得到他想要的东西，不然他就会像你那个同学一样拍屁股走人了。每个人付出是因为他期待回报，所谓的意义这种东西根本不存在，那都是被赋予的。就像你追白雪歌，说到底也是因为你自己想获得幸福。你看我抱怨过一句沙漠吗？我从来不抱怨沙漠，因为我相信我会在这里得到我要的一切。”

“那你想得到什么呢？”扔掉烟头时我问。

“不是说了吗？”罗慕笑笑，“一切。”

拐进三九站路口没多远，罗慕突然把摩托开下路，直奔八号山而去。我散步时总来这里，并没发现什么特别的地方。直到罗慕停下车指给我看时，我才发现隐藏在芨芨草丛中的一个小小洞口。

小心钻进去，走下几十级台阶，洞口成了头顶上一个小小的光斑。再往前走，一片漆黑。等罗慕打亮手电，我才发现自己置身于一个看不到尽头的混凝土坑道当中。坑道顶端是袒露的岩石和落满了灰尘的管道和电线，两侧墙壁用混凝土浇筑，每隔几米就开有一个矩形的门洞，上面仍留有木质门框，只是门都被拆走了。每个门洞内是一个近似方形的洞穴，除了地面，冰凉的四壁均未经水泥涂抹，保留着当年施工时风钻留下的坑洼。

“你一个人敢进来吗?”罗慕停下来问。

“我一个人来这儿干吗，我肯定不来。”我生怕罗慕的手电坏掉，“挺他妈吓人的。”

“我还以为你胆子挺大呢。”罗慕拿手电四处晃晃，墙上写着“深挖洞广积粮不称霸”的美术字，红漆反射着手电光，看上去依然鲜亮。

“这是什么?”我看见墙壁上一条起伏不平的白线，罗慕把手电照过来，像是粉笔画的，一直延伸到坑道深入的黑暗中。

“估计是以前谁进来时画的。上次我就是沿着这条线走的。”

继续往前走了一段，罗慕停了下来，把手电照进右手一个房间。那房间跟其他房间并无不同，除了地上扔着一个破门板。

“我跟她第一次亲热就在这儿，想不到吧?”罗慕把光圈挪到那张门板上停了半天，“当时我穿了件大衣，正好铺在上面。”

我愣了一下，才明白罗慕说的是谁。

“她不害怕吗?”

“我也以为她会害怕，谁知道她胆子比我大多了。女人的胆子就跟酒量一样，有时候大得咱们都想不到。”罗慕定定地看了一会儿地上的门板，突然说，“你知道当时为了她，我怎么跟我的竞争对手谈判的吗?”

问题过于跳跃，但我还是想起了罗慕那个在财务科当助理员的情敌。

“现在反正也分了，告诉你也没关系。”罗慕笑了一下，“我给那小子说，我和她早就上过床了，她肯定是我的。其实我是蒙他的，结果他真的被我蒙住了。”

我又想到了自己。也许我也应该像罗慕一样去找车红旗谈判。但从何谈起呢？白雪歌并不是某宗物品或者生意，她更近似于我的梦想。这么谈对她无异于侮辱。退一万步说，我有什么资本同车红旗谈判？车红旗每天坐在机关办公楼里，我却把燃料加得到处乱喷，场地上一大片棕色印记至今清晰可见。

“走吧。”罗慕转过身，开始沿着原路往回走。

“没有另外一个出口吗？”我说，“没准离这儿更近呢。”

“应该是条死路。”罗慕说，“管他呢，还是走老路最保险。”

往回走的时候，罗慕没再说话。我俩的脚步在坑道里显得异常响亮。一直到头顶现出世间的光亮，我才松了口气。我其实不该感到害怕，这条坑道里除了一张破门板外什么也没有。但也许正是因为这里如此空洞，才令我感到恐惧。

4

罗慕并没把电视机放回队里，而是让我帮他抬进了单身宿舍楼的一个房间。这时他才告诉我，他马上要离开加注队，去团站司令部当副参谋长了。罗慕说，上午冯政委刚找他谈过话。此前政治处做的干部调整方案里本来并没有他，提升他当副参谋长是团站冯政委亲自提议并力主促成的。

“冯政委确实大气。”罗慕说话时心情不错，一点不像个刚刚失恋的人。他取下腰间的钥匙扣，晃一晃挂在上面那个我送他的小棺材，“这是个宝贝，我得好好留着。”

罗慕一走，加注队能跟我无缝交流的人一个也没了。虽然伤感，但还是为他感到高兴。罗慕从基层到机关、从副营提正营在我看来是实至名归。汉高祖用了张良，晋武帝用了杜预，孙权用了陆逊，苻坚用了王猛，所以冯政委用了罗慕，说明他很有眼光。

罗慕去机关，对我也是件好事。自从出了加注事故，我在队里度日如年。现在他当了副参谋长，如果他帮我一把，事情就不一样了。他分管司令部科训股、通信股和管理股，让我去任何一个股我都愿意。

天天琢磨着找罗慕说这事，可回回走不出加注队院门就开始犹豫。我清楚，求罗慕帮忙的话只要一说出来，我们的关系就不那么单纯了。对朋友要求越少，友谊才越长久。忘了在哪儿看过这句话，似乎有那么点道理。罗慕临走时不是说了吗，古人常言“富易妻，贵易交”，但他不是那种人。他希望我们的友谊仍像在加注队一样万古长青，我们的感情仍像高度白酒那样历久弥香。他说的是友谊和感情，我恰恰在意这个。我担心一开口，我在他眼里就会像胡天在我眼里一样发生变化。胡天每过几个月就会找我借钱，虽然每次我都会把钱夹在书里寄给他，可越来越不情愿，因为我已经开始烦了。

罗慕上任一个多月里，我还真去找过他几次。作为新任副参谋长，罗慕忙得不可开交，晚上找他时照例都在办公室加班，我只能说两句闲话匆匆告辞。眼见月白色短袖换成了凡尔丁夏常服，夏常服又换成了马裤呢冬装，我依然没能迈出实质性的一步。

“你老在这儿混着也不是个事。”有天兰甘来队里采访，我送他出门时他小声说，“科训股有个参谋刚调到基地机关去，我听车红旗说还没人选，你要不找找人活动活动？怎么也比你在这儿强。”

兰甘这话像个受精卵，在子宫里疯长，长得比兔崽子还快。落下初雪那天，一帮快复员的老兵吆喝着去压麻雀。他们在雪后的菜地上散乱地摆放了数百块砖，每块砖都用一根小草棍支着。起初我以为他们会在砖头下面撒点小米之类的诱饵，可事实上他们什么都不撒，支好砖头继续回宿舍吹牛×。到了傍晚一帮人又去打扫战场，一次竟捕获了上百只饥寒交迫的麻雀。那天晚上，众人围坐在炊事班，哈哈大笑毫不留情地把麻雀一个个丢进开水锅里拔毛破肚，加上生姜葱段辣椒八角炖了一锅。田山路递给我一只炖好的麻雀，红色的小肉块嚼上去有点像沙鸡，又硬又紧。

喝了几口泡了苁蓉而发红的高粱酒，脑子一热，我丢下手里的半只麻雀，起身出门。我要去找罗慕。不就是一句话吗？说一下又有何妨！

那个晚上，办公楼空空荡荡，罗慕正斜叼着烟独自坐在电脑桌前，对着满桌文件和幽蓝的 UCDOS 界面发呆。在门口我又犹豫了，像一个企图投敌的士兵即将到达对方的战壕时又想到了荣誉。我刚想收回探进门内的脑袋赶快溜走，目光却与转过头来的罗慕遭遇。在那间烟熏火燎的办公室，我吭吭哧哧地说了自己的想法，每说一个字都像是锅炉房小浴室的水温调高了一度，我他妈快被自己烫死了。

“没问题，我回头就给参谋长说。”罗慕的笑容那么亲切，“自家兄弟当然得帮，你说是不是？”

“罗哥你放心，我绝对会好好干的，你指哪儿我打哪儿。”像抽了一夜烟的房间打开了窗户，我神清气爽，五百年都没这么开心过了。

我笑着离开了机关楼。那晚的喜悦余音不绝，不到一个星期，罗慕回电话说，参谋长同意了。马上要离开加注队，我需要弥补一下失去的面子。就像那帮快复员的义务兵，刚来时觉得四年得像过上一辈子，快走时却又依依不舍，去大棚拔个草都比从前细致。一进场地，我立马积极地进入训练。尽管我的一举一动依然僵硬笨拙，跟老武铲煤或者田山路加注那种炉火纯青几近艺术的表现形同霄壤，但田山路还是很兴奋地搓着手，满怀期待地望着我，仿佛饲养员正兴奋地注视着一头待产的母猪。

“对对，就这样。”田山路大喜过望，“我早说了嘛，外语你都会讲，这点渣渣对你算个毬！”

看田山路红扑扑的脸，我又有点惭愧。我错误地认为自己很快就要去科训股，再也不用闻那该死的燃料味儿，也错误地认为田山路马上就会转志愿兵，然后在部队继续服役八年。人挪活树挪死，我会在科训股重新生长，也许用不了多久就能当上股长，每天对着电话发号施令，全站的大事都在我脑袋里装着，只有我闲下来的时候才会去白雪歌那儿坐坐，而她正在窗前慵自梳头，终日凝眸，一天到晚地为我守候。

结果我们都想错了。

树叶掉光的那个晴朗的冬日，刚结束训练，我正要收起车尾踏板，田山路喊住了我。

“叶技师，咱俩一起收吧。”他说，“今天是我最后一次陪你训练了。”

“我没留下。”见我发愣，他又说，三九站八个超期服役的五年兵里留下了七个，冯政委的司机和机关灶的炊事员都留了，唯独没他。

“凭啥?”我呆了半晌，又想起自己，“天底下还他妈有公道吗?”

“正常吧，年年都有这种情况。”田山路苦笑一下，“教导员昨晚找我谈了，说志愿兵指标正式下来要到明年三月份，他想叫我先别走，看能不能再争取一下，实在不行到了明年三月份再回家。不过我不想等了。跟大家一起走还好点，要是等到开春还是留不下——我感觉也不可能留下——一个人回家太恓惶了。”

“袁门就是他妈吃屎的。早知道志愿兵转不了，叫你超期一年干啥？这不是折腾人吗?”

“这事不能怨教导员。他已经很使劲了。”

“他使劲？他使劲坏别人的事还差不多!”我一脚踢在轮胎上，“我他妈找他去!”

田山路想拉我没拉住，噔噔噔跑到队部，袁门正在桌上写着什么。

“要是小田的事就不要说了，我现在有事。”他抬头看我一眼，又低下头继续写字，“不过你能关心小田的事，这很好。这样吧，晚上你跟小田一起到我家去，有什么话咱们到时候再说。”

不知何故，我被袁门给镇住了。总是这样。几天前罗慕给我打完电话，我也去找了袁门，可一见他就泄了气。他的目光永远都像针尖，刺得人透心凉。罗慕说，我去科训股的事遇到了麻烦，有领导不同意。

“这我不能说。”我问他谁不同意，罗慕不肯讲，“你自己想吧，你应该能想得到。”

我没有再问。也不用再问。除了袁门，不会再有别人。他拦着不让我去机关也就算了，反正从烧锅炉开始，我们的关系就一直很僵。可田山路呢？田山路这么优秀的兵为什么不能留下？毁掉一个我，难道还不能成全一个田山路？全基地还能找出几个像田山路这样的兵？

回到宿舍，田山路正在床前叠衣服，和平时没什么不同。但不可能不同。也许这跟德军闪击波兰前夜一样，是爆发前的片刻宁静。去年冬天老兵复员时，四三站警通连一个老兵说自己种了四年大棚，要求连长多给他补助五百块辛苦费。义务兵复员费一共才两千多，他一下要五百，连长当然不答应。老兵离队前一晚，大棚突然起火，盖大棚的几十条草帘子干燥易燃，几分钟就烧得只剩一个空架子。连长气得发疯，派人把那个兵五花大绑，准备扭送保卫股法办。可那个兵叫得比连长还响。大棚我种了四年，我舍得烧吗？你们养个孩子再把他掐死试试？还真把连长给问住了，只得松绑放人。我不确定田山路会不会闹，但我希望他闹一次。为了这五年，我希望他大闹一次。

晚上和田山路去了家属院。他穿着军装，肩上一粗三细四条杠的上士肩章洗得发白。他也戴不了一两天了。袁门炒了土豆丝、回锅肉、青椒鸡蛋和花生米，最后解下围裙，从柜子里拿出两瓶四十二度的“草原风情”。

那是我第一次见袁门主动喝酒。全队上下都说，教导员也就一瓶啤酒的量。即使老兵复员，他也是一杯啤酒喝到底。今天却很反常。我以为袁门会说很多好听的话来安抚田山路，可除了问一句菜做得怎么样之外，他再也无话，只是一杯接一杯地给田山路敬酒。

“教导员你别喝了，”田山路不停地劝袁门，“你又喝不了酒。”

“能喝多少算多少。”袁门说，“来，喝。”

“教导员，你不用给我做工作。咋说我也是老兵了，没那么经不住事。”喝了一阵田山路才说，“各人有各人的命，我的命就是个走，命这个东西，你不认不行。”

“命？什么命？狗屁！虽曰天命，岂非人事？”袁门神经质地笑笑，像是喝高了，“叶春风你也喝啊！今天来就是喝酒，今天不喝，以后再想喝就难了！”

他端着杯子又跟田山路碰。一次半茶杯，怎么也得一两。碰完后也不管田山路喝不喝，自己一口就闷了下去。一连喝了六七杯，看得我都发慌。趁袁门再次端起杯子要往嘴里倒，田山路一把抓住了他的手。

“教导员，你不能喝了！”

袁门一言不发，紧盯着自己的杯子，仿佛那是个新奇又陌生的物件。他用右手很仔细地把田山路的指头一个个掰开，然后抽出杯子飞快地一饮而尽。再倒一杯，田山路又要拦，袁门非要喝，两个人伸着胳膊较劲，谁也不让谁。就这么僵持了一会儿，袁门一甩手，手里的玻璃杯飞出去摔了个粉碎。我正愣着，袁门一把抓过我的杯子往嘴边送，田山路扑上去抢，袁门却像条疯狗似的拼命仰着脖子往嘴里灌，酒洒得胸前全是。

“给我滚开！我他妈是你的教导员！你一个兵敢跟我抢，你反了你!”袁门拍着桌子大叫，“我喝点酒怎么了？我他妈的留不下你，喝杯酒还不行吗?”

我呆了。我从来没见过如此失态的袁门。眼睛血红，嘴唇苍白，一绺头发贴在汗津津的脑门上，像个老头似的喘着粗气。在我的印象中，他每说一句话都要想上半天，那些话无懈可击的直接后果就是他总是很少说话。而此刻，他瞪着田山路，仿佛在看自己的仇人。他就那么站在桌边瞪着田山路，差不多有一分钟，或者十分钟，突然身子一塌，一屁股坐在了地上。我和田山路赶紧上前去扶，刚扶起来，他却猛地弯下腰，吐出一大摊恶心的污物。透明的黏液从鼻尖垂下来，晃荡着，蛛丝一样拉出好长。我俩把他弄到沙发上，田山路赶忙跑进卫生间拿来毛巾给他擦脸，又倒水给他漱口。

“怎么办?”我问。田山路蹲在沙发边没吱声。再问一句，他仍不理我。他蹲了好一会儿，才起身收拾地面。我坐在椅子上，隔着饭桌看袁门。他双眼紧闭，脸色惨白，脑袋靠在沙发扶手上，一只胳膊垂在地面，像具尚未僵硬的尸体。

等田山路收拾完，我俩费了好大劲才把袁门抬到卧室床上。田山路给他脱了鞋盖好被子，关上灯准备离开，袁门却诈尸一般猛地坐起来，吓得我一哆嗦。

“小田，你听我说。”袁门在黑暗中垂着头嘟哝着，“你先不要走……你听我的……我是教导员，你是我的兵，你必须听我的……服从命令听从指挥，雷厉风行令行禁止……你再等等，再等等，我请求你，田山路同志，请求你再等等……你要走你就不是个东西……我也不是个东西……一个好兵我都留不下……我真他妈不是个东西……”

田山路站在卧室门口，肩膀像正在工作的燃料车一样剧烈颤动。灯绳攥在手里，跟着他一起发抖。他哭了吗？我看不到他的脸，也听不到哭声。

“这招挺厉害。”回去的路上我说，“他肯定早想好了，先把自己灌醉，你就不好意思跟他闹了。”

田山路像是没听见，低着头向前走。

“你说他用的是不是苦肉计？”话刚出口，田山路猛地停住脚，脸变得一点都不可爱了。

“叶技师，你要再这么说教导员，那就当我田山路从来不认识你。”他恶狠狠地看着我，“我知道我傻我笨我没文化，好歹我还长着两只眼睛。我自己会看人。看人不就是看个心吗，我自己会看！”

我什么时候被别人这样撅过？换作别人，不认识就不认识，算个屁！但田山路不是别人。就像他说的，我俩是一个车上的人，一根绳上的蚂蚱。

“操，脾气还挺大！”我服了软，冲着田山路的背影高喊，“我说错了总行了吧？我不说了还不行吗？”

田山路不理我，迈开大步甩下我走了。

5

春节休假回来，我发现宿舍变了样。具体说，是老尹在屋里开了个店。他家属几年前在0号搞了个小卖部，后来扩大规模变成了一家小超市。超市生意很火，常常忙不过来，一到周五老尹就急着回去给老婆打下手。也许是老尹感觉一周只在0号帮老婆卖两天东西不过瘾，要么就是他老婆想进一步拓展市场，总之我探家回来，田山路空出的铺不见了，取而代之的是一个硕大的枣红色木衣柜。衣柜里没有衣服。老尹根本用不着衣服。整个一周他连内裤都不换，非得周五穿回家去洗。衣柜实际上是老尹的家庭百货零售业在三九站的分支机构，跟营区那几个戴着遮阳帽骑着自行车带着纸板箱兜售零食的随军家属一起，共同构成了三九站的商业存在。我离开才一个月，老尹的分店已经很成气候，衣柜上三下二加起来一共五层的隔板上，塞满了方便面火腿肠饼干烤馍片卤蛋锅巴饮料香烟牙膏香皂洗衣粉卫生纸擦脸油，每样东西的售价都比0号总公司贵出百分之二十，唯一的好处是可以赊账。

“你回来可太好了。”周五下午，老尹从裤带上的钥匙串扭下一个，十分郑重地交给我，“你帮我看着啊，千万别忘了记账！”

老尹像托付后事一样说完，歪着脑袋去机关楼前坐班车了。他一走，我立马从柜子里拿出一包烟和两瓶啤酒，还吃了他不少锅巴和花生。这些我都记在他留给我的账本上，后面注上一个“劳务费”。从周五下午到周日晚上，光三块钱的“哈德门”烟就卖出去十六包，摆满柜子下面两层的啤酒卖掉了一大半。宋队长周末要打牌，害得我半夜起来给他拿啤酒。我估算了一下，两天纯收入怎么也有六七十块。要知道，我一个月工资才七百多。

帮老尹看店看到第三个周末，袁门休假回来了。他立刻发现了我们宿舍的新生事物，站在大柜子前看了好一阵。周一早上，老尹坐班车刚回队里，袁门就跟了进来。

“这是怎么回事?”

“我看大家买东西不方便，就弄点货过来。”

“这是连队，不是生活服务区。”袁门皱着眉头，“赶紧收了吧。”

“我这也是为了方便大家，战士们买东西也不用出门，有啥不好的?”老尹指着我，“小叶都说这事办得好呢!”

我什么时候说过这话？老尹真不是东西。讨厌袁门，不代表我就喜欢老尹，我侧过身子赶紧往外溜。

“军人不许经商，就为这个。”袁门说，“你要是免费赠送我没意见，做生意绝对不行。”

“老宋还在我这拿啤酒呢，咋啥事一到你这就这不行那不行的?”我站在门外，听老尹愤愤地说，“你为啥老跟我过不去?”

“队长是照顾老同志，但老同志应该知道啥事能干啥事不能干。”袁门说，“我不跟任何人过不去，除非他跟条令条例过不去。给你一周时间收拾，够了吧?”

“嘭”一声，好像是老尹在踢柜子。

“袁门狗日的不是个东西！”转悠一圈回去，老尹正气鼓鼓地坐在床上，“净他妈拣软柿子捏！”

“就是。”我倒不认为老尹是个软柿子，他其实更像个椰子。不过我依然热切盼望老尹跟袁门斗争到底，“你就不搬，看他能把你怎么样！”

老尹果真没动。袁门没再找他，而是找了台卡车。周日下午，袁门派了八个兵，抬棺材一样把柜子抬上车，直接送到了0号老尹家属的超市。我想着老尹会找袁门闹一场，可令人失望的是，这家伙只托人给队长捎来一张病假条，月底时又给我打来电话，让我帮忙找司务长去退他这个月的伙食费。

老尹刚泡完一个月病号，噩耗随之传来。为了验证“红-9”武器系统对高速目标的打击能力，基地命令我们三九站“组织精干力量”前往西海后旗某地施放“图强2号”靶弹。“红-9”到底能不能打得下“图-2”我毫不关心，我担心的是派谁去。“图-2”本质上虽然只是用来挨打的靶标，可毕竟也是一发弹，只不过没有引信和战斗部罢了。靶弹要飞上天，同样要装填火药柱，要加注燃料和氧化剂，在这一点上跟“红-2”差不太多。队长开会传达任务命令时，我神经都他妈快绷断了。

要是田山路在该多好！他准会高高兴兴地领受任务，漂漂亮亮地凯旋。可现在燃料技师只剩下我跟老尹了。第一方案是老尹去。他军校学的就是这个专业，据说年轻时也曾是加注界的一把好手，从来没有加冒过燃料。要是他生意红火，兴许一高兴就去了。问题是自从分店生意被袁门搅黄之后，他成天吊着个脸，放的屁都比平时臭。宣布完任务，接着就要定人定车。队长来找老尹谈话，老尹一口咬定自己痔疮犯了，破门而出鲜血四溅，隔着卫生纸都弄脏了好几条内裤，洗都洗不过来。要是出去十天半个月，车马劳顿病情加重那他可没法工作。

“小叶可以给我做证！”老尹又把我扯了出来。有这个必要吗?谁也不可能把他裤子扒了掰开两瓣臭屁股去检查他到底是内痔外痔还是混合痔。

“我说不动你，叫老袁跟你说！”队长拂袖而去。

一看队长认定了唯有老尹才能担此重任，我稍稍轻松了些。要是两个主官一起向老尹施压，他那个歪脖子未必能扛得住。老尹什么都不怕，最怕的就是转业。他以前总给我说，不干活照拿钱，没什么地方比部队更好混的了。但是如果他把队长教导员双双惹恼，他自己恐怕也得掂量掂量后果。

“你先别走。”看袁门进来，我正想回避，却被他叫住了。他问了老尹几个关于痔疮的问题后说，“这样吧，我就问一句，你到底能不能去?”

“去不了。”老尹摇摇头。

“那好，你不用去了。”教导员转向我，“叶春风，你去。”

“我哪行?”我急了，“还是老尹去最合适。”

“让你去，你就去！”

“我没加过靶弹。”

“你没干过的事多着呢。”

"万一再加冒了呢?"我红着脸说。

"加冒一次就把你吓破胆了?"袁门斜我一眼,"你去,加冒了我给你顶着!"

我哑了。

出发前一个星期,我临阵磨枪,在场地狠练了几十遍操作。最多一次连着练了五个循环,燃料车的离心泵被我折腾得吱吱乱叫,二号手在车顶上站得两腿发僵,差点爬不下来。这他妈有什么呢?不就是个简单的液体供应装置吗?难道比高等数学和电子技术难吗?比《白鲸》里那些帆船术语难吗?比一分钟内给锅炉送六铲煤难吗?比挖空心思向白雪歌献殷勤难吗?屁!我不过是不屑于干这个罢了。

劲头是上来了一些,底气却仍旧不足。跟我形成鲜明对照的是钟军。接到通知后,他拿着"图-2"靶弹的技术资料外加四瓶"西凉"啤酒,连夜跑来找我探讨任务细节。他眉飞色舞地对我大谈此次任务对"红-9"试验定型的重要意义,兴奋得像个西红柿。虽然没去成机关,钟军在队里却干得风生水起,两年多来已经连续三次打破了他自己创造的火药柱快速装填纪录,所以去年底站里给他立了个三等功。他戴着军功章的大照片现在还贴在办公楼前的橱窗里,两眼瞪得大如羊蛋,隔着橱窗玻璃闪闪发光。

我就差多了。前天团站冷高工召集靶弹分队全体人员开会,他拿着任务名单挨个了解人员情况。别人都没说什么,只有我被他不怀好意地看了半天,然后问一句:"怎么派你来了?加注队没人了吗?"

换作从前，我八成会蹦起来反唇相讥，要不至少也得拂袖而去，不然无法彰显我恃才傲物的本性。然而我坐在会议室后排纹丝未动，连我都大感意外。大概我已经开始明白，我其实无才可恃也无物可傲，从前我对自己与众不同的认识都建立在自视甚高的沙堆上，劲风一吹，低头一瞅，两只脚原来还踩在地面上，并不比任何人高。可能连地面都不是，而是个大坑。我站在坑底，随便谁都可以居高临下地瞟我两眼。

出发前那天中午，全队都在午休，我坐在菜地水泵房前面的水池沿上，拿着胡天寄来的破游戏机打俄罗斯方块。每一局超不过三分钟就 GAME OVER，而往常我一口气能打一个小时。一直坐到下午快三点，我才横下心出了院门。

去技术室的路上，我脑子转速很快，设想见到白雪歌时的种种场景。为了规避车红旗，我专门选择了正课时间。作为一个声誉日隆的机关干部，车红旗正课时间定然在努力工作，要么给基地机关打电话请示工作，要么给基层打电话布置任务，要么恭敬地站在领导办公桌旁静候指示，断然不会溜到白雪歌宿舍去。“万人逐兔，一人获之，贪者悉止。分定故也。”这是罗慕教我的。只要车红旗和白雪歌还没有牵着手出现在营区主马路上，群雄逐鹿中原问鼎的局势仍将长期存在。但我怎么才能重新抓住白雪歌这只美丽可爱喷着香水的大兔子呢？截至目前，我在白雪歌宿舍里遇上的单身汉累计不下二十个，每个人看上去都志在必得。而他们也许只是冰山一角。我有什么呢？我唯一的优势已经成了回忆，连回忆都正在时光流逝中日益挥发。我唯一可以称道的就是我愿意追随她来到沙漠，而可悲之处在于，这恰恰是她才能说，而我永远无法提及的话题。

可惜白雪歌不说。到了基地，她从来没提过这事。她也许根本就没相信过我真是为了她才来这里。那么这次呢？我该给白雪歌说点什么？我不过是跟着队伍出去放个靶弹而已，并非背着炸药包去拔火力点，跟青山埋骨马革裹尸还差着好几个级别。我知道这很扯淡，可我真的很想找个由头去见见她。

心绪复杂地敲开门，我发现自己想多了。白雪歌根本不在。

“小白去0号送资料了，怕要到晚上才能回来呢。”李凝说，“进来坐吧。”

“算了，你忙吧。”我站在门口，乱糟糟的脑子瞬间清空。

“你是要去西后旗打弹吧？”

“对，明天一早走。”

“上次我听说你加注的时候出了点问题，我还给你打电话来着，想看你有没有事，可惜你正好不在。”李凝咬一下嘴唇，又笑起来，“不过这次你肯定不会有问题的，祝你成功呀！”

我很意外地看着李凝。其实她笑起来挺好看的，而我从来没注意过这一点。

6

靶弹分队出发的那个清晨，团站首长机关在办公楼前组织了出征仪式。分队指挥车、通信车、收发车、显示车、坐标车、测试车、电源车、发射控制车、靶弹运输车、发射架牵引车、燃料加注车、中和冲洗车、氧化剂加注车、火工品运输车、八吨吊车、给养器材车、炊事车和维修保障车在马路边一字排开，一眼望不到尽头。

我们穿着迷彩服在办公楼前列队。参谋长主持仪式。站长下达任务。带队领导冷高工斜挎着“五四”式手枪代表靶弹分队表态。钟军作为技术骨干代表发言。最后是冯政委讲话做指示。冯政委口才极好，特别是没有有些领导干部“这个”“那个”“对不对”之类到死都改不掉的口头禅。他十分潇洒地将话筒从架子上扯下来，像唱卡拉OK那样握在手里开始脱稿讲话，字正腔圆中气十足，逻辑清晰旁征博引，还特有激情，听得我都有点兴奋，直想上厕所。难怪罗慕常说，整个三九站他最佩服的领导就是冯政委。

站在迷彩的队列里，有助于认清自己的位置。穿迷彩服的靶弹分队和穿夏常服的机关干部们在小广场上相对而立，本属一方却像两个阵营，真是个颇有意思的场面。只有兰甘两头通吃，他也穿上了迷彩服，正举着相机四处乱拍，因为仪式结束后，他将随队进行“嵌入式采访”。

“荣誉在心、重任在肩，站党委、机关和全体官兵完全相信你们能够攻坚克难、不辱使命，热切期待你们旗开得胜、高歌凯旋！”冯政委大声问，“同志们有没有信心？”

“有！”

“好！我们三九站的队伍就是要这样嗷嗷叫，就是要这个精气神！”冯政委右手漂亮地一挥，“出发！”

三九站到西后旗靶弹施放点全程约三百八十公里，基本都是路况极差的便道。实际上连便道都算不上，不过是年深日久经过的车辆轧出的车辙，很多地方甚至连车辙都没有。地壳运动了几十亿年，第一次有人类从此经过。地面板结又泛着白碱的泥壳被轮胎碾碎，像被压碎的酥皮点心。

靶弹分队全程摩托化行军，拉给养器材的卡车还好点，特种装备车明显吃不消。这些超高超长超重的特种车都是“红-2”武器系统的配属车辆，在公路上机动都费劲，何况是在戈壁滩长途行军。连冷高工都承认，他当了三十年兵，执行这样的任务还是头一次。

“我认为这是好事。”他说，“我们走得越远就越说明一个问题，那就是咱们的国产兵器覆盖空域越来越大，性能越来越先进。”

一上路，冷高工就不再说这是好事了。先是氧化剂加注车连爆两个胎，没多久电源车胎也爆了，第一天全队一共爆了七个胎。我们车上的备胎也匀出去一个，害得我晚上裹着大衣在驾驶室睡觉时梦见燃料车十个轮胎全爆了，吓醒后跑下车朝每个轮胎踢了一脚，确信没事才回到车上，却再也睡不着。

接着是测试车水箱被颠漏，防冻液所剩无几。最神的是钟军坐的火工品运输车，出发第二天晚上宿营时检查车辆，司机突然发现油箱盖没了，而出发前明明是拿挂锁锁好的。谁也搞不明白油箱盖和挂锁怎么可能不翼而飞，见多识广的冷高工搔着花白的短发瞅了半天也没瞅出个名堂，只好让司机把副油箱的盖子换上，又要求把所有车辆全部再检查一遍。

再往后是一台靶弹运输车陷在刚化冻的泥坑里，白色浑圆的靶弹好像马上就要从车上滚下来，吓得冷高工连滚带爬地冲上去用后背顶着车——好像他真能顶住似的——哭爹喊娘地大叫起来。救援车还没开过来，兰甘抢先出现了。他端起相机蹲个马步，准备抓拍冷高工奋不顾身龇牙咧嘴的英姿。

“拍个毬拍！眼睛瞎了你！”冷高工大怒，要不是正全力顶着背后的靶弹运输车，他看上去有可能会掏出腰间的手枪将兰甘当场击毙。我们刚毕业时冷高工还是三九站站长，年龄超过了正团职最高服役年限才改任高级工程师，唯有脾气还跟当站长时一样火暴，“还不赶紧过来给我推车！”

两台卡车系上钢丝绳，又集中了所有车辆上的自救木，好不容易把靶弹运输车从泥坑里拽了出来。一共就带了三发靶弹，损失一发，这趟任务就完蛋了。险情把冷高工吓得不轻，搓了好半天腮帮子才能正常开口说话。他表示自己活了四十八年也没走过这种狗操的烂路，严令车队行进时速不得超过二十公里。

“出师不利！”冷高工气呼呼地说，“我说走前要放挂鞭炮，冯政委非不同意，还说我迷信！不听老人言，这下好了吧！”

一条破路走了整整三天，脑袋平均五分钟就会撞在挡风玻璃、车窗或者驾驶室顶棚上，颠得我死去活来。饱含紫外线的阳光照进驾驶室，光束中浮尘飞舞，贴在满是油汗的脸上，手指随便一搓就是一条黑泥。

第三天傍晚，总算到了西后旗的目的地。下车活动了好半天，屁股还是麻的。炊事员弄了一锅揪面片，吃完了开始干活。搭设帐篷，铺设电缆，油机发电，固定发射架，设备通电检测，单边带电台也和基地指挥所建立了联络。厕所没挖，反正也没外人和女人，随便找一丛芨芨草后面解决就行，在兔子不拉屎的地方拉几泡屎，权当勒石为记。当晚睡到半夜，狂风怒号，飞沙走石，一声巨响，帐篷倒了，我手脚并用从厚厚的帆布下面爬出来，身上就穿个秋衣秋裤，里外冻了个透。揉着额头上被帐篷杆砸出的包，忽然感觉这趟任务非常不妙。

按照计划，抵达发射点第二天先打一发“图-2”，让“红-9”小试牛刀。吃过早饭大家开始干活，冷高工在阵地上四处乱窜，谁动作稍慢点就会招来一顿臭骂。就连钟军这种技术骨干都没逃掉。

按照规程，火药柱装完才能加注燃料和氧化剂。钟军一早就带着几个兵装火药柱，怎奈最后一根死活装不进去。冷高工连催带骂，终于把钟军搞毛了。

“这靶弹有问题。”钟军说，“生产得不合规格。”

钟军这个笨蛋，忘了冷高工正是“图强”系列靶弹的主要设计者之一，这话立刻捅了老东西的肺管子，一张矩形老脸硬是给气成了平行四边形。

“放屁！什么靶弹有问题，我看你才有问题！”冷高工气急败坏地指着钟军的鼻子，“我命令你十分钟内给我装好，不然一切后果由你承担！”

“靶弹就是有问题！”钟军固然对很多不着调的事物充满着盲目的责任感，买双鞋回来都会在第一时间认真填写鞋盒里的《顾客意见表》给人寄回去，可素来脾气温和，极少与人争执，当初被车红旗扇了一记耳光都默不作声，突然变得如此强硬，着实罕见，“火药柱舱的直径我量了，比技术资料上写的少四毫米，火药柱装配的误差是正负两毫米，少了四毫米就是装不进去，这不是问题是啥?”

“三发靶弹的火药柱舱我都量了。”见冷高工没说话，钟军蹲下来指着火药柱舱又说，“全部少四毫米。要是在站里，我拿车床把最后这根火药柱车掉一层皮还能装，现在不行，绝对装不进去。”

冷高工右手卡在枪套上，被钟军噎得半天说不出话。我担心老东西一气之下去掏枪，幸好他围着靶弹转了几圈以后，气歪的脸又恢复成了原状。

“那你说怎么办?”

“这根就不装了。”

“亏你想得出来。少装一根，发动机推力不足怎么办?”

“我算过，飞到目标空域应该没问题。”

“你敢保证弹能打出去吗?”

“这我保证不了。打不打得出去又不光是火药柱的事。”

“那你能保证发动机推力够吗?”

“肯定够。”

“不够咋办?”

“不够你枪毙我!”钟军看了一眼冷高工腰间的手枪。

“好你个狗小子!”冷高工瞪了钟军几秒钟，忽然又笑了，“枪是用来防野兽的，我看你也不像野兽。”

靶弹装配完成，测试也没什么问题，所有人都围在前线指挥所帐篷外，守着电台等消息。等到了中午也没动静。冷高工让报务员联络基地指挥所，对方说试验队正在调试兵器，让继续待命。

“这么先进的兵器调三天还没调好?”冷高工抬脚就要踢后半夜

好不容易才重新搭起来的帐篷，我赶紧贴着帐篷竿站好，他只好转过身去踢地上的石头，“就这效率，来架敌机早他娘的飞没影了，还等你调试？”

吃过午饭继续待命，炊事员再次喊开饭时，大家都知道今天是没戏了。接下来又白等了一天。第三天上午，终于来通知定下了发射时间。燃料加注时一切顺利，可惜队长教导员不在场，没有一睹我的风采。

第一发“图-2”发射出去，在天上留下一条细细的白线，线头不断向天际延伸，忽然变成豆芽大的一朵云，接着远远传来鞭炮似的声响。大家兴奋地仰着脖子，直到那小朵白云消失在湛蓝的晴空。

“好！”冷高工放下望远镜，一张脸笑成了五边形，扫视一圈后指着钟军，“来，你过来，本高工给你发根烟！”

“我不抽烟。”钟军慌张地摆摆手。

“什么毛病你？”冷高工眼睛又瞪圆了，“叫你抽你就抽，一般人想抽我还不给呢！”

钟军没办法，只好上前接过烟，冷高工亲自给他点上。看钟军笨手笨脚拿着烟咳嗽的样子，纯粹是在浪费那根“黑兰州”。

过了一会儿，基地呼叫前指，说成功击中第一批目标，回收队正在前往寻找导弹和靶弹残骸，以便进一步验证攻击效果。基地首长希望靶弹分队全体同志不骄不躁、再接再厉，以饱满的政治热情和一流的工作标准完成好后续发射任务。

冷高工眉开眼笑，午饭安排炊事员炖了一锅羊肉，每人还分了一两白酒，一直吃到起风才散。

接下来的课目是一次性把余下两发靶弹都打出去，检验“红-9”攻击多目标的能力。这回又等了三天，才确定了第二次发射的时间。那个早上，第一发靶弹加注时一切正常。到了第二发弹，我按下开关，燃料泵却全无反应，连按几下都没动静。这他妈太邪门了！为什么每次连加两发弹都要出问题？我操我操我操操操！

“怎么了?”站在车下虎视眈眈的冷高工问，“怎么不加了?”

“燃料泵好像坏了。”舌头好不容易才把这几个字归拢了顶出牙缝。

“开什么玩笑!”冷高工一个箭步跳上踏板，差点儿把我挤下去。我倒是巴不得被他挤下去趁机摔个人事不省什么的，这样正好可以甩手不管。可冷高工已经一把抓住了我的胳膊。他倒不是好心扶我，而是扯着我的胳膊直往操作面板前送，“也不看看什么时候！有故障赶紧排啊，什么原因搞清楚没有?”

“没有。”我哆哆嗦嗦，“我也不是学这个专业的。”

“我管你学什么专业？你们加注队领导都他妈混蛋，把你这种货色派出来！你直接告诉我你狗屁不通，连个燃料都能加冒不就行了吗？不懂你早说啊！不懂你跑来给我捣什么乱?”冷高工又开始发疯了，“你别给我废话，你来出任务，这就是你的事，马上给我搞好！今天这弹要打不出去，我饶不了你!”

冷高工骂得我差点儿一头从车上栽下去。我很想像钟军那样舌战冷高工，问题是钟军肚里有货，我肚子里只有早上刚吃的一个馒头两个鸡蛋外加凉拌雪里蕻。我跳下车，两腿发软地跑到驾驶室，从工具箱里找出蓝色塑料封皮的操作教令开始翻。

“你到底是干什么吃的？这会儿了你还给我看教令，你平时都干啥去了?”哪知道冷高工紧追不舍,仿佛要扑上来咬断我的喉咙,“给你十分钟时间把问题给我解决了,不然一切后果由你承担!”

同样的一句话,钟军可以说不行,我没法说。少一根火药柱,靶弹照样能打出去,少了燃料绝对不行。讨厌的冷高工和见鬼的燃料车搞得我气血攻心,两手哆嗦着把操作教令从头翻到尾,却没找到任何可用的排故方案。我早料到出这趟任务不是什么好事,果然如此。

等一下等一下,让我重新理一下思路。离心泵。我知道离心泵。一个靠叶轮旋转产生的离心力甩动液体的机械。老不死的东西你给我滚远点儿行吗?什么十分钟解决,我他妈十一分钟解决不行吗?再敢瞪我,把你眼珠子抠出来!离心泵为什么不工作?为什么为什么为什么?什么破燃料车!老尹这个王八蛋,真该把他的痔疮割下来塞他嘴里。别慌。不能慌。集中精力。离心泵为什么没反应?冷静冷静冷静。叶春风你给我冷静!从头开始。从头理一下。白雪歌凭什么对我那么冷淡?没准她早被车红旗干过了。胡天不是早说了吗,白雪歌一看就是那种性欲旺盛的女人。胡天是怎么看出来的?还是胡天有远见,我要跑了也不会遇上这种事。袁门不也跑过吗?都他妈跑到安北了你还回来干吗,脑子真有病!你连田山路都留不下来,不如一头撞死算了,还当个蛋的教导员!田山路田山路田山路,你为啥就不能忍一下?再等几个月又怎么了,没准你现在已经转上志愿兵了呢?

在西后旗的荒原上,我拼命回忆田山路。只有与田山路有关的所有画面一一出现,我才能重新听到他曾给我说过的那些话。田山路曾对我说了那么多话，我却从来没认真听过。一个兵能说出什么令我激赏动容的话呢？他说当兵前他从没洗过热水澡，夏天时在河里游泳就算洗了，冬天河里结了冰，所以就不洗。他说当兵前他从没吃过方便面，没想到世界上还有那么好吃的东西，所以他每个星期至少要泡上一包方便面。他说燃料的味道让他上瘾，一天不闻都会浑身难受，所以他总是喜欢待在燃料车上。每次训练时他都喋喋不休地给我说上一大堆，从他嘴里蹦出来的字怕比沙丘还稠密，可一攥在手里却全从指缝流走了。现在我只希望他站在我身边，再给我好好讲讲关于燃料车的所有秘密。老实说我很想田山路。在火车站送老兵时我抱着他哭了，压扁了他胸前的大红花。我也搞不清自己怎么会哭。从记事起我就没当众哭过，没想到会为了一个萍水相逢的田山路哭成那个熊样。我内心大概也充满了像燃料车一样交错的管道电路阀门开关，不经意间被触动时燃料就会喷涌而出。人的感情真是像死亡一样奇怪，人人都知道有这么回事，但没有谁能完整又真切地描述它。

“这几根苁蓉是我自己在野地里挖的，你留着。只有沙漠里的苁蓉才长得好，别处的就差远了。”田山路离队那天，打开一个塑料袋让我看里面那几根黑乎乎又泛着油光的东西，“每次切几片泡酒，酒会变成紫红色，这家伙能壮阳哩，等你结了婚就有用了。”

那几根苁蓉放在我箱子里，我没拿它泡酒。因为我并不知道自己将在何时何地与何人结婚。如果跟白雪歌结婚的话，我一定会邀请田山路来参加我的婚礼，假如那时候我还能找到他的话。我们最后一次通电话是在春节，他说年后要跟着村上的建筑队去上海打工，以后他会每天穿着没有肩章的旧迷彩服在工地上扎钢筋。田山路在电话里笑着，可听得我差点儿哭出来。

我在脑海中打捞着与田山路有关的一切。像风浪击碎的捕鲸小艇，残片浮浮沉沉，没准一块船板就能救了我的命。翻滚的回忆之浪一波波把我打入水中，我又一次次拼命探出头来，仿佛看到不远处有个东西在水面若隐若现，却怎么也抓不住。整个靶弹分队都停下来等我，而我不知道怎么把田山路留给我的只言片语重新粘贴起来。仿佛有那么一次，他说到过离心泵类似的故障，似乎是要手动打泵，还要往泵内直接注入燃料之类。大概是这样。为什么要手动打泵？只能说明带动泵轴的电机坏了。那为什么要往泵壳内注入燃料呢？泵壳和导管内本来不是已经充满了燃料吗？如果电机有故障，注满泵壳的燃料也许会重新流回槽罐，空气就会乘虚而入，导致离心泵内无法形成真空，因而无法产生低压环境，自然不能持续吸入燃料。是这样吗？除了这个我实在想不出别的了。至于田山路是不是说过如何注入燃料，我再也无法想出分毫。田山路好像只说过，那是种严重违反操作规程的办法，是没有办法的办法。我现在不就是没有办法了吗？我似乎总是没有办法。白雪歌我没办法，去机关我没办法，连一个离心泵我还是没有办法。我他妈到底算是个什么东西？一个自以为是的傻×？还是一块供人取乐的笑料？

“都让开！”我把手里的操作教令一把甩进驾驶室，伸手取下挂在车侧的红色消防桶。几个兵让开路，冷高工不知道我要干什么，也退开了几步。我一屁股坐在轮胎旁边，右手拿桶左手撑地，仰面钻进车底，瞅了好一阵，才在沾满油泥的底盘下找到了槽罐底盖。

系着细铁链的底盖大概从未被打开过，我费了半天劲才拧开，浓稠的燃料瞬间流溅出来。接满一桶燃料，我胳膊和胸口被洒满了燃料，从车底爬出来后还在往下滴。

接下来呢？从槽罐往外接燃料容易，往泵里灌就难了。泵壳的盖子在加注量筒后面，量筒侧面的窄缝比我脑袋大不了多少，我伸长胳膊想拧开盖子，可防毒面具卡在量筒壁上，手怎么也够不着。犹豫几秒，我摘下面具，脱掉防护服和橡胶手套，拼命伸长胳膊，总算把盖子拧了下来。

提着消防桶往泵里灌燃料，刺鼻的异味扑面而来。我试图屏住呼吸，马上又发觉这是个蠢办法。当我坚持不住开始张口喘气时，反而会大口吸进更多的燃料蒸气，熏得我双泪长流。等我终于拧紧盖子从车里退回来，几个兵上前开始轮番手动打泵。我站在操作踏板上，死死盯着量筒上徐徐上升的液平面指示器，到标定值的那一瞬，我扳过转换开关，指示器开始缓缓下降。绷紧的神经突然松脱，我一转头，早饭全喷在了地上。

瘫坐在前指帐篷门口，双眼刺痛，恶心欲吐，却只能吐出点酸水。头晕得厉害，眼前景物像盛夏的沙漠一般在眼前波动。酒精洗过两遍手，右手上仍有几块地方发红刺痛，估计是脱防护服时弄上去的。我闭上眼，只听见冷高工一迭声地高喊军医，接着那声音又移动到了我面前。

“你怎么样？难受得厉害吗？抽烟吗？”我睁一下眼，冷高工正跟个石狮子似的蹲在我面前，露出粗粝的笑容，“进去躺着吧。”

“没事。”我强撑着笑笑，“死不了。”

“这下我看明白了。”冷高工拍拍我的膝盖，“你小子行。”

“刚才我给你抓拍过了。标题就叫《危急关头》，绝对能发。”兰甘抱着相机凑过来，“吸毒的感觉怎么样？”

“去你妈的。”我有气无力，“难受死了。”

“放心，难受不死，这是慢性中毒，要死估计还得三五年呢。”

“来，喝点我的茶水。”钟军也跑来，拧开军用水壶递给我，“茶水有解毒的功效。”

“吸了这么多毒，破坏染色体，估计你以后只能生闺女了。”兰甘嘿嘿笑，“刚才你那样子牛×极了，胳膊伸那么老长，好像钱包掉进了下水道。”

我想笑，却笑不动，只是恶心。跪在粗粝的戈壁滩上，双手撑着地又干呕起来，钟军的茶水全吐了出来。缓了一会儿，感觉似乎好点，我挪到通信车旁边，靠着轮胎坐直身子，看着远处发射架上那两发白胖胖的靶弹。

就在这时，不知从哪里飞来一群乌鸦，哇哇叫着落在了靶弹和发射架上。旁边的冷高工突然狼一样“嗷”地怪叫一声，飞快地拔出手枪朝天怒射，枪声惊飞了那群正要歇息的乌鸦。它们呼啦啦飞上瓦蓝的天空，在高处缓慢盘旋，徘徊不去，像极了烧过后又被风吹散的纸灰。在场的人都呆了，齐齐望向冷高工。他垂下握枪的手，在发射架前呆立了好一阵，才把枪塞回枪套，垂着头向指挥车走去。

7

靶弹分队返回的路上，我一直半躺在冷高工的吉普车后座上。连着两天水米不进，吃什么吐什么，心脏狂跳，胸口憋闷，尿液发红。冷高工也慌了，一个劲指着军医的鼻子骂，说他不学无术，狗屁不通，连个燃料中毒的情况都处理不了，整个一江湖医生。

狭小又颠簸的北京吉普车像一叶扁舟，周遭是漫无边际的恐惧之海。我会死在路上吗？我才不满二十五岁，还他妈是个处男呢。我把头靠在打开的车窗边，张大嘴让风灌进来，仿佛这样就能稀释体内的毒素。一路剧烈咳嗽又不断干呕，倒车镜里脸憋得发紫，把跟我一样年轻的军医吓得面色如土。好不容易到了基地医院，抽血验尿，化验单上那些上上下下的箭头看得我两眼发花。胸部透视发现有水肿迹象，医生会诊后说这属于“急性化学性肺损伤”，幸好我年轻，住几天院应无大碍。但我满腹狐疑。军医桌上那厚厚的医书里记载的只是常见毒物，而燃料的化学成分作为军事机密，永远不可能载入其中。

入院头两天，钟军请了假一直陪我，密切监视着输液管。喝水要亲自试试烫不烫。撒个尿他也站在旁边。你出去，不然我尿不出来。不行，万一你晕倒了脑袋撞在水管上咋办？呵呵，你可真孝顺。装配队有任务把他叫走时他还不放心，给我交代了半天注意事项，这才一步三回头地走了。

袁门隔一天来看我一次，都在下午，非常准时。他坐在床边忧心忡忡地看着我，这种眼神倒是头一回见。直到我开始吃粥，他面色才活泛起来。不过我们没怎么聊。我不知道跟他说什么。好在也用不着说什么。他每次来，总是先找医生了解情况，然后在我床边坐那么几分钟，最后以“好好养病”结束。

兰甘也来看过我，还带着李凝。李凝搭兰甘的车来0号办事，顺道也来病房坐了一会儿。但说话的主要是兰甘。他说本来给我写了篇“真正的好稿子”，他自己看了都非常感动。没想到送审时被主任打了回来，说这次任务没完成好，再搞宣传就是不讲政治。兰甘一脸歉疚，我倒不觉得有什么。为了多上稿子，兰甘什么人都敢写。比如机关灶的司务长，兰甘自己都承认机关灶吃得猪狗不如，只有团站常委就餐的那个小屋里能传出肉香。车红旗被新兵告了状，他还专门写了篇《“学生官”的“三把火”》，看到里面说车红旗给新兵辅导英语时我差点儿哭了。谁都知道，车红旗的英语四级考了两回才通过。他甚至连营房股的岳助理都写。在兰甘笔下，分管水暖电的岳助理“像水一样滋润大漠，像电一样送去光明，像煤一样燃烧自己”。我说兰甘胡编乱造他还不服，说我是黑暗思维，看不到光明的主流。我离开锅炉房那年年底，营房股股长刚确定转业，岳助理就在一个晚上去了冯政委办公室——冯政委家属没随军，他来三九站后一直住在办公室的套间里，这也是他的佳话之一——当离开时他欣喜若狂，叫来几个老乡痛饮了一番。据在场的一个家伙事后回忆，岳助理喝到兴头上透露，冯政委表扬他工作干得好，如果当股长也会是一个称职的股长。岳助理高兴了不到二十四小时，隔天团站党委组织中心组学习，冯政委当着全体常委的面，把报纸包着的五万块钱摆在了会议桌上。岳助理股长肯定是当不成了，连助理也没法再干，只得灰溜溜地申请转业，而股长的位置最后给了一个四一站的干部。岳助理转业之前，我曾在路上碰见过他，那张馒头脸已然皱成了一只十八个褶的大包子。从这个角度上讲，不被兰甘写成稿子，未尝不是件好事。

就连胡天都给我打过电话。那是个晚上，护士站空无一人，我正好可以跟他聊上一会儿，顺便把我奋不顾身完成加注任务的事迹给他讲讲。哪知道才开了个头，胡天就把我打断了。

“没啥大事吧？”

“没啥大事。”

“没事就好。我长话短说啊，手机费挺贵的。”胡天清清嗓子，“是这样，我跟几个朋友合伙开了个广告公司，现在初具规模，业务也接了一些，就是资金周转不开，搞得几个上了手的单子又丢了。你能不能再帮帮我？听说部队现在也涨工资了，你在沙漠里又不花什么钱，能不能借给我先急用？”

“我还得孝敬我爸妈呢。”本以为胡天会致以亲切的慰问，结果又他妈跟从前一样上来就要钱。

“你爸当公务员，你妈是医生，谁拿的钱不比你多？还用你孝敬？你应该把钱给最需要的人，那就是我啊！再说我是借你的，算你投资，一年之内连本带利返你，保底也有百分之二十的利息。”胡天说，“算这账又不用微积分，你一想就知道划不划算。”

“我搞不懂你这个，没兴趣。”我老大不快，“我身体不舒服，得先躺着去了。”

“我操，别啊，多少借我点啊春风。”胡天说，“我现在也不是没钱，我是想当合伙人，条件是必须出资三十万。我现在凑了二十八万，就差两万，你只要给我两万，我就是老板，要不然我只能当打工仔！”

“你有这么多钱？”我吃了一惊，“我一年工资也就两万。”

“多什么，多还差两万。”胡天说，“你借我呀春风，一年之内保证还你，包括以前欠的，一起还，全算利息，这总行了吧！”

“等我出院再说吧。”

“那你啥时候出院？”胡天说，“明天能出吗？”

“我他妈啥时候好了啥时候出！”我恼了，“我告诉你，这是最后一次。以后借钱的事别再找我，再找我就谈谈你啥时候回来的事。”

“你放心你放心，绝对最后一次，下不为例！”胡天一点没生气，“我就说嘛，关键时候还是哥们儿管用！”

应付完胡天，还有谁呢？如果只许我选一个人来看我，我百分之百选白雪歌。可她为什么总是不来？学校里我感个冒，她都会缠着炊事班班长给我做皮蛋瘦肉粥。一个英雄人物在弥留之际难道不该与他心仪的女子见上最后一面吗？问题是我一时半会儿还死不掉。早知如此，我不如端起消防桶把剩下的燃料都喝掉算了。那样的话，白雪歌肯定不好意思不出现了吧？

入院大概第五天时，罗慕来了电话。

“你现在怎么样？好点没？”

“好多了。”接到罗慕的电话让我挺高兴，“我都可以四处溜达了。”

“那看来问题不大。”罗慕说，“不过今天下午你就不要溜达了，下午你还是要继续卧床静养。”

“不用，医生让我没事多走动走动，有助于恢复。”

“我不是这个意思。我是说，下午冯政委要专程来医院看望你，要我也跟着去。”罗慕说，“要是首长去了你已经活蹦乱跳，那不显得首长去晚了吗？我也是突然想到这个问题，所以提前给你说一下。你下午就好好躺着，哪儿也别去，听明白了吗？”

罗慕这要求似乎有点过分，可听到他说，这次我表现很好，打了一个翻身仗，实现了一次绝地反击，不少领导都对我刮目相看时，我又觉得呼吸都顺畅了许多。

那天下午，冯政委带着一行人进来，把我团团围住。冯政委送上鲜花又同我握手，兰甘的快门按个不停，弄得我很不好意思。冯政委站在床边亲切询问了我在排除燃料车故障时的具体情况，又问我身体感觉如何，最后称赞我关键时刻冲得上去，顶得下来，用实际行动很好地诠释了三九站精神。

说到三九站精神，我又紧张起来，生怕冯政委问起三九站精神的具体内容。自从冯政委上任后，我们三九站就有了四句话十六个字的精神。冯政委像重视菜地和灯箱一样重视这一套精神，经常会叫住一个前来呈阅文件的机关干部，或者一个从马路对面走过的战士，叫他们当场回答三九站精神的具体内容和内涵表述。一个星期之内，吓得大家全都记得滚瓜烂熟，随便问一个人都能像说自己名字一样脱口而出。唯一的问题是容易记也容易忘。我当初也背得很熟，几天不背马上又忘得精光。于是再背，然后又忘。冯政委要是突然问我一句，那可就惨了。一个诠释了三九站精神的人竟然不知道三九站精神为何，那一定会把英俊的冯政委气成成奎安的模样。

“我早说过，你是个很优秀的年轻干部。”冯政委看来不打算难为我，相反，他的笑容像八月份的凉开水一般令人舒爽，“你的情况我记得很清楚，上军校拿过英语演讲比赛第一名，主动要求来基地工作，学员队里第一个入党，一直担任模拟连连长，对不对？”

我愣了一愣。冯政委说的后面两条其实是车红旗的，看来他是记混了。不过我还是赶紧点了点头。

“我有个观点，看一个人要长期地辩证地看，不能光凭一时一事来判断一个人品德高下能力优劣。上次叶春风同志把燃料加冒的时候，机关曾有人提出来要严肃处理，要给处分。我当时就讲，我不主张这么做。孟子说过，知耻而后勇。马克思都说过，年轻人犯错误，上帝都会原谅。我看这话用在叶春风同志身上再合适不过了。事实证明，人家关键时刻就是很过硬嘛，你们说是不是？”

大家都笑起来，我热着脸也笑了。又说了几句，冯政委从政治处副主任手里拿过一个信封递给我：“这是站里的慰问金，钱虽不多，但是一点心意。你就好好治疗，等痊愈了，还有很多重要工作等着你去做呢！”

送走冯政委，好半天我都像在做梦。送花表扬还给钱，是不是有点太隆重了？冯政委说的最后一句话是什么意思？重要工作是什么工作？比基层更重要的工作就只有机关了。往泵壳里灌燃料的时候，我可没想到还有这么丰富多彩等待分解的续集。那阵子我只想赶紧把这事弄完了拉倒，省得冷高工没完没了地跟在我屁股后面骂娘。我在病房里转了好几圈，又打开信封取出钱。整整五百块，新崭崭的票子。我打算再添上五百，凑个整数寄给胡天。他说他有二十八万，狗屁。这家伙嘴里没一句实话。有时我甚至觉得他根本没去什么深圳，而是一直待在沙漠深处的某个山洞里。算一算，他跑了这两年多，我寄给他的钱少说也有一万五。有这钱，我都够给白雪歌买个钻戒了。

一想到白雪歌，刚涌起的兴奋又云一样叫风吹得无影无踪。后面几天，我百无聊赖地躺在病床上，一听到门外有高跟鞋响就会激动一下，可进来的总是护士。真要命。一个人凭什么会对另一个人产生如此巨大的影响，一条鱼对另一条鱼会吗？

出院前一天下午，就在我已经彻底绝望的时候，白雪歌来了。她出现在门口的一瞬，我一直憋闷的胸口像拉开窗帘的暗室一样豁然敞亮。可惜才高兴了不到一秒钟，窗帘又重新拉上了。车红旗。我看见了车红旗。他拎着一袋水果跟在白雪歌后面，刚涌上头的热血顿时又结了冰。他俩一左一右站在床边问候我，而我怎么都像是个为他俩提供话题的道具。

“你俩聊，我去干部科送个材料。”说了几句，车红旗欠身拍拍我的腿，“看你恢复得挺好，不会有事的。”

车红旗一走，我反倒不知说什么了。

“你不高兴吗？”白雪歌坐下来看着我。她穿着夏常服，红领带衬在一角月白色衬衣上，衬得皮肤特别好看。

“怎么可能！”我说，“我高兴得大小便都快失禁了。”

白雪歌飞快地笑了一下，又立刻收住了噘起的嘴唇。

“你们怎么样了？”像是在撕指甲边上的肉刺，疼得龇牙咧嘴却还想把它撕下来，“你跟车红旗，什么时候结婚？”

“说什么呢你！”白雪歌的脸唰地红了。

“有什么不对吗？”我笑笑，“他一天到晚都在你那儿。连看我都一起来。”

“那是他自己要来，跟我没关系。”白雪歌说，“我不是早告诉过你吗？我不会在基地找，我不想把一辈子都耗在这儿。”

“基地到底哪儿不好呢？”

“反正不好，一切都不好。”

“能跟自己喜欢的人在一起的地方，不就是最好的地方吗？”

“可是在这里我没办法喜欢任何人。”

“连车红旗都没办法喜欢？”

“你有完没完？你再这么说我走了啊！”

“好好，不说了。”我坐直身子看着白雪歌，“我要是不在基地，咱们还会跟在学校里一样好吗？”

“我不知道。”白雪歌垂下眼帘，“也许吧，我不知道。”

“那你为啥总不理我？”

“你问过一万次了，我不想再说了。”

“可我觉得你没说实话。”

“我说的都是真的。我们不合适。真的不合适。你会找到比我好的女孩，到那时候你就明白我说的是对的了。”白雪歌扭头看向窗外，“咱们别说这些了好吗？我不想说了。”

好多时候我都在设想，如果白雪歌突然陷入困境，我会怎样不惜一切地保护她。这种像沙漠一样无边无际的想象经常把我自己感动得要命。我有时甚至希望她遇上一次车祸，少条胳膊断条腿，而我会一辈子守着她。这种想法听上去十分恶毒，肯定是从哪个电影里看来的，可从我的角度看，那却是关于爱情真诚又无奈的愿望。或者一个长相猥琐的歹徒也行。他像胡天一样手持伪造的通行证，蒙过车站验证处后顺利潜入三九站，在夜色中蹑手蹑脚尾随白雪歌，企图在漠风中沙沙作响的杨树下强行非礼。千钧一发之际，我从天而降，打得他满地找牙，而白雪歌衣衫破碎地扑进我怀中，在我结实的肱二头肌上嘤嘤哭泣。我还幻想过在一场倾盆大雨中，白雪歌无助地走在路上，浑身透湿，轻薄的布料变得透明，两只美丽的乳房隐约可见。而我，一个最爱她的男人，手擎黑色大伞——我真有这么一把伞，只是放在加注队储藏室里从来没机会用——出现了，为她遮风挡雨，脱下军装披在她光滑圆润又瑟瑟发抖的肩头。然而自从我们分来基地，沙漠一带的雨水从来也没打湿过地皮。我总想保护她，那大概是蛮荒时代的丛林和篝火所建构的性别角色映照于今天的残影。然而小我两岁的白雪歌却像个可以看透一切的成熟女人，目标明确，意志坚定。她并不需要我的保护，相反，她似乎还试图保护我。

白雪歌走时，我要送她下楼，她死活不让，简直都要跟我急了。我只好依她。刚躺回床上，每天给我扎针的小护士进来了。

“叶春风，”她冲我翻着白眼，“你怎么惹着人家女孩了？”

“开什么玩笑。”我没好气地说，“她惹我还差不多。”

“那人家怎么哭着走了?”

我跳起来，趿拉着拖鞋跑下楼，可白雪歌娇小的背影已经消失在空荡荡的路口。

8

出院时，风变得像少女一样清新温柔，沙漠的初夏到了。我一门心思等着去干“更重要的工作”，可总也等不来。只好又像从前一样，开始用黄泥抹地埂。这次看着像是真的。一个打前站的工作组离开次日，种菜的标准又提高了。按照新修订下发的团站《农副业生产规范化实施细则》，先要用白棉线把每块菜地隔成五十乘五十厘米的网格，然后对照下发的比例图纸——那上面画着各式各样造型简洁的飞机、导弹、雷达、舰艇、坦克、五角星、降落伞和八一军旗，当然少不了三九站精神——拔掉二十厘米宽的小苗，让菜地变成巨大的题图尾花集锦，在空中都可以看到。

就在队长和教导员为了到底在哪块地上用哪个图案，到底拔掉二十厘米还是十厘米宽的菜苗，到底是每块地都拔还是只拔其中几块地的问题上争执不下时，冷高工打来电话，说要请我和钟军吃饭。

冷高工叫我去，我不敢不去。在遥远的西后旗，冷高工开枪吓跑了乌鸦，但正如大军出征前风刮倒了旗杆，要是不出点事，显然不符合契诃夫的戏剧理论。果然，我冒死加注的那发靶弹飞上几百米高空，突然一头栽了下来，戈壁滩上腾起的黄尘直接宣告了

"红-9"双目标射击课目彻底失败。试验队那头只在雷达上发现了一个目标，干脆就没发射。我记得冷高工看着靶弹从半空中掉落时大叫一声，蹲在地上捂着老脸哭了起来。几天后回收队把打坏的那发靶弹残骸弄了回来，初步推断是二级火箭的点火装置出了问题，这说明那群飞累了的乌鸦、拔枪怒射的冷高工和呼吸困难的我都是无辜的。

冷高工只叫了我和钟军两个人在0号服务区吃羊肉。吃饭时，我很想问问冷高工为什么要跟乌鸦过不去，又怕惹得老东西不高兴，所以和钟军一起去卫生间时，我一个劲撺掇钟军去问。

"你这是迷信吧?"钟军果真就问了。

"什么迷信，你小子懂个屁！这叫预感！是对事物可能走向的一种本能的预知，这是建立在对事物充分理解的基础上才有的。"冷高工瞪着钟军，"你有吗?"

钟军赶紧说没有。

"有才怪！你们才当几天兵？我军龄都比你们年龄长出一截子，吃过的饭比你们见过的饭都多。"冷高工说，"一上路颠掉油箱盖我就开始担心了。兵器和靶弹的运载平台根本经不起这种颠簸，很容易把元器件搞出毛病，而且哪里出点问题很难看出来。"

我听不出这跟乌鸦有什么关系。为了防止被骂，只能点头称是。

"是什么是，小和尚念经，有口无心。"几杯酒下肚，冷高工搔着头发，"叶春风，你上次带到后旗去的那本英语书，你真能看得懂?"

我想了一会儿才明白，他说的是那本《白鲸》。

“看个差不多吧。”我没想到他还注意到了这个，“也有的地方看不大懂。”

冷高工说完，又开始聊他的“图强3号”。跟着他的吉普车回了站里，路上在说他的“图强4号”。到了家属院门口，冷高工又邀请我们去他家坐坐，我怕他接下来再说“图强5号”，赶紧谢绝了。

和冷高工吃过饭没两天，袁门突然通知我去办公楼找冷高工。接下来一个星期，我每天坐在冷高工办公室隔壁的一间小屋里，拿着《英汉科技词典》翻译一份英文资料。好在这东西语法简单，也就是专业词汇多些，翻过几页速度就快了起来。冷高工不时进来站在我身后看一会儿，然后又带上门离开。

把一沓译稿交给冷高工，他坐在办公桌前仔细看了好一阵，然后抬头看我：“我没找错人，你小子真可以。来，我给你发根烟。”

我抽烟还会咳嗽，所以谢绝了。想告辞回队里，冷高工却摆手让我坐下。

“你想不想来机关？”

太他妈意外了。但满头白发的冷高工看上去不像是开玩笑。他说，司令部通信股正好缺个参谋，他认为我比较合适。

“我担心队里不放。”我说，“特别是教导员。”

“这用不着你担心。”冷高工说，“你只要愿意来就行。”

我都不知道自己是怎么回去的。天空那么明亮。两只脚都在飘。冷高工可是前任三九站站长，他说话的分量远远重于袁门或者罗慕。我在西后旗狂吐不止的回报真的要来了吗？在队里抹了几天地埂，冷高工还打过一个电话，说调我去机关的事已经让司令部报到了政治处，他也给参谋长和政治处主任打过招呼了，估计二季度研究完干部，我就可以去通信股上班了。

“不用着急，先好好干你的工作。”冷高工说，“工作永远是第一位的。”

有冷高工托底，我干起活儿来劲头十足。一天上午，我们正在场地训练，文书一路狂奔过来通知我赶紧带队回去。

“冯政委发火了，让所有人马上跑步回队里。”文书上气不接下气地说，“跑步!”

我们撤收完毕跑步回到队里，冯政委正面色阴沉地站在菜地边上，对面站着队长和教导员，他俩的脸色也不怎么漂亮。我们快速在地头列队，听冯政委训话。冯政委虽然很生气，但说话还是很文雅，核心意思是我们队根本没达到迎接观摩的标准，是全站最差的一个连队。只有五六块菜地弄出了图案，蔬菜的主题内涵全是照搬照抄，毫无加注队特色。还有那些站里出钱买来配发给各队的羊，跟从西前旗牧民家里牵走时一模一样，精神面貌毫无改观，一点儿军队特色都没有。而人家测试队的羊，每只都洗得雪白，脑门儿画上了红色的“C”字，尾巴都涂成了迷彩的。冯政委站在菜地中间越说越气，当着全队官兵的面指着宋队长的鼻子说：“你这个队长还想不想干了?”

“政委，我不是不想搞。我也想把每块地都弄出图样，可问题是……”宋队长转头看着袁门，欲言又止。

“全站官兵辛辛苦苦准备了两年，事关基地形象的重要任务，团站阶段性的中心工作，到你们这儿就是这么落实的?”冯政委转过脸，“袁门，你给我说，你这个教导员是怎么当的？我上次就提醒过你，工作标准要高，工作姿态要先进，你拿出来的就是这种标准、这种姿态?”

袁门面无表情地站在那儿，一言不发。

“看你们这菜地埂子，为什么不把它抹平?”

“抹了，又裂了。”袁门说，“泥巴抹的过两天就裂，我觉得这是无用功，等观摩团来之前抹好就可以了。”

“这就是你的态度？其他队能每天抹，到你这儿怎么就不行了?”

“队里还有别的事，还要组织训练，业务学习，不可能什么都不搞，天天在这儿抹泥巴。”

“我说什么来着？工作干不好，根子在领导。你都这种态度，怎么可能搞得好?”冯政委又说，“在基地机关的时候，你袁门可不是这样的啊，天天晚上加班加点，出手的材料在首长那里从来都是一遍过，你那时候的劲头都上哪儿去了?”

“那也是无用功。”袁门说，“没什么意义。”

“那你说什么有意义？对上级的决策指示置若罔闻，置大局于不顾，老子天下第一，由着性子想怎么干就怎么干，这就是你要的意义?”

袁门又沉默了。

“算了，我也懒得批评你。一个正营职主官，好自为之吧！要想干，就拿出个干的样子，要是不想干，可以提出来转业!”冯政委气得直喘，“宋队长，现在还有两天时间，你们抓紧时间整改，就按人家测试队的标准来，哪怕达不到，也比你现在这个样子强！”

“是！”队长赶紧表态，“政委请放心，我们就是不吃饭不睡觉，也一定把它搞好！”

我想着袁门这会儿总该表个态了，哪怕“嗯”一声也算有个交代，可他仍然双唇紧闭，一直到冯政委走出菜地，狠狠甩上车门离开。

那天上午开始，我们在队长的带领下苦干了一个星期，从早到晚，一刻不停。袁门也来参加劳动，可不怎么说话，只是闷头蹲在地上抹泥，偶尔双手撑着膝盖站起来，向空无一物的远处眺望。

最后一百米冲刺结束，总部联合工作组终于来了。那真是一个庞大的工作组，近百号穿着陆海空武警制服的将校军官汪央汪央地涌进团站，大小车辆在新落成的招待所前停出一长溜。第一天上午，工作组先在军官训练中心观看了兰甘精心制作的宣传汇报片，然后去菜地参观。听钟军说，他们一个个活得神采飞扬，根本没遇到任何生命危险。当天晚上，基地在测试队院子里为工作组举办了篝火晚会，请来了西前旗的乌兰牧骑前来演出，漂亮的女演员献上哈达和烈酒，男歌手紧着嗓子唱的呼麦在夜空中传出老远。第二天，工作组乘车前往西前旗的胡杨林参观，然后直接前往基地飞行团，在那里乘坐图-154 专机返回北京。据参加保障工作的兰甘回来说，工作组少说也吃掉了十只羊，而柯达胶卷他拍掉了整整五十个。

那两天我们被要求待在队里不得外出。工作组观摩了好几个连队，却没来我们加注队。我看见宋队长独自在菜地埂子上坐了一天，饭都没吃。司务长说，装配队种的黄瓜比驴鸡巴还要长些，而测试队养的猪老得都能提干，再加上那些飞机导弹图案和琳琅满目的文化内涵，工作组那帮人这辈子都不可能再见到这么震撼人心的菜地了。

我一点不关心工作组来不来加注队，我只关心我什么时候能离开加注队。眼看着新招待所门前那片冒充草坪的小麦都抽出了瘪穗，去机关的事还没消息。我问过罗慕，他对这事也很关心，强烈建议我去找一下冷高工。

“你不找领导，说到底还是你没摆正位置。”罗慕说，“难道你还等着领导来找你吗?”

我相信罗慕说得有理，可就是下不了决心去找冷高工。六月中旬的一个周末，我正琢磨着去找钟军喝点酒，却被袁门逮住了，让我跟他去 0 号办点事。坐上他要来的大屁股吉普车，我们一直开到 0 号礼堂门口。袁门从前是宣传科干事，对礼堂熟门熟路。他领我上到二楼，一个兵正在那儿等着他，还叫他“袁干事”。

“来吧，咱们把这些宝贝搬下去。”袁门指着地上的十几捆旧书，“要给图书室买这么多新书，没三千块钱可下不来。你看，这钱又省下了，再凑点，可以给队里添个电脑。”

我有些不快。这种事找个兵来就行了，干吗叫我来?

“今天叫你来还有一件事。”回去的路上袁门说，“关于你去机关的事。”

浑身肌肉一紧。根据我的经验，袁门从来就不会给我带来什么好消息。

“冷高工本来想直接找你说，不过这段时间他出差了，专门打了电话委托我给你说一下。”袁门看看我，“你去通信股的事上了常委会，但没过。因为有首长提出说你表现不错，在基层再摔打一下更有利于你的成长，所以这次准备让你当燃料中队的中队长。干部缺编，这个位置一直空着，我觉得你当这个中队长正好合适。”

车窗外白亮的沙漠骤然变成灰色。

“去机关也未必就是好事。”袁门又说，“我始终认为你还差那么一两分火候，火候不到，终归不好。”

我不想再跟袁门说什么了。争吵总是很低级。沉默最好。

车开进三九站营区，刚拐过卫生所，我散漫的目光突然像被谁一把扯住，拽得我上身离开了座椅靠背。

眨眨眼。没错，我没看错。前面不远处，白雪歌正穿着藕色连衣裙和白色高跟鞋相向而来，微笑着跟身边的车红旗说着什么。车红旗穿一件黑色衬衣，下摆扎进军裤，腰带扣在阳光下一闪一闪。他们在机关楼一侧的树荫下边走边说，挨得那么近，胳膊不时碰在一起，看着还挺他妈般配。他们在干什么？似乎也没干什么，也许只是在告诉每个途经此地的人，他们已经正式开始了一场恋爱。

第三章　空箱子

那条通向我的既定目标的道路都是铺着铁轨的，我的灵魂就要嵌在那上面的槽沟飞奔而去。越过杳无人烟的峡谷，穿过深山丛壑，钻过急流的河床，我就这样正确地冲出去！

——《白鲸》第三十七章

1

晚上又是两顿酒。每周总少不了几顿酒。七月份喝白酒真要命，出了几身大汗，短袖军装湿了又干，干了又湿，贴在身上怪不舒服。

头一场在0号。下午去基地装备部器材科开调拨单，本想早点回去找季菲，却被巴助理抓住不放，硬拉我陪他喝酒。刚开始跟巴助理打交道时，他总是板个脸，在他办公桌旁边站上老半天他也只顾打电话，看都不看我一眼。开单子也是。申领器材的请示件上，分管副司令员明明已经签过字，到他这儿也给得不痛快。申领十根传爆管，他偏偏只给开八根的单子，然后说库存不足。曹股长在电话里跟他争得面红耳赤，好了，下次只给六根。趁着过年回家，我托开店的高中同学弄了一块不错的“国画石”，石头有一本朗文词典那么大，油光闪闪，细密的纹路颇像一幅山水画。石头搁在红木托架上看着很有档次。我估计巴助理以为这东西很贵，又很感人地从几千里外背回来，对我的态度立马好了许多。再去器材科办事就顺当多了，一见面还给我发烟呢。我当然不能告诉他，那石头加上架子一共才不到两百块钱，发票开的是图书，找财务股的哥们儿早就报了。

本以为很复杂的事，一块石头就轻松搞定。不过要往深里说，这不是石头的问题，是人的问题。石头要在曹股长手里，估计他会拿去砸巴助理的脑袋。还是罗慕说得对，领导也是人，七情六欲一样不缺，柏拉图的哲学王那只是个想象。就像巴助理，其实人非常爽快，混熟之后，办什么事向来没二话。唯一头疼的是总爱拉着我喝酒。他叫我喝酒是给我面子，我当然得喝。喝还不够，必须猛喝才行。因为巴助理自己就是个喝酒不要命的主儿。每次往包间里一坐，第一件事就是撸袖子，接着把手机和钱包往我面前一放：“春风，我要上了，后事就托付给你了啊！”当哥的视死如归，我这做兄弟的不能不一马当先。在生活服务区“羊大头”酒家，我挺身而出替巴助理挡下了满满两大杯“汉武御”，结果吐得卫生间洗手池都为之不通。

“你跑哪儿去了？打半天手机不接！”喝到快晚上七点，摸出手机一看，发现七八个未接来电，全是罗慕打的。这才想起他昨天就说过，晚上要请驻训部队的几个同学吃饭，叫我务必参加。

“我错了我错了，我正在0号喝着呢。”我赶紧回电话，“不然我就不去了吧。”

“开什么玩笑？你必须来。”罗慕不由分说，“就等你了。”

“那你们先开始，我现在往回赶。”

“你不来我们不开始，你看着办吧！”罗慕听上去似乎很生气，但我知道他并不真生气，“我的同学可都比你级别高，我看你一个小助理员能让人家等多久。”

提前从“羊大头”撤退，少不了又自罚一杯。回去的路上，我在车上眯了一小觉，眼一睁，司机已经把我送到了“绿洲缘”门口。叶助理，我在外面等你吧。不用不用。我们连长说了，今天这车专门保障你，叫我随叫随到。好好，有事我打你手机！这小子挺有眼色，不塞给他一包烟无论如何也说不过去。

罗慕他们果真在等我，我一出现，服务员才开始上热菜。罗慕的几个同学清一色的少校，一个是“红-7”营营长，一个是“C-300”营教导员，一个是导弹师后勤部战勤科正营职参谋，还有一个跟我一样是在装备口，只不过人家是导弹团装备处处长，混得都挺明白。五个少校专等我一个上尉，于礼有亏。为了表达歉意，我又把自己狠灌了一番。这次喝的是“草原风情”，幸亏已在0号吐了一回，清空了场地，不然非现场直播不可。

“我给你们说啊，春风是我的好兄弟，也是咱们的师弟。”罗慕郑重介绍我，“这兄弟有才，上学的时候就是全优学员，名动校园，现在是我们三九站装备处器材股的头牌助理员，你们有啥困难找我没用，找春风最好使了。”

罗慕一说，我赶紧点头。好在他们也没提什么过分的要求，也就是“红-7”营营长的事稍微麻烦点。他们营头一回来基地驻训打靶，没想到沙漠里的风会那么大，想让我帮他弄点角铁，准备拿来加固野战帐篷。

“几根角铁能有啥问题，是吧春风?”我还没吱声，罗慕先替我应承下来了。我飞快地琢磨了一下，想起通用库房里堆了不少生锈的角铁，跟弹药库里那些散放在木箱里的子弹一样没个数，给他们一些也未尝不可，只要别让曹股长看见，倒也不难办。

“罗副参谋长是我老哥，他说没问题就一定没问题。”想通了角铁的问题，略微起皱的心马上又舒展得圆滑饱满，“你们都是我老哥。组织交代的事可以拖拖，老哥交代的事那必须得马上办!”

我一说，大家哈哈大笑，酒桌温度噌噌往上蹿。在加注队我也常喝酒，可基本都是借酒消愁，然后愁更愁。跟有没有菜无关。跟喝什么酒也无关。在加注队，一起喝酒的也就是田山路，要么就是钟军，感觉像是几个睡在地下通道的流浪汉凑作一堆，蹲在地上就着个泡沫快餐盒喝散装白酒。现在可不一样。即便我和罗慕的同学们坐在八号山顶上一人抱一瓶啤酒干喝，那也能喝出一番翻云覆雨的气象。

散伙之后，我跌跌撞撞地往回走。半路上又想去找季菲。打她手机，她声音很小。你不早来，我同屋都睡了。那你到我这儿来。太晚了，不去了。来吧，我想你了。你又喝多了吧。没多，想你想成这样的。那你等会儿啊。好，我先洗澡，洗干净了裸身迎接你。去你的，流氓。不客气，女流氓。行了行了不说了，我先挂了啊。

试验队住在东营区，步行到我宿舍也就十来分钟。想到一会儿要见季菲，心率瞬间加快。季菲是试验队的助理工程师，跟我同年，北航硕士，体丰怯热，但胖得自然流畅毫不臃肿，喜欢穿低领T恤和牛仔裤，看着像加注队种出来的白萝卜，新鲜脆嫩清爽多汁。去年她跟试验队来基地时，我们还不怎么熟呢。见面点头笑笑，说话客客气气，我称她季工，她叫我叶助理。QQ号倒是给过我，可她也清楚，基地这种地方，很难找到一个能上网的电脑。今年夏天第二次见面时，也不知是怎么了，一下变得亲热起来。她总会问我一些关于沙漠的问题，而我恰好能为她提供解答。一来二去，她看我的眼神就有点暧昧，眉来眼去让人心尖发痒。从前我以为只有白雪歌能让我这样，这种只见树木不见森林的狭隘观念早就该被抛弃。跟季菲在一块儿，随便一块空地都能被我俩聊得天昏地暗飞沙走石。这种感觉从前也有过，在军校里，同白雪歌，可惜说这个已经没意义了。我和季菲固然从未直接讨论过爱情，但是我们使用的肢体语言比起那些迂回试探的话语有力得多。对我这么一个老牌处男来说，一想起跟季菲在一起的画面就跟喝多了酒似的头晕，又跟碰到了外星人一般不可思议。车红旗和白雪歌在一起的时候也是这样吗？操，这个问题还是不要想的好。我始终无法把他们两个设想到同一张印着红色“营产营具”字样的白色单人床上。像罗慕带我去看的那个黑魆魆的废弃坑道，别说进去探险，就是站在洞口的微光下往里瞅一眼就够我受的了。

穿着个军衩四仰八叉地躺在床上等季菲。酒劲还没过去，迷迷糊糊快要睡着了，忽听门有动静。一挺身跳起来打开门，看见的不是季菲，却是车红旗那副讨厌的嘴脸。

被酒精搞晕的脑袋一时转不过弯来。车红旗怎么会来找我？手里还提着个黑色塑料袋。他突然冒出来想干什么？

截至目前，我们的同学关系跟三国或者五代一样分崩离析。胡天肯定是不用提的。最近一次给我打电话，他又换了个号码。这两年他换了起码五个号码，分别是深圳、佛山、厦门、石狮、义乌。他喋喋不休说了快两个小时，一秒不停地向我介绍一种美国进口的牙膏，说一管能用三个月，不论我一天抽几包烟，只要一刷，满口黄牙立刻会跟骆驼的板牙一样又大又白，太阳照着还能反光。这种神奇的牙膏每管仅售人民币五十八元。他的话像漠风一样永不止歇，好几次想打断他都没成功。几个月前，胡天说他正在代理电子产品，能从日本弄到便宜的水货手机，五千块的手机三千就能拿到。正好我的“波导”手机下翻盖掉了，拿在手里跟个傻×一样，与我器材股头牌助理员的身份极不相称。我一直琢磨着换一个摩托罗拉 V8088，又嫌太贵。胡天说，只要我凑够五个人买，他就免费送我一个。我承认自己被他说动了，找了机关五个哥们儿，连蒙带骗地叫他们每人出了三千块钱，整整一万五寄给胡天。过几天催问，他说马上办。再过几天又问，这家伙的手机停机了，从此再无消息。后面几个月，我的工资都给人还了账。这次好不容易逮住他，我终于趁他点烟的空子抢过话头，问他帮我买的手机到底什么时候给我，这家伙却说，他进的货被海关查没，弄得血本无归，已经不干这个了。那我的钱呢？什么钱？买手机的钱啊！不是给你说被海关查了嘛，哪儿还有钱。你是在玩我呢？春风你这话不对，手机的事先放一下，你先听我把牙膏的事说完好不好？我现在代理的是美国“安利”产品，这可是国家认可的合法经营活动，不会有任何问题。我可以先按最低价给你几样东西，你拿给别人试用，要是你能拉来人买，我就给你百分之二十的提成，手机那点钱分分钟不就回来了吗？

所以我跟胡天算是完了。原本跟钟军交情不错，可现在钟军不理我。我不理车红旗。车红旗和钟军互不理睬。兰甘稍微好点，偶尔像个联合国特使，在巴以之间穿梭斡旋，但傻子都知道，他们屁用也顶不上。

自从看到车红旗和白雪歌并肩在营区主路上散步之后，我已经很久没跟车红旗说过话了。每次在楼道或者饭堂相遇，我都扭过头去假装没看见。也许我也可以学着车红旗的样子，虚情假意地打个招呼，那么小小地笑上一下，可我笑不出来。

“春风，还没睡？”车红旗又用废话起头，我没吭声。

“我给你拿了两条烟。”车红旗把手里的塑料袋放我桌上，“别人给的，你知道我也不抽烟，拿来给你抽。”

“我他妈怎么知道你抽不抽烟。”我抓起袋子塞给车红旗，“这是别人孝敬你的，我可担待不起。”

“我拿来孝敬你，这总行了吧。”车红旗的胳膊弹簧似的又把烟放回桌上。

这家伙。我讨厌他每次在我这儿都显得那么真诚。我宁愿他表现出一副阴险狡诈的样子，那样我才好一脚把他踹出门去。他一真诚，就跟个老实听话的战俘似的，叫你没法下手动用私刑。

“你一个堂堂的干部股股长，跟我一个小助理员开什么玩笑?”我再次把烟塞回他怀里。一来二去，袋子张开了口，我这才看清楚里面装的是两条“软中华”。兰甘一直搞新闻，善于观察勤于思考，又经常去北京送稿子，见多识广。他说，抽烟很能说明一个人混得好坏。混得差是“抽啥买啥”，混得一般是“送啥抽啥”，混得明白则是“抽啥有啥”，他还写了一篇意林语丝类的文章，但弘扬真善美的报纸拒绝刊登鞭挞假恶丑的文章。照兰甘的标准，我混得只算一般，两条“软中华”就险些把我打动了。很不舒服。别人送我的烟顶多也就是“黑兰州”和“芙蓉王”，这说明在别人眼里，车红旗的价码至少是我的三倍。

“白雪歌的事我一直没跟你说过。这事我做得确实不够好，一直想给你解释一下，可又不知道从何说起。但不管怎么解释，我肯定有不对的地方，所以我专程来给你赔罪。”车红旗第三次把烟放在我桌上，后退两步，像遗体告别似的深鞠一躬，坚持了十秒钟才直起腰，脸红得像个勃起的龟头，“再说你现在不是跟试验队那个季菲谈得挺好吗？那姑娘不错，大城市来的，一看就不一样。”

“你他妈闲的是吧?”我脸一热，突然想起季菲要来，“你有事说事，没事我就送客了。”

“好好，我说我说。”车红旗红着脸，“春风，求你帮我弄几个火药柱箱吧。”

2

从字面上理解，火药柱箱就是用来储存“红-2”系列导弹火药柱的木质包装箱。跟箱内那两根细长滚圆、光滑坚硬，颜色像果丹皮一样泛着亚光又价格不菲的火药柱相比，那只又长又窄的木箱其实不值一文。跟装着手枪子弹的白色纸盒或者盛放引火剂的铝制扁盒一样，不过是个包装材料罢了，里面的东西用完，它就没用了。

可它仅仅只是一个箱子吗？似乎又没那么简单。至少我没见过什么东西的包装箱这么牵动着一帮屌人的心。买椟还珠是个寓言，火药柱箱却是真的。导弹装配环节统一在三九站进行，所以整个基地，只有我们这儿才有火药柱箱。一只箱子装两根火药柱，必须打掉一发“红-2”，才会空出几只箱子。怎么也得打掉两百发弹，火工品库房里的火药柱箱才能码放得那么高。箱子用质地坚硬的木材制成，经过特殊的防潮防蛀处理。刚来器材股时，曹股长带着我去整理火工品库房，有的火药柱箱已在库房放了几十年，扫掉厚厚的灰尘，依然完好如故，丝毫没有变形变色。

火药柱箱的确可以拿来做许多东西，比如隔板架、衣箱、书架、地板之类，这也许是大家想要的原因之一。但从另一个角度说，箱子拆解后只是较薄的板材，材料所限，不可能做出个粗腿沙发或者更高级的家具。如果用它来做床板，我肯定不睡，因为谁也说不清这些木板究竟被什么化学药剂浸泡过，没准正散发着各种致癌物也未可知。何况这年头，自己买木材打家具的人几乎绝迹，只有冷高工那个年代的人，家里才放着浙江木匠打的五斗橱。那为什么总有无数人盯着这东西？

“想占公家便宜呗，还能有啥理由！”曹股长这么认为。话说回来，一个火药柱箱拆成木板去卖，估计三十块钱也卖不到，所以曹股长说的并不能令我信服。或许是因为——我猜想——它曾经装过导弹火药柱，于是就成了某种特殊的东西，很大程度上超越了物质本身进入了精神层面，成了某种象征物。像警卫排用弹壳做的挂坠，通信排用人工交换机上的塞绳做的钥匙链，或是测试队的菜地——很大程度上那已经不是菜地了，而是我们三九站的脸面。车红旗脑袋那么灵光，他舍得拿两条“软中华”来找我要几个破箱子，一定认为这是笔划算的交易。

“我对火药柱箱子真没多大兴趣，问题是基地干部科管调配的干事老找我，非让我给他弄几个，说想给孩子打个书架。一次两次假装没听见还行，他都给我说了四五回了，想装傻实在装不下去了。”车红旗苦着脸，“春风，人家是上级机关的干事，好不容易开个口，我不把这事办了确实说不过去。”

“那你去办你的啊，找我干吗？”

“不找你找谁，你是器材股的大助理啊。”车红旗可怜巴巴地看着我，“这事要不给人办妥，谁知道后面得找我多少麻烦？春风，看在咱俩同学的分儿上，你就帮帮我吧。”

我没吱声。别说我根本不想搭理车红旗，就算想帮，我也没这个能耐。如果换个别人当器材股股长，这事也许会好办些。关键是曹股长太难对付。他把火药柱箱盯得那么紧，就像一只狗盯着自己的骨头，多瞅一眼他都得冲你龇牙。来器材股这两年，我耳闻目睹他拒绝别人关于火药柱箱的要求就不下二十次。

“想要可以，找副司令员批条子去。”曹股长一般都这么回答，“要箱子干什么用，把理由写清楚，要是写不清楚，首长就是批了我也没法出库。”

这是说给别人听的。我很清楚，副司令员只是个幌子。火药柱箱名义上归基地所有，但多年来都在三九站存放，具体说，都归我们器材股管。只要曹股长同意，马上就可以拿走。问题在于曹股长总是不同意。有一次副站长想要二十个箱子送人，不料曹股长不干，两个人在办公室大吵一架，整个办公楼都被震得嗡嗡响。装备处处长来劝，曹股长仍不松口，非让副站长去找副司令员批条子，气得副站长几乎发疯。这事最后惊动了站长，亲自从二楼上来和了半天稀泥，总算让曹股长给了副站长十个，这事才算罢休。

对曹股长来说，别说火药柱箱，私下想从他那儿要任何东西都不啻与虎谋皮。罗慕曾经想找曹股长要一套修车工具，当场被曹股长撅了回去，气得他血压上升，好几天眼睛都是红的。后来还是我找巴助理摆平了这事，得了罗慕一顿狠夸。他说，机关干部不外乎三件事：办文、办会、办事。前两个都好说，写材料和组织会议都有套路，熟悉一下都没问题。最难的是办事。什么事办不办，怎么办，办到什么程度，里面的道道儿很多。他承认曹股长很讲原则，但原则讲得多，灵活性就没了，而机关作为一部日益复杂精密的机械，没灵活性就相当于没润滑油，齿轮间必然产生摩擦，谁挤在中间都难受。罗慕的核心意思是，器材股是个很不错的地方，别人经常会有求于我，每个人的要求都满足也不可能，但该办的事一定要办，不要像曹股长那样冷言相拒，四处树敌。

"商鞅得罪了贵族就被干掉了，变再多法也没用。孔融得罪了曹操就被干掉了，让再多梨也没用。"他说，"像五代那种乱世，人人朝不保夕，为什么冯道就能历事四朝十主还过得那么潇洒？因为他是个明白人。那时候没飞机没导弹，但人家有智慧有哲学。军队从机械化向信息化跨越、从人力密集型向科技密集型发展那是迟早的事，但人这东西没那么简单。三代以降几千年，未见得有什么长进。你到了机关，必须得从机械化向机灵化、从人力密集型向人脉密集型转变，千万别学你们曹股长，他那脑子顶多也就是个半机械化，就这还经常卡壳呢。"

罗慕说得很有道理，我也想当个明白人。不过要做到这一点没那么容易。前几天警通连来人领擦枪布，申领单上写的是"擦枪用布五米"，我就拿去给曹股长看。

"这你也拿来给我看？"曹股长的话混着烟从嘴里冒出来总是那么臭，"你怎么把的关？"

我面红耳赤地站在曹股长办公桌前，拿着单子瞅了半天。擦枪用布五米，底下还有分管副参谋长罗慕的签字，纸都快看破了也没看出哪里不对。

"一共几条枪，擦一下用五米布？"曹股长说，"扯淡！"

"可是罗副参谋长签过字了啊。"

“罗副参谋长签字又咋了？他又不是器材助理员。你一天到晚都在干啥？器材账都不看吗？上个月不是刚领过两米擦枪布吗，这才几天，又来要？这是擦枪吗？擦导弹也够了！”曹股长凶巴巴的，“你当器材助理员就要负责把关，不然要你干啥？我不如把东西都堆到办公楼前面让他们自己随便拿算毬了！”

无奈，我只好把五米改成两米，又拿去给曹股长看，哪想又被训了一顿。

“我给你说了他们上个月已经领过擦枪布了，你听不懂话吗？”

我真是蒙了。

“上个月领过，这个月还领什么领？这种事你要挡回去，你到底听明白了没有？”

曹股长如此决绝，我要私自往外拿火药柱箱就太不着调了。别的东西还好说，花钱能买。火药柱箱不一样。这玩意儿属于稀缺资源，“红-2”导弹正在逐步淘汰，打得越来越少，回收入库的箱子也一年少过一年，要不是曹股长死守着不放，估计早已经一个不剩了。

形势如此，所以那天晚上，我只能铁心拒绝车红旗。只要我拒绝，车红旗这事绝对办不成。哪怕借他五个胆子，他也不敢去找曹股长。理论上说，他俩都是团站机关的股长，区别在于车红旗是刚提的股长，而曹股长在器材股股长位置上已经干了整整八年。早在冷高工当站长时他就已经是器材股股长了，属于前朝旧臣，见了车红旗这种当朝新贵当然不爽。更不巧的在于车红旗还是干部股股长，曹股长八年没挪窝儿，硬是把自己干成了全基地最老的股长，他坚持认为是冯政委在整他，而车红旗就是冯政委的狗腿子。车红旗想从他这儿要东西，纯属做梦。

“不是求不求的事，火药柱箱子我真办不了。”我说，“这事你得找曹股长。”

“我哪敢找他呀。”车红旗说，“你忘了去年，冯政委派我去找他要两百个箱子，他都顶着不给，说让冯政委亲自给他打电话。”

车红旗这事倒没瞎说。当时我就在场，还觉得曹股长一定是疯了。可奇怪的是车红旗那天走后，冯政委并没打过电话，也没再派人来说这事。

“他提不了职又转不了业，天天吹胡子瞪眼的，好像这都是我造成的一样。其实我早给冯政委建议过让他转业，反正他年年都打报告要走。也不知道冯政委咋想的，就是不同意。”

“谁叫你是干部股股长，你不是主犯也是从犯。”

“你以为我这个股长干得很爽啊，我苦着呢。”车红旗龇着牙，“天天被折腾得死去活来，我他妈给谁说去？”

“行了吧，你可以给白雪歌说啊。”

“你还真说错了，我从来不跟她说这些事。她根本不感兴趣，她只关心什么时候能调走。”车红旗苦笑一下，“实话给你说了吧春风，要是别人找我要火药柱箱，我都能想办法推掉，唯独现在这人我没办法推。我还想让他帮我找人帮白雪歌搞调动呢。说句你不爱听的，我从来没谈过恋爱，因为我没觉得自己喜欢谁。到了基地我才发现，只有一个能让我动心的，就是白雪歌。要不是这样，我怎么可能连咱俩的同学情分都不顾了？白雪歌说过好多回，她就一个愿望，调走。我就是想满足她这个愿望，多大代价我都在所不惜。”

车红旗把我说愣了。他干吗给我说这些？这种话难道不应该是在同盟之内、好友之间、酒醉之后才能说的吗？陡然呈现的真诚像是一个快渴死的行人爬上沙丘后看到了湖泊，很难相信倒映着蓝天的波光是真实的。

“帮她调，那你呢？”

“她要能调走，再考虑我的事吧。不过很可能她一调走，我们就完蛋了。”车红旗苦笑一下，“这事我可没告诉过任何人，我现在给你交底了。”

我看着车红旗，他也看着我。我不习惯这个。早就不习惯了。

“算了春风，不为难你了。这事我应该替你考虑。就算你帮我办了，万一哪天被老曹知道了，那也够你喝一壶的。”车红旗咧嘴笑一下，嘴唇像是被胶水粘住又撕开，笑得很吃力，“这事算我没说，好吧？烟你留着抽，我先走了。”

车红旗转身往门口走，我又犹豫了。从前我设想过无数次把车红旗打得口吐鲜血一命呜呼的场景，可他这会儿就站在我面前，我却连句狠话都说不出来。

“要是你们真能调走，那我就试试吧。”我说，“不过不会太快，我得慢慢找机会。”

话一出口又后悔了。车红旗是我的情敌，横刀夺爱挖我墙脚，我还要替他去冒险，岂不真成了傻×吗？白雪歌是怎么跟他谈论调动的？也像我跟季菲那样用激烈的肢体语言吗？我看着桌上那两条“软中华”，心烦意乱。

3

车红旗的火药柱箱弄得我头疼。本来有个最简便的路子，就是找钟军帮忙。他现在是装配队中队长兼工程师，火药柱装填这块正归他管。每次来了实弹，都是他们来人到库房把火药柱领走，在队里开箱装填。按惯例，那些箱子会在装配队存放一段时间，每半年清点后回收入库。这事曹股长让我全权负责，只要年底核账时如数在库就行。要在一年前，我可以先从钟军那儿悄悄拿几个箱子给车红旗，然后把缺额顺延到明年，年复一年，有些事就像传真纸上的字迹，淡到无从辨认。

可钟军跟我翻脸了。他那张狗脸彻底翻了个底朝天。我倒是没事就给他发短信——打手机他从来不接，打队里座机，他一听是我立马扣掉——邀请他来跟我喝酒或者联机打“帝国时代”，不过他一般都会回个“滚”。这次也不例外，还是一个“滚”。快一年了，他对我来来回回就是一个“滚”。真他妈言简意赅。我想跟他缓和关系，但他拼死不从。

这就难办了。要不就直接给曹股长提一下？曹股长虽然十分凶残，但也还没到毫无人性的地步。刚来报到时宿舍里缺东少西，是他带着我去营房股借了一套营具，又找人帮我搬回去。晚上加班晚了，他准会叫保管员买点方便面火腿肠给我充饥。何况器材股军官编制就两个人，他一个股长，我一个助理员，他还得靠我干活呢。我提出来要几个火药柱箱，他未必就会拒绝。但就怕万一。万一他不同意，那路子可就彻底堵死了。

我怎么总摊上这号领导？好不容易摆脱了袁门，结果又来个曹股长。要不是因为器材股是个绝佳的去处，有时我真想撂挑子不干了。曹股长那对金鱼眼宛如两个全方位无死角的监控摄像头，搞得人如芒在背。他得罪的人太多，我在他手底下干活很难不受连累。比如冯政委，喜欢在机关楼各个办公室转转，跟大家聊聊家常，唯独没进过我们器材股办公室，明摆着对曹股长不感冒。曹股长就像一个心有异志的节度使，没准哪天就要起兵造反，到时候我怎么办？我是跟着他走呢还是忠于朝廷？跟他走吧，朝廷笃定要诛我九族。忠于朝廷吧，他又会要我的脑袋。总之里外不是人。

两年前的夏天，曹股长第一次找我谈话时，我就感觉他是个奇怪的家伙。一头乱发朝斜上方支棱出去，酷似一棵怒气冲冲的白菜。那会儿曹股长正拿着本杂志坐在办公桌前扇风，脏兮兮的月白色短袖军装被汗水浸透，一副少校软肩章看上去跟别人的都不一样，我坐在他对面好一阵才看清楚，原先肩章上机绣的星徽连线都掉没了，只剩下一个五角星形状的白印。

“知道叫你来干啥不？”

“不知道。”

“不知道就对了。”曹股长晃晃白菜脑袋，“原来的助理员天天给我胡毬整，我把他赶走了。听说你各方面都不错，本科生，加注队中队长干得也挺好，又是主动申请来基地的——我说你是不是有毛病，你申请到这儿来干啥？你去哪儿不比这儿强？”

我被曹股长东一榔头西一棒子问得头晕。

“知道器材股是干啥的不?”

“发器材的。”

“什么发器材?那叫管器材!”他把手里的杂志往桌上一摔,“发和管是一回事吗?”

我只好闭嘴。

“你来了以后呢,先熟悉一下情况,具体工作后面再说,好吧?”曹股长挤出一丝笑,“其实也没啥,连我这股长也没啥技术含量,找个猴子训练训练也能干。”

曹股长几句话就把我想象中的领导谈话模式给颠覆了。来之前我根本不知道他找我干啥。就是想调我,也该征求一下我的意见吧。曹股长却完全省略了这个环节。

“谢谢股长信任。”来机关的事儿番折腾,我早已麻木。冷高工说得那么确定都没办成,他一个股长又如何?在我看来,这次跟从前一样,不过又是被戏弄一回而已,“来机关当然好,不过我就是想来,好像还得首长同意吧?”

“这你不用担心。”曹股长翻我一眼,“知道全基地最老的股长是谁吗?我。坐在你面前的我。领导要是还有点脑子,是不会跟我这么老的股长过不去的。”

“去年冷高工也说想让我来机关,常委会就没过。”我说,“我担心——”

“你闲心操得太多。”曹股长不耐烦了,“知道谁给我推荐的你不?”

“冷高工?”

“冷高工倒是给我夸过你好几回，说你胆子大，懂英文，还吃过不少燃料。不过他是想把你弄到司令部，不是我这儿。”曹股长说，“再想。”

“想不出来了。”

“袁门怎么带的你?”曹股长一怔，“看来你跟他关系不咋样嘛。”

我也愣了。袁门从加注队教导员升任团站政治处主任，我认为自此不会再与他有什么瓜葛。你想摆脱某个领导又摆脱不掉，那么只好天天盼他高升。就此而言，袁门能提升我很高兴。据罗慕透露，团站政治处主任确定转业后，新一轮竞争风起云涌。一个含金量不小的副团职领导岗位空出来不容易，全基地一大帮任职期满的正营职政工干部，自然有很多双红眼睛盯着。罗慕最初说局面是春秋五霸，后来又说是战国七雄，最后连他也糊涂了，说十六国春秋也不是没可能。但他很确定的一点是，袁门并不在逐鹿群雄之列，因为团站冯政委力挺的是测试队教导员。这好理解。测试队的菜地声名远播，各地前来取经的部队领导络绎不绝，还招来过一个庞大的新闻记者团，为冯政委争足了面子。奇怪的是干部科做了几次方案，基地政委都不置可否。众所周知，首长的不置可否其实就是否。几个回合下来，政治部主任发了毛，专门向政委当面请示了一次。基地政委也不说要用谁，只是提醒政治部主任，有的优秀机关干部主动要求下基层锻炼，下去以后还要继续关注，表现好的还是要用。这下主任明白了，立刻把袁门做进干部调整方案，果然在常委会上顺利通过。

“袁教导在宣传科当干事的时候，基地政委还是他的主任，对他赏识得不得了。我听政治部的兄弟说，当时袁教导主动要求下基层，政委开始坚决不同意，他找了好几次，最后政委倒是同意了，但还是拖了半年才把他放走。”罗慕总结说，“教导员是咱们的老领导，这次当了主任，你我都要多和他加强联系，特别是你，可不能再意气用事了，明白吗？”

加强个蛋。我心里说。从跨进锅炉房院子那一刻起，我只希望离他越远越好。袁门也许以为给我一个燃料中队中队长我就会感恩戴德，狗屁。像加注队这样的营级专业队，一个中队长也就相当于建制连的一个排长，最底层的军官罢了，而且照样无法摆脱那令人厌恶的燃料味儿。在队里，我天天傍晚去八号山散步，有时中午不想睡觉时也去。那地方空无一人，我蹲在被芨芨草丛遮掩、状如半块月饼的坑道入口边长时间发呆，仿佛那是个时间隧道，我只要钻进去就可以到达我想去的任何地方。有那么两三次，我壮胆侧身钻了进去，沿着被沙土覆盖的水泥台阶向下，头顶那一小片不规则的天空越来越小，等踏上平地再向前深入一百米左右，出现一个向右的直角转弯，如果我转过去，洞口提供的微光将彻底消失。当初和罗慕一起进来时我没觉得怎样，但独自前行时生出的恐惧却令我裹足不前。我始终没拐过那个转角，那是我目前独自抵达的最远距离。

在袁门手下，如同被坑道的黑暗所阻挡，我走不出多远。他大概很享受这种控制别人的快感。现在他又是怎么了？为什么又推荐我去机关？可惜对这个问题，曹股长也回答不了。

“先过来干着再说吧。器材股这地方，只要讲规矩，那就不会错。”曹股长说，“不管咋说，你是袁门推荐的。袁门推荐的人，总归比较可靠些吧。”

曹股长从一开始就错了。我要可靠，根本就不会答应车红旗。也不会给罗慕的同学弄什么角铁。不会给兰甘弄打印纸和色带。不会给老尹弄白铁皮，让他用来钉老婆超市的货架。甚至连白雪歌问我要三点五寸软盘我都毫不犹豫地给她送了过去，即便她已经跟车红旗混在了一起。坐落在营区各处的器材库房钥匙挂在一块圆形铝板上，锁在我办公桌抽屉里。每把钥匙上都贴着一小块医用胶布，上面用黑笔写着库房编号，大到火药柱、战斗部、汽车轮胎和枪支弹药，小到钳子、解刀、扳手、软盘、铅笔和曲别针，全团站所有单位的通用器材都得到我这里来申领。这是我取之不尽的资源。别人问我要点东西，只要能办，我立马就办。为什么不办呢？东西又不是我的。每给人办过一件事，那人见了我必定会热情招呼，笑脸相迎，像亲戚似的拍肩抚背，而我恰好享受这种被人需要受人簇拥的感觉。

车红旗的事在脑子里晃了快一个月，还是没个头绪。七月底一个周末，曹股长让我帮他去0号买两只鸡，再买十斤鸡蛋，准备给马上来队的老婆孩子接风。鸡买回来，我帮着曹股长在临时来队家属房烧开水，一人拿一只鸡坐在小凳上拔毛。

“股长，能不能给我几个火药柱箱？”看他心情不错，我觉得时机到了。

“你要它干啥？”曹股长警惕地望着我。

“我想做个书架。”

“缺书架好办，我找营房股给你借一个，大不了交个五十块钱押金，不比你自己做的强？”

我暗暗叫苦。

“我看你也不是真要做什么书架，蒙我你还嫩了点。”曹股长拔着鸡毛，“冯政委叫车红旗来要箱子我都没给，你也看见了。不给冯政委那属于犯上，不给你那叫严格要求，我真正能要求的也就你一个叶春风，我不对你严格点，那我这个股长当得不是太亏了吗？”

“那是，你三天不打我就想上房揭瓦。”我只好反话顺说，“给不给我没关系，不过冯政委都不给好像也不太合适。”

“有啥不合适的？他要两百个箱子干啥，还不是拿去送人情？”

“也不见得。我觉得冯政委还是挺正派的，不然营房股的岳胖子你咋说？”

“所以我说你狗屁不懂。”曹股长哼一声，“他要是当场把钱甩在岳胖子脸上把他赶出门去，给谁也不再提这事，这算正派。收了人家的钱，再拿到会上证明自己清廉，这不是做戏是啥？”

“没准是杀鸡给猴看呢？”我说，“抓个反面典型，这样别人就不敢乱来了。”

“那我还可以理解成他是故意让别人知道，送的钱少于五万就别来找他呢！”曹股长冷笑一声，“一个领导正派不正派，只要看他干了些啥就清楚了。他到站里这几年都干啥了？拿训练费种菜，拿装备费搞灯箱，拿盖营房的钱修招待所，弹药库顶上那么大个缝裂了两年，我打报告要钱修，常委会上就他反对，还说沙漠一年到头不下雨，裂点缝怕啥？正经工作不干，上面一搞个试点啥的，他马上抢过来，三天就能给你弄出十五页纸的经验。工作连干都没干，那他妈的能叫经验？你再看看他用的人，老实干活的全给你拍死，提起来的有一个正经人吗？不说别的，你们加注队那姓尹的，那他妈是当队长的料吗？”

明摆着，曹股长又在借题发挥。冯政委不肯提拔他，又不让他转业，他心里肯定恨得要死。平心而论，冯政委行事是比较高调，但曹股长的评价恐怕也有失公允。老尹当队长固然有些勉强，但罗慕至少用得不错。还有车红旗，烦是烦他，可他干工作也没的说，经常半夜还在加班。更别说那年我住院的时候，冯政委专程看望，还给了五百块慰问金呢。

“我是就事论事。”我不想再跟曹股长扯别的，赶紧往回找话，“我就是想着那些箱子扔在库里也没什么用，领导要就给他们算了，为这个得罪领导没必要。”

“以前我当助理员的时候，股长确实是谁要都给。给出去好办，给没了呢？给没了你咋办？”

“没了就算了，正好省事啊。”

“你说得轻巧！你以为给完就没事了？领导才不管你那事。领导只会想，你昨天能给别人，今天为啥就不能给我？我记得当时箱子没剩几个了，领导还逼着要，一张嘴就是几十上百个，我们股长拿不出来，你猜他最后咋办的？他硬是把十几套好好的火药柱提前报废，说是受潮了，全部拿去销毁，就他妈为了那几个破箱子！一根火药柱多高成本？箱子才值几个鸟钱？这不是败家子王八蛋是啥?”曹股长越说越气，把鸡往盆里一摔，溅我一身腥臊的热水，“你以为我在乎那几个破箱子？我是不想把自己搞得不成个人，叫别人以后一提起来，都说我姓曹的是个王八蛋!”

“道理是对。可说到底，这都是公家的东西。”我抹掉脸上的脏水，很想告诉曹股长，其实他在很多人心目中早就是王八蛋了，压根儿不用等到什么以后，“公家的东西说到底就是领导的东西，领导要用自己的东西还用不成，肯定会对你有想法呀。”

“胡说！公家的东西咋就成了领导的?”曹股长无鸡可摔，气得耳朵通红，“你这种人到底是咋混到器材股来的?”

“是你让我来的啊。”我乐了，“我可没找过你。”

“呸!”他狠狠地冲远处吐口唾沫，“我还说袁门挺会看人的，真是瞎了他的狗眼!”

说归说，第二天股长家属来了以后，我照样跑来蹭饭。只不过去了两趟就再不想去了。曹股长以为我吃不惯他家属烧的菜，其实嫂子烧的菜好吃极了。我只是受不了吃饭时的气氛。两个人除了给女儿和我夹菜，彼此基本无话，连个眼神交流都没有，只是看着自己的碗。我坐在那儿，空气像沙子一样干燥，碗里的饭也变得跟沙子一样难以下咽。我匆匆吃完就告辞了。我以为那是嫂子刚来时的劳累所致，隔天又去，依然如故。曹股长平时话不算少，可那会儿却像个犯错的孩子，表情木讷，闷声不语。夫妻难道久别重逢不该胜似新婚吗？可在曹股长脸上，我看不出丝毫兴奋的表情。

4

“八一”放假半天，季菲说她想去看胡杨。想起刚毕业时，几个同学去看胡杨，来回骑车就得将近三个小时，车座磨得蛋疼。现在好办。给汽车连打个电话，连长马上派了一台新接回来的北京吉普给我用，还很仔细地在车上放了几瓶矿泉水。

要好车，我又给兰甘打电话借相机。

“你找我们的报道员去拿吧，我再让他给你两个富士胶卷。”兰甘说，“我今天要上安北领证去，就不陪你了。”

“领证？什么证？”

“结婚证啊！”兰甘嘿嘿笑，“过了今天，敝人就是已婚人士了。婚礼计划‘十一’办，先预先号令一下，到时候我再请你啊。”

“我操。”我愣了愣，“人又少了一个。”

八月的胡杨林还是绿的，不过不影响我和季菲在林间沙地上悠闲漫步。这个季节，满地黄沙不见人迹，司机在很远的路边等着，此地只属于我们两个。跨过扭曲倒伏的树干时，季菲总会伸出手让我拉她，其实她完全可以绕着走或者直接跨过去。季菲的手指柔软细长，偶尔会用指尖挠我手心，挠得我心痒。她玩兴甚浓，赤脚在发烫的沙地上跑来跑去。在阳光细碎的林子深处，她也不知哪儿来的胆子，居然几下脱去T恤和牛仔裤，只穿着桃红色的内衣让我给她拍照。

“有本事你全脱了。”我哈哈大笑，“那拍出来才牛×呢。”

“谁怕谁呀，你又不是没见过。”季菲说着解下胸罩，接着又脱掉内裤，“这样可以了吧！”

一个胶卷快拍完了，我才想起这种照片没处冲洗，于是又笑了一回。季菲玩得意犹未尽，直到起风才走。

半路上手机响一声，拿起来一看，居然是李凝发来的短信。

“今天我和兰甘要领结婚证了，和你没什么关系，可还是想告诉你一声。过去的事想想也没什么，忘了就好。”

有点惊讶，同时又感觉释然。

“怎么了，有事？”季菲转头笑嘻嘻地问我。她很爱笑。不像白雪歌，只爱发呆。

“没事。”我犹豫一下，删掉了短信。

我给季菲聊过白雪歌，却从来没聊过李凝。像个口腔溃疡，只有自己清楚。有多久没和李凝说过话了？久得我记不起来。车红旗和白雪歌并肩出现在营区之后，我们简短地通过一次电话。那几天我极度烦躁，想骂人、打架、掀桌子、引爆燃料车，可李凝偏偏就在那时候给我打了个电话。

“叶春风，你还好吧？”

“什么意思？”

“小白和车红旗——你是不是很难受？”

“我为什么要难受？”我像是对着嘲弄我的人反唇相讥，“我难不难受跟你有什么关系？”

这个电话要是晚来一个月，我一定会回答得很礼貌。安禄山要是在开元初年造反，估计也成不了什么气候。时机是个很重要的东西，像是命运的日程表，不按照它的安排行事，就会大倒其霉。说实在的，我十分后悔那天的表现。对一个姑娘来说，我的话太伤人了。

但客观地说，这也是为了李凝好。加注队最后一个春节前，李凝突然打来电话，问我过年回不回家。这很奇怪。因为我俩一共也没说过几句话。在我看来，她和白雪歌的关系类似紫娟与黛玉，而我可是正经八百的宝玉。

“回呀。”

“那咱们一起走好吗？”李凝提了个令我惊讶的动议，“你不是回柳州吗，我回长沙，正好顺路。

“顺路吗？”我说，“我还真不知道。”

“我查过了，咱们先到西安转车，我到长沙下，你到柳州下。”李凝说，“很顺的，怎么样，感兴趣吗？”

也就是那次，我才头一次感觉不大对劲。印象里，我只是去技术室找白雪歌未果时才会和她寒暄几句。团站追她的单身汉不少，钟军就是其中一个。后来兰甘也加入了战团。想约她一道回家的人肯定一抓一大把，她干吗来找我呢？如果是白雪歌，我会高兴得瞳孔放大，可对李凝，我提不起丝毫兴趣。她当然是个不错的姑娘，问题是我在她身上找不到激动人心的地方。

“可能够呛。”我不想虚与委蛇和李凝玩暧昧，只好撒谎，“我要先去银川找同学玩两天，完了才回家。”

隔天钟军来找我。他不久前向李凝表白，但被当场拒绝，于是三天两头来找我谈心。好像我是个菩萨，他只要坚持给我烧香，李凝就能爱上他似的。我要有那本事，白雪歌还能被车红旗撬走吗？不过看钟军那副可怜样，我还是给他出了个主意。

“李凝也该探家了，你不帮她买个票拎个包送个站什么的吗？”我说，“这点你肯定想到了对吧？”

“啊？”钟军很诚实，“我没想到。”

“她要回长沙得经过西安，你正好把她送到西安，多好。”

“对啊！你怎么这么聪明？”钟军瞪大眼睛，“不给你买烟抽看来真是不行了。”

“千万别说是我说的，不然李凝会看扁你。”钟军临走时我叮嘱道，“我可什么也没跟你说过。”

这把戏蒙得了钟军，却骗不了李凝。钟军兴冲冲地跑去跟李凝商量一起回家的事，却被李凝断然回绝。

“她说她有伴了。我问她是谁，她说我不认识。”电话里钟军很沮丧，“你分析一下，她说的这人可能是谁呢？”

我明白自己搞砸了。李凝不可能不知道这是我的主意。如果她真的喜欢我，那她一定会为此感到难过。这让我有些内疚。不过这未必就是坏事，至少让李凝知道，我并不喜欢她。世界上只有感觉无法勉强。燃料加冒后李凝打电话安慰过我。我住院时她也和兰甘来看过我。可我没什么特别的感觉。有些话彼此心里都很清楚，可就是没办法说出来。正如我认为钟军一辈子也不可能追上李凝，我同样不能说。相反，我还得一个劲儿地鼓励他。钟军被我撺掇得像点了火的导弹，拉都拉不住。他坚持买了跟李凝一趟车的票，护送她一路到了西安。他回来说，李凝独自一人，根本没有她所说的

“伴”。春节前卧铺难搞，钟军穿着军装一路扫地倒垃圾，列车员数次疯狂反扑想夺回扫把，一一被钟军打退，只好在车过兰州时带着钟军去找列车长，给他补了一张硬卧车票。钟军把李凝送到卧铺车厢安顿好，自己在列车连接处坐了一宿。李凝睡了卧铺却不领情，把票钱还给钟军后自顾自走了，拒绝钟军再帮她买票送站。钟军回来说，他像抢劫一样夺过李凝的行李，又找了当铁路公安的中学同学，硬是把李凝送上去长沙的车，最后换来了一个冰冰凉邦邦硬的“谢谢”。钟军甚至还打算等李凝休假结束途经西安时再跟她一道回来，可惜在大年初五接到了冷高工的加急电报，不得不提前归队。不然的话，他真可能会像个拉旅客去住黑店的骗子那样，每天守在出站口守候长沙到西安的火车，因为他根本不知道李凝到底哪天经过西安。

钟军把他所能想到的全部泡妞方法都用在了李凝身上。他学着我追白雪歌的办法，没事就给李凝买零食。曾蹿到0号花房偷过玫瑰，可李凝像拒收他的零食一样拒收他的玫瑰。他还给李凝写了好多信，趁着午休时跑到技术室从李凝房门下塞进去。李凝不仅从无回音，还找人在门底下加了个门槛。钟军只好通过军邮所去寄，过些天那些信被装进一个中号信封退了回来，打开一看，根本就没拆封。他还找了几个苏秦张仪式的人物帮他从中斡旋，可惜李凝毫不为之所动。他不知道从哪儿找了一本《怎样追求异性》的书，差点儿没把我笑死。最让人匪夷所思的是，钟军不知受了谁的蛊惑，居然学起了吉他。他专门托人从兰州带了一把“红棉”吉他和一摞入门教材，还找了队里一个入伍前搞过乐队的北京兵教他。一般人学上几天多少也能弹几个和弦，但钟军不是一般人。虽然他火药柱装得飞快，计算机也玩得溜转，却无法掩盖他五音不全的本质。当年军校搞歌咏比赛教导员都不让他参加，他上去两嗓子一搅和，大家全得跑调。果不其然，那个北京兵教了他三个月以后精神受到很大刺激，强烈建议钟军改学佛教音乐。

“狗日的，敢叫我去敲木鱼。”钟军抱着吉他愤愤不平，“下次非叫他给我连续装退弹十次，看我不累死他。”

钟军说，他当初追小樊时是多么容易。大概就是请小樊吃过几次肉夹馍和凉皮，小樊就答应做他的女友。跟李凝一比，那他妈叫追吗？跟白送没两样。有时我感觉惊恐，仿佛面前是个火山口，我却站在边上不停教唆钟军往里跳。不过更多的时候我又安慰自己，我就是不鼓励，钟军估计也会这么干。

“她今天冲我笑了一下。她肯定不会对所有人都笑，总有点含义在里面吧。”

“我明白了，我这是自作多情，她对我根本没兴趣。”

“她今天给我打电话，让我给她拷文件。那文件别人也有，她为啥找我？这是种暗示吗？”

“算了，我想放弃了。这样弄得我太痛苦。”

“量变真的能达到质变吗？如果我一直坚持对她好的话？”

诸如此类，听得我头皮发麻。如果钟军和李凝处在一个完全封闭的系统内，年深日久，没准李凝真会被他打动。就像电子对撞机，从理论上说，持续相向发射的粒子流总有一天能发生完美的碰撞。然而再柴米油盐的生活也比高深莫测的科学复杂。它缺乏理论，没有逻辑，不可预期，一个小小的变量就将导致无限的后果。

于是迈着小短腿的兰甘出现了。兰甘长得是丑，可是笔头漂亮。冯政委极度重视新闻工作，每天上班第一件事就是翻报纸。有团站的新闻则罢，如果连着几天看不到，就会把兰甘叫去耳提面命。他给兰甘定的标准是一年上稿量不得少于五十篇，搞得兰甘死去活来，屡次向我抱怨"一年自摸也到不了五十次"。不过年底统计上稿篇数时，兰甘总能出色地完成任务。他每发一篇稿子，冯政委脸上就多了块金箔，没准哪天就能羽化登仙。冯政委也把兰甘当个宝，几乎每年都要给他立个三等功。非但如此，兰甘还会写漂亮的情诗。去年冬天他用手机给李凝发过一首诗，还很得意地转发给我，其中有几句是这么写的：诱人的淡紫和鹅黄，是你的颜色/苍茫的北风和积雪，是我的风景/你要觉得冷，就去喝杯热咖啡吧/我要觉得冷，会去想念你的身影。完了还问："怎么样，钟军会写吗？"

钟军不会写，所以他完了。相比兰甘的嘴脸，我更相信是兰甘的情诗打动了李凝。这年头，能被情诗打动的姑娘一定是个好姑娘。不像白雪歌，有本事搞调动的车红旗才能打动她。现在兰甘就要跟李凝领证了，而钟军可能还不知道。我认为自己应该告诉钟军一声，不过考虑到论及此事必然要提到李凝，又把手机放回了兜里。

下了车，季菲说要去我宿舍休息会儿再吃饭。想着刚才季菲在胡杨林里赤裸的样子，我又忍不住跟她用肢体语言热烈地交谈了一番。

“咱俩结婚怎么样?”等呼吸平稳了，我坐起来点上一根烟，抽了两口递给季菲。

“咱俩?结婚?”她吹出一缕烟，咯咯笑起来，“还环游世界呢。”

“这有什么奇怪的吗?”她的笑声令我不快，“咱俩不是挺好的吗?”

“是挺好的，不过这跟结婚还差着一万光年呢。”她说，“就算我想嫁给你，你怎么娶我?”

她把我问住了。我真不知道怎么娶她。我在沙漠而她在城市，要么两地分居，要么她随军或者我转业，而她不可能随军到基地来当个骑自行车兜售杂货的待业家属。而我，至少眼下，我依然像刚上军校那样，喜欢在军队待着。我说不出为什么一定非要在军队待着的理由，但这种感觉依然强烈地统治着我。

“如果咱们结婚，可就没这么好玩了。你在基地，我在上海，到时候咱们唯一的联系就是打电话。电话是什么?就是一系列无线电信号。我们不可能靠无线电信号生活。”季菲伸出手摸摸我的脸，“叶春风，我很喜欢你，真的。但这跟结婚是两码事。”

“我说的可能不好听。”见我不说话，她坐起来抱住我，下巴搁在我肩头，“可我不骗你。”

吃过饭从“绿洲缘”出来，把季菲送回试验队，我闷闷不乐地往回走。等我抬起头，不觉间又到了八号山。爬到山顶上，夕阳给沙海镀了一层金色，极其壮美，也极其荒凉。

季菲的话让我失落，而在胡杨林中漫步时我还很兴奋。这种起落不定的心情很久以前不是常有吗？不过白雪歌和车红旗双双在营区出现后，这感觉就消失了。心情不再起落。不起，只落。像抵达高空的靶弹，失去动力，开始沿着弹道坠落。坠落。坠落。那么久了还在往下落。落了一个月？两个月？还是半年？

我记不清了。坐在“引箭亭”里，拿出手机打给钟军，他没接，也没摁掉。这样也好。要是真打通了，我该怎么说呢？

一年前的那件事，我总是尽量避免回忆。只要一想，自己就成了世界上最他妈龌龊的那个人。钟军对我推心置腹，我却给他嘴里塞了一把绿头苍蝇。但那天晚上我不是喝多了吗？白雪歌和车红旗好上以后，我就特别喜欢喝酒。反正在器材股，总会有人请我喝酒。没酒局也没关系，我宿舍床底下塞满了酒。啤的白的应有尽有。而且那天晚上，我打了几次电话喊钟军来陪我喝酒，他为什么不来？如果他来，什么事也不会发生。我保管会喝得晕头转向，然后一头倒在床上。钟军会帮我脱掉鞋盖上被子，再往床头柜上放一杯水，然后带上门离开。谁叫他不来？我在计算机中心加班呢，你自己喝吧。那会儿钟军在电话里就是这么说的。实际上呢？他没说实话。他手机里传出呜呜的风声，计算机中心不可能有那么大的风。他估计也跟我一样为情所困，正像只野狗一样在技术室楼下转悠，想去找李凝又鼓不起勇气。

正因为钟军不肯来陪我喝酒，我才决定出门溜达。那天晚上，我在月光中一路走到了八号山，和现在一样坐在亭子里。那个夜凉如水的晚上，也不知道脑袋里哪根导线接反了，我鬼使神差般拨了李凝的电话。要是李凝不接电话或者应付两句挂掉也就好了，她却毫不犹豫地走了那么远的路来找我。前往陷阱而不自知，多么傻的姑娘！也许她明知是个陷阱，还是决定前往。她愿意为我冲入黑夜前往八号山，可能就像我愿意为白雪歌放弃留校前往基地。那天晚上，李凝闭上星星一样亮闪闪的大眼睛，任凭我喷着酒气，粗鲁地抱紧她亲吻她。她柔软的乳房被我冰凉的手揉搓着，人却像鼠标一样温顺。就在我试图解开她的腰带继续深入时，她却用力抱紧我，令我的手臂动弹不得。在那个迷乱的时刻，她仰起脸望着我，轻声问了我一个巨大的问题。

"你爱我吗？"

霎时间电光石火，被酒精搞得晃动不已的我和整个世界静止了。被李凝双臂环抱着的那具肉体迅速冷却，变得像死去的胡杨一般僵硬。心内昂首待发的兵器开始撤收了，我知道。发射架被平置。导弹被摇出。燃料和氧化剂被抽净。拉法尔喷管被卸开。火药柱被腾空。战斗部被移走。无线电引信被拆除。翼面被分解。弹体被重新装进一号箱。注满氮气。装上军列。运往铁路尽头。越远越好。

李凝慢慢松开我，整整衣服拢拢头发咬咬嘴唇，抱着双臂，用脚尖探着月光下的水泥台阶走下山。我难道不该说点什么吗？随便什么，只要别他妈这么沉默就行。问题是，我一个屁也放不出来。时间为什么是线性的呢？它要是圆形的多好。不论从哪一点出发，都可以回到最初，好让我试着去挽回或改变点什么。

我像被抽了筋，靠着亭子的围栏坐了很久，看着李凝单薄的背影融化在八号山巨大的阴影之中。抽了几根烟，我完全清醒了。给李凝打电话，她不接。连打十几个都不接。起身下山时，我眼皮直跳，双手痉挛，两腿发抖，失手杀了人的感觉大概就是这样。慢腾腾地走到半山腰的平台，眼前猛地冲出一个黑影，挥舞着拳头没头没脑地打我。我一把抱住他摁倒在地，用膝盖压住他前胸，仔细一瞅，竟是钟军。他躺在地上一边挣扎，一边死命瞪我，月光下狰狞的面孔像台阶边的乱石一样歪斜。我赶紧放开他，谁知他一骨碌爬起来又往我身上扑，我不得不用胳膊用力勒住他细细的脖子。

“你他妈疯了！”

“你放开！”

“你别发疯我就放开。”

“滚你妈蛋！”

我松开手，他喘着粗气，还瞪着我。

“你不是在加班吗？”我心虚地看着他。

“滚你妈蛋！”

“怎么了你？”

“滚你妈蛋！”

“你听我说——”

“滚你妈蛋！”

“钟军，不是你想的那样！”

“滚你妈蛋！”

…………

又给钟军打一次电话。这次他摁掉了。我想了想，给他发了个短信，告诉他李凝要结婚的事，然后又说，我对此感到万分遗憾，也万分抱歉。通常钟军会回我一个“滚”，可等了半天，他什么也没回。

白雪歌。李凝。季菲。她们出现的意义何在？想不清楚。意义又是种什么东西？像风一样吗？可以移动沙丘，却空无一物。暮色弥漫，远处的沙丘绵延起伏。这片该死的沙漠到底有些什么底细？要是我用锅炉房的方头铁铲把整个沙漠的沙子都铲净会出现什么？赤裸的地壳吗？用一万个战斗部炸掉最上层的花岗岩，用两万个战斗部炸掉接下来的玄武岩，然后呢？是厚达上千公里的柔软地幔吗？没人见过什么狗屁地幔，谁知道那是不是真的。再往下，真的是炽热的液态外地核吗？越向地心前进，就越没人知道这个行星的内部深藏着什么。这是人类试图了解却可能永远无法确知的事物之一。正如在亭子里对李凝短暂拥抱又迅速放手时的我。我身处沙漠却并不真正了解沙漠。我存在于我，却离最隐秘的自己无限遥远。

5

从胡杨林回来，季菲好几天没跟我联系。头两天我没想那么多，但很快明白，她正在疏远我。

“别怕，”我说，“我不会缠着跟你结婚的。”

“我怕什么呀，真是。”季菲仍笑，笑声却不像从前那么自然，“这几天确实忙。”

“没事，忙你的好了。”我说。其实忙不忙我清楚。试验队忙，我也会跟着忙。试验队闲时，我还在折腾驻训打靶和实兵演习的器材保障，季菲不可能比我更忙。试验队这次来基地，主要是检验“红-9”相控阵雷达捕捉多批次目标的能力。基地飞行团不停出动各型飞机，配合试验队检验兵器性能。飞机出动最频繁的那些天，我们还天天见面呢。不过我不能多说什么。说穿就没劲了。我想起季菲说过，本来这次任务没她什么事，她是在上海待着无聊，才想跟着试验队再来“感受一下大漠风情”。其实大漠只有风，哪他妈有什么风情。要么就是风一般的情，倏忽而过，再也难觅踪迹。

曹股长家属待了半个月后走了。送走老婆孩子，曹股长如蒙大赦，在办公室长出了一口气。

“这下好了。”曹股长站在窗边伸个懒腰，“总算走了。”

我极想学着兰甘的样子采访一下曹股长，为什么把家属当成上级工作组，好吃好喝认真接待但一句实话不说？这念头在我脑子里转了好几天，有天傍晚跟他查库时舌头一滑，真问了他。

“分开时间太久，往往就会客气得像陌生人。你其实很想说几句好听的话，甜言蜜语啥的，可就是说不出口。”曹股长站在铁皮枪柜前，拿出一支油光发亮的五六式半自动步枪摩挲了半天，“现在给你说你也不会明白。以后你要像我这样两地分居，你就知道了。其实还是不知道为好，我可不希望你以后也跟我一样。”

我当然不会跟他一样。换作我，无论如何也不会这么薄情寡义。说来说去，还是曹股长自己的问题。这也让我更加清楚地认识到，还是别再向曹股长提火药柱箱的事为妙。对自己的老婆孩子尚且如此，其他人就更别扯了。

车红旗估计也着急，隔三岔五就给我打电话发短信，说干部科干事又催问他了云云，弄得我挺上火。不是给你说了等等吗？你要等不及就找别人去吧。春风你别生气嘛，我就是问问，这事只有你才能办，这我还不清楚？

车红旗说得好听，可还是让我脸上挂不住。八月的天，正烤得人心焦，快被我忘掉的宋队长突然又冒出来给了我一下子。

“叶助理，我昨天刚从老家回来，等财务上算完账就彻底向后转了。”宋队长的声音听着像大病初愈，跟他从前的高喉咙大嗓子判若两人，“当了二十几年兵，多多少少有点家当，我想打个包装，托运起来也方便一点。你能不能帮咱弄几个火药柱箱？”

真他妈烦。去年年底转业政策下来，年满四十周岁的正营职干部“一刀切”，全得走。宋队长都四十二岁了，一刀下来，正好剁在他脖颈上。混到副团的壮志未酬，不得不黯然转业。但转业是他的事，与我何干？谁都知道转业干部就像下岗工人似的没人待见，换句话说，他对军队已经没用了，对我当然更没用。现在加注队是老尹的天下，别的不讲，整理库房时我可以叫老尹给我派几个公差。宋队长呢？他已经不是队长了。不是队长就意味着什么也不是。再说了，当初在加注队他可没少骂我。更别提燃料加冒那次，当着那么多人骂得我狗血淋头，这事我可是永生难忘。

“队长，这事你最好给曹股长说一声。”队长转业本身不算悲剧，他找我要火药柱箱才真是悲剧。他大概以为我会帮他忙，我可没那么傻，我会用最便捷的办法回了他，“只要你跟曹股长说好，我马上就办。”

“我就是不想找他才给你打这个电话。老曹那人难说话，站长政委他有时候都顶。”队长的声音像从翼面箱里发出来的，带着混浊的回声，“你要不在器材股，咱也就不想这事了。我算了算，能找四个——三个也行。你看呢叶助理？”

“问题是曹股长管得特别严。”我只想赶紧把他打发掉，“他不发话，我实在不敢做主，真的没办法。”

“噢，那算了。”宋队长沉默良久，“你说得也对。你才二十来岁，有学历有能力，还是要好好干，不像我，想干也没机会了。”

“我也是瞎混。”我说，“走一步看一步。”

“啥瞎混，你咋能有这种想法？”宋队长陡然间又恢复了加注队军事主官的口吻，“你可是咱加注队出来的人，你不好好干，人家不一定会笑话你，但肯定会笑话咱加注队！你咋也要好好给咱干出个样子，以后提个团职——提到师职最好，可千万别瞎胡整！”

挂了电话，却没预想得那么松快。股长去0号开会了，只有我一个人在办公室。我反复提醒自己，宋队长已经不是队长了，他办完手续一走，这辈子再见他的概率不会比中彩票更高。脑子里却晃出那年半夜，跟着宋队长去车站货场偷水泥的情形，宛如昨天。搬水泥时我满身是灰烦得要死，但几年过去，那却成了一桩趣味盎然的回忆。就像军校新训时的紧急集合，哨音一响，立刻从床上弹起来手忙脚乱地穿衣服，在心里咒骂吹哨的班长赶紧去死。然而死沉的水泥和穿反的军裤现在成了最为难忘也最堪把玩的往事。时间修正了事物的参数，改变了回忆的性质，最初的烦躁、不解、厌恶和煎熬被时间摩挲出厚厚的包浆，在回忆中闪着温润的光泽。当年的宋队长干劲多足啊。一脑门子建设连队的热情，换了别人谁去干这种事？即使是偷水泥，那也是为了队里，又不是给他家盖房子。早知如此，他就应该带着我们去货场偷点木头存着，也用不着这么低声下气地来找我这个什么扯淡的“叶助理”。

一个上午坐立不安，什么事都干不成。好不容易熬到下班，电话响了。

“叶助理，我是张冰。加注队的张冰。”

“知道你是加注队的张冰。好像这地方有一大群张冰似的。”我很没好气地说，“什么事，我马上去饭堂了。”

“叶助理，有件事我不知道当说不当说。”

又来了。一听他这个台词般的句式我就来气。我当燃料中队队长那年，张冰军校毕业分来，天天净想着怎么在宋队长和袁门面前露脸。全队几十号人，就他每天见了队长教导员敬礼，一口一个“您”，管我这个中队队长也叫“您”，听着都烦。组织个训练，他一个新干部老老实实听我招呼就得了，偏偏喜欢标新立异，说这里应该这样，那里应该那样，我不理他，他就去找队长教导员“建言献策”。训练历来都在场地进行，田山路这么牛×的号手都没动过别的念头，他倒好，给队里建议搞什么“拉动训练”，说这样可以提高应急机动保障能力。基地是训练单位，又不是野战部队，拉动个屁！哪想宋队长和袁门居然同意了，要求我们每月搞一次拉动。燃料车开到戈壁滩上训练可不像在水泥场地，出去一趟满车是土，回来洗车都得洗上大半天，恨得我牙根痒。中队的战士过生日，他又建议以中队名义庆祝，买个蛋糕也不好好吃，非得把奶油糊得满脸都是。最可气的是跟钟军翻脸的第二天，我心烦意乱，到了场地后通知大家训练不搞了，都去擦车。我自己出去溜达一圈回来，燃料车不知何时开了出来，正停在场地上轰轰作响。我大声喊停，他却拿着一张训练计划表在我面前晃。面对这种情况，我能怎么办呢？除了一把将他扯到库房角落，给他装满坏水的肚子来上一拳，再看着他歪倒在地上哼哼之外，我确实想不出别的办法。

“当说就说，不当说就别说，三秒钟时间，你自己考虑。”离开加注队后，我和张冰没再打过什么交道。我在机关他在连队，只有他求我的份儿，我没必要对他客气。

“叶助理，您真不能帮宋队长找几个火药柱箱吗？”

“这他妈是你管的事吗？”

“我知道我不该说这个。可是，宋队长哭了。”张冰小心翼翼地说，“当然也不全是箱子的事。上午他去找尹队长退伙食费，按说应该退一个月的全伙，可尹队长不同意，两个人吵了一架，尹队长说的话也比较难听。刚才我去帮宋队长收拾东西，找了一圈没见人，后来才看见他在水泵房那儿哭呢。”

宋队长也会哭吗？我不大相信。刚到加注队报到那天，我和车红旗背着背包走进院子，只见一窝人正在大呼小叫，后来才知道是燃料中队一个山西兵和氧化剂中队一个江苏兵打架。我俩停住脚远远看着，二楼一扇窗户突然打开，一个穿着白背心剃着小平头满脸横肉貌似土匪的家伙探出半个身子大吼：“关起来！娘了个脚，把两个都给我关起来！”几个看热闹的老兵笑嘻嘻地上前把两个兵分别关进楼梯间和工具房，我和车红旗才敢去队部报到。然后才知道，那个窗口上冒出来的“土匪”就是宋队长。这样的队长怎么可能哭呢？就算哭，那八成也是因为被安排转业，而不是因为找不来火药柱箱或者退不了伙食费。在部队干得越久，脱军装时就越像剥皮一样痛苦。当他们由于种种原因不得不离开军队时，一生中最鲜嫩的时光已经一去不返。他们换上便装独自回到阔别多年的家乡去联系一份工作，以便安顿他们作为平民的后半生。等他们回来正式办理离队手续时，顶多有几个老乡或要好的战友以私人身份宴请，那些毫无仪式感的酒局往往气氛悲凉，曲终人散之后需要无数个漫漫长夜才能平复如初，至少看起来平复如初，而实际上可能永远无法平复如初。

“叶助理，我是不是惹您生气了？”张冰见我半天不语，“我知道这事不好办，就是看宋队长那样觉得很难受，想给您说一声，也没别的意思。”

“别他妈您您您的行不行？您个狗屁！”我吼起来，“中午一点，火工品库房，晚一秒就他妈别来了！”

第二天早上一进办公室，我立刻感觉气氛不对。

“昨天那四个火药柱箱是怎么回事？”曹股长乜斜着我，“你不打算给我报告了？”

脑袋嗡一声，像旱厕里飞起一万只苍蝇。曹股长怎么知道的？如果他知道这个，那我给别人办的那么多事他是不是也知道？想到这儿我愈加慌乱。我预想到曹股长会大发雷霆，可白菜脑袋晃都没晃一下，只用食指把桌上一根中华铅笔滚来滚去，好像在思考什么重大问题。

“我们老队长转业，想要几个箱子打包装——”

“这我不管。你就给我说这事怎么解决吧。”

“你是股长，你说怎么解决我就怎么解决。”

“好。”曹股长立刻用指尖按住铅笔，“去把它给我要回来。”

“要回来?”我傻了，“都拿走了，怎么要?”

“咋给的，你就咋要。”

“四个箱子多少钱，我出还不行吗?”我说，“一个一百，够不够?”

曹股长不表态。

“一个两百，够了吧?”

“这不是钱的事。赶紧去要，不然箱子都拆完了。东西要回来，这事就当不存在。要不回来，你就不用在器材股干了。”曹股长把铅笔放回桌角的笔筒，“你自己考虑。”

我直挺挺地站在曹股长桌前，希望他收回成命。可他显然没这个意思。我为自己无力对抗曹股长而感到痛苦。我能不在这儿干吗？天底下还有比器材股更好的地方吗？至少此刻我认为没有。曹股长得罪了冯政委，所以八年了依然原地踏步。领导跟父母一样，由不得自己选。生在深宫你就是龙种，生在青楼你只能是个杂种。再怎么在心里骂曹股长，我也清楚，曹股长和宋队长之间，我只能选一个。

呆立了几分钟，我挪回自己的办公桌，从抽屉里取出哗哗作响的钥匙，垂头丧气地出了门。

6

兰甘原打算“十一”办婚礼，在0号订了酒席，又逐个办公室发了请柬和喜糖，却不得不临时取消。

婚礼没等来，等来的却是个葬礼。打最后一批“红-9”之前，冷高工又带人去了西后旗放靶弹。钟军照例被他点名叫去。我在机关，终于不用再去受那份儿罪。这次打的是“图-6”，冷高工引以为傲的高速靶弹。靶弹打得很顺利，“红-9”打得也很漂亮。可能正是因为打得太好了，傍晚冷高工看见几个兵在撤收天线，一时手痒，紧紧腰带也往天线收发车上爬。刚踩上悬空伸出的工作平台，突然像被风吹倒了似的，身子向后一仰，从半空中直挺挺地摔在地上。钟军扑上去抱起冷高工，可惜老头儿翻着白眼毫无反应。砾石撞破了冷高工的脑袋，花白的头发上沾满鲜血，把钟军的迷彩服洇湿了好大一片。

基地首长接到消息，连夜向上级请示，派出飞行团一架“米-8”直升机把冷高工送到了兰州。靶弹分队归建当天晚上，钟军突然跑来敲我门。他一脸油汗，头发像乱草一样沾着灰，一看就是刚下车，脸都没洗。

“叶春风，你在兰州有认识的人没有？”

“没有。”一年多没跟钟军说话，我几乎找不到合适的腔调，“对了，你找兰甘，他正好在兰州呢。”

“我知道。”钟军从鼻翼上搓下一条黑泥，“你还认识别的人吗？”

我这才反应过来。兰甘这几天请了假，正在兰州跟李凝置办结婚行头呢。作为落败的情敌，钟军不想找兰甘，又找不到别人，无计可施了才会来找我。不管怎么说，他好不容易主动跟我搭话，我必须抓住这个缓和关系的良机。

“有什么事你说，我来给兰甘打电话！”

“我想找人替我去看看冷高工。”钟军话里带着哭腔，“我请假去兰州，队里不放！你让兰甘去看看冷高工吧。”

“你别急，我这就打！”我赶紧掏出手机。电话一通，我摁下免提键，让兰甘代表钟军和我去473医院看看冷高工。

“老冷咋了？”兰甘估计是在商场，电话里乱哄哄的，“出任务的时候他不是好好的吗？”

“具体我也搞不清，反正病得比较厉害。”我说，“你去看看就对了。”

“OK！这么老的同志还带病出任务，我正好去采访采访他。”兰甘笑着，显然沉浸在喜悦中，“你看着，绝对又是一篇好稿子。”

“兰甘我日你先人！”钟军一把抢过电话破口大骂，“冷高工都快不行了，你还笑，你狗日的是不是人？”

“钟军吗？”兰甘吓了一跳，“有话好好说呀，你急个啥！”

“冷高工肝癌晚期，都说他活不了几天了。”钟军终于呜呜地哭了起来，“你快替我，还有叶春风，替我们去看看他吧。”

“好好好，我去我去，我一定去。”兰甘被钟军骂慌了，一迭声地答应，“等这两天忙完我就去。”

“你还忙啥？你有啥忙的？万一这两天他人没了呢？”钟军扯着嗓子哭叫，“你现在就去！电话挂了你就去！你帮我们买点东西给冷高工带上，买点好东西，钱我回来就给你！”

“去你妈的，谁要你的臭钱！”钟军把兰甘也惹火了，“老子也跟着老冷打过靶弹，你以为就你认识他？”

此前没任何人知道冷高工病成这个样子，估计只有他自己——没准他自己都不知道。他天天泡在场地和阵地上，一身绿色的林地迷彩硬被他穿成了荒漠迷彩，我怀疑他的内裤肯定比老尹的还脏。每回见他，总是一脸土，难怪看不出他脸色不好。钟军哭也有道理。全站上下都知道，冷高工最赏识钟军，拉着他一起搞“图-6”，还给基地机关好几个部门推荐过他。人家倒是巴不得来个钟军这号能干活的人，可钟军却不领情，干活没问题，就是死活不肯去机关，弄得冷高工也没了脾气。

钟军哭了一会儿又不哭了，坐在椅子上发愣。我从床底下拎出一瓶啤酒给他，又安慰他说吉人自有天相，而且基地首长那么关注，肯定会找最好的医生用最好的药，做个手术肯定就好了。我知道自己说的都是屁话，可这种时候，管用的往往都是屁话。

“他才五十多岁，虽然长得像七十多。”钟军呆呆地看着手里的啤酒，不时吸溜一下鼻子，“再怎么样，他也应该等到‘红-9’定型吧。”

晚上快十点，兰甘打来电话，说他刚和李凝从医院出来。老东西一直昏迷，身上接了一堆管子和电线，医生说打开腹腔又不得不缝上，人大概就是这几天的事了。

“我买了好大一束花，可惜老冷也看不到了。”兰甘说，“你能想象一个人虽然活着，可啥也不知道了吗？”

半个月后，基地派人去兰州接回了冷高工的骨灰。葬礼那天，团站办公楼前挂出黑色悼念横幅，几辆大轿车载着各单位官兵代表前往 12 号送别冷高工。12 号也是个代号，正式名称是基地烈士陵园。基地多年的传统，不论新兵入伍还是新干部分来，刚来时都会组织去 12 号瞻仰先烈。我们刚毕业在 0 号集中时，干部科曾组织我们去过一次。那里埋着的人我一个也不认识，当时的我跟参观博物馆一样转了一圈，没太多感觉。不过这次埋葬了一个我认识的老头儿。这个老头儿骂过我，还逼着我吸了不少燃料蒸气，直到现在，一入冬我仍感呼吸不畅。这个老头儿因为靶弹打坏了而号啕大哭，还请我在“羊大头”酒家吃过饭，让我帮忙翻过资料，还试图推荐我去机关，所以我不能再说自己没感觉了。

出席葬礼的亲属只有一个冷楠。冷高工的家属已经去世多年，只有这么一个女儿。北师大毕业后回了基地，在基地子弟学校当老师。好几次罗慕喊我吃饭时她都在座，我俩都喜欢电影，她淘到什么好碟都会告诉我一声，看完还时常交流，挺聊得来。不过我从来没跟她提过罗慕在坑道里的往事，毕竟她现在是罗慕的女朋友。印象中冷楠是个大方又聪明的姑娘，饭桌上她开罗慕的玩笑时，我们总得反应上一会儿才找到笑点。可在葬礼上，她身穿一袭黑裙，面色苍白却无比镇静，似乎还不如前来同她握手劝她节哀的首长们伤感。我暗暗着急，希望她赶紧哭一哭，可她自始至终没流一滴眼泪。可能是在医院里已经哭得差不多了？不过也未必。听罗慕说，冷高工几乎没管过这个女儿，家属过世后，好些年冷楠都被他寄放在亲戚家，没人娇惯，个性很强，吵起架来常常把罗慕撅得喘不过气。冷高工不会做饭，衣服也不怎么洗，反而还得靠女儿照顾，这也是冷楠非要回基地的根本原因。我想起曹股长家属来队时那压抑的气氛，突然想到，也许冷高工就是一个更高形式的曹股长。唯一不同的是，曹股长终究能在某天弥补一些亏欠，而冷高工，已经没机会了。

钟军站在送别的队列里哭得站立不稳，不得不蹲在地上，脑袋耷拉在裤裆里，眼泪吧嗒吧嗒掉在两腿间的水泥地上，在一层浮尘上留下了点点泪迹。从这点上说，钟军的确是个好人。

最不可思议的是曹股长。他竟然也哭了。虽然不像钟军那样泪飞如雨，却也是哽咽难言。冷高工当站长时，器材股股长提升技术室主任，曹股长当时是助理员，正连才满两年，接股长不够资格。当时好几个人都在争这个位置，最终冷站长力排众议，让他当了股长，理由只有一个，那就是几个人选中，唯独曹股长没来找他送礼。冷高工于曹股长有知遇之恩，所以他走后那几天，我在办公室大气都不敢出，接电话轻声细语，水杯小心轻放，敲打键盘都唯恐声音太大。

这么小心还有另一个原因——曹股长仍在生我的气。那天他威胁我去找宋队长把那四个火药柱箱要回来时，我只想把他塞进其中一个箱子，用板车拉到戈壁滩上挖个坑埋掉。然而作为一个如鱼得水的机关干部，我在他面前屈服了。那个上午，我好不容易挪到加注队院门口，透过围墙上的花砖，远远看见宋队长正穿着件皱巴巴的夏常服，一条裤腿挽着，光脚趿拉一双洗白了的胶鞋，和张冰一起抬着两个火药柱箱往墙根底下放。没了中校肩章的队长看上去很像0号服务区那个卖包子的山东人。我躲在门口看了一阵儿，一路上想到的那些鬼都不信的借口没一个能支撑我走进去。犹豫半晌，我给张冰发了个短信，让他悄悄到院子外面来找我。

“叶助理，您怎么来了?”张冰跑了出来，“宋队长见了箱子特别感动，说了您半天的好。”

“马上就不好了。”我咬咬牙，“这事曹股长知道了，我得把箱子拿回去。”

“拿回去？可东西都已经给宋队长了呀!”

“那也没办法。你给宋队长说一声，赶紧找几个人给我送过来，我先去库房等你。”

“我咋给宋队长说?”张冰脚蹭着地，“这话我没法说。”

“你就说是曹股长说的，不信他可以打电话问。”

“要说你说吧，我开不了这个口。”张冰也不“您”了，转身想走。我一把扯住他：“你他妈欠收拾是不是？东西我是交给你的，现在我就问你要，听明白没有?”

“你怎么这样!”张冰挥舞着胳膊使劲从我手里挣脱，后退两步瞪着我，“叶助理，你为啥要这样干？你不能这么干呀!”

“我他妈只能这么干。”

“我买还不行吗?”张冰从裤兜里掏出钱包，双手掰开夹层，伸直胳膊递到我面前，“这个月的工资全在这儿，够不够？不够我再给你取去，你要多少?”

“滚你妈的！你以为就你会做人吗?”我一巴掌打飞了他的钱包，钱撒了一树沟。树沟泛着一层白碱，谁也不可能想到它曾经被我们用泥巴抹得棱角分明，像镜面一样反射着刺眼的阳光。

张冰一动不动地站在墙边，钱也不捡。要是来阵风，那可就麻烦了。他死死地盯着我，嘴唇哆嗦着，两眼泪花闪闪，搞得我都不好意思看他。

“不跟你废话了，你赶紧给我送过来，我等着。”我扔下张冰，跳过树沟。去火工品库要经过加注队院门，我正犹豫着要不要掉头绕着围墙兜一圈，却猛地收住了脚。

“叶助理，这事怨我，是我给你惹来的麻烦。”不知道宋队长在院门内侧站了多久，他尴尬地搓着两只手，“你就不要跟小张生气了，我马上把箱子给你送回去。”

不要说话。一个字也不要说。顶多点个头。点一下就行。然后赶紧走开，快快地走远。宋队长说了要把箱子还回来，这事就算了结。丢人就丢一次好了，我他妈又不是没丢过人。可我就是动不了。整个人像被地桩钉住，分毫动弹不得。点不了头，挪不动脚，甚至直不起目光。视野里只有宋队长那条挽起来的旧军裤和那双裂了口的破胶鞋。他为什么要一口一个“叶助理”，在加注队时，他不总叫我“小叶”吗?

“算了，队长你留着用吧。”话一出口，我突然像是接通了电源，浑身关节又活动起来。

“那不行，老曹那里你咋个交代？还是给你送回去吧。你能帮我，我已经很感激了，真的叶助理，我知道你是个有情有义的人，我知道。”宋队长笑笑，转头喊张冰，“小张，你赶紧把东西给叶助理送回去。”

“不要了，真的不要了！”我说完，掉头就走，生怕自己反悔。

“那你咋个办？”宋队长在后面喊。

“你别管了，我有办法！”

有个屁办法。只是站在宋队长面前太难受了，我只想飞也似的逃走。

回到办公室，我把钥匙轻轻放在曹股长桌上。

“什么意思？”

“那是我老队长。我张不开这个口。就这个意思。”我有些伤感，“钥匙都在这儿了，我什么时候走？”

“谁说叫你走了？”曹股长挤挤眼睛，表明他脑子正在高速运转，“你叶春风是啥人？你是团党委正式任命的器材股正连职助理员，谁敢让你走？我走还差不多！”

宋队长离队时，袁门请他在“绿洲缘”吃饭，叫我和车红旗一起去。下班后，我溜回宿舍，关掉手机和电脑音箱，打了一晚上《帝国时代》。中间宿舍电话响了十几次，我没接。后来张冰又跑来敲门，我也没开。按说我应该去一下，我毕竟把那四个火药柱箱留给了宋队长，不是吗？可感觉却像战场上遇到一个垂死的战友，我已经丢下他跑出很远，却又清晰地听到他在身后呼喊我的名字。我可能做了什么，但那并非我所情愿。或许一部分我愿意这么做，而更大的一部分我不想这么做。这个时候，我分不清哪个才是真正的我。或者这种区分并无意义。类似燃料车和氧化剂车，必须相隔五十米开外，永远无法相互靠近，即便彼此的蒸气相遇，都有可能发生可怖的爆燃。然而在同一枚导弹内部，燃料和氧化剂被分别注入密闭相隔的舱体，最终通过导管在燃烧室相遇。这是它们唯一交会的时刻，也只有这个时刻，发动机才会喷出烈焰，推动着导弹飞向高空。

7

胡杨泛黄时，季菲跟着试验队走了。有时我想，沙漠之行对季菲而言只是一次极限运动，而此时，冒险已然结束。试验队离开的前一晚，好久没同我独处的季菲突然来了。深秋夜凉，我们却大汗淋漓。我承认自己喜欢季菲这种沙漠阳光一样直白热烈的方式，不像白雪歌，似乎永远都怀揣着一个不肯示人的秘密。

回想季菲刚来的五月，我俩去“绿洲缘”吃饭，我喝了四瓶啤酒，她喝了五瓶。离开时她两颊飞红，拉着我胳膊要去我宿舍玩。她声称自己也会打《帝国时代》，要跟我比画比画。游戏打没打真忘了，光记着她一进门就开始跟我热吻。真他妈热。那个夏夜，她穿一件紧身T恤和小热裤，两条大白腿在四十瓦日光灯下闪闪发亮。那一刻我才明白，为什么我英雄的空军探照灯部队当年能把美军F-84战斗机硬生生地从天上照下来——在炫目的事物面前，你不得不闭上眼睛。她发烫的身体在我怀里不停地向下出溜，我得努力抱紧她，每过几秒钟就把她往上拽一把。有那么短短的几秒钟，我脑子里闪过了白雪歌，紧接着就是她跟车红旗赤裸着滚在一起的场面。我还用得着再固守着一棵歪脖子沙枣树吗？来吧，眼前的季菲可是我二十七年人生道路上第一个横穿马路的裸女，我就是速度再快，也必须为她来一个吱吱作响的紧急制动。

在那个火热而眩晕的时刻，我激动得浑身发抖，迟疑着不知道下一步该干点什么。就像最初站在燃料车战位上，看着眼前那些仪表开关不知先动哪一个才好。我不想在季菲面前显得笨手笨脚，然而缺乏经验的事实难以掩饰。那些暗中观摩过的影像资料具有很大的欺骗性，像香港烂片里那些永远打不完子弹的手枪。幸好季菲善解人意，豪放婉约无所不至，驱散了我皮肤上密密麻麻的鸡皮疙瘩，耐心引导我前往未知的领域。第一发没成功，加注枪还没固定好就加冒了，弄得我面红耳赤。好在第二发不错，她披散着长发躺在我臂弯里，让我帮她点一根烟，直到她微红的皮肤回归本色。

在季菲之前，我一直认为姑娘们在爱情中是被动的，只等着小伙们来追求。她们将在那些追求者中挑选一个相对合适的人选。然而季菲像是沙漠里的一场暴雨，冲刷了我固有的认识。相比之下，白雪歌却像太平洋战场上的日本人，我拼出小命登上了瓜达尔卡纳尔岛，前面还有关岛，登上了塞班岛，前面还有硫磺岛，我死伤惨重步履维艰，前面仍是烟波浩渺的大海。而不期而至的季菲呢？她简直就是扔到广岛和长崎的原子弹，轻而易举地放倒了日本人。

从紧绷的状态中放松下来，我给季菲点了一根“软中华”——她最喜欢和我轮着抽一根烟，香烟从我的唇间转移到她的唇间时充满了亲密的意味——车红旗的烟只剩下最后几根了。

“我说过没？”她看着我，“你是上帝赐给我的礼物。”

“上帝也是干部部门的吗？”我笑笑。

这时她手机响了一下。她拿起来看看，飞快地回了一条短信。

“我男朋友，说明天去机场接我。”她扔下手机，欠起身伏在我胸口，“准确地说，是个结婚对象吧。你喜欢一个人，但你得嫁给另一个人。可能每个人都是这样，你说呢？”

“这事我不太清楚。”我说。

她坐起身开始穿衣服。光滑的肌肤迅速被遮盖起来，感觉却像是在卸妆。

“我会想你的，不过我不能再跟你联系了。”她又坐回到我身边，双手捧住我的脸端详了半天，“谢谢你，跟你在一起真的很开心。”

我怔怔地望着她，那些温存的时光海市蜃楼一般诡异，可眼前的长发和面孔却无比真实。我一直以为季菲是个寻找爱情的大龄女青年。像被撕掉了开头和结尾的《白鲸》，我无法知晓故事的缘起和结局。像一个 UFO 把我掳走，研究了两个月又扔回沙漠。像六朝志怪小说里出现的神秘女子，突然出现又突然消失，丢下一个晕头转向的书生和无数柔软湿润的回忆。像沙丘的形状，每天和另一天都不一样，而你不会知道那些被风沙掩埋的都是些什么。

出门前，季菲紧紧抱着我的脖子吻了我好久，腮帮子都酸了。那么认真。那么沉醉。仿佛我是个即将踏上军列远赴前线的士兵，而她将永远失去我。

季菲走后第三天，我给她发过一个短信，问她是否平安到家，她没有回复。

于是我又开始打《帝国时代》。21 世纪最初几年，我认为世界上再也没有比《帝国时代》更好玩的游戏了。自从钟军教会我打这款即时战略游戏之后，胡天寄给我的那个烂掌上游戏机就不知所踪。它跟胡天一样，绝大多数时候我不会想起它。几个月没怎么玩，快捷键用起来非常生疏，时常贻误战机，被电脑对手打得落花流水。很多个夜晚，我喝完酒回来，在宿舍玩游戏玩得昏天黑地，连我妈打来电话都懒得接，反正她老人家除了问我是不是每天吃早饭就是催我赶紧找对象，每次听得我脑袋都快像战斗部一样炸成碎片。偶尔我也觉得自己是玩物丧志，会从抽屉里拿出那本可怜的《白鲸》翻翻，一次不小心把啤酒洒在上面，晾干后书页起皱，整本书变得更厚，而里面的词语日渐陌生，看样子我这辈子都不可能把它读完。所以"裴廓德"号捕鲸船左右舷各挂着一颗鲸头——一颗抹香鲸头和一颗露脊鲸头——在茫茫大海上航行，依然前途未卜。

好在器材股总有人来，不至于太寂寞。帮别人办事，跟别人喝酒，多少能填补些空虚。那些天，政治处副主任问我要两盒引火剂，说要拿来打兔子。装在铝盒里的引火剂怎么打兔子？搞不清，我也懒得问。领导要我就给，库房里报废的引火剂还有好几十盒。又给后勤处财务股助理找了一套活动扳手。他已经找我要过两套了，但管他呢，只要他把我的发票顺顺当当报了就行。

这些都是小事。只有车红旗的火药柱箱仍旧没个头绪。烟都抽完了，事还没办。这事不解决，总像是牙缝里嵌了片菜叶子，抠不出来就没法安心。

周末上午，我正在宿舍睡大觉，兰甘打来电话，说他在办公室加班，打印机没墨了，让我赶紧给他弄两个墨盒。

“睡个懒觉也来吵我，真是只猪。”我被弄醒了非常不爽，“下午再说！”

“袁主任催着要呢！还不是你们那几个破火药柱箱闹的！”兰甘说，“你以为我愿意大早上来加班啊？”

“火药柱箱怎么了？”我一下来了精神。

“主任大早上急急忙忙把我叫到办公室，叫我写个请示，说要从你们那里调拨三百个火药柱箱，拿来给连队学习室做课桌。”兰甘说，“又不是什么急事，还非得弄到休息时间，李凝做的早饭我还没吃呢。”

“三百个？”我要疯了，“没搞错吧你？”

“袁主任亲口交代的，怎么会错？”兰甘没好气地说，“你赶紧给我找墨盒啊！”

我从床上一跃而起，蹬上自行车直奔器材库，一把抓了四个墨盒，掉头送到了办公楼。给罗慕找东西我都没这么积极过。打印机一吐出纸，我立马抓过去看，“……拟从站装备处器材股调拨‘红-2甲’导弹火药柱包装箱三百只，用于制作连队学习室课桌。”

白纸黑字，分毫不错。三百个火药柱箱塞进脑子里，立马把季菲挤没了。

前后不到十天，请示批了下来。

“今天上午就办。”曹股长把我叫到跟前，递过一张出库单，“我和袁主任说好了，宣传股找车去库房搬。”

“搞来搞去，领导要你还是扛不住吧？”我笑，“一给就是三百个。”

“你知道啥？这是我跟袁主任商量好的。他给我说了好多回，几个连队学习室破破烂烂，连个成套的桌椅都没有，他一直想给换新的。”曹股长说，“这是好事。那些箱子做成课桌，也算是修成正果，总比叫人拿出去做成架子铺成地板好。”

心头暗喜。在加注队时，我们组织学习全坐小凳，根本没桌子。那时袁门就想给学习室做一套课桌椅，可惜算下来少说也要万把块钱，而队里不可能有这笔钱。他走时，也才刚把队里的旧电视换了个大的。但那是加注队。现在我有自己的办公桌椅，连队的课桌与我无关。

“哥哥，我想留五个自己用。”火药柱箱出库时，我把宣传股股长拉到一边，“你看行不行？”

“贤弟何出此言呢？”股长一个劲拍我肩膀，“咱俩谁跟谁，愚兄以后要麻烦你的事还多着呢。”

给车红旗打电话，他估计是在开会，没接。我让宣传股股长先把火药柱箱寄放在营房股木工房，打算晚上再让车红旗去取。事情办得如此漂亮，连我都被自己深深折服。看来等待还是必要的，时机不知何时就会出现，妙得你都想不到。

打了几次电话，车红旗总不接。直到晚饭后他才回过来。我强压着井喷式的得意，坐等车红旗对我展开一波强有力的恭维。等他说完，我再把个中缘由向他细细道来。

“好啊。”车红旗懒洋洋的，像是刚睡醒，“谢谢啊。”

“东西在木工房，我让他们给你留了五个最新的。”车红旗估计是被我的本事惊呆了，一时半会儿无法接受这个现实，“你什么时候去取?”

“啥时候都行，先放着也行。”车红旗还是一副要死不活的样子，“我现在没空，有时间再说吧，反正也不是啥急事。”

“不是急事，你一天到晚催个蛋!”我恼了，“你不要了是吧?不要就拉倒!我告诉你，想要这玩意儿的人都他妈排到黄羊滩去了!”

“那不然你给别人算了。”

“你他妈吃屎了吧!”我气得眼冒金星，“不要早说啊，把我当猴耍呢?”

电话里没了动静。

“我再问你一遍，到底要不要?要就去取，不要去毬!”

“要要，我要。春风你别生气，我现在就找人去取。”车红旗总算说了句人话，“谢谢你啊春风，给你添麻烦了。”

“滚鸡巴蛋。”我恨恨地说，“以后少他妈找我办事!”

第二天中午，正准备睡会儿觉，干部股一个新来帮忙的干事跑来敲门。他拿个黑塑料袋递给我，说是车股长交代他送来的。

打开一看，又是两条“软中华”。

“车红旗呢?”看到烟，气消了百分之七十五，“他这两天在搞什么，生病了吗?”

“没有啊。”那干事奇怪地看着我，“冯政委给他交代了个活儿，他正忙着搞材料呢。”

拨出去三百个箱子，我都有点肉疼，曹股长却若无其事，有时还会在办公室哼起小曲。这不正常。曹股长帮袁门批这三百个火药柱箱，只是为了给连队做课桌？好像没那么纯洁。我一个小小的助理员都明白，连队往往只是机关的一个借口罢了。机关所干的一切工作，基本上都是嘴里说着连队，眼睛盯着首长。袁门提了副团当了主任，当然还想提正团当政委，连队课桌做好，政绩又增加一项。曹股长副营干了八年，肯定也坐不住了。冯政委那条路明显走不通，但袁门作为团站党委常委和政治处主任，说话还是有分量的。更重要的一点在于，袁门是基地政委赏识的旧部，冯政委就算要否掉袁门的提议，那也得三思而后行。这三百个箱子出了手，也许年底研究干部时，曹股长就能动一动了。八年下来，小日本都被打傻了，曹股长还纹丝不动，心里能不急吗？老尹夹着痔疮都能摇身一变成为加注队队长，曹股长着急搞个正营也没什么不对。没私心的还叫人吗？当然，我不可能傻到跟曹股长讨论这个问题。对我来说，帮车红旗办了事，这就是三百个火药柱箱对我的全部意义。

8

按照请示上的安排，火药柱箱由宣传股移交给营房股，再由营房股设计出图纸，待袁主任审定后制作。箱子出库没几天，有天傍晚，曹股长跟我查库回来，说要去木工房看看课桌做得如何。到了木工房，只见门口停着一排三台卡车，六七个兵正吆喝着往车上装火药柱箱。前面两台车已经装满了，还剩下二十来个箱子在地上放着。

“搞什么名堂？”曹股长停下脚，仔细看了看车牌，“这车怎么是基地机关的?”

曹股长拉住在场的营房股助理质问。对方告知，冯政委有指示，要拨出两百个箱子给基地机关。具体给谁，营房助理表示不清楚。曹股长大怒，扯着营房助理不让装车，怎奈装车那帮小子都是0号来的，并不认得曹股长，一拥而上把他推到一边，装完最后几个箱子，鸣一声喇叭，扬长而去。

“袁门你他妈的王八蛋!”曹股长气得浑身发抖，掏出电话大骂，怒吼声滚雷一般传出老远。

第二天，曹股长称疾不朝，连续两天没来上班。第三天下午，下班号刚响，我正在收拾办公桌准备走人，袁门冷不丁从办公室门口冒了出来。

“小叶，”他带着点笑意，“陪我去看看你们股长吧。”

我不想去。主要不知道跟袁门说什么。但不去也不行。领导说出来的祈使句，再温和也是命令。

曹股长宿舍门虚掩着，推开一看，他正盘腿坐在床上看电视，两手捧着一包方便面干啃，头发乱得连白菜都不如，更像厕所里的拖把。一地的烟头烟灰，脚都没处放。见我们进来，他用粘着眼屎的白眼珠子翻一下袁门，又转回去盯着电视。

“行了吧，别没完没了好不好?”袁门关了电视，过去坐在曹股长床边，“生气也不能不吃饭吧?”

曹股长哼一声，往回缩了缩脚。

“这事责任在我，但不上班就是你的不对了。”袁门又说，“不是还有一百个箱子吗，先做三个连队的课桌也好。”

“级别和人品总他妈成反比，我算是知道了！”曹股长瞪向袁门，“我就问你一个问题，你是不是跟姓冯的串通好了才这么干的？”

“没别人的事，你要怨就怨我。”袁主任笑笑，“我以老同学的身份让你出气，你可以尽量出，如何？”

“谁他妈跟你同学？我哪有你这号同学？”曹股长的声音突然低沉下去，“这么多年，我最信任的就是你袁门，就你一个。结果呢？”

“1986 年，咱们刚分来，我跑到安北县城瞎转，唯一打了一个电话，就是给你打的。这你记得吧？”袁门说，“你在电话里急得都哭了，把我也说哭了。要不是那个电话，我可能真就跑掉了。”

“小叶，你先回去吧。”曹股长沉默片刻，“这里没你的事了。”

第二天一早，曹股长准时来了办公室。他让我把所有的器材账都翻出来，又让我从 1993 年开始，逐年统计，做一个器材收支明细表，半个月内给他。整整十年的账本，能从地面一直摞到房顶，叫我一页一页重新统计，这他妈不是折腾人吗？冯政委拿走两百个火药柱箱塞住了曹股长的肺，他要拿我撒气。但这个受气包我还得认真细致一丝不苟地当。官大一级压死人，怪不得大家都想当官，然后是更大的官。级别和人品是不是成反比不好说，但金字塔越到高处，压着自己的石头就越少，这倒没什么疑义。昏天黑地干了十来天，天天加班到半夜，一顿酒没喝，一次游戏没打，总算把明细表如期交给了曹股长。

“嗯，不错。”他翻完厚厚一沓表格，“还有个事。你跟宣传股联系一下，约个时间，再给他们拨两百个箱子。”

“火药柱箱?”

“废话，你还有啥箱子?”

“真给啊?”

“给啊，为啥不给。”曹股长没什么表情，“说好的三百个做课桌，不给够咋做?”

“那手续呢?”我说，“请示谁上?”

“我做主了。”曹股长说，“不行吗?”

当然行。早该这样。看来曹股长终于认识到，与其死守阵地一般跟那些木头箱子同归于尽，不如趁早扔掉枪挥起白旗算了。曹股长不可能不明白，他已经得罪了冯政委，不能再得罪袁主任。何况他俩还是军校同窗——他怎么从来没提过——对于既有的关系，维持总比破坏好，说不定哪天就要用到人家呢？祝贺曹股长，他能改弦更张实在是太好了，最起码我以后再去库房帮别人弄东西时，不用再做贼似的踮着脚尖。

把这些事都办完，树叶也掉光了。十一月中旬，曹股长又叫我一起去清点弹药。他说，未启封的弹药数都能对上账，但弹药库还有一大堆历年轻武器射击训练时没打完的步枪弹和手枪弹，散放在几个子弹箱里，这是一笔糊涂账。他让我把它们一发发点清楚后重新上账。

“基地又没要求清点这些子弹。”我认为曹股长是吃了羊肉跑骚，闲的，“有这个必要吗?”

“你管基地干啥?”曹股长说，“我认为有必要，那就有必要。”

“弹药库没暖气呀。”我一想弹药库房顶上那条飕飕进风的裂缝和墙角那几箱子冰冰凉的陈年子弹就发怵，“明年开春天暖和了再点多好。”

“明年？”曹股长翻我一眼，“我要今年就死了咋办？”

曹股长不死，我就得落实他的指示。弹药库在营区西南角，窗户全部用砖砌死，冰窖一般，数不了几发手就冻麻了。我又念起锅炉房的好来了，至少那地方暖和。头天上午才干了半小时，我就冻得受不住了。急中生智，提议去军需服务中心借个电子秤，每一百发步枪和手枪子弹分别称重，然后把步手枪子弹分作两堆，每堆称个总重再除以一百发的重量，弹药数就出来了。

“这主意不错吧？”我兴冲冲地看着曹股长，“一天就能搞定。”

“你当是卖菜呢？”他头也不抬，只顾一发发看着弹壳，“几十年的子弹，出厂批号都不一样，你给我弄成一堆当萝卜称称就算完了？”

曹股长只待了一个上午就跑了，派来保管员跟我一起点。穿着大衣，戴着大头帽，几年没穿的大头鞋也被我从箱子底翻了出来——谁能想到机关干部还用得着穿这个。就这还不行，一个小板凳从早坐到晚，冻得浑身僵硬，清鼻涕一个劲儿往下流。弹药库严禁烟火，又不允许单独进入，想抽根烟还必须把保管员喊出来，仔细锁好门再到远处去抽。子弹一发发看批号，再分别放进写好标记的白纸盒。一盒五十发，每装满一盒就在本子上记一笔。头两天我几乎绝望了，箱子里那些尖头的步枪弹和圆头的手枪弹看上去一辈子都点不完。

除了吃饭，天天在弹药库泡着。库房不见阳光，从早到晚开着灯，点到后面日子都记不清了。白雪歌打电话来时，我仍在那儿清点子弹。她要不说，我完全没想起那天是个星期六。

“有空吗?”她说，“要有空来找我吧。”

“有事?”那么久没跟白雪歌联系，感觉不大习惯，却依然兴奋，这让我始料未及。

“晚上请你吃饭怎么样?”

“吃饭?”我吸溜一下鼻子，“怎么想起请我吃饭了？有事你吩咐，能办的我肯定办，别那么客气。”

“没事，就是吃饭。”她说，“就咱俩。”

心忽地一闪，失重的感觉。不知道白雪歌什么意思。事实上我已经很久没有主动关注过她了，这方面季菲功不可没。我得逐步把白雪歌从心里驱除，否则每见一个姑娘都想起白雪歌，她俨然成了我评判姑娘的唯一参照系。经过艰苦卓绝的努力，我认为白雪歌的势力已基本肃清，剩下一点儿也被赶到了台湾，早就失去了反攻大陆的实力。万没想到白雪歌随便一句话，又搞得天下大乱民不聊生。

到了技术室楼下，白雪歌已经站在门口，描了眉毛涂了唇彩，穿着鹅黄的羽绒服和牛仔裤，脚蹬一双高筒皮靴，在光秃秃的冬天非常惹眼。

经过机关楼，正好赶上饭点，单身干部们往饭堂走，一个个都转头看我俩。白雪歌是被人看惯了，在激光束般的目光中安然信步。我却只想把两个不知往哪看的眼珠子抠出来揣进裤兜。我想走快点儿，因为我没什么合适的身份和她在这里散步，但白雪歌的高跟鞋咔嗒咔嗒保持着固定的节奏，我只好浑身僵硬地和着她的步子，慢吞吞地朝前挪。

“你调动的事办得怎么样了?”好容易挨到路口，我才松了口气。

“不怎么样。”

“车红旗天天琢磨着帮你搞调动，还让我帮着找火药柱箱，说要送给基地干部科的调配干事。”我说，“他还真是挺在意你的。”

“是吗?”白雪歌淡淡地，“不过无所谓了，我其实并不真指望他。靠他找人，还不如我自己找。连他去干部股还是我帮他找的人，不然他这会儿可能还在加注队呢。”

“你俩吵架了是吧?”我一下反应过来。

“干吗要吵架啊，多没劲。”白雪歌笑笑，“他没告诉你吗?”

“什么?”

“我们分了。”

“别逗了。”

“骗你干吗，分了都快一个月了。”

“为啥?”

“也不为啥。”白雪歌说，“我觉得他心不在我这儿，所以还是分了好。”

“吃屎了吧他！肯定是吃屎了。”我这才明白车红旗为什么突然不想要火药柱箱了。心底某处突然冒出个火星，而此前我一直以为那已是一堆冰冷的灰烬，“连你他都敢这样？我看他这辈子算是完蛋了。”

“那你可错了。”白雪歌说，“我们室刚分来的朱莲正追他呢。”

“朱莲？就是那个哑嗓子的姑娘吧？她一说话，整栋楼都像在搞装修。”我拼命吹着那堆灰烬，希望它能重新燃烧起来，“她怎么能跟你比？”

“你可真够损的。”白雪歌总算被我逗笑了，“人家漂亮啊，又年轻，还会自己动手做香肠给车红旗吃。我有什么呢？我都二十五了。”

“别说二十五，就是五十二你也照样漂亮。”那看不见的灰烬冒出了一缕烟，我得赶紧往上加点枯树叶，“不信你等着瞧。”

“谢谢你。”白雪歌望着我，“就算是假话，我也很感激。”

9

转年元旦，兰甘和李凝在“绿洲缘”办婚礼。冯政委亲自担任证婚人，做了精彩的致辞，又现场泼墨挥毫，赠给新人对联：

金风玉露相逢便成军中一对佳偶

巾帼须眉同在堪比大漠两株胡杨

冯政委是书法家协会会员，写得一手好字。兰甘和李凝人手一联，站在冯政委左右合影留念。音乐适时响起，掌声雷动，婚礼在那一刻达到了高潮。

兰甘聪明，婚宴上把我和白雪歌安排在门口那桌，把车红旗跟朱莲安排在墙角那桌，尽可能地减缓了尴尬。不久前，这还是我不可想象的排列组合。应邀和白雪歌共进晚餐的次日开始，每天下班我都会去饭堂打两份饭，直接端去白雪歌宿舍一起吃。白雪歌喜欢给我喂饭。傍晚若不刮风，我们会出去散步。要是刮风，我们就在她宿舍聊天，或者看影碟。我们的关系似乎开始向着军校时的感觉回归，尽管多少有些不习惯，但有些方面已然超过了军校，只不过在最后关头，她还是会推开我。这一点上白雪歌显然没有季菲奔放，可假如允许我选择，我认为自己依然会选择前者。

仪式一结束，我拉着钟军去敬酒，他不肯去。尽管我们在冷高工去世后实现了关系正常化，可李凝结婚，他肯定心情不爽，什么也不吃，只是一杯接一杯喝可乐。我却兴奋得坐不住，提着酒瓶敬了一大圈，半瓶白酒不一会儿就进了肚。心情好酒量就大，喝了一大圈，似乎也就到个微醺的程度。

到了曹股长那儿，我特地加倍，敬了两杯。最近我对曹股长印象极佳，白菜脑袋在我眼里也变得像爱因斯坦一样充满了智慧和风度。在弹药库清点子弹时，平均点十发子弹我就会骂他一句。那些天我一共点了三万六千五百七十一发子弹——这个数我恐怕得记上十年——算下来起码骂了他三千多遍。用胡萝卜一样红肿的手指把最后一发 7.62 毫米步枪弹从箱子底捏出来时，我盯着底火旁边的“3159”批号，激动得都他妈快哭了。等我平静下来，赶紧掏出电话打给曹股长，让他来看看我的工作成果。我记得那个寒气逼人的上午，曹股长绕着摆满一地的七八百个纸盒走了一圈，又蹲下来拿起几盒打开看了看。

“行。”他点点头，“我看差不多。”

“不是差不多，是一点不差。”我拍着手里的账本，“每个批号多少发，发发有数。”

“我没说子弹，我是说你。”曹股长退后几步又看看地上的子弹盒，好像那是什么装置艺术，“我又打转业报告了，今年应该能放我走。我给袁主任说了，推荐你接我的班。你正连马上满三年，等我明年初一走，你正好能接上。”

“我哪行?”还没从白雪歌扬起的云端降落，又被曹股长一把推上九霄，一下从对流层高冲到平流层，缺氧一般头晕。

“有啥不行？我不是给你说过吗，我这个股长，找个猴子训练训练都能干。你总比猴子强吧?”曹股长微笑一下，“不过也看怎么说了，人这东西，有时候还真不见得比猴子强。这只是我和袁主任的想法，上头还有站长政委，能不能成还不一定，你心里有个数就行。”

兹事体大，敬曹股长两小杯远远不能表达谢意。所以我从桌上抓了个茶杯，准备再敬他一个大的。

“行了，在我面前就别来这套了。”曹股长推开我，“袁主任你敬过没有?”

“他又不喝酒。”

“喝不喝是他的事，敬不敬是你的事。赶紧去!”曹股长说，“能遇上他这么个领导，算你叶春风的福气。”

我可从没觉得遇上袁门是什么好事。在我眼里，袁门就像本封面古板的书，内容姑且不论，就连翻一下的兴趣都提不起来。但人在机关，不能总由着性子来不是吗？我要想当股长，就必须按罗慕说的那样，尽快实现从机械化到机灵化、从人力密集型到人脉密集型的跨越。这时候我可不能意气用事，必须硬着头皮去敬一下袁门。

“结束以后你到我办公室来一下。”袁主任拿着茶杯跟我碰一下，“我有事找你。”

已经料到袁主任肯定是要跟我谈接任股长的事，丝毫不敢怠慢。酒席一散，我给白雪歌打了个招呼，直奔办公楼而去。元旦放假，办公楼很安静。喊声报告进去，袁门又让我去把门关上，当真是个谈论秘事的架势。

“小叶，”看我关好门走回来，袁门才说，“你是不是在跟白雪歌谈恋爱？”

“是。”我点点头。领导最喜欢先说几句闲话再切入正题，袁门看来也不例外。

“怎么突然就跟她谈上了？”

“也不算突然吧，原来在学校我们就挺好的……后来她跟车红旗谈了，然后又分手了……”袁门从来没跟我谈论过任何私事，一下问得这么具体，弄得我语无伦次。

“我知道，你是为了白雪歌才要求分到基地来的。”袁门笑一下，“一般人还真没你这个勇气，很冲动，倒也很浪漫。”

他怎么知道这事？我从来没告诉过任何人。

“不过从我这个旁观者的角度看，你们在一起未必合适。”

“主任，这是我个人的事。”我小声说，感觉很不舒服。

“就是你个人的事我才找你谈。工作的事我找你们处长股长就够了，还轮不到我你。”袁门变得严肃，“她跟车红旗谈了那么久，分开才没几天又跟你谈上了，这正常吗？”

“主任，这是车红旗给你说的吗？”我紧拉慢扯，但酒后还是容易冲动，“我喜欢跟谁谈就跟谁谈，关他屁事！”

“小叶，今天我不是以主任的身份跟你谈这事，这是其一。第二，车红旗从来没有给我说起过这件事。这两点我要先向你说明。”袁门停了停，“跟谁恋爱这当然是你的私事，谁也无权干涉。但我长你十岁，作为一个过来人，我觉得你还不太了解她。”

“我觉得我很了解。我们上军校在一个队。她是中专班的，我们同学两年，毕业又一起分到站里，关系一直很好。”我冷冷地说，“我一直喜欢她，我也觉得她值得我喜欢。”

“你可能不知道，其实小白那孩子我很熟悉。她在干部科当打字员的时候，我在宣传科当干事，她还经常帮我打印文件，挺活泼挺开朗的一个小姑娘。”袁门又开始说，字斟句酌，语速很慢，“她当兵的时候才十六岁，高中都没怎么上，按说考军校不可能考得上，结果她还真考走了。后来我听说，她考学的事弄得比较复杂——这么说吧，她根本没进考场，她的卷子都是干部科的人帮她弄的，她给你说过这个吗？”

“没有。”我不耐烦地说，“我没问过她，我也不关心这个。”

“好吧，即使你一定要谈，我劝你也别那么着急，还是慎重一些为好。”袁门沉吟片刻，“特别是年底马上面临干部调整，也许还会牵扯到你，我不希望你受这些因素的影响。话我就说到这里，你可以回去了。”

我才不信车红旗没在里面搞鬼。不然袁门干吗莫名其妙地找我说这些？居然还拿当股长的事给我施加压力。但这分明是两回事啊！如果我坚持跟白雪歌谈，袁门会把我提升的事搞黄吗？极有可能。他又不是没这么干过。当初帮白雪歌搬了一回东西，新兵连的事不就黄了吗？罗慕想让我去科训股，不也黄了吗？冷高工要我去通信股的事，他没准儿也在里面使过坏。他真要整起人来，眼都不会眨一下的。

“主任，我明白了。”我不得不违心表态，“我会慎重考虑的。”

本来打算谈完话就去找白雪歌，这会儿全没了心情。风一吹，酒上头，回宿舍躺了不知多久，直到被白雪歌的电话吵醒，才发现天都黑透了。

和白雪歌去了家属院，兰甘的新房挤满了人。干部战士家属小孩，乱得不成样子。沙漠里本来就无聊，有人结婚，好歹也算提供了一个热闹的机会。可我满脑子都是袁门下午跟我的谈话，感觉烦闷，干脆拿瓶啤酒去了阳台。

阳台没封闭，冻得够呛，唯一的好处是没人。自顾自喝了几瓶啤酒，正想去厕所，车红旗和朱莲来了。干部股股长还是不一样，众人纷纷跟他打招呼。我们隔着玻璃对视一眼，他想挥手致意，右臂却被朱莲死死抓着。走到卧室门口，车红旗大概是看到了正在屋里跟李凝说话的白雪歌，脸色变了变，从朱莲处抽回胳膊，穿过人群朝我走来。

“春风来得挺早啊。”他讪讪地同我打招呼。取走五个火药柱箱后，我俩一直没联系，在办公楼见面也不说话。他估计也是没什么话说，就开始抱怨干部股不是人待的地方，天天加班都快抽筋了，为了赶个材料不得不这会儿才过来。他说话时喷着酒气，鬼才相信他刚才在加班搞材料。

“白雪歌怎么样，你俩挺好的吧？”见我不理他，车红旗又问。

“好不好关你屁事。”下午在袁主任办公室拼命压住的火又冒了上来。

“咋了你，”车红旗赔着笑，“兰甘结婚，你发的哪门子火？”

“你说我发哪门子火？我告诉你，我和白雪歌的事跟你没关系。”我喝口啤酒，“把你的朱莲搞好就行了。”

“那是，是跟我没关系。”车红旗局促地扭扭身子，估计是想溜，“我就是随便问问，你不想说就算了。”

“知道没关系，你在袁主任那搞什么鬼？”

“袁主任？我搞什么鬼了？我啥也没干啊！”车红旗打个酒嗝，恶臭扑鼻，“你说这话啥意思？”

“我啥意思你不知道？”车红旗一脸无辜更让我来气，“装什么×！”

“你说啥呢？你把话说清楚！”

“你自己干的事你不清楚？”

“我就是不清楚，有本事你说出来！”车红旗也恼了，“说啊！”

“你凭什么在袁主任那里挑我和白雪歌的事？”

“叶春风我告诉你，我什么也没给袁主任说过！”车红旗气得朝水泥围栏上猛拍一掌，“谁说了谁他妈是狗！”

“你以为你不是狗？”我真想抽他一个大嘴巴，“自己谈不成就滚远点，还老想搅和别人，算什么东西！”

“我谈不成？你以为我真是谈不成吗？你知道个屁！连个屁都不知道！”车红旗直勾勾地瞪着我，一阵风横吹过来，他身子晃了晃，突然冷笑一声，“别人玩剩下的，你还以为自己捡了个宝？”

事情的经过就是这样。至于我手里的啤酒瓶子究竟是如何抡到了车红旗脑袋上的，我无论如何也记不清了。满打满算才抡了那么一下，确实很难有什么经验之谈。我只记得攥着瓶颈的右手虎口震得发麻，头皮像一面鼓，咚咚地跳。最奇怪的是车红旗竟然一动不动地站在我对面，泛着白沫的啤酒混着鲜血淌了一脸，也他妈不伸手擦一把。在我被人拉出阳台之前，他一直那么直挺挺地站着，酷似一个水泥墩子。

第四章　残骸

某些人的心灵里，有一种卡兹基尔的山鹰，它同样能够潜进最暗黑的峡谷，又再高飞出来，在光天化日之下变得无影无踪。可是，即使它始终是飞翔在峡谷里，那还是处在群山包围中的峡谷；因此，即使山鹰在低扑的时候，它还是比其他那些翱翔高飞在平原上的鸟类飞得高。

——《白鲸》第九十六章

1

午饭前罗慕才打过电话，下午官贵就来报到了。他戴着上等兵肩章，长得像只机器猫，圆头圆脑圆鼻子圆眼睛，两只手也像小孩一样肉嘟嘟的，手指伸直时手背上会现出一排小窝。

“汽车连不好好待着，跑我们回收队干啥?”我问，“你脑子有毛病吗?”

“连里老兵多，捞不着车开。”官贵忽闪着眼，“我想开车。到回收队能开上车。”

“你想？你想得挺美。你们汽车连的车只能在有路的地方跑，我们回收队的车可是专找没路的地方走。”我哼一声，“你在汽车连捞不着车开，谁告诉你来了回收队就能捞到车开?”

“我们连长说回收队这边缺司机，我来了就能开上车。”官贵紧张地看我一眼，“他还让我写了一个申请给军务股呢。”

“就是为了开车，嗯?”想了一会儿我又问，“不会就这一个原因吧?”

“就是这个原因。”官贵抿抿嘴，“我不敢瞎说呢队长，我就是想来回收队开车。”

“你没犯点什么事吗？比如打架斗殴酗酒滋事不假外出夜不归宿之类的？顶撞领导私自出车乱拉关系倒卖汽油也行，有没有?”我紧盯着他，“有了赶紧说出来，现在说还来得及。要是现在不说，哪天叫我知道，那你在回收队的日子恐怕就生不如死了。”

“没有，队长。我保证没有，真的。”官贵脸红一下，“我在汽车连表现挺好的，我们连长指导员都可以做证。”

这小子站在我面前，双手贴着裤缝，挺规矩的模样。那为什么每次回答我问题时，两个眼珠子都会滴溜溜乱转？说明这小子不太老实。回收队这五年我可没白待，谁他妈也别想蒙我。全队随便哪个兵一撅屁股，我就知道他要便秘还是蹿稀。

如今的回收队固然不是从前的回收队，可依然不是什么令人向往的去处。根据三九站多年的传统，犯了错误的干部战士总会打着背包前往回收队。这个团站司令部直属的副营级分队位于机关西南十二公里处，编制三名军官和二十四名士兵。由于犯错误的同志总是极少数，所以回收队永远处在缺编状态。从这个意义上说，回收队跟 WINDOWS 桌面上的回收站异曲同工，跟西前旗那个堆满了破铜烂铁废塑料的物资收回公司也不遑多让。自从袁门当了三九站政委，回收队这种西伯利亚或者关塔那摩式的地位才稍稍有所改观，这两年我也有权力去新兵连挑人了。即便如此，全队现在也不过只有两个干部外加十五个战士，照样严重缺编。

回收队。这名字难听倒还在其次，重点在于活儿难干。我们的主要任务是负责搜寻和回收一切领导认为需要回收的导弹、靶弹和靶机残骸，每打一发弹就像扔出去一根骨头，而回收队就相当于那条追出去的狗，不把骨头连同骨头渣子叼回来事情就不算完。一年到头，少说有两百天我们都在没有树、热饭、荫凉地和手机信号的无人区疲于奔命。这才是回收队让人避之唯恐不及的真正原因。

全基地都知道回收队是干什么的，官贵不可能不知道。那他还跑来干啥？放着汽车连的小车不开，四通八达的水泥路不跑，跟着领导混吃混喝不去，偏偏跑到回收队来开个破卡车去野地里吃沙子？蒙谁呢。官贵报到前，我已经向罗慕提出过上述疑问，可他提供的理由跟官贵刚才说的大同小异。罗慕是参谋长，我不好多问。但有一条。我手下的这帮兵里，没有哪一个是主动要求来回收队的。百分之百，无一例外。就连我眼里最优秀的班长禹强，刚来时也憋屈得像一台陷进沙窝的车，车轮狂转却动弹不得。

我不也一样吗？好长时间都不敢相信，一个两毛钱就能回收的啤酒瓶子把我送进了回收队。那个修长墨绿的玻璃瓶像是铁路道岔转辙器，或者“红-2”系统的 K1 指令，一旦触发，轨迹就将无可挽回地改变。

偶尔我会回忆一下那个混乱的夜晚。车红旗的脑袋被送到卫生所缝了四针，包上纱布，不很严重，离死尚远。回忆里镜头晃动、声音嘈杂，我却记不起什么像样的细节，除了车红旗打来的那个电话。

“春风，刚才那事我不怪你，你也别怪我，咱俩谁也别怪谁。”他听上去有气无力，“明天不管谁问，咱们统一口径，就说是兰甘结婚大家都挺高兴，喝了点酒闹着玩，你不小心打到我了，你看这样行不？”

没想到车红旗会这么说。他难道不该捂着脑袋去冯政委那里哭诉吗？冯政委闻听此事定然雷霆震怒，惊堂木一拍，从办公桌笔筒里抽出一根令箭扔将出去，我会被立刻捆翻在地，腮帮子再踩上一只锃亮的三接头皮鞋。

“你在卫生所吗？我看你去。”车红旗这个电话打得我无所适从，拿着电话呼哧呼哧喘了半天才说，“我从来没拿酒瓶子打过人，真的。”

“我靠，我还得谢谢你是吧。”车红旗虚弱地笑一声，“你别管我了，记住咱俩刚才说好的，千万别穿帮。”

一上班，我被叫到袁门办公室。车红旗已经到了，一条白胶布从大檐帽帽墙下爬出来粘在太阳穴上。他冲我笑笑，我也想笑，嘴却像冻住似的，笑不出来。

“我给冯政委说了，你们一个是政治处的干部，一个是装备处的干部，我这个政治处主任处理这事不大合适，还是请一位站首长来解决比较好。”袁主任盯着窗台上那盆绿萝，“但冯政委坚持让我来处理，我就不能再推辞了。现在我想听听，昨晚到底发生了什么事。你们谁先说？”

“主任，我说。”车红旗举一下手，把昨晚电话里商量好的话说了一遍。

“叶春风，你呢？”

“就是喝得有点多，开玩笑开过头了。”我看着光滑的桌面嗫嚅着，“车红旗刚才都说了。”

“玩笑开过头了？你们同学这么多年，开过多少玩笑？什么玩笑能开到头破血流的地步？”袁门似乎笑了一声，“什么玩笑？说来我听听。”

我俩可没商量这个，顿时哑了。

“就是互相骂着玩，我们同学之间经常这样，叶春风拿酒瓶子吓唬我，不小心就打到我了。”车红旗想了一会儿，“喝得比较多，具体说啥真想不起来了。”

“叶春风，你肯定也想不起来了是不是？”

“是。”

“那好，我来帮你们回忆一下。你们两个在阳台上说了一会儿话，谁也没笑过，每个人的脸色都不太好看。突然间，叶春风你手里的酒瓶就砸在了车红旗你头上。”袁门斜靠在黑色高背转椅上，伸出的右手轻叩桌面，“开玩笑。骂着玩。吓唬。真是这样吗？”

我们不吱声。

“叶春风，”袁门坐直身子，“我再问你一次，为什么动手打人？”

为什么动手打人？凭什么光问我？“别人玩剩下的，你还以为自己捡了个宝”，这话我能说吗？吃了个苍蝇吐出去，还叫我捡回来再塞进嘴里？去他的吧。就凭这句话，我再抡他几瓶子也不过分。问题是曹股长还在楼上等着我呢。他把所有的账目都搞得清清爽爽，就等我来接他的班了。这个节骨眼上竟然出这种事，悔得我肚子疼。

“打人是我不对，我向车股长道歉。”回答不了袁门的问话，承认一下错误总归没错。我站起来向车红旗深鞠一躬，“对不起。”

“春风你别这样，”车红旗赶紧站起来，“我也有不对的地方。”

“好，你们两个能冰释前嫌，这很好。”袁门似乎被我们感染了，“道完了歉，你们两个人之间的事就算结束了。以后任何时候和任何情况下，都绝不允许再出现类似的问题，听明白没有？”

“明白了！”我和车红旗赶紧答应。

“你们个人之间的事结束了，我的事才刚开始。”我一口气还没吐出来，又被袁门的话逼得生生咽了回去，“纪律就是纪律，犯了不能白犯。接下来具体怎么处理，我还要和站长政委商量，你们先回去吧。”

进了办公室，曹股长一把拉住我，问我袁主任怎么说。

“谁知道，有可能要给我处分。”我心慌意乱，“大不了咱俩一起转业好了。”

“放屁！你转业？你跟我比啥？人都走了活儿谁干？我就说你脑子被驴踢了，也不看看这是啥时候！你说你打他个车红旗干啥？”曹股长嘴角抽了抽，“算了，跟你这糊涂蛋说没用。我得下去问问袁门，看这事他想咋办。”

曹股长下楼去了。我站在办公室里等他回来。我似乎从未如此急切地盼望又如此深切地惧怕过一个人的出现。然而正如我预感的那样，曹股长并没给我带来什么好消息。

“你晚上去找一下袁主任吧，这有两盒茶叶你带上。烟酒他不沾，茶还是喜欢喝的。”曹股长仿佛头回跟我见面，打量了我半天才说，“跟他好好谈谈。他还是很看重你的。”

要是从前，我十有八九会拒绝曹股长的提议。怎奈器材股舒服得像个按摩大浴缸，泡得我筋酥骨软，无力抗拒。晚上我去了袁门家，他果然很看重我，先是像对付燃尽的烟头一样用力揿灭了我残存的一丝希望，又拒绝了曹股长拿给我的两盒信阳毛尖。我直挺挺地站在袁门家的客厅中间，痛心疾首地检讨了半个小时。长这么大，我从来没那么拼命恶心过自己。他叫我坐下，为了表示悔恨，我坚持站着。我期待他赶快臭骂我一顿，一般来说那是领导原谅部属的必经程序，雷雨过后云开雾散。可袁门坐在沙发上硬是一言不发。酒后鲁莽举动的悔意和失去股长位置的痛苦交织在一起，竟然令我流出了可耻的眼泪。我哽咽着追忆了袁门在加注队让我给战士们教英语的往事，又破天荒地感谢他推荐我去了机关，最后我实在想不出什么与他有关的美好事物，只好不停地央求他给我一个改正的机会。我知道错了主任，我保证再不犯了。真的主任，我真的知道错了。求你了主任，给我一个机会吧。那场面如此不堪，以至在零下二十度的冬天回想起来，脸都会在半秒钟内烫得吓人，仿佛正伸在火星四溅的锅炉面前。

“你的意思我明白了，我的意思你还没明白。”我都把自己作践到这个份儿上了，袁门依然连句新鲜点的话都不肯说，“每个人都得为自己的行为负责，每个人，包括我自己，在这一点上都没有任何分别。我记得我给你说过，不过你可能忘了。”

一个星期后，我背着一个严重警告处分，接到了去回收队的通知。临走前一天，我把办公电脑、文件资料、发票现金和库房钥匙移交给了曹股长，他则请我去“绿洲缘”吃了一顿散伙饭。他点了四个菜，要了一瓶“草原风情”，骂了我一千多个“傻瓜蛋”。曹股长看着比我还郁闷，甚至还表现出一点内疚，估计是找袁主任为我说情未果，多少有点不好意思。

“喝吧喝吧，只要别拿酒瓶子砸我就行。”他端着杯子催我喝酒，喝完了又说，“我还以为就我脑袋不好使，闹了半天你也差毬不多。”

曹股长说时我还笑了。后来我想，大概是去回收队的消息来得过于突然，而我还没来得及去考虑其中绵延的后果。难怪车红旗被我抡了一酒瓶还呆愣愣地站在那儿，原来受到重创的第一反应并非疼痛，而是木然。所以那会儿我满脑子想的不是别的，而是那些答应了别人却还没来得及办的事。那么多事这下全办不成了，真他妈没面子！

好在那都是五年前的事了。五年可以改变很多东西。可以让一个列兵干到二级士官，可以换掉一个法国总统，可以召开新一届全国人民代表大会，可以让一束光从半人马座α星抵达地球还绰绰有余。同理，也可以让一个我变成另一个我。

叫来禹强领走官贵，我给汽车连打了个电话。连长表示官贵同志一贯比较听话，没发生过任何违纪问题。

“小子挺老实的。”他说，“反正目前我没发现他有啥毛病。”

“别给我耍滑头啊！没毛病，那你们怎么不让他开车？”

“你看你说的，我们可没不让他开车。他从基地司训队一回来，我们就给他分了个北京吉普，还是新车呢。”连长笑嘻嘻地说，“是罗参谋长打电话让他先不要动车，这才没让他开。”

“为啥不让他开？”

“领导交代的事，我哪敢问那么多。”

“他到底什么来头？”这个问题我也问过罗慕，可他不说，“这你总知道吧？”

“一下连我就问过他，这小子嘴严，一口咬定说他没关系。妈的，没关系怎么可能到得了汽车连呢，你说是不是？”连长说，“听说是哪个大首长的亲戚，不过也是听说，具体我真搞不清。”

挂了电话，还是感觉不对劲，又说不出哪里不对劲。和张冰坐在队部讨论了一阵儿，他也没想出什么不对的地方。

“要么就是汽车连不好转士官，想到咱们这儿解决？”张冰说，

"也就这事了。"

"不可能。转个一级士官也就是罗参谋长一句话的事，用得着这么麻烦吗?"

"那就别瞎猜了。也许人家就是想换个单位呢？比如在汽车连待着不爽，不合群，或者有老兵欺负之类的。你想得也太多了。"张冰笑，"你先把正事办了再说。锅炉的事你给罗参谋长说了没?"

"说了，他叫我再等等。"

"这都十月底了，还等到啥时候去?"张冰不笑了，"这么大的事，光打电话不行，我觉得你应该去一趟，当面给罗参谋长汇报一下比较好。"

张冰说的有道理。我是得去找一趟罗慕，顺便再问问官贵的底细。我不喜欢回收队混进来一个莫名其妙的家伙。这可不是别的地方，这是我的回收队。

2

回收队离机关太远，冬天只能自己烧锅炉供暖。队里的燃油小锅炉去年入冬时已经坏过一回，找人修了三天，换了一堆配件才勉强开始工作。也没全弄好，后半夜温度总上不去，常常天不亮就把人冻醒。后来张冰又从 0 号锅炉班请了师傅来看，师傅认为我们的锅炉三年前就该换了，现在还能工作简直是个奇迹。他强烈建议我们尽快更换新锅炉，以免在天气最冷的时候——这也是锅炉负荷最大的时候，我烧过锅炉，多少还懂点——突然趴窝报废。

一个小锅炉少说也得两三万，回收队无力承担。去营房股找了姜股长几次，每一次的态度都比上一次更差。前几天张冰又去找，结果被姜股长骂走了，我不得不再次出马。

“给你说多少回了，找我真的没用！”姜股长撇着嘴，“冯政委修招待所的窟窿我补了几年，到现在还欠着九十多万不知道咋还呢，我哪有钱给你换锅炉？”

“招待所跟我没关系，我又没住过。”我说，“你是营房股股长，换锅炉不找你找谁？”

“你们是司令部的直属队，你去找罗参谋长啊。”姜股长说，“请罗参谋长给站长政委报一下，从党委机动费开支。我看只有这个办法了，反正我是一分钱也拿不出来。”

那次我就去找了罗慕，可他不爱听。不是修好了吗？修是修了，但师傅说随时会坏。现在坏了吗？还没。那不就完了吗？罗慕的逻辑异常严谨，我找不出什么漏洞，只好灰溜溜地离开了办公楼。

这次我下了决心，无论如何也得把这事解决掉。哪知道一见罗慕，底气又没那么足了。

“去年你口口声声说锅炉不行了要换，结果呢，一个冬天下来不也没事吗？”罗慕说，“锅炉又不是纸糊的，没你想的那么脆弱。”

“万一大冬天再坏了咋办？”

“坏了修呀！再说它不是还没坏吗？”罗慕不耐烦地把手里的红蓝铅笔扔到一边，“万一是个概率你不懂啊？一万比一，那意味着基本上不会发生。何况锅炉又不是个小东西，换下来得几万块钱呢，营房股没这钱，我司令部就有了？”

“申请党委机动费也不行？”

“党委机动费才几个钱。”罗慕看我一眼，“给你换了锅炉，你叫上面工作组来了都喝稀饭？”

“队里不是还有点钱吗？”我咬了咬牙，把底牌摔了出来，“我了解了一下，这个型号的锅炉大概两万五六的样子，加上安装费，应该不超过三万。要是用那笔钱——”

“叶春风！”罗慕一拍桌子站了起来，说话声音却小得仅我能听见，“想什么呢你？那是你回收队的钱吗？那是司令部的钱，你给我搞清楚！”

我哑了。我不大赞同罗慕的说法，却没法反驳。事实上我们从来没讨论过这个问题。在我看来，这钱是我们回收队挣来的，理应归回收队。可弄钱的主意却来自罗慕。如同他想出了一个绝妙的故事，而我把它写成了剧本。罗慕非说他拥有知识产权，我也不能说他没有。罗慕当参谋长这三年，我们回收队的任务量几乎翻了一番，多出了很多不必出的任务，找回来了很多不用找的导弹残骸。他一个电话，我们就得跳上车奔向茫茫旷野，去搜寻那些散落在沙漠深处的“红-2”导弹残骸。按说“红-2”系列导弹已在逐步淘汰，每年来基地驻训演习的“红-2”导弹营越来越少，但一年下来总还是会打掉不少。罗慕上任之前，“红-2”导弹打完了就算完，根本用不着搜寻，因为这种十分成熟的兵器，用不着像未定型的试验弹那样逐枚回收进行残骸分析。罗慕是内行，当然清楚“红-2”残骸中布满质量上乘的铜和铝，电路触点上甚至还有纯银。事实上它的确是最受西前旗物资回收公司欢迎的高端废料。更不必说，这些额外回收的老式导弹残骸来自服役多年的老旧兵器，并不存在任何泄密风险。

每年有很多次，我或者张冰都要在西前旗物资回收公司的办公室里，跟那个长着络腮胡子的家伙进行现金交易。几年的收入算下来，换三个锅炉也毫无问题。真正的问题在于，这笔钱我们只负责保管，却无权动用。我背着罗慕能做的，只不过是执行完此类额外的任务后，给每个出任务的兄弟发上五十——有几次也发过一百——补助费。现在我提出拿这笔钱换锅炉，估计是让罗慕感觉受到了冒犯，这对一个上级而言，显然是无法接受的。

“你是不是以为我把这钱都揣到自己口袋里了?”

“我不是这个意思——”

“你就是这个意思!”罗慕生气地在办公桌前走了几个来回，猛地停下来看着我，“我可是一直把你当兄弟、当自己人看的，没想到我在你眼里竟然这么不堪。这让我很难受你知道不?”

“我没这么想。”我赶紧辩白，“真的。”

“我告诉你叶春风，你那点钱跟司令部一年的经费相比，连个零头都算不上。哪个股的钱我不能用?我用了谁也说不出半个不字。那我为啥舍近求远?因为我不动业务经费，我的股长们就不敢轻易动。我刚上任的时候，那帮小子谁不乱花钱，现在呢?一个比一个规矩。我就是不想把自己这个参谋长当得跟别人一样平庸，我罗慕不想跟别人一样，你懂吗?”

“懂懂懂，我懂。”我说，“你是我的参谋长，也是我老哥，你知道我不可能那么想你。”

“我这个参谋长当得不易，真不易。”罗慕叹口气，“我尽量不拿业务经费干别的，但我又不能不花钱。去上级机关办事，不请人吃饭行吗？不给人带点东西行吗？东西贵不贵重另说，你空着手去，人家首先就会认为你不懂事，你的事还能办吗？上半年我给过你一张发票，一个IBM的笔记本，一万来块钱，你记得不？”

我当然记得。罗慕给我的发票都锁在我的抽屉里，用黑色长尾夹夹着，厚厚一沓。

“就靠那个笔记本，我从上面换回来五十台电脑，你以为军官训练中心那些电脑哪来的？你以为管这事的人缺电脑吗？人家需要的是尊重！我还给你说，到现在，我自己都没一个笔记本电脑。冷楠那个笔记本还是我自己出钱给她买的，你见过，对不对？包括这手机——”罗慕说着，把桌上的手机朝我扔了过来，我赶紧伸出双手接住。那是一个几年前胡天蒙我说要帮我低价购买的摩托罗拉V8088翻盖手机，现在真的没什么人用了，“这破手机我用了四年，键盘上的字都磨没了，我不知道换个新的？随便一个参谋用的都比我的高级。也不是没人送，但我绝对不会要。包括你的那点钱，我要真想弄点钱，叫你直接给我不就完了，我为啥把发票都拿给你？我就是让你看到，我罗慕每一分钱都不是给自己花的，要有任何一张发票是我给自己买了东西，我他妈就不配当这个参谋长！”

罗慕说得那么动情，我承认自己又被他打动了。

“参谋长，我没别的意思。”沉默了一阵，我走过去把手机放回桌上，感觉有些过意不去，“我只是担心锅炉要是坏了，大家不好过冬。”

“我知道。咱们是自己人，不用藏着掖着。”罗慕说，“锅炉的事你不用担心，真要坏了，再修再换也来得及。再说了，可能锅炉还好着，你都已经离开回收队了。”

“怎么可能？”我说，“不在回收队，我还能去哪？”

“你这脾气也真得改改。人虽然在连队，但还是要多交往，这样有啥事你才能提前知道提前行动。”罗慕微笑一下，“裘副参谋长准备转业，我这次可是给站长政委好好做了一番工作，他们也都被我说动了，原则同意让你接他。你副营四年多，确实该动动了。当然，调正营基地才能批，不过我感觉很有希望。”

一时间，我脸热心跳。官贵的底细倏然变得无足轻重。矗在眼前的燃油锅炉也成了倒车镜里的一丛红柳，转眼就消失了。

这不大对。我不是已经不在意这些事了吗？在沙漠里搜寻那些不知去向的导弹残骸时我极少想起这些。那时我只关心怎样才能让鞋里少进点沙子。我自以为修炼成功的定力如此不堪一击，害得我不得不重新评估一次突然陌生的自己。

但张冰不太高兴。他认为我应该跟罗慕据理力争，而我却一转脸站在了罗慕的立场上。

“坏了再修，那也得修上几天。去年坏的时候还不算太冷，万一今年三九天坏了，零下十几二十度的天，叫大家怎么过？”他说，“这样肯定不行，你还得再跟参谋长说说。”

“要说你去说，我是没法再去了。”张冰的口气令我不快。年初站里考虑张冰的正连职副队长已经干了快四年，想办法给他解决了副营，袁政委来宣布命令时也专门说了让他“履行代理教导员职责”，但红头的任职命令上写的可还是“三十九站司令部回收队副队长(副营职)”。说来说去，他还是我的副队长。没有哪个正职喜欢副职用命令的口吻跟自己说话。

“你是队长，你不去谁去?”张冰说，“在其位谋其政，我要是队长，我立马就去!”

“你以为谁愿意当这个狗屁队长?”我说，“你想当我让给你，我他妈马上转业滚蛋，这你满意了吧?”

张冰坐在那儿，红着脸沉默了。

我抽了半根烟，又有些过意不去。论起来，张冰这个副队长当得比我当年强出百倍。五年前刚来回收队时，除了琢磨着抽空去找白雪歌，我什么也不想干。倒霉的是我遇上了一个比我还差劲的史队长。其实我们挺熟，他来回收队之前是司令部管理股的管理员，专职保障站首长的吃喝拉撒，为了提前解决副营级别和家属随军问题，他才依依不舍地来了回收队。从这点上说，他倒是回收队唯一没有犯过错误的人。

报到头天下午，史队长晚饭也不吃，骑上他的大踏板摩托，转眼不见了踪影。很快我就发现，史队长是一个家庭观念——要么就是性欲——极强的家伙，他痛恨一切导致不能晚上回家抱老婆的事物。他不喜欢值班，值班要留营住宿，晚上就没法回家抱老婆。他不喜欢出任务，一趟下来少说一两天，多则四五天，晚上睡在帐篷里也没法回家抱老婆。他也不喜欢我请假去找白雪歌，因为他总怕我一去不返，又让他没法回家抱老婆。

晚饭时，我出门等着吹哨集合。在加注队时，饭堂虽然离宿舍楼不到一百米，但也要集合列队统一带去，到了饭堂门前还要唱支歌，天天如此。谁知等了几分钟，一帮兵懒洋洋地从宿舍晃出来，羊拉屎似的一个个晃进饭堂，根本没人吹哨。

不吹去毬，我也懒得管。打了饭才吃了两口——难怪史队长不在队里吃饭，总共两个菜，跟加注队六菜一汤的晚餐一比，确实难以下咽——又晃进来一个长一张驴脸的三级士官。

“妈了个×的，老子还没来，你们就敢动筷子?”他走到我斜对面的桌前瞪着几个兵，抓起桌上仅有的两个菜盘子一一扣在桌上，汤汁在桌面乱淌，又流到了黑乎乎的水泥地上，“吃吃吃，叫你们吃，吃个毬!”

秦波。那是我在回收队记住的头一个名字。不过那时候我没想太多。这么火爆的场面还是第一次见，我在犹豫要不要出面制止一下。不过看这小子动作如此娴熟，肯定不是头一回这么干。史队长要管过的话，这种情况不该继续出现。这说明史队长从来没管过。他是队长都不管，我一个副队长管那么多干啥？这么一想，刚抬起的屁股又放了下去，继续从西红柿炒蛋里翻找可怜的几块鸡蛋。

那是我作为回收队副队长的第一天。而张冰来的第一天，放下背包就开始找战士们谈话了。两天过后，他点名再没用过花名册。每个兵的情况他搞得门儿清：家是哪里的，几口人，分别都在干什么，手机号码多少，务农的种几亩地，打工的干哪一行，兄弟姐妹在哪个学校上学，学什么专业或者上几年级，谁的老人身体有病，谁的老家刚遭了灾，谁的对象刚吹了，谁的心思比较重……这些事真要做起来，真能把人累死。去年年底袁政委来队里检查工作，拿着花名册挨个问，张冰对答如流。这不算稀奇。最神的是每个兵工资存折上的当月余额他都答得分毫不爽，硬是把袁政委都给镇住了，乐得合不拢嘴。我虽然是回收队党支部书记，但政治工作上的事基本都是张冰在操持，一桩一件弄得清爽极了。当年在加注队，我处处看他不顺眼，总想找碴儿收拾他。即使张冰刚来回收队当副队长那段时间，我也总觉得他是袁政委专门派来的监军，心里老大不舒服。哪能想到跟他共事四年，越来越感觉他浑身上下长满了优点，仿佛金光闪闪的鳞片，让我一想到当初在燃料车库把他一拳打趴下的事就有些不好意思。

"我也想把锅炉换了，我这不是没办法吗！"如果我把罗慕告诉我的话都说给张冰，他没准就不那么生气了，可那是我和罗慕之间的私人谈话，代表着我们之间特殊的关系，好比祖传的宝贝，不可轻易示人。于是我换了个口气，"罗参谋长不同意动那笔钱，你叫我怎么说？"

"那钱是弟兄们辛辛苦苦一片一片捡回来的，他凭什么不让动？为了这些破铜烂铁，大家受了多少罪！"张冰起身往外走，"你不愿去找他，我也不能勉强你，那咱们就等着锅炉坏掉，让大家都冻着好了！"

这屌人。从来没发现他还有这么大脾气。换作平时，我会把他抓回来好好理论理论，今天又懒得这么干。我满脑子转的都是罗慕给我说的最后那番话。五年了，我动一动难道不应该吗？

3

想到罗慕透露的消息就忍不住兴奋。一个正营，至于高兴成这样吗？真他妈丢人。去年年底老尹转业时，我副营三年半，站里报我接加注队队长，消息也是罗慕告诉我的，激动得我一宿没睡着。结果呢？命令下来，基地装备部一个助理员当了队长，而他副营才刚满两年。

转业的念头就是那时生出来的。在那以前，我从来没考虑过这个问题。我喜欢军队，从上军校开始就是这样。即使在回收队，我也常常误以为自己会在军队干上一辈子。这想法委实过于天真。干好干坏，走的时候其实没太大区别。老武走了。田山路走了。宋队长走了。史队长走了。老尹走了。曹股长当然更得走了。他走时我请他吃饭，叫谁谁不来，最后只好我俩一对一喝了一场。那次我俩都喝大了，我把他送到宿舍楼下，他又要送我去路口，两个人在那截水泥路上来来回回走了不知多少趟，本来都嘻嘻哈哈地笑着，到最后曹股长却又哭了一鼻子。不过时间很短，也就一两分钟。

“叶春风你记着啊，”哭完后曹股长揉揉眼睛，很认真地对我说，“我所有的家当一共就两个麻袋，我可没拿火药柱箱打包装。”

曹股长到走还惦记着他的火药柱箱，好像那是什么传世珍宝。他不会知道，去年全站所有转业干部打包装用的都是火药柱箱，老尹一个人就用掉了十好几个。曹股长拼死捍卫的东西其实没他想的那么重要，我可不想像他那样，一个股长干了八年，走的时候只有袁门一个人去送他。

本来我已经想好了年底就打报告转业，可罗慕两句话，又把我说得心猿意马。我在心里痛骂自己，但疗效不佳。憋了两天，终于忍不住给兰甘打了个电话。其实应该打给车红旗。冯政委在三九站任职六年后，终于提了副师，荣升基地政治部主任，成功跻身高中级领导干部行列。六年听起来不短，可提升时冯政委也才年届不惑，这个年龄的副师职领导干部，在全军范围内衡量也算年轻。和宋队长转业时不同，冯政委上任之前，每个单位都派了官兵代表去办公楼前送行。史队长当管理员时曾精心侍奉过冯政委，少不了也得去送送。他回来给我说，冯政委发表离别感言时几度哽咽，连他都感动得流下了热泪。史队长描述的场景听上去仿佛冯政委正仰卧在鲜花翠柏丛中，身上覆盖着鲜红的党旗。好在我知道史队长这人说话一贯夸张。他老婆感个冒硬说是肺炎，赖在家里半个月不回来。给队里买了十个芨芨草扎的扫把，他说0号物价飞涨，于是报了五百多块钱发票。所以他说自己哭了时，我相信他顶多也就龇了龇牙。

冯主任履新不久，车红旗也调到了基地干部科当任免干事，很快又提升正营当了副科长。干部调整的事，他当然最清楚。但很久不联系，外加一个啤酒瓶子挡在中间，多少有些尴尬。所以还是找兰甘问问更好一些。

“我现在就找干部科科长给你问去。”兰甘在机关混久了，口气确实够大，“回收队那么辛苦，干一年顶在其他连队干三年。我要是基地政委，立马提你当个副司令干干。”

我哈哈笑。还是兰甘好。尽管他去基地机关比车红旗还早些，但我们的联系远比车红旗密切得多。兰甘其实并不情愿去基地宣传科，因为李凝坚决不肯调去0号，说那里没有适合她的专业岗位。更让兰甘头痛的是，去了宣传科还得在冯主任手底下干。但冯主任叫他去，他不能不去。到了基地宣传科，冯主任给他的任务是每年两百篇稿子，换句话说，不到两天时间就得有一篇稿子见报，每次兰甘在办公室憋得头大如斗时，就会给我打电话诉苦。周末回站里跟李凝团聚，有时也会叫上我和钟军一起喝酒，继续诉苦。为了找素材，有一年夏天他还跟着我们去赛汗苏木附近的沙漠出过一次任务。崭新的迷彩服兜里揣着李凝的防晒霜，每过半小时就拿出来抹一下。带了五条内裤，说洗不成澡衣服还是要换。才到第二天下午，我们正在烈日下排成散兵线，翻越沙丘去寻找一架超音速靶机残骸，忽然发现一直跟在我后面的兰甘不见了。扭头一看，这家伙已经滚到了沙丘底下，正像只乌龟似的努力翻着身，笑得我们东倒西歪。全队官兵一致认为兰大干事贵体无恙，可他坚称自己中了暑，可能会有生命危险。他说得那么可怜，我只好派禹强送他回去，害得我们多住了一晚上帐篷。兰甘回去以后，在报上连发了一组四篇“采访手记”，写得跟真的一样。他甚至连采访都没怎么搞，只在第一天晚上把出任务那帮兵的姓名军衔籍贯记了记，然后就扔下本子开始抢吃头锅方便面了。所以看到报纸上“浓眉大眼的驾驶员禹强”时大家都笑抽了筋，因为禹强明明长了一双黑豆眼，一笑起来就只剩下两条缝。后来我再邀请兰甘一起“随队采访”，他死活不去了。其实去不去对兰甘来说无所谓，反正每年的上稿任务他总能完成，依然是冯政委眼中的能人。

“明天再帮你问吧。”电话才挂，兰甘马上又回了过来，声音压得很低，“朱莲又跑来闹事，正在冯主任办公室哭呢。冯主任把车红旗和他们科长都叫去了。”

“不是刚闹过一回吗?”我想起兰甘不久前打过的电话，“怎么又闹?”

“搞不懂。我在门口听了一耳朵，冯主任正在办公室训他。”兰甘说，“他天天晚上睡在办公室，一个小小的副科长，哪来那么多班可加？科长人家还一周五顿酒呢。李凝要是在0号，我绝对天天回家，孤枕难眠，哪有抱着老婆睡好，你说是不是?”

“这我没经验。”我老实承认，“我顶多抱个热水袋。”

“你说车红旗为啥不愿回家?”

“我哪知道。”

“我怀疑他有那方面的毛病。”兰甘神秘得像个小偷，“不能满足朱莲日益旺盛的需求，只好躲在办公室避难。你说我分析得对不对?”

“你能满足李凝的需求就行，管别人干屌。”我说，“你赶紧混成基地政委吧，我还等着你提拔呢，别总想着当泌尿科大夫。”

我不能证明兰甘的分析正确与否。我只是又想到了白雪歌。我已经尽力避免想起她了，可她却像细密的沙尘，门窗关得再紧，早晨起来仍会在窗台和桌面落满一层。

从白雪歌主动约我在“绿洲缘”吃饭那天开始，一个多月里我们天天见面。她最喜欢的方式是傍晚同我在营区主马路上散步。道路两侧每隔几米就是一个不锈钢材质的标语灯箱，据说成本不菲。这是冯政委继菜园文化之后的另一个得意之笔。而袁门接任三九站政委后，每年春天都四处植树，要求每人至少十株，他自己也抡着镐头在坚硬的戈壁滩上刨出十个八十厘米见方的树坑。即便这么用力，那些树的存活率也从没超过百分之三十，往往第二年又得回到原地，把枯死的树苗一株株拔掉，重新挖坑再栽。在沙漠里植树不易，栽灯箱则好办得多。相较之下，冯政委的办法无疑更巧妙。那数十个沙漠的黄昏，我和白雪歌沿着镶在灯箱里的领袖语录、人生格言和革命精神走在路上，斜阳让灯箱柱框和白雪歌的脸庞熠熠生辉。

然而自从抡了车红旗一酒瓶，一切又都变了。

“你干吗要打他?”那个混乱的晚上，白雪歌在电话里质问我，“你疯了吗?”

“你心疼了?”我为了她，她却责怪我，这让我感觉刺痛，“我明白了，你还是在意他，没错吧?”

白雪歌没回答。她哭了。我很想把车红旗的话复述给她，那她就知道我为什么要动手了。我没那么干。那对她是种侮辱，我宁愿她永远不知道。正如我不想让她知道我曾经步行了七个小时把她的纸箱子从0号扛回了三九站。那天白雪歌在电话里哭了很久，最后终于转成了轻轻的抽泣。

“都怪我。”她吸着鼻涕说，“我就知道，我会害了你的。”

到了回收队差不多半个月，我才趁史队长午休的时候，骑着炊事班的破自行车去看了一次白雪歌。我们去“绿洲缘”吃饭的来回路上她都没挽我胳膊，我们就那么并肩回了她宿舍。其间史队长给我打了五百个电话，一个劲儿问我什么时候回去，最后我不得不把电话关掉。想跟白雪歌聊点什么，可大部分时间都很沉默。她在翻那些花花绿绿的时装杂志，而我却没找到一本可以假装看看的书。临走时我拥抱了她，还吻了她一下。她没拒绝，只不过身体在我怀里像枯死的胡杨树干一样僵硬。我向来以为营区路不拾遗，所以车子没锁，下楼后发现它已不翼而飞。在如冰的夜空下，我给汽车连连长打电话，想让他派个车送我回去。他则在悠扬的熄灯号声中遗憾地告诉我，车都出去了，一台也没有。那天晚上，我步行两个多小时回到队里，半路上被路面上的沙子滑了一跤，还跟史队长在电话里大吵一架。我记得星空下的水泥路泛着灰白色，深入弥漫翻滚的夜色。

如果没来回收队，也许我每天晚上也可以抱着白雪歌入睡吧？至少这种可能性是存在的。我八成会成为器材股股长，身边围着一群找我办事的人。这种无形的想象从前总会不时在我心尖上刺那么一下。不过五年下来，我皮实了许多，不像二十几岁时，动不动就认为全世界都欠着我的。其实不是那样。其实谁也不欠谁。

等着兰甘的电话，有些烦躁。我讨厌这样，然而这感觉却像沙漠的风一般如影随形。熄灯时还没消息，我正准备睡觉，电话来了。

“春风，有事你咋不直接给我说呢？”电话那头并非兰甘，却是车红旗。看着手机屏幕迟疑了几秒才接。像电线胶皮中裸露出的两根铜线，覆着暗色氧化层，我担心重新连接后依然是绝缘的。

“怕你忙。”

“忙是给别人看的，你又不是别人。”忽然间担心又显得多余。有时我觉得军校四年像一口缸，里面的水日渐见底。有时它却又像一眼泉，总能涌出足够解渴的一汪水，“不过今天是挺烦的，兰甘给你说没说，朱莲又来找我麻烦了。”

“没有啊。”我装傻，“朱莲怎么了？”

“也没怎么。”车红旗声音很闷，“嫌我总加班不回家，都到冯主任办公室哭过好几回了。”

“那你回呀。”我说，“有家不回也不对。”

“就是不想回。”车红旗叹口气，“结婚真他妈没意思。你想都想不出来，我回家跟她一句话都不说。”

“为啥？”

“我不知道该跟她说啥。”电话里一声轻响，像是打火机的声音，而我记得车红旗从来一闻到烟味儿就会皱眉，“她最关心的话题就是能不能从办公室多弄两卷手纸。”

“我看你们缺个孩子。”婚姻问题我没有发言权，只好引用道听途说的通常观念，“你看兰甘有了个笑笑，脸都比原来白。钟军有了个图六，普通话都比原来标准了。”

“我原来想过，现在不想了。”车红旗说，“当时我们还去医院检查过，医生说朱莲生不了，这事我没给别人说过。”

那为什么给我说？如果是钟军或者兰甘，说什么我都不奇怪。但我跟车红旗已经很久没联系了。最后一次见面还是两年前，在他和朱莲的婚礼上。其时朱莲已调到0号计量站当助工，婚礼上穿着婚纱，颇有些明星的味道。车红旗专门托人给我和钟军送来请柬，又打电话邀我俩务必参加。婚礼在0号服务区新开张的“绿洲缘”新店举办，大厅里排了几十桌，基地和下属团站来的大小车辆排出老远。婚礼上车红旗小声告诉我，他跟所有人喝的都是矿泉水，唯独敬我们几个同学时喝的是正儿八经的白酒。你闻闻。他把酒杯伸在我鼻尖下面。我留在他脑袋上的疤痕已被头发遮掩，上面还粘了好多亮晶晶的彩色纸屑。杯中酒一饮而尽，我无法否认，那个瞬间的车红旗相当真诚。这几年，车红旗经常陪着基地首长或者上级工作组来三九站，不过回收队人少地偏，团站机关都少有人来，所以我从来没见过他。有时他会给我打个电话聊几句，但往往找不到可供发挥的话题，于是电话也日渐稀少。有些变化不可避免，这很正常。时间。空间。身份。地位。当然还有那些轻风乱云一般微妙的感觉。他在机关我在连队，工作上毫无交集，我甚至很长时间都想不起他。现在突然在电话里讨论如此私密的话题，一时间让我不知如何是好。

“不过现在我又觉得这是好事。现在要我跟她生个孩子出来，我还不愿意呢。”车红旗又笑起来，“算了，不说了，说你的事吧。这次报上来调正营的名单里有你，拟任副参谋长，我这会儿正做方案呢。”

“无所谓了。”我心中暗喜，却不想让车红旗听出来，“反正再干两年也得转业，正营转业和副营转业没啥区别，再熬这个正营也没多大意思。”

“话不能这么说。谁不熬？只要不是首长的儿子，将军的女婿，那就得熬。熬是必要的时间成本，司令干了九年，政委干了七年，不照样得熬。不熬到下一个路口，他们哪知道能不能搭上当将军的车？”车红旗说，“再说袁政委还是很关心你的，三九站一空出个正营位置他就赶着报你，所以你也别太急。”

“你意思把我扔到回收队还是好事了？”

“回收队可能是不那么好，但也是硬邦邦的基层主官岗位。现在上面一用人，马上就问你有没有基层主官经历。反正我认为袁政委把你放在回收队是有考虑的。这事你别跟我争，你没我明白。”车红旗说，“你这次要真弄成，你就千万别说什么转业的话了，基层机关经历都有，还有袁政委关心，发展后劲大着呢。不像我，一直在机关，履历里就缺基层主官这块，以后还真是个麻烦事！”

“我要真走了，谁接我，是张冰吧？”转念间，突然又想到了锅炉，“那小伙给我当副队长，真是挺优秀的。”

“应该是他。”车红旗哗哗翻了几下纸，“别人的事你先别管，管你自己的就成了。”

“大概什么时候有消息？”

“得先给冯主任报，他还要给司令政委汇报，完了才上会，估计年底吧。”车红旗说，“不过我只是个办事的，最后成不成还得看领导的意思。”

年底前。十一月中旬开始供暖，到年底也就一个多月。锅炉坚持到年底不会有问题吧？要是我走后锅炉真坏了怎么办？不过这担心也属多余。那时候张冰已经当上队长，有了直接向罗慕汇报工作的权力，我完全不用再操这份心。

4

科训股那帮孙子从来没一句准话。十二月初就说春节前还要打一批弹，叫我们不要把人都放走了。后来又说有两发“红-12”试验弹测试时老出问题，原定的发射日期一再顺延。马上。每次问都是这句屁话。眼见到了二月上旬，马他妈还没上，想探家的兵一个个急得嗷嗷叫。

上午和张冰、禹强开支委会。先研究战士探家的事，掰着指头算了半天，决定叫四个去年没探家的士官先走。接着商量过年的安排，花多少钱，买什么东西，会餐吃几个菜喝什么酒，节日搞什么活动之类，都是连队惯例，比较好办。只有最后一个议题我吃不太准。

“把今年的党员发展对象定一下吧。”我说，“咱们还有五个没入党的士官，都交了申请书，按百分之四十的比例，正好两个名额，你们看谁合适？”

“我觉得‘红二’可以。”禹强想了想说。

“什么‘红二’？”张冰斜了禹强一眼，“这是开支委会，叫你发表意见，你说个外号像什么话！”

“对对对，我是说炊事员曲士学同志。”禹强嘿嘿笑，“该同志尊重领导团结同志，工作勤奋为人踏实，我个人认为可以列入党员发展计划。”

“这才一个。”我说，“还有呢？”

“其他好像还差点。”禹强说，“我就推荐一个曲士学吧。”

“我也认为曲士学比较合适。”张冰说，“就他一个炊事员，每天起早贪黑的，大家吃得都很满意。还喂猪管大棚，表现确实不错。”

“好，曲士学算一个。还有一个名额。”我说，“你们觉得官贵怎么样？”

“官贵？”禹强一点不领会我的意图，“他哪行？他才来了几天？一次任务还没出过呢。保养个车也心不在焉，叫他擦车，他老往驾驶室钻。又不爱跟大家交往，一天到晚就等着三顿饭。”

“你刚来的时候就好到哪去了，还不是一天抱着本破书谁也不理？”我说，“你怎么知道官贵一天到晚就等着三顿饭？你不吃饭？”

“这不是开支委会吗？我发表意见不行啊？”禹强不服气，“曲士学可以，官贵不行，反正我就这意见！”

“你说他不行，人家至少是主动要求从汽车连来咱们队的，其他谁是主动要求来的？你禹强是主动要求来的吗？”居然跟我作对，真想踹他一脚，“就这一点他就比别人强！”

禹强这下没话说了，坐在一边生闷气。

“是不是有啥特殊原因啊？”张冰脑子果然快，“有领导打招呼了？”

“没有。”我说，“我就是感觉官贵这小子表现也还不错。”

这当然是屁话。我怎么可能喜欢官贵呢？我刚安排他跟着禹强复训两个月，隔天罗慕的电话就来了，叫我别搞复训了，赶紧让官贵单放。他也不想想，射击区连路都没有，全是复杂地形，不复训肯定不行。为这事，我特地把官贵叫到队部搞了一次短暂的思想教育。

“从今天起，要是再有哪个领导找我说你官贵复训的事，你在回收队就永远别想再摸车了。反正队里正缺个人喂猪，我看你也挺合适。”我盯着他，“我说复训两个月，那就是两个月，少一天也不行。你要觉得自己牛×不想复训，那就趁早滚蛋。要是还想在队里干，那你最好给我老实点，叫你干啥你就干啥，听明白没有?”

官贵眼睛转得那么快，不会听不明白。复训的事罗慕确实没再找我，但他又开始催着我让官贵入党。这事看来不是官贵在背后折腾的，因为他根本没交过入党申请书。我把这个情况反映给罗慕不到一个星期，官贵的入党申请书就送来了。要不是罗慕交代，再过三年我也未必会让他入党。连队发展党员，说到底就是看个表现。而官贵来了四个月，我真没看出他表现好在哪儿。

禹强的话一点没错，我却把他训了一顿。谁叫我心情不好呢?按道理，我和罗慕现在已经没了隶属关系。前不久，一位中将来基地检查型号试验工作，从发射阵地返回0号招待所的路上，突然提出要去途经的四三站看看连队。这并不在首长日程安排之内，陪同的基地司令政委有些慌，却也只能让人给引导车上的罗慕打电话，通知他把车队引导到四三站。罗慕先给四三站站长打电话通报了情况，没向任何人请示，自作主张引导车队驶入岔路口，一直开到边防团驻地绕了一个大圈之后才去了四三站，硬是把原本十分钟的车程多绕出半个钟头。等首长下车时，四三站营区已经挂出横幅和彩旗，所有连队窗明几净内务整洁，全体官兵精神饱满军容严整，首长看了非常满意。据说首长走后，基地司令员专门把罗慕叫到0号谈了很长时间的话——对一个下属团站的副团职干部来说，这也算是破天荒的事了。元旦刚过，罗慕就接到命令，和基地司令部军训科科长对调了岗位。大家都说，罗慕这个科长也不是白给的，这样的应变能力和心理素质，全基地还真找不出几个。

罗慕走时，我请他吃了一顿饭，但席间气氛不是很热烈——罗慕去了更好的地方，而我提升的事却黄了。得到消息时，转业的机会也已错过，这让我郁闷了好几天。

“我问了一下，好像是说有的首长提出你曾经打人受过处分，这事就没搞成。”罗慕说，“也别灰心，等下次吧，机遇总是垂青有准备的人嘛。”

罗慕要不说，我几乎忘了自己档案里还放着一张处分卡片。在回收队干了五年多，迷彩服磨破了几身，依然无法抹去过去的污点。但这是我咎由自取，与罗慕无关。在我看来，他仍是我可信赖的兄长，而这种关系将永远保持下去。所以即使他已经不再是我的参谋长，打来电话让我抓紧给官贵入党时，我就算犹豫，也无法拒绝。

“谁都有优点缺点，每个人的看法不一样也正常。官贵也有他的优点，上次我搞政治教育，隔两天问了几个人，能把要点全说出来的只有一个官贵，说明他还是用了心的。”张冰和了把稀泥，“我看咱们今天先定一个曲士学，另一个看看再说，本来入党也是成熟一个发展一个，书记你看这样行不行？”

话说到这个份儿上，我也只得暂时作罢。

开完会，刚把几个要探家的兵叫来交代完注意事项，“红二”忽然冒了出来，身上还系着油渍麻花的围裙。

“队长，我也两年没回家了，我也想回家。”

“你去年还是义务兵，义务兵本来就没假。”张冰给他解释，“去年年底你才转的一级士官，到现在还不满两个月呢。你先把你的饭做好，等队里不太忙的时候我们再安排你回去。”

“队里啥时候不忙？大过年的都回不成，别的时候更没指望了！”“红二”一急，话里就带上了哭腔，手伸到背后开始解围裙，“不让我回，那我也不干了！”

这小子从前是机关灶的炊事员，因为长着两个红扑扑的脸蛋，得了个“红二”的绰号。初中毕业后跟他爸在县城卖了两年戗面馒头，不想干了就跑来当兵。新兵连的馒头不好吃，他一时技痒给人露了一手，于是分兵时就被机关灶要走了。他揉的馒头香甜可口又极有嚼头，机关干部们赞不绝口。有天晚上，管理股股长喝多了酒睡不着，心血来潮去灶上检查，隔着操作间窗户，一眼瞅见“红二”坐在镶了白瓷砖的灶台上，两只臭脚泡在本该用来熬粥炒菜的大锅里。第二天一早，他脸上带着一个红红的巴掌印，成了我们回收队光荣的一员。

“你那么想回家，去年干脆复员回家算了，还申请留个屁队！”我正没处撒气，“红二”却主动送上了门，“不干滚！我就不信离了猪屎还不上粪了！”

新兵蛋子就是欠收拾，我还想再骂他两句，“红二”已经倒退几步挪出队部，撒腿跑得不见了人影。

腊月二十三下午，原本计划全队集体包饺子过小年。人都到了饭堂，等着“红二”从暖气包上取下面盆，把醒好的面团拿出来再揉一下。不想面团冻在了不锈钢盆里，硬得像个铁疙瘩。冻住的还有肉馅，上面蒙了一层白霜。

“中午明明是热的呀。”“红二”摸摸暖气，吸溜一下鼻子，拿着面盆朝着案板猛磕几下，面团咚地落在案板上，面盆却被磕得变了形。

和张冰去看锅炉，果然冰凉。麻烦大了。这几天最低温度零下十七八度，真是要冻死人。要是罗慕还没去军训科，再找他说换锅炉的事，他估计也不好再反对。现在晚了。罗慕走前给了我最后一张发票，是四个我只在杂志广告上见到过的诺基亚 N93 手机，一共两万六千多。找张冰拿钱时他很不情愿，其实我也不情愿。但我俩都明白，愿不愿和给不给不是一回事。

张冰叹口气，转身去给营房股打电话。营房股说锅炉班会派人来修，左等右等，晚饭后还没见人。我又给姜股长打电话，狗日的死活不接，发短信也不回。又打到锅炉房，值班员说现在只有他一个人，其他人都出去了。

“你们班长呢？他不知道我们锅炉坏了吗？”

“班长不在，今天过小年呢。”值班员说，“他们都跟股长喝酒去了，就把我一个扔在这儿。”

这他妈啥班长。要是老武在，绝对不会扔下报修的锅炉跑去喝酒。可惜他已经随着时光一同消失，不知道他是不是又当上了爸爸，这个念头常常令我怅然。

再打姜股长电话，关机。打宿舍，没人接。打“绿洲缘”，服务员说没在店里。要么就是在店里他不想接。反正谁都知道回收队离得远，怎么说都行。

想起在器材股时，我一直以为自己踏上了一架云梯，让我一格一格踩着往上爬。低头俯视，梯子周围云雾缭绕，隐约看见脚下仰头望着我的人群，一个个笑容满面，像饭堂灶台上一屉热气腾腾的开花馒头。转瞬之间，梯子被抽走，脚下的人一哄而散，只剩我悬在半空，仿佛一只备份的锡箔反射靶，吊在白色的探空气球下面越飞越远。

那种无助的悬空感用了多久才消失？两年？还是三年？好在它总算消失了，起码在很大程度上消失了。五年下来，我的心态好了很多。身上厚厚一层机关干部的涂层早被风沙打磨殆尽，众星拱月般的感觉宛如一梦。每次去机关办事，我会带上一包烟，也能说几句客气话。不然怎么办呢？毕竟在这个世界上，主宰一切的永远不是自己，而是别人。

攥着手机一直打到夜里快十一点，姜股长终于又开了机。

“这么晚了咋修，明天吧。”他说话含混不清，肯定是喝大了。

“那今天晚上咋办？”尽管生气，但跟机关打交道，总归还是要客气点，“麻烦你找人给看一眼吧。”

“黑天半夜的，你叫我上哪找车去？”

“你只要安排人就行，我叫队里的车去接。”我裹着大衣跺着脚，“这样行不行？”

“人也没有啊。”姜股长打个嗝，“今天过小年，都喝多了。”

“来个班长就行，我们给准备点夜餐费，你看呢?”

“也没那么冷，一晚上还扛不过去吗? 抗美援朝的时候，冬天穿个单衣还打仗呢，你们也太娇贵了吧。”姜股长说，“还是明天吧，今天确实太晚了。”

“那是，不然朝鲜战场上也不会冻死那么多人。”我说，“要不给我找几个电暖气也行。”

“我哪来的电暖气? 电暖气的电不要钱吗?”姜股长不耐烦了，“不是给你说了明天吗? 你听不懂话还是咋? 早干啥去了，屎到屁眼了才找茅厕。我们营房股又不是给你们回收队开的!”

“你他妈早干啥去了? 下午没给你说，那他妈是给狗说的?”我实在装不下去了，一股邪火直往上蹿，“你赶紧叫人过来修，把我的人冻坏了我跟你没完!”

“吓唬我,”姜股长也火了，“你以为你是谁?”

电话断了。抓起来再打，又他妈关机。无奈之下，我只好打给了参谋长。

“你怎么不早说?”参谋长口气不太好，“这样吧，我给后勤处处长打个电话。”

过了一会儿，参谋长回话说，后勤处处长已给锅炉班说了，让我直接跟班长联系。再打到锅炉班，班长却说晚上领不了配件，得到明天上了班才能去库房取。

参谋长被罗慕从基地机关顶到了三九站，说是平调，实为左迁，本来就不高兴。没完没了找他，他会恨死我。

出了队部，十来号人都披着大衣和被子挤在俱乐部看电视，好像那台四十二寸背投电视能取暖似的。

“看我干啥？我他妈长得像修锅炉的吗?”一帮兵望得我直发毛，“禹强，开车去!”

5

站在卡车大厢上，八倍望远镜里袁门的黑色桑塔纳在暮色中远远驶来，我又开始感觉不安。

十年了，我一直想摆脱这种感觉，可它像根骨刺，深入肌理，无法去除。第一次见袁门时就是这样。刚毕业到加注队，他找我和车红旗谈话。车红旗在他屋里待了快一小时，出来喊我去谈话时一脸红光，看来相谈甚欢。我却只待了不到十分钟。我不知道袁门跟车红旗都谈了些什么，但关于我，除了基本的个人情况之外，他其实只问了我两个问题。第一个问题问我为什么主动申请来基地工作。当时我没想出什么好理由。白雪歌的事当然不能告诉一个陌生人，即使他是我的领导。我可以按照通常的思路回答，说我想到艰苦地区锻炼自己，在基层连队建功立业，但这话过于书面，我说不出口。

“没什么特别的原因。”于是我说，“突然想来，就来了。”

“你意思是没有理由?”他微笑一下，“我不相信这个。不过没关系，这不是重点。重点是你主动申请，而且也真的来了，这就好。”

就是那一刻，我突然有种被洞穿的感觉，浑身不自在。好在他没继续问下去，而是换了个话题，问我到加注队以后有什么打算。

“也没什么打算。”我想了想，“可能顺其自然更好些。”

“但真正意义上的自然而然是不存在的，人总要有所选择。不过从另一个角度说，这种选择可能也是另一种自然。”袁门最后说，“你以前接触过燃料吗？它的味道非常特别。等你弄通了这个专业，你就一辈子都忘不掉燃料的味道了。”

我常常弄不明白袁门到底在说什么，或者他要干什么。从来如此。被分配到回收队的第一年春天，他也像今天一样毫无征兆地来过一次。那天晚上，归心似箭的史队长本来已经骑上了大踏板摩托，在回家的路上驶出了几十米。猛地看见上任不久的袁政委从吉普车上下来，顿时像被流弹击中了似的，连人带车倒在地上。

袁门倒也没说什么，挨个宿舍转了一圈后问史队长：“人都在位吗？”

“在位在位。”在新政委面前，史队长紧张得说话都打抖，“应该都在位。”

“那好，你组织晚点名吧。”

在门口整理完队伍，史队长拿着花名册开始呼点。才念了三四个名字，却被站在一边的袁门打断了。

“一共十来个人，还用看花名册吗？”

史队长一下僵在那儿。房檐上那盏带着铁皮灯罩的灯投下黄色锥形光，像是袁门祭起的法宝，生生罩住了史队长，令他动弹不得。

“来，把花名册给我。”

史队长战战兢兢上前几步交出花名册，又退回到队列指挥位置。

“好，现在你重新呼点一次。”

史队长站在我们对面，结结巴巴地点了七八个名字便停了下来，张着嘴就是发不出声。按内务条令规定，连队应当每日点名。即使回收队十天半月才点那么一回，史队长也不至于傻在那里。全队一共十来个兵，他来了快一年，难道真的还没认全？要么就是被袁政委的突然出现吓住了，毕竟冯政委在任时，我没见他来过回收队。

“怎么不点了？”袁政委站在暗处，看不清他的表情，“看着眼前的活人还叫不出名字吗？”

史队长一脑门汗珠在灯光下发亮。毫无疑问，他彻底蒙了。

“叶春风！”

“到！”

“你来点！”

“是！”我一激灵，两手不由自主地握拳提于腰际，用标准的队列动作跑步绕到队列前面。这时候我又开始庆幸自己跟面前这帮兵一起出过几次任务，就是想不认识他们也不可能了。

半个月后，我成了代理回收队队长。三个月后命令下来，我正式成了队长。而史队长并未按自己的理想和冯政委的承诺接任司令部管理股股长，而是继续回去当副营职管理员，直到年底被安排转业。我记得史队长离开回收队时脸都气垮了，把队部宿舍的窗帘拆下来塞进包里，说那是他自己出钱装的。

“姓袁的不是个东西。”他气哼哼地说，“冯政委也是，光顾着自己高升，扔下我们这些可怜人不管不问，这么多年，真是白伺候他了！”

那这次呢？眼看着袁门的车就到门口，我依然不知道他想干什么。是来找我算账的吗？

昨天夜里，我去机关宿舍楼找了一趟姜股长。他宿舍黑着灯，敲了半天门也没动静。我以为他躲在屋里不肯出来，狠命一脚踹开门，屋里热乎乎的，狗日的还真不在。掉头去锅炉房，一把将锅炉班班长从值班室床上——我还在那张床上睡过四个月呢，绝对是他的前辈——拉起来塞进车里。见我杀气腾腾，他只好乖乖就范，但锅炉的问题依然没解决。

“有配件也没法修。”锅炉班班长板着脸检查了一番，“这锅炉废了。”

把锅炉班班长送走，张冰让“红二”烧了一锅开水，给每个兵灌了一军用水壶放在被子里。无济于事。我穿着衣服再盖上被子和大衣睡了一会儿，到下半夜，寒气从脚底往上爬满全身，身子抖得根本控制不住。我只得翻身起来，这才发现全队的弟兄又挤在了电视房。

大家都等着天亮好喝上一碗热粥，谁想“红二”却很不争气地发起了烧。七点来钟，禹强开车把“红二”送到卫生所，我则去营房股等着机关上班。踹坏了姜股长的门有些不妥。不过话说回来，一扇门对一个营房股股长也算不上什么大事。如果他赶紧把锅炉的事给我解决了，我给他道个歉也未尝不可。

在营房股办公室，我向姜股长郑重承诺，只要修好锅炉我就赔他的门，他却非叫我先把门的问题解决好再说锅炉的事。总之不是很愉快。为了尽快解决问题，我不得不把他办公桌上的杯子和文具一胳膊扫到了地上。这家伙心理素质不行，竟然气得眼泪汪汪的。后勤处处长跑来制止，我又说了两句不中听的话，处长气呼呼地喊来了参谋长。两家的领导很奇怪地把争议的焦点放在我踹门这件事上，锅炉的事却被抛在了一边。

“办公楼是你闹事的地方吗？”参谋长平时对我还算客气，这次被我弄得没面子，也火了，“马上给我滚回去！”

“我滚不滚无所谓。”我说，“锅炉咋办？”

“有领导在，不用你胡搅蛮缠！”参谋长瞪着我，“我们处理不了还有站长政委呢，你胡闹一气，锅炉就能好了？”

等了一上午，终于来了一台吉普车。我以为营房股来人了，下来的却是“红二”。

“队长，锅炉修好了吧？”

“好个屁。”我看着“红二”手背上的胶布，“谁他妈叫你回来的？”

“我看不咋烧了，就叫汽车连的老乡把我先送回来。”他说，“我不回来，你们不得喝西北风？”

我看着“红二”。前几天我还骂过他。刚来时他不想在队里待，故意把馒头都弄成酸的，扔出去能粘在饭堂墙上。我只好把他脑袋摁在案板上，逼着他吃掉了两个酸馒头。他嘴里塞着馒头，哭得气都喘不上来。这才不到两年，他好像又成了个人似的。

“吃完饭你再回卫生所去吧。”我摸摸他额头，依然发烫，“中午下点面条就行。”

没暖气，中午也睡不成觉，全都蹲在背风的墙根底下晒太阳、吹牛、骂姜股长的娘。下午上班，营房股总算来了人。他们折腾了一个小时，锅炉毫无反应，于是坐上车一去不返。

我看着袁政委从车里钻出来。奇怪的是另一侧车门里出来的居然是姜股长。他手里提着个洗漱袋，臊眉耷眼地站在袁政委后面。

“叶春风，一会儿吃完饭，你叫张冰把战士们带到招待所去吧，我给管理股交代过了，这两天先住在那儿，等锅炉好了你们再搬回来。”袁政委说，“饭就在警通连搭个伙，走的时候把伙食费给人家结清楚。”

“是！”

“我和姜股长晚上来你们回收队体验一下生活，你给我们安排两个战士的铺。你就委屈一下，留下看家吧。”袁政委说着往里走，“你们晚上吃啥？我也来讨一碗饭吃。”

晚上我和姜股长陪着袁门，从值班室到俱乐部，挨个房间看了一遍。其实袁门用不着看，他每个月至少会来队里一次。那天晚上，袁门在图书室待了挺长时间，取下一本书翻翻，又放回去。再取，再放。他问我一句，我就答一句，其他时候我都沉默着站在一边。后来他让姜股长先回去休息，却把我叫到了队部。

“小叶，你个人问题怎么样了？要不要我给你介绍一个？”他环视着墙上悬挂的领袖题词和各种图板，嘴里呵出白气，“今年分来两个女干部，都还没对象呢。”

“谢谢首长，不用了。”我想起五年前他在办公室跟我谈白雪歌，他其实不是个适合谈论私事的领导，“我比人家大十岁，太老了。”

“在连队干着感觉怎么样？”袁门换了个话题。

“挺好的。”我说，“要是锅炉不坏就更好了。”

“我也喜欢连队。单纯，热烈，有活力，让人变得年轻。”袁门笑笑，“你的《白鲸》看完没有？”

“没有。”我说，“早不看了。”

“为什么不看了？半途而废可不好。我没给你说过吧，这是我在宣传科当干事的时候读的最后一本书，看完它我才去了加注队。首长觉得我材料写得好，但他们不知道我已经不想再写了。”袁门笑一下，“有时间还是把它看完吧，篇幅是有点长，不过是本好书。至少它让我意识到，每个人都需要一段富有冒险意味的航程，不管是在大海上，还是在沙漠里。我觉得你也一样。”

我不知道袁门为什么要给我说这些。我等着袁门说早晨在营房股办公室的冲突，可他没说。我还想过他会不会提到我这次调职未果的事，也没有。这倒不奇怪，因为影响我提升的那个处分就是他给的。想跟我闲聊？问题是我们从来没有真正地闲聊过。像沙地上的两条车辙，似乎离得不远，但却永远无法靠近。这么多年，我对他从来产生不了任何稳定的预期。不像罗慕，每次找我，我基本都能猜出来他要干什么。几乎对所有人我都可以做到这点，唯独袁门不行。

他没再说什么，起身回了宿舍。早上我起来，他已经跑步回来了。我去饭堂用煤气灶煮了一小锅玉米糁，热了几个馒头，煎了三个鸡蛋，又弄了几块豆腐乳，凑合了一顿早饭。

“首长，我真的受教育了。昨晚我好好反思了一下，您批评得对，我这工作作风确实太有问题。”姜股长试图把鸡蛋让给袁政委，袁政委又给他夹了回去，他只好端端正正坐在桌边，边吸鼻涕边表态，“我向您保证，回收队一天没暖气，我就在回收队蹲一天。什么时候供上暖，我什么时候回去给您报告。我一定把这事办好，请首长放心！”

“为什么要让我放心？”袁政委掰开馒头，用筷子很细致地抹了点豆腐乳，又把煎蛋夹进去，“为什么？”

“是是，”冰窖似的饭堂，姜股长却一头汗，看来脑子没冻坏，“也要让回收队官兵都放心，都满意！”

吃完饭，司机接走了袁政委。剩下我和姜股长，气氛又有点尴尬。

“操，没见过这么难伺候的首长！”等袁政委的车看不见了，姜股长才朝空地上吐口唾沫，“叶队长，你这么搞我确实也太黑了点。”

“谁他妈搞你了？你是机关我是连队，我能搞得了你？”

“那可难说，你连人家车红旗都敢打，啥事干不出来？”

“把话说清楚啊，我可没找袁政委告你的状。”我说，“我姓叶的丢不起那个人。”

“别得了便宜还卖乖行不？你把我门都踢烂了，他老人家硬是一句没提。光在那儿骂我，差点儿没把我骂死。”姜股长一个劲儿地揉着下巴，好像刚被袁门打了一勾拳似的，“我就知道他会向着你。

他是你的老教导员，别以为我不知道。”

“你知道个屁！”我扔下他，转身走了。

6

进入五月，整个沙漠才算真正舒展开来。每年这个时候，我们都要种一季向日葵。菜地南头这一大片地从前种的是萝卜和土豆。回收队人头虽少，菜地面积却比所有连队都大。三九站惯例，机关灶的菜全部由我们回收队负责供应。但就算把菜地的大部分收成上交给机关饭堂，剩下的我们也吃不了。存在菜窖里的土豆萝卜最后都长了芽空了心，除了留种，其他全得扔掉。当队长之后，我决定调整一下种植结构，把南头这片地空出来不种了。这个决定让所有人都欢欣鼓舞——因为我一句话，他们起码可以少翻十天地。

北边的菜地长出小苗时，机关灶司务长来了一趟。他认为南头这一片菜地不应该空着，即便菜吃不完烂在地里，也比不够吃强。

“行啊。”我说，“这块地我不要了，送给你，你自己去种吧。”

第二天，罗慕出现了。他在我的陪同下绕着菜地走了一圈，最后在南面地头停了下来。他指出，团站首长和机关干部盘子里的菜都是回收队出来的，使命光荣责任重大，万万不可掉以轻心。我告诉他，回收队菜地面积过于辽阔，光靠两只手一把锹，十来号人翻一次地得干上一个月，实在吃不消。可罗慕不听。他要求我抓住工作的主要矛盾，高标准抓好农副业生产，任何一块地都不许空着。

但我好几天都想不出该在这块地上种点什么。萝卜土豆莲花白。茄子辣椒西红柿。黄瓜丝瓜西葫芦。南瓜豆角加大葱。所有能被食用的蔬菜我都没兴趣，但我也没找出一个有兴趣的物种。直到白雪歌调到0号以后，我才一下子想到了向日葵。很奇怪。这里面有什么天然的联系吗？我不知道。

到回收队第二年春天，白雪歌离开三九站，调到了基地装备部技术室。她没说自己为什么会调走，我也没问。临走时，我去帮她收拾东西。即将失去主人的宿舍灰尘弥漫一片狼藉，那不是个令人愉快的场面。床边墙上的白绒布是我当初从库房里拿来用图钉钉上的，那样白雪歌盘腿坐在床上靠着墙时就不会觉得太凉。我记得朱莲看到后也缠着我要，我没给。其实给了也没什么，但也许我把它当成了某种象征物，代表着我和白雪歌珍稀而濒危的情感关系。现在白绒布早就变了颜色，而它本来的命运应该是被裁成小块，蘸着酒精来保养各类精密仪器。如此说来，世间万物都有自己的命运，非独我们。那个沉闷的午后，我看着她从衣柜里一件件取出衣服，喜欢的就对着镜子在身上比试，然后转头问我好不好看。

“好看。”我说，“你穿什么都好看。”

“只有你会这么安慰我。”白雪歌笑笑，“不会再有别人了。”

“那有什么用呢？”我说，“说了你也不会嫁给我。”

白雪歌的衣服和鞋子装了好些个纸箱，那些满是广告彩页分量沉重的杂志则全部扔在了宿舍墙角。从衣柜顶上取下一个落满灰尘的纸箱时我觉得眼熟，想了很久才想起，这是那年我费了老劲帮她从0号扛回来的那只纸箱。

白雪歌走后不久，向日葵种进了南头的菜地。才半个月，空地就长出了一大片带着绒毛的叶片。机关灶司务长问张冰种的什么，张冰告诉他是铁棍山药。司务长喜滋滋地叮嘱张冰，到时候一定多给他弄点，领导都需要壮阳，肯定喜欢。

一时半会儿骗骗别人还行，时间一久，向日葵的茎秆越长越高，像个未婚先孕的姑娘，无论如何也瞒不住别人了。那片向日葵变成一片花海后连我都很吃惊。当地里都是小苗时，我没想到它长大以后会变得这么壮观。罗慕知道后，专程跑来把我臭骂一顿。这次真是把他气坏了。他愤怒地指责我根本没把他这个副参谋长放在眼里，说的话都被我当成了耳旁风。他越说越气，抬起脚接连踩倒了好几棵向日葵。脆弱的花茎被踩断时发出脆响，断茬处流出白色的汁液，看得我心疼。

“你为什么非要玩个标新立异？你还不吸取教训啊你！是不是你认为冯政委走了你就可以胡来了？咱们团站是出了名的农副业生产先进单位，你种这东西叫什么农副业生产？上面来检查你怎么说，你又叫我怎么说？我能说以后大家去饭堂都别吃饭，一个个全坐着嗑瓜子吗？”

我垂头丧气地盯着被踩倒的向日葵，没回答罗慕一连串的问题。

“你知道为你的事，我给首长说了多少好话？现在副营给你提了，队长叫你当了，你就是这么给我干的？”罗慕说，“在哪干都得遵守游戏规则对不对？何况这是军队！等向日葵收完，赶紧都给我铲了，我估计还能赶上种一茬白菜。”

“下次不种了。”头一回见罗慕发这么大的火，我也慌了，赶紧赔着笑脸表态，“绝对不会再有下一次了。”

没想到接下来那个周末，罗慕自己陪着基地参谋长来队探亲的妻女到队里参观。参谋长的女儿看见一大片两米多高的向日葵兴奋得不得了，照了半天相不说，非要带几个花盘回去给同学。罗慕笑呵呵地亲手给她掰了十几个大花盘，还问她够不够。

“你们还真是有创意。这可是沙漠里一道新的风景。”参谋长家属对我说，“到了这儿，感觉一下没那么荒凉了。”

“听见没，”罗慕很高兴地拍着我的肩膀，“嫂子在夸你呢。”

向日葵开花那半个多月里，每天都有车从0号以及基地各处开到回收队来照相，兰甘和李凝自不待言，车红旗和朱莲也来看过。连冷楠都带着学生专程跑来参观，一帮小崽子的叫声吵得我头都快炸了，却始终没等来白雪歌。

“我感觉挺好。”花期过后，袁门也来了。他看着满眼直立的向日葵点点头，“唯一的缺点是子都是瘪的。要是子也结得饱满，那就更好了。”

我拉下几个花盘看了看，果真如此。

“种得好的葵花，这时候头都该垂到地上了。”袁门笑笑，“不过没关系，明年再种吧，应该能比今年强。”

第二年五月，我们又种了一季，收了好几麻袋葵花子。炊事员过段时间就放上花椒大料和盐煮上一大锅，晾干后又放在锅里炒。从秋至春，每个人迷彩服兜里都装着葵花子，瓜子皮从宿舍地板一直吐到了遥远的西海后旗。

可惜白雪歌还是没来。始终没来。但既然开始种，似乎就再也停不下来。葵花费地，粪得上足才行。所以每年这个时候，队里总得出去拉四车羊粪回来。这次我让禹强和官贵各自开一台车去黑水镇拉羊粪，这意味着官贵正式单放了。谢谢队长，我一定好好干。官贵高兴坏了。第一天回来，一切正常。第二天张冰带着又去了一趟，却又不对了。

“官贵不能再开车了。”晚上从黑水镇回来，张冰和禹强脸都没洗就跑来找我，身上还带着股羊粪味儿，“我怀疑他眼睛有问题。”

“眼睛？他那眼珠子转得挺溜啊。”我说，“就跟羊蛋似的，应该不是近视。”

“近视倒好了。”张冰说，“我怀疑他是色盲。”

“怎么可能！昨天我跟车去挺好的啊。”我被他说得一怔，“再说色盲怎么可能当得了兵？”

“我也是这么想的，问题是他确实不大对劲。”张冰说，“今天装完车，我看时间赶不及，就说去镇上吃点饭再回。我让官贵头里走，他死活不肯，非要跟在禹强的车后面。我想着这也没啥。过了两个路口，拐到主路上，禹强的车开锅了，我让官贵先走，他非要等我们，后来我发火了他才走，我看他一到路口就停下不走了，明明是绿灯就是不走。一直到后面来了个小车开过去，他才又开始走。到了下个路口又是这样，非要前面有个车他才敢走。”

“那也不能说他就是色盲啊。”我说，“他当兵要体检，去司训队也要体检，要是色盲还能查不出来？”

这下把他俩给问住了。

“我觉得你们想多了，哪来那么多色盲？反正我长这么大从来也没见过。估计还是心理素质不过硬。”我给张冰安排，“这样吧，你明天带他去卫生所检查一下，到底是不是，医生说了算。”

如我所料，张冰从卫生所回来，再不提什么色盲的事了。他自己也承认，官贵尽管对这次检查十分抗拒，一个劲儿叫喊自己没问题，可真的坐在桌前开始看那些麻麻点点的色觉检查图时，他又不闹了，反而回答得非常准确，有一张图张冰以为是只狗，官贵说是牛，结果官贵是对的。

但禹强还是不信，隔三岔五就找我说这事。事情就怕说，说得一多，我也有点犯嘀咕。一次给罗慕打电话，我便捎带着问了一句。

“这事除了你，还有谁知道？”罗慕的声音一下绷紧了，“张冰也知道？”

“没有，就我。”我说，“张冰只是有点怀疑，我让他带着官贵去检查了一下，也没检查出啥来。”

“那还好。”罗慕声音又松弛下来，“这小子确实是有点问题。”

“他真是色盲？”我吃了一惊。

“也没那么严重，应该算是色弱吧。”罗慕说，“按规定别说开车，兵都当不了。可实际上呢？他兵也当了，车也学了，这些事都有人给领导办妥了，现在找我安排他开车，我能不办吗？就这样领导还不满意，还想让他去汽车连呢。你是不知道，有时候领导真是弄得你一点招都没有。”

“这他妈什么领导，不怕他出事？”

“我们想到的领导早想到了，我们没想到的领导也想到了。”罗慕说，“这么给你说吧，领导永远比我们聪明。人家要这么干，肯定有自己的考虑，你就别瞎操心了。”

“问题是他在我队里啊。万一他真出点事怎么办?”我说，“我还是别让他开车了。”

“那不行！车还得让他继续开。还有入党的事，今年一定把他发展了。你不让他入党，领导的电话肯定得追过来。你不让他开车，电话也得追过来。你知道领导打一次电话，我压力有多大吗?”罗慕说，“你也没必要担心，戈壁滩上又没有红绿灯，你怕什么?”

我问了罗慕最后一个问题，那就是为什么官贵是色弱，却能看明白色觉检查图。罗慕的解释是，官贵早把整本图册全背会了，背了个毫厘不差，滚瓜烂熟。

正如罗慕所言，有些事不知道比知道好。打完这个电话，像是在床底下放了个炸弹，连着几天睡不好觉。做了贼一般，见了张冰和禹强立刻感觉心虚。不过话说回来，以罗慕的聪明，他不可能不知道自己在干什么。官贵是他调来的，他都不担心，我又有什么可担心的呢?

7

向日葵开花后，三九站装备处处长调到了基地装备部，站里报我接任，但连我自己都觉得这完全不可能。连一个副参谋长都不批，手握实权的装备处处长可能让我干吗?

“春风，你老坐着不动不行啊!”这次的消息是车红旗透露给我的，这让我挺意外，“我上次就给你说过，你得去找找人。别人都找你不找，明摆着你会吃亏。”

“肯定没戏。”我说，“找也没用。”

“你怎么知道没用？”车红旗好像比我还急，“装备处处长多好的位置，花点钱就花点钱，大家不都这样吗？”

“多少钱？”我说，“我真没概念。”

“这我可说不好。”车红旗装傻，“总之这年头，收了钱能办事的就是好领导。我只能给你说到这了。”

“再差的领导也得有人帮他干活吧。”

“要是打起仗来，领导手底下倒还真得有几个不怕死往上冲的人。但那是另一个评价标准。”车红旗说，“现在不一样。领导认可就是标准。不就是写个材料办个事喝个酒吗，又没生命危险，谁不能干？谁又能比谁差到哪去？”

“说来说去还是我能力不行，我要像罗慕那样，谁当领导都得用我。”

“你不会真以为罗慕不送吧？”车红旗笑起来，“他这种人精能不送吗？他只会比别人送得更狠。我就给你说一件事，他调整到军训科当科长，一来就给司令、政委、参谋长和冯主任四个领导的司机一人送了一个诺基亚 N93，给司机都送这么重的礼，首长那里送什么，你自己想吧。”

我愣了。

“那我更不能找了。”我说，“我那点钱还得攒着娶媳妇呢。”

不久后，四三站的器材股股长接任了三九站装备处处长。我郁闷了约莫一两个小时，又感觉释然。有时候就是这样。只要不心存奢望，也就不会感到失望。

一个质地轻柔的早晨，白雪歌和马行处出现在回收队门口。白雪歌给我提过他，在我的想象中，马行处应该身高一米五，体重三百斤，头顶油亮，眼泡浮肿，凸起的大肚皮悬在腰带上像皮水袋那样不停晃动，直立时永远看不到自己的老二。可事实上人家长得剑眉朗目鼻正口方像他妈黄飞鸿，穿一身白色休闲装，开一辆北京牌照的路虎，挡风玻璃下放着一张车辆通行证，看来他是开着长途车来看白雪歌的。他热情地跟我握手寒暄，又从车里取出两条烟送给我。我本来不想要，发现是“软中华”之后又断然笑纳。

我脑海中存档的那些有关白雪歌的回忆，其实还停留在几年之前。内容并不多。这几年我们的联系很少，不过偶尔还是会打个电话互致问候。像计算机屏幕上缓慢移动的进度条，往往在你认为已经死机时，它才又往前跳出一格。在那段稀薄的记忆当中，我往往坐在桌前，她则盘腿坐在床上，好长时间都不怎么说话。她似乎总在发呆。我不知道她跟车红旗交往时是不是这样。我就坐在离她一两米远的地方，她却从不与我分享她究竟在想什么。

“我发呆了吗?”她总是这样反问我，“我才没发呆呢。”

在军校时，我和白雪歌总是心有灵犀言无芥蒂，沟通起来像导弹与雷达相互应答那么清晰准确，像光纤传输信号一般毫无衰减，像枪膛和子弹一样严丝合缝。她开一个头我就知道结尾，我微笑一下她就心领神会。沙漠之下本该有深藏的河流，然而在她调去0号之前，我们的交谈永远都在地表上流淌。每次骑着自行车去技术室看她时，我都得绞尽脑汁寻找话题，比在数万平方公里的射击区内寻找一个小小的翼面还要困难。我曾相信有一天，我会把季菲教会我的东西用在白雪歌身上，后来又发现坚持或等待并不一定会换来奇迹。或者我等待的并非是进入她的身体，而是进入她的灵魂。总体来说，后者比前者要困难得多。从这个角度看，亚哈船长是幸运的，他日复一日在汪洋大海上航行，坚信总有一天会追踪到“莫比－迪克”，事实上他真的找到了，哪怕结局是同归于尽。而我更像是在等待沙漠在某天成为绿洲。我等来了相隔久远的一场又一场雨，可最终发现，沙漠并未改变。至少在我的生命中，它不会有任何改变。

趁着马行处去厕所蹲坑时，我和白雪歌做了一次短暂交谈。早两年，我常常设想白雪歌来看葵花时，我会告诉她，是她让我生出了种葵花的念头。可当她真的站在我眼前时，我却发现自己无法描述这一切。

“我想让他见见你。”白雪歌说，“你不会生气吧？”

“搞得我跟你爸似的。”我笑一下，“他很有钱是吧？”

“他对我挺好的。”白雪歌答非所问。

“我对你不也挺好的吗？”

“那不一样。他没你那么冲动，这一点和我很像。”

“冲动也没什么不好。爱情不就是冲动吗？”我说，“所以我现在见了你还觉得冲动。”

白雪歌脸红了。很多年前我就喜欢她这种害羞的表情，到现在仍旧喜欢。也不知道为什么，白雪歌每交往一个人，总会在电话里给我说一声。最初她交往的范围主要在机关内部，既有机要科参谋和组织科干事，也有油运科和综合计划科的助理员，涉及基地司政后装四大部。后来又拓展到了下属团站，我记得有四〇站一个会唱美声的政治处副主任，跟白雪歌在基地业余文艺会演上相识；四一站某队队长，跟白雪歌是老乡；四二站一个博士总工，好几篇论文都挂上了白雪歌的名字。后来白雪歌又把目光投向了远方。这里面有试验队的军代表，也有历次驻训演习部队的军官。当然，她给我说得都很简单，每次还会问一句“你觉得好不好”。在我看来，这些人都不好，可我每次都给予充分肯定。我没问过白雪歌干吗要给我说这些，因为每次听了我都会难受一阵。但正如她于我是个特殊的人一样，没准我于她也是一个特殊的人。这样一想，会让我感到那么一丝安慰。

话说回来，我也没闲着。每次休假回家都得见上几个姑娘，虽然我一个也不想见，可老妈只要叹上几口气，我就屈服了。一般相亲都只见一面，也有个别姑娘见过不止一面，但都不了了之。你离得太远了，姑娘们说。她们说得对。只有回到基地，我似乎才能恢复一点自信。基地也有人给我介绍姑娘认识，不过成功率依然为零。冷楠也介绍过她子校的同事，还和罗慕出面请我俩吃饭，可惜饭也白吃了。我没看上那个教数学的老师，好在人家也没看上我。

最离奇的一次是我出完任务返回途中，碰上一辆喷了很多图案看起来很不正经的红色吉普车坏在野地里，车边站着两个长发飘飘的美女。她们见到我们简直就像兰甘见到了报社编辑，手舞足蹈又喊又叫，兴奋得恨不得立马献身。我看了看她俩的身份证，确定她俩只是初级越野爱好者而不是间谍之后，请她们上了驾驶室，然后把吉普车拖到了西前旗去修理，为此绕了差不多一百公里路。分别时，劫后余生的两个美女热情地同我拥抱并合影留念，其中一个不仅流着泪亲吻了我，和我互留了手机号，还邀请我探家经过武汉时去找她。那个冬天，我同吻过我的那个姑娘打过很多电话，甚至觉得自己又开始了一段浪漫又惊艳的爱情。遗憾的是当那一次偶遇像香皂一样被电话磨损得只剩下捏不起来的碎片而我们又没能共同开发出新的话题时，交流就成了陷入沙里的车轮再也无法前进。

“我打算过段时间就去领证。”白雪歌说，“你会祝福我吗？”

“韩剧看多了吧你。”

“你这人真讨厌。”

“那就祝福一下好了，反正我又吃不了什么亏。”我说，“你们认识多久了？”

“一个月。”白雪歌笑得一点都不自然，“你那么看我干吗，你不知道我都三十岁了吗？”

我望着白雪歌。她的眼角真的有了细小的纹路。可我的脑海里，她仍是十八岁时刚入军校的模样。她也望着我，像是想说点什么。可我们什么也没说，因为马行处的屎已经拉完了，正朝着我们走过来。

那天上午，我帮白雪歌和马行处拍了很多照片，又叫人摘了一大兜黄瓜和西红柿作为回赠。目送他们驱车离去后，我把两条“软中华”全拆开分给了队里的弟兄，他们很高兴地问我那个开豪车的家伙是谁，我告诉他们，那是一个傻×。

8

白雪歌的婚礼定在八月十八号星期六，农历七月初六，第二天就是七夕节。日子算得不错，却跟我们的任务正好冲突。我给白雪歌发短信解释说，科训股总把打弹时间定在周五，搞得我们周末老没法休息，只能祝她婚礼圆满顺利。

即使没任务，我也不想去。我知道那会让我难受。跟闹哄哄的婚礼相比，我更愿意去西前旗的沙漠里去搜寻导弹残骸。记不清何时开始，这种被众人视为畏途的奔波于我却成了一种放纵般的享受。北温带荒漠数万平方公里的射击区是独属于我的疆域，我在这里纵横捭阖左冲右突想来就来想走就走想去哪就去哪想跑多快就跑多快，一切都由我说了算。在这里很少会想起那些令我不快的人或事，车开动起来时胸腔无比开阔，亢奋时我会拍着大腿哈哈大笑，任何事物都未曾带给我如此狂热的激情。红-2 甲、红-2 乙 A、红-7、红-9、红-12、C-300，轰炸机拖靶、气球反射靶、空投伞靶、高速靶弹和超音速靶机。任何一型导弹射击任何一种靶标我都很高兴。晴天打我高兴，阴天打我也高兴，白天打我高兴，夜间打我同样高兴。夜间开着大灯飞驰更有意思，我甚至还看见过车灯光柱中飞奔的野兔，那兔子被身后的强光照得完全不知躲避，玩命地向前狂奔，直到心脏爆裂连翻几个跟头后猝然死去。有一回，“蓝军”发射的靶弹偏离了攻击航线，“红军”发射的导弹一路追击到了观测区域之外，双方争执不下，导演部无法判定胜负，于是我们在乱石林立的青石山区连滚带爬地找了四天，总算把那枚布满孔洞的靶弹弄了回来。还有一次是在恶劣气象条件下的试射，发射阵地上的大风到达弹落区时升级成了沙暴，大家都缩在驾驶室内，看着漫天黄沙暴雨一般在车窗上流泻，挟起的飞石冰雹一般打得车顶乱响。其间夹杂着一声突兀的巨响，震得车身猛一哆嗦。沙暴过后，我这一侧的车门已被流沙掩埋大半，只能从禹强那一侧钻出来。这时我才发现，一截导弹残骸就落在车后三四米处，正冒着气味刺鼻的黄烟。

多么刺激！我已经发现了这项工作最特别的好处，那就是我知道自己到底在追寻什么。这种清晰的时刻在我的人生中并不多见。每当高速行驶的卡车向着弹落点一路狂飙，车轮碾过遍地砾石发出持续不断的锐利声响，剧烈震动的车身带着浑身的肌肉拼命抖动仿佛随时都要解体，车屁股拖着长长的尘龙像一颗彗星紧贴地面飞行时，我常会在一瞬间感觉自己已在不经意间闯入了寒武纪或者白垩纪或者管他妈什么纪的史前世界。板块尚未漂移，火山四处喷发，森林覆满原野，鸟兽造型奇异，没什么锅炉房燃料车器材股白雪歌，只有我自己，带着孤绝的骄傲滚滚前行。只是一瞬。这种近乎迷幻的穿越往往只是一瞬，然而这一瞬仍是重要的。所有的一瞬都是重要的。从宇宙奇点那一瞬起，时间轴上一切能称之为一瞬的点都是重要的。不是吗？它萃取了庸常的生活，提纯了无聊的时光，如同导弹在高空起爆，发出最耀眼的光亮。

“别人不来都行，你不来就不行。”她说，“你必须来。”

“说真的，我真没你想的那么重要。”

“重不重要我自己知道。”

“我那么重要，那你干吗还嫁给别人?”

“我一个前前前前男友去不去有什么关系呢?”见白雪歌不说话了，我试图开个玩笑，“万一我借酒装疯，拿酒瓶砸马行处的脑袋怎么办?”

“砸也要来，我想让你来。你来了我才觉得踏实。”她说，“你来吧，好不好？你要不来，我会难过的。”

这很可笑，不是吗？可我笑不出来。

我答应了白雪歌，钟军却替我感到不平。

“把你从二十来岁要到了三十来岁，还好意思叫你给她送红包?”钟军也收到了白雪歌的短信邀请，“这种人最可气了。”

“也不能那么说，再不济也还是同学吧。”我想了想说。

“感情对她来说就像计算机语言，只是个手段，根本不是目的。”钟军说，“我看她跟那个小老板也不见得就能好。”

钟军气呼呼的样子又把我逗笑了。他不像是说白雪歌，倒像在说自己。兰甘和李凝婚礼之后，钟军休了一个长假，回来就成了已婚干部。后来他反复强调，当时不是他急着要结婚，是他老婆着急。他老婆是县地税局的公务员，和小樊一样，也是他高中同学，比他还大一岁，急着要把自己嫁了，而钟军无疑是个不错的合作伙伴。还有一个原因钟军没说，直到当年十月份图六出生，钟军才不得不承认他当时想不结也不行了。

“以后你千万记着戴套。”他痛定思痛，“我老婆口口声声说安全期没事，上了她的贼当了。”

图六两岁时，第一次也是最后一次跟着妈妈来基地探亲。那会

儿图六乖极了，我从菜地摘根黄瓜都逗得他咯咯直笑。他妈妈面若银盆，非常开朗，喜欢放声大笑，能瞬间拉近与陌生人的距离，这给我留下了很好的印象。可惜两年后，她跟一个搞煤炭销售的家伙搞在了一起。她提出离婚的理由是自己已经想不起钟军长什么样了。钟军当然可以不离，《婚姻法》保护军婚的条款就是专为我们这号铁定要两地分居的家伙准备的。可钟军多么善良。多么大度。多么无可奈何。我和李凝的事他都既往不咎，何况一个交情比我们浅得多的老婆。他只提了一个条件，就是图六，然后他立刻得到了满足。

向日葵刚开花，钟军把图六带到了基地。到基地没多久，群众很快就认清了这小子不是个省油的灯。刚来那两天，图六跟钟军住在装配队宿舍，一脸鼻涕，满身沙土，一天到晚鬼哭狼嚎吵着要妈妈，弄得全队鸡犬不宁。队长教导员外加几十条汉子把图六团团围住，却只能干瞪眼。袁政委来看了一次，第二天姜股长便带着钥匙来喊钟军搬家。有了房子还是不行。给钟军分的那套营职房永远都跟贼偷了似的，但凡能移动的东西都被图六弄得东倒西歪。我穿着月白色制式短袖去钟军家，这小子悄悄用彩笔在我背后画了几道，我用肥皂、洗衣粉和汽油洗了三遍也洗不下来，那衣服就废了。图六还有一个显然是遗传自钟军的爱好，对一切电力驱动的东西都充满了热情。有天晚上，钟军正坐在电脑前工作，屏幕突然黑了。低头一看，图六正仰面朝天躺在桌子底下一动不动，手边扔着刚拔出来的电源插头。钟军吓得魂都没了，抱起儿子往卫生所狂奔，到了半路，图六突然又清醒过来，吵吵着要吃肯德基。沙漠里没有肯德基，鸡还是有的，所以那次我叫“红二”炸了一大盘鸡翅送去给图六压惊。自此以后，钟军不得不用宽胶带把家里所有的插座都贴了个遍。

钟军几年前开始跟着冷高工研制“图-6”靶弹，袁政委去年又力主给他评了高级工程师，早已混成了基地响当当的技术尖子。但图六来了他才反应过来，儿子这种东西比任何技术问题都难对付。从去年初到现在，他一直参与基地组织的战场评估系统建设，一天到晚开会加班，根本没时间管图六。袁政委派人把图六协调到0号幼儿园上全托班，又专门把李凝——也没别人可找，只有李凝的女儿笑笑和图六都上全托——叫去交代，让她帮忙接送图六。李凝对钟军不感冒，对图六却完全是另一副嘴脸，周五从0号回来，下了班车总是左手图六右手笑笑，搞得跟生了二胎一样。她会带着图六回自己家，然后打电话叫钟军来接。有时钟军通宵泡在信息化中心加班，她也不催，直接带着图六睡了，反正兰甘总在愁他那些破稿子，一个月也回来不了两次。

每次我去找钟军，图六总是眼巴巴地望着我，只要我带的东西有个彩色的塑料包装，他会兴高采烈地抱着我的腿一个劲叫“干爹”，钟军只能站在一边干瞪眼，小声嘟哝图六“认贼作父”。我要没带，图六百分之百会背过身往我茶杯吐口水，然后再端给我喝。等把服务社所有他能吃的零食买了几轮，图六又让我给他带“好玩的”。我前段探家回来，给他买了枪、汽车、奥特曼和变形金刚，我姐开车送我去车站，一路上都在抱怨说，我的外甥女从来都没享受过这种待遇。

“那是沙漠，你懂吗？”

我姐当然不懂。在烟雨迷蒙的南方，她自然无法理解沙漠。正如我全然不懂当爹是什么感觉。如果是我跟白雪歌结婚，我自认应该能当个不错的爸爸，至少要比钟军强上一点。

好在过了这个周六，我再也不用这么胡思乱想了。我跟参谋长请了假，谎称自己身体不适。张冰这儿我没法装病，只能实话实说。

“你放心去吧。确实也该去去，不然显得没风度。”张冰说，“你可是全军唯一的回收队队长，这么牛的队长，怎么可能没风度呢？”

“最傻×的队长还差不多。”笑完了我又提醒张冰，路上一定记着让官贵继续跟在禹强后面走。我一直没告诉张冰官贵的眼睛真的有问题，毕竟这是我跟罗慕之间的秘密。

张冰事后回忆，官贵确实按照要求，一路紧紧跟在禹强的后面。搜寻残骸的过程非常顺利，没遇上大风，能见度很好，禹强计算的理论落点跟实际弹着点只差两公里，轻轻松松就完成了任务。返回时途经西前旗县城，两台车沿着西海大街向南，行至出城的最后一个路口时正是绿灯，禹强直接开了过去。官贵大概已经习惯于盯着前车行驶——交通灯在他眼里究竟是什么样子，我无论如何也想象不出，但他确实没看到刚刚跳出的红灯——紧随其后也驶入路口，结果被一辆从红柳南路驶出的运煤车撞了个正着。

我曾无数次经过西海前旗的县城，那个常住人口不满一万的小小边城一共也没几条路，而且总是空空荡荡。我们身处世界上人口密度最低的地区之一，电线杆子都比人多。即使蓄意要找个车撞一下，怕也得在路口等上半天。然而那个中午，一切似乎都安排好了似的，只等官贵的车闯过红灯。这也是种概率。罗慕说过，一万比一的概率，基本上就不会发生，可事实上它真的发生了。这么说来，罗慕的话也不见得都对。

好在路口几百米处就是旗人民医院，官贵被撞断的右腿得到了医生及时的照料。更幸运的是张冰只把残骸装在了官贵的车上，让其他人都上了禹强的车。他在手术室外面给我打电话时，白雪歌的婚礼刚刚结束。她和马行处去换衣服了。服务员开始上菜。李凝看着笑笑和图六。我开酒。钟军拿杯子。兰甘在照相。车红旗刚刚扔下朱莲，快步向我们这桌走来。

这下酒喝不成了。我把坐在另一桌的罗慕叫到饭店外的僻静处，把事情告诉了他。

“你们他妈搞什么？这他妈的是什么时候你知不知道？谁叫你们从县城走的？你自己为什么不去？你去了能出这事吗？”罗慕脸色大变，“人呢，人死了没？”

“目前只说一条腿骨折了。”罗慕虽然冲我发过火，却从来没见他脸扭得这么吓人。

“人不死就好说。”罗慕嘘出一口气，“他眼睛的事你没告诉过别人吧？”

“没有。”

“你确定？”

“确定。”

“那好。从现在开始，我们两个谁也不知道他眼睛有问题。”罗慕看看四周，“下午基地肯定得派工作组去处理，你少不了也要跟着去。要问起来，你就说你什么都不知道。反正你也不在现场，不知道也正常。这是第一件事。”

“再说不知道，我也是队长啊。”我说，“我不能都赖在张冰身上吧？”

“听我说完！”罗慕瞪着我，“如果要问他怎么来的回收队，你绝对不许提我，你就说是军务股通知的。这是第二。第三，要是问他平时表现怎么样，你就说还不错，是他自己主动要求从汽车连来回收队的。第四，也是最关键的一条——这一条只能靠你了，不过他不死，这事也好办——你就只问他为什么闯红灯，你就逼着他自己把眼睛的事说出来。”

“他要死咬着不说呢？”

“不怕他不说。就算不说，工作组肯定会让他重新体检的。”

“你不是说他都背会了吗？”

“换一版色觉检查图不就行了吗？他难道能把所有版本的图册都背会？再说医院还有别的检查办法，这都不是问题。”罗慕说，“你按我说的办就行，记着任何情况下都不要提我，明白吗？”

我怔怔地看着罗慕转身往回走，在饭店门口他停下来，跟一个我不认识的上校谈笑风生了好一会儿。我站在路边，脑子仿佛搅进了沙子，稍微一动就钻心地疼。

9

十二月中旬，来了今年最后一批任务。这次出动搜寻的是一发舰空导弹的残骸。按说这是海军的型号，但在海上靶场试射时出现过两次引信故障，残骸坠入大海，未能查证原因。查不出原因就无法定型投产列装，研发单位只得在大冬天把导弹送到基地重新试射。

我专门去了一趟站里，想拉着兰甘一起去。快一个月了，他一直窝在文化活动中心二楼的那间小屋里。袁门给我打过好几次电话，让我多找时间去开导兰甘。我可从来没见过袁门为了同一件事打过这么多电话。

“我给钟军也交代过，你们是同学，互相都了解，这时候你们要多想点办法跟他沟通。”袁门说，“年轻的时候本来应该是多受摔打的阶段，走得太顺不是好事。兰甘最大的问题就是走得太顺，猛地栽这么大一个跟头能不能受得了？我现在最担心的就是这个。你有时间多陪他坐坐，有什么活动尽量让他一起参加，有任务也让他一起去，跟你们在一起，对他有好处。”

兰甘坐在桌前，每隔三分钟就忍不住去拿桌上那厚厚一大摞十几册八开大小的新闻剪贴本。每次手指一触到，立刻又像烫着了似的缩了回去。

“我去干啥？我现在又用不着采访，用不着写稿子。”兰甘说，“这下我可算是解放了，真他妈轻松。”

我挺难过地看着兰甘，不知道该怎么安慰他。这些天，我和钟军已经搜肠刮肚把能想到的好话全拿出来用在了兰甘身上，可他还跟刚回站里时一样神神道道。

“冯主任说我违背新闻道德，笑话！这年头上稿子谁不编，不编上得了报吗？不编能完成他给我的两百篇任务吗？每篇稿子他都看过，他难道不知道我在瞎编吗？”兰甘冲我古怪地笑笑，“春风，你说我天天就靠瞎编过日子，这十几年都像是虚构的，那我他妈的不是白活了吗？”

难怪兰甘虽然抱怨冯主任规定的两百篇稿子任务难完成，却每年都能完成。起初为了凑足上稿量，他只是在宣传科订阅的其他军区和军兵种内部报纸上寻找可参考的新闻点，再结合基地情况改头换面一番。凭兰甘的底子，就算把两篇报道放在一起，别人也没法说他是抄的。后来可能感觉这样干工作量还是大，就开始整句整段借用别人的稿子。到了最后，有些稿子干脆只换个单位和人名，连标题都懒得改了。反正全军各大单位类似的内部报纸有十多家，抄一抄别人也看不出来。他唯独没想到，他手头有其他军区和军兵种的报纸，其他单位那帮搞新闻的手头也有我们的报纸。偶尔发现一两次，人家也未必能怎样，但时间一长，事情就大了。据说北京转来举报兰甘抄袭的群众来信有好几十封，都是其他军区和军兵种的新闻干事或者报道员写来的，要求基地尽快查实，严肃处理。这也没什么好查的，群众来信后面都附着原稿和兰甘稿子的复印件，对比一看，昭然若揭。这事把基地首长气得不轻，据营房股姜股长介绍，冯主任把办公桌上厚厚的玻璃板都拍碎了，搞得营房科科长中午饭都没吃，一路小跑着去量尺寸裁玻璃。基地的新闻稿暂时被报纸封杀还算小事，要命的是这事令基地颜面尽失。首长都是本单位最有才最要脸的人，竟然被兰甘这种貌丑如猪卑鄙如狗的家伙骗得团团转，还多次批示表扬，提前晋职，光三等功就给他立了七八个。想到这些，一个死人怕都要气得从棺材里爬出来跟兰甘玩命，自然不能轻饶了他。先是给了兰甘一个记过处分，紧接着就打发回了三九站。听说冯主任要让兰甘下连队接受再教育，但袁政委还是坚持把他放在了宣传股。但谁都能猜到，再下一步，百分之百是要安排兰甘转业了，反正也正好到了年底。

兰甘不去，我也不能把他绑去，只得自己走了。我们带着煤油炉子、锅碗瓢盆、饼干泡面、麻绳钢索和八轮全地形摩托车，分乘两台卡车，穿越阿拉善高原冷硬的戈壁和漠风前往察汗苏力德附近的理论弹落区。茫茫沙海像一个巨型发面大饼，到处鼓起不规则的沙包，发白的枯草在疾风中剧烈摇摆，发出不间断的鸣响。下午五点，我们下车扎营，建立观测点，煮一锅方便面，再点一堆篝火取暖，顺便烤些土豆。第二天上午等待指挥所指示。三十分钟准备。十分钟准备。一分钟准备。透过三脚架支起的炮队镜，我看到导弹在蓝色天幕中画出一道细细的白线，偏偏在接近靶机时拒绝起爆，激发引信的多普勒效应不起作用，它从靶机下方穿过，闷头飞出最远射程。定时自毁装置启动，导弹在空中绽出一枚白色云朵，停留片刻后消散无踪。

事先计算出的理论弹落区没用了。导弹没有在遭遇目标时及时起爆，而是飞到了更远的地方。这没什么。高速度大机动时突然解体。半空中坠落后炸出橘黄色火光。被偏离航向的靶机勾引着掠过沙山。这些情况我们都遇上过。不光是导弹。我们设想的和我们遭遇的一切往往是两回事。我们按照指挥所通报的雷达探测数据，借助 GPS 定位仪，在 1∶10000 的大比例尺军用地图上标出残骸落点，拔营出发，直到被干硬带刺的灌木丛和遍地倒伏的胡杨枝干挡住去路。

为了找回这发宁愿自毁也不肯害人的善良导弹，我们弃车步行，埋锅造饭，早出晚归，浑身僵硬，大头鞋鞋带系得再紧也没用，沙子拼命往里钻，磨出两脚血泡。风吹透羊皮大衣，冻得屎都拉不出来。官贵出事后，又给我们分来个新司机，头一次跑这种路，总是跟不上禹强，到了宿营地又开始感冒。禹强怕车被冻坏，每天半夜最冷的时候都要跑回去发动半小时车辆，回来后钻进被窝还得嗑上半个小时牙。一天三顿方便面吃得人想吐，想起那年跟着冷高工去西后旗打靶弹时还能吃上炖羊肉，简直跟度假一样舒服。

第二天空手而归，只看见一只出来遛弯的黄毛兔子。第三天下午总算找到了两小块导弹蒙皮。第四天成果显著，找到了摔扁了的发动机、遥测仓、战斗部残片和三只翼面。那会儿一半人都在咳嗽流鼻涕，找到这么多东西大家兴奋坏了，要不是嘴上的血口子，欢呼声估计能再大点儿。雀跃就算毬了，实在没多余的力气。我认为可以收队回营了，可参谋长不同意。我在卫星电话里报告说，这种鬼天气再折腾下去，估计他还得派人来搜寻我们。可参谋长铁嘴钢牙死不松口，原因是我没找到战斗部上的一个小小的控制销，而那玩意儿很可能就是导致导弹未能及时起爆的关键部件。

“找不到你就别回来了！”参谋长最后说，“你回来就是正营职干部了，坐地升官，别给我稀里马虎的！”

我只得闭嘴。基地小范围编制调整，总参下达的新编制表一个月前就到了基地保密室，回收队正式从副营级升格为正营级。站里把我报了上去，打算让我提了正营之后继续担任队长。我倒没什么感觉。放在两年前，我会激动一宿。放在一年前，我会兴奋半天。放在现在，我已经麻木了。唯一聊以自慰的大概就是我没花钱也能提升，而且还能在回收队再干几年。我现在已经是回收队历史上任职最久的队长了，看来这个纪录还将被我一天天刷新。这样也好。毕竟这世界上，不会再有比回收队更好的地方了。

挂掉电话，我逼着每个人吃掉一颗阿司匹林和两颗罗红霉素，免得继续非战斗减员。接下来三天，十来号人每天排成散兵线，朝不同方向重新跋涉十多公里，一棵杂草和一粒黄羊粪都不放过，却依然一无所获。亚哈船长找不到“莫比－迪克”的踪迹，在日本海发亮的洋面上咒骂一只象限仪，最后气呼呼地把它摔到甲板上踩了几脚。我找不到那只狗日的控制销，也想把手里的GPS定位仪摔掉，可惜这东西属于装备，列入移交，我不能把它怎么样，只好骂骂咧咧，呵出大团白雾，深一脚浅一脚地在沙地中缓慢移动。

最后一天上午，我们又回到当初找到战斗部残片的那座沙包跟前。回收队近六年积累的预感告诉我，那个控制销就在此处。当年冷高工开枪吓跑乌鸦时我根本不相信预感这种东西，现在我开始信了。正如和白雪歌重新交往时挥之不去又莫可言状的疏离感，其实已经清楚地透露出关于未来的信息，只是我不愿承认罢了。冷高工说，预感建立在对事物充分理解的基础上，是对事物可能走向的一种本能的预知。多么睿智。愿他老人家安息。但我没有告诉大家这只是我的预感。天机不可泄露，说出来就不灵了。何况现有的数据无法计算出更准确的方位，导弹在空中自毁后散落的碎片成百上千，谁也没法把它们一个个全都找回来。我唯一可以动用的就是我的权势，所有人必须听命于我。我站在沙包顶上，逼迫大家拿着金属探测器地毯式搜索，有点响动就开始挖，可找出来的全是些没用的弹体残片。从上午十点干到下午五点，那片篮球场大小的沙包翻了几个遍，风在脸上吹出一层硬壳，仿佛一咧嘴就会像加注队平整光亮的菜地埂子那样裂缝掉渣。

难道预感失败了吗？以前出任务最长的纪录是六天，可那是在气候宜人的初秋。这次是整整七天，包括我在内的所有人都累得失去了生活的勇气。夜色和绝望的气息四处弥漫。我瘫坐在地上，禹强递给我一根烟，他的一次性打火机在风中打不着。我摸出自己的ZIPPO火机，手指麻木如同假肢，怎么也感觉不到打火机上的转轮。这时候沙漠中唯一活跃的是一束细小的旋风，它歪歪扭扭地从沙梁上向我们移动过来，卷起白色的沙粒。

细旋风还没过来，“红二”的哭声抢先到了。有几次我问他想不想跟我们出任务，他都拼命摆着粘满面粉的手表示不想。这次本来没他的事，他却非要跑来，说自己已经当满了三年兵，却从来没出过一次任务，这让他脸上挂不住。

头一次见到累哭——也可能是脏哭或者冻哭——的人，我又气又笑，还没想好怎么处理，禹强却拍拍屁股站了起来。

“行了行了，别哭了，丢不丢人?”

“红二”不理他，还在那儿哭。

“我叫你别哭了，听见没有?”

“我就哭，干你啥事? 别以为我不知道，你以前也哭过!”

我想阻止却没来得及，禹强已经抓住“红二”那两只在机关灶大锅里泡过的脚，提起来猛掀一把。“红二”惊叫一声，顺着坡骨碌碌滚到了沙包底下。要在平时，我们早笑翻了，可现在横七竖八躺倒一地，没一个人肯动弹一下。“红二”滚下沙包好一阵没有动静，我有点不放心，起身走过去朝下一看，只见“红二”正面对沙包跪在地上，低头弯腰两手撑地，一声不吭一动不动。正想喊他，这小子突然像被电打了一般，嗷的一声怪叫，反仰上身，向着天空直直伸出右臂，张开大嘴狂笑起来。

那真是个令人毕生难忘的时刻。半根筷子大小的控制销把我们全都整疯了，十几个人一跃而起，冲上去拥住“红二”，二话不说倒拖着他的脚绕着沙包转了一圈，又把他连抛几次，最后一把没接住，“红二”一个倒栽葱，啃了一嘴沙子。大家在沙包上狂呼喊叫滚作一团，手脚带起的沙子弄了满头满脸，所有的口音里都充满着粗话。在这片无人区我们尽可以肆意疯狂，反正这世界上不会有任何人知道我们在这儿发他妈什么神经。那天夜里，我们就着方便面喝掉了三瓶白酒，每个人都敬了“红二”一杯，他幸福地醉倒后，被我们扔进了帐篷。

第二天下午，我们顺利返回已经是正营级的回收队。车还没下，张冰已经跑了出来。他不像平时那么高兴，目光躲躲闪闪，说参谋长打过电话，让我一回来马上去他办公室。那时我才明白，为什么昨晚在电话里向参谋长报告控制销的好消息时，他的口气那么平静，一点都不像远在察汗苏力德的我们那样心潮奔涌狂喜欢呼。

10

吃过早饭，我喊来禹强送我去机关楼。

“啥事这么急啊？”半路上他问我。

“问那么多干吗？”我翻了他一眼，又想起自己戴着墨镜，他看不到，“开你的车就对了。”

“问问咋了。”禹强笑一下，露出一口马一样的白牙，“战士关心一下干部不行？”

“再逼叨一句我捏死你。”这次我特地摘下墨镜翻了他一眼。兵当老了就是油，越发没大没小。还是田山路好，从来没有禹强这么多屁话。六年前我去新兵连把这小子接回来的时候，液压钳都夹不出一个屁。现在呢？话比戈壁滩上的石头还多。可惜田山路人好命赖，退伍第二年，兵役制度就改革了，取消了志愿兵，改成了士官制。要是田山路晚当一年兵，套改二级士官毫无悬念，没准这会儿正戴着四级士官肩章在加注队忙活儿呢。

要是晚毕业一年，我估计也不会在这个地方混成这个模样。然而我如今就是在这个地方混成了这个模样。所以还是不要假设的好。假设是假的，一种过期的或然性。如同晚餐没吃的一盘菜，第二天再想吃也吃不着了，它已经进了猪食槽。

“老叶。”干部股股长一见我，立刻把头缩到了电脑显示器后面，过了两秒发现这样并不能把自己藏起来，这才重新伸直了脖子，“有事吗老叶？”

老叶。我操。我他妈很老吗？这小子从前是车红旗的手下，为了感谢那五个火药柱箱，车红旗好像还派他来给我送过两条烟。我和他虽然都是副营职，但他是刚提的副营，还戴着上尉军衔。而明年六月，我副营就满六年了，少校肩章也扛了快四年。想起刚毕业时，我戴着中尉肩章，皮白肉嫩，所有校官在我眼里都是一帮老东西。那年我二十二岁，转眼十一年过去，我在别人眼里也成了老东西。仿佛沙丘的形状和方位，隔段时间再看，早已面目全非。

“别他妈叫我老叶。”

“好好好，叶队长。这可以吧？”股长皱着眉头，从桌角文件盒里取出一页纸冲我晃晃，“转业得按程序办，你们回收队是司令部直属队，申请你得先交给司令部领导。”

“不是给你说了吗，参谋长不接。”

“参谋长不接就说明他不同意啊。”

“他没说不同意，他让我来找你。”

“领导怎么都这样啊！”股长咽口唾沫，“不说别的，先说你这申请。加上署名和日期还不到五十个字，这哪行？你得把申请转业的理由一条条写清楚。”

“什么理由你不知道？”

“叶队长，你要这样说就不合适了。我们早就报了要给你调正营，基地不批我们有啥办法？他们直接下了任职命令，谁挡得住？”

他说，“袁政委想挡也没挡住。你不信可以直接去问袁政委。”

“我问他干啥?”我说，“我不管，谁叫你是干部股股长，我他妈就找你，给首长汇报那是你的事!”

干部股股长开始打电话，不再理我。我还想再跟他理论，他却说要给首长汇报工作，抓起个文件夹溜了。出了办公室，我一眼瞥见禹强的背影飞快地消失在楼梯口。等我下楼，这小子已经坐进了驾驶室。一脚油门，卡车引擎轰轰作响。

“谁叫你跟着我上楼的?”

“我没跟。”

“再敢说一遍你没跟?”

“我为啥要说。”

“敢说我就弄死你。”

“老大，你真要转业吗?”

“关你屁事。”

“你走了，我们呢?”

“什么你们?我连自己都管不了，谁他妈管你们。”

“你这不是真话。”

“你才当几天兵，知道什么真假?”

“我当然知道。”

“你知道个屁。”

“反正我知道。你根本不想走。”

“放屁!”

“粗俗。”

“我他妈全日制本科毕业，英语八级，现在起码还剩下个四级，你呢？”

“我全日制高中毕业。高中我也没满嘴净是屁。”

“你敢骂我？”

“不敢。”

“你信不信我立马让你滚蛋？”

“都在回收队了，还能往哪滚？”

“我他妈撤了你的班长。”

“只要你不转业，把我降成列兵我也没意见。”

“操，你们一个个翅膀都硬了。那我问你，回收队成立多少年了？”

“四十年。”

“有过多少任队长？”

“那不一样。”

“没什么狗屁不一样。”

“就是不一样。”

“一个个不都他妈的滚蛋了吗，你给我说哪里不一样？”

“那向日葵呢？”禹强猛地转过头，我不确定他是否正隔着墨镜瞪我，不过右侧眉骨上那个浅色的疤痕倒很显眼，“回收队的向日葵栽了几年了？”

我一时语塞。五年前，这小子受不了秦波欺负，偷跑过一次。夜里在八号山附近迷了路，我带车找他到凌晨，最后终于像只兔子似的被雪亮的车灯照住。用背包带捆起来扔上车厢，回来又被我扔进菜窖关了一夜。现在竟也成了二级士官，有板有眼地当起了班长，寻找过所有型号的地空导弹和靶弹残骸，能快速观测熟练计算及时标注弹道曲线，开着卡车以八十公里时速飞驰在貌似一马平川实则坑洼遍地的戈壁滩上如履平地。而且还学会了跟我斗嘴，能说得我无言以对。时间果真是种厉害的存在。无形的东西往往都很厉害。万有引力。燃料蒸气。雷达波。爱情。风。

看看窗外，我被困在宽大的后视镜里。迷彩服晒得发白，软肩章像曹股长当年一样脱了线，脸黑得像个越南人，剃一个有碍观瞻但便于清洗的秃瓢，还戴着一副不怀好意的墨镜。这东西回收队人手一副，全是我送的。每个新兵出完第一次任务后我都会送出一副。现在连“红二”都有了。墨镜这东西戴久了就得一直戴着，它有助于遮挡和隐藏。再说摘下来也难看。阳光在我们双眼周围烙出两个白印，成了某种身份的象征和命运的戳记。

真得走了。有几个人能在军队干一辈子？我可不想把自己弄成第二个宋队长或者曹股长。军队要的就是一个人一生中质地最好的那一部分。像一根甘蔗上最鲜嫩甜美、最饱满多汁的那一段。我的这一段已经给了沙漠，够意思了。现在转业不算太晚。学历和经历还凑合，机关基层也都干过，三十出头回去应该还有单位肯要我。况且还是个无牵无挂的单身汉，回家找个媳妇安居乐业多好？我妈几年前就想让我回去了。不久前，她刚把市委副书记的胆囊给切了，手术非常成功。她趁机说了我的事，副书记满口答应，说只要我转业回去，他一定出面帮我联系个好单位。老妈说着说着又哭起来。连着两年没探家，到现在还打着光棍，老人家简直要疯了，一打电话说不了三分钟就开始哭。真得回去了。不然他们养我这个儿子有什么用呢？基地并不缺我一个，而老爸老妈只有我这么一个儿子。我相信只要回去，老人家咧开的嘴短期内绝对无法合拢。

那我还有什么可留恋的？从前有白雪歌，现在不用了。我只不过是习惯在沙漠生活罢了。刚来时我每天早晨一洗脸就会流鼻血。现在不会。鼻孔里那些从南方带来的毛细血管早已适应了沙漠的干燥，把鼻子捏扁它也不会有任何反应。十一年时间，青春的水土流失，皮肤和感觉日渐沙化。每次探家，出了黄羊滩车站一到安北县城，世界立刻像“轰-6”引擎开车一样剧烈轰鸣。耳边成倍嘈杂，眼前渐次纷乱，人海车潮中我总是找不到合适的时机横穿马路。回到家里，城市的霓虹灯刺得我眼疼，公交车挤得我胸闷，大排档开到半夜，吵得我无法入睡。我听不到自己的呼吸、心跳和赤脚踩在沙丘上那细碎的声响。城市夜空发红，永远蒙着一层成分不明的灰雾。而沙漠的夜空要么是黑色的，星群大规模低空悬停，要么是蓝黑色的，在那些月色澄明的晚上。

说到底，这仍是一种习惯。我只需要让城市重新把我格式化即可。我会很快恢复城市生活的能力。去餐馆酒吧歌厅影院，去吃爱民螺蛳粉，去柳江边散步，去见各种型号的姑娘。还有什么？还可以买辆车，节假日时带上父母出去逛逛。肯定还有很多，一时间我想不起来，但我终究会想起来的。

午饭后，我照例会给兰甘打个电话聊上几句。刚坐下来，电话却先响了。看一眼来电显示，是车红旗办公室的军线电话。我不接，他又打。不接。还打。最后他又赢了。

“我上午听你们干部股说你要转业，我才赶紧给你打这个电话。春风，那事我想给你解释一下。”车红旗声音嘶哑，似乎很疲倦，“我给领导反复汇报过，你在回收队干了六年，这次升格怎么也应该是你当队长，我说了好多次，给袁政委也说过，不信你可以问他，我真的没想去抢你的位置。”

“那位置又不是我的，不存在抢不抢的问题。”我说，“要是这事就别说了，我还想睡会儿觉。”

“我知道我怎么说也没用，可我还是想给你解释一下。”

“不用，你让我睡觉好吧？”

“两分钟。我就说两分钟。”

“不用解释，真不用。”我说，“咱们又不是头回见面，你说这些不累吗？”

车红旗到底是个什么人？我说不清楚。有时候他像一只蝙蝠或者一株虫草般难以定义。回收队升格后，按照新的任职命令，基地政治部干部科副科长车红旗任三九站回收队队长，而我则从队长平职调整为副队长。参谋长给我通知此事时，手里还拿着我刚交给他的那根来之不易的控制销，脸色又灰又硬，像刚浇筑的混凝土。

“这事你得正确对待，好不好？你说它升格了，为什么不配个教导员呢？要是有个教导员给车红旗干，不就解决了吗？真想不通基地首长是怎么考虑的。”估计参谋长也不知道该说点什么，盯着控制销看了半天，“我说叶春风，你是不是得罪过哪个领导？基地常委里头，你得罪过谁吗？”

一瞬间，我想起了多年以前，在锅炉房值班室，冯科长沉着脸离去的样子。如果不是参谋长提起，我几乎已经把这事忘了。我忽然明白，自己当初为什么总也去不了机关，后来为什么总也提不了正营。无疑正是那次短暂的谈话，导致了无比漫长的后果。

但就算这是真的，我也懒得再说什么。所以我摇了摇头。

“说来说去，车红旗也就是为了补个基层主官经历。”参谋长又说，“好在他只是下个空头命令，人不来，这一点已经明确了。他去上学这半年，回收队还由你负责，队伍还是你的。等他回来提了副团，这个队长肯定还是你的。”

车红旗当队长的回收队还他妈是我的回收队吗？我不这么认为。即使他只是名义上遥领队长一职，那我的感觉也不一样了。

“春风，你怎么说我都没意见，但我真不是故意的。”车红旗沉默半晌，我正准备把电话摁掉，他却又开口了，“我是想赶紧补个主官经历，上完学好接我们科长的位置，可我绝对没打过你的主意。做方案的时候我在北京出差，等我回来常委会都开过了，我真的不知道弄成这样。我专门找过冯主任，结果他说我没领会首长意图，头脑不清醒，把我狠批了一通。你说我还能说啥？”

“你什么都不用说。”

“春风，我真是没办法，真的。”车红旗的声音在喉头打了个结，“你得相信我呀！”

“好啊，我相信。”我说，“没别的事了吧？”

“那你先别转业。”车红旗停了停说，“袁政委那关你就过不了。”

“这就用不着你操心了。”

“你就算报到基地，我也非给你搞黄不可。”

“那你试试看。”我笑一下，“我这儿啤酒瓶子多的是。”

午休起来，张冰又来骚扰我。上午从干部股回来，他就跟一枚盯上靶机的导弹似的死缠着我不放，我走哪儿他跟到哪儿，说要跟我“好好谈谈”。

“队长，你再好好考虑考虑行吗?”我把张冰往门外推，他却死死扒着门框，“再考虑考虑。”

“我考虑好了。”我说，“我他妈早干够了。”

“再干一年，就一年。要走你明年再走。”张冰说，“明年我副营就满三年了，你得替我占着位置呀。”

张冰在逗我，可我笑不出来。好不容易把张冰打发走，一帮老兵显然是商量好了，轮流来队部找我，说要和我谈心，一直折腾到午饭。好像他们跟我关系多好似的。他们哪个没被我踹过？队列里，操场上，沙漠中。我在各种各样的场合踹过他们。我受不了了。再这样下去非他妈疯了不可。

这次说什么我也得走了。袁门我不能找，那我该找谁？退回去几个月，我会毫不犹豫地给罗慕打电话。问题是官贵出事以后，我再没有主动跟罗慕联系过。在医院抢救完，官贵转回了基地医院。带队去西前旗处理事故的基地副参谋长显然已经被我对事故原因的反复追问深深打动，一到基地医院，副参谋长立刻叫来了眼科医生。看到军医手里的两本色盲检查图册，官贵哭了。他承认自己是色弱，但对他为什么能通过征兵和学车体检，他自己也说不清楚。总之工作组最后的结论是官贵故意隐瞒身体缺陷，通过不正当渠道入伍，决定取消一级士官资格，待伤愈后按义务兵除名处理。官贵走时，我借故去0号办事躲开了。回来听张冰说，官贵比图六还能哭，他只好往他箱子里塞了一袋我们自己种又自己煮的五香葵花子。

事后基地追究了官贵入伍时接兵干部的责任，只不过当年的接兵营营长已经转业，而随队军医因为有一手过硬的推拿本领，疏通过基地好几位首长的经络，最终给了一个警告处分了事。当然，还有张冰。他作为带队干部难辞其咎，也挨了一个严重警告处分，只是全基地再也找不出一个比回收队更适合流放的单位，所以依然留任回收队副队长。

一切均如罗慕所言，我没事，他没事，我们都没事。团站军务股股长也没事，因为他手里有一份官贵亲笔写的要求去回收队接受锻炼的申请书。事情尘埃落定之后，罗慕给我打过一个电话，让我往前看，不要有什么心理负担。应该就是那次挂了电话，我们再没联系过。九月上旬，我带人在巴彦苏木附近搜索一发失控自毁的"红-12"导弹残骸，走错路后还在胡天待过的93号混了一顿午饭。重新进入手机信号覆盖区时，我收到了罗慕的短信，说他已更换手机号码，希望各位首长和战友惠存云云。回到队里才听说，就在我穿行于沙漠的那几天，罗慕接到通知，由基地军训科科长交流到空军机关任职副处长。他临走前，是否曾约我吃饭或者同我告别，可手机却打不通呢？我脑子里闪过这个念头，不过立刻又在心里嘲笑了一下自己。事实上他那条短信是群发的，只为通告他刚换的北京移动号码。

不知道怎么想的，我把那条短信删了，没留罗慕的号码。仿佛住在一座朝海的房间，一觉醒来，窗外突然变成了沙漠。这感觉真他妈奇怪。而此刻，大概只有罗慕可以帮我。他如果给袁政委或者别的什么领导打个电话，转业的事应该能成。犹豫半晌，我给冷楠打了个电话。

“你打打看，他总说忙，我也好几天没跟他打过电话了。”她说完罗慕的手机和办公电话后问，“这段时间你怎么不找我借碟了？找宣传科兰干事找不到人，打你电话要么不通要么不接，你在忙啥？”

“没忙啥。”我说。连着几年，每个月我都要找冷楠借一次影碟——她喜欢四处搜罗影碟，手头起码有上千张——给战士们放，每次都是由兰甘帮我从0号捎回来。几年下来，我们看了很多不错的电影。每次看完一批，我都会给她打电话谈论一下观感，然后等着下个月的新片。但八月份之后，我就再没给她打过电话。我无法解释我为什么不接她的电话。从前我们不是常打电话吗？一个电影我们就能聊上一个钟头，只有跟朋友聊天时才能带来这种愉快的感受。可疏远了罗慕以后我才又想起，我是因为罗慕才认识她的，而我应当疏远跟罗慕有关的一切。

输完罗慕的手机号码，却死活按不下去拨号键。好像那是个起爆电路，一按下去就会把世界炸得粉碎。

后来我穿上大衣出了门。整个下午，我窝在信息化中心，看着钟军忙来忙去。他面前摊着一大堆专业书，根本顾不上跟我说话，直到下了班我俩去“绿洲缘”坐下，他才有工夫跟我讨论转业问题。

“你一走，兰甘再一走，三九站就剩下我一个了。”钟军说，“你好意思？”

“问题是谁也不可能一辈子不走。”

“问题是你要真走了，”钟军眨眨眼，“那就永远回不来了。”

回到队里已近十点。我问张冰点名了没，他说没有。问他为什么不点，他说等我。这很奇怪。平时他值班时，晚点名我一般都不参加，点完名他自然会来给我汇报情况，但今天他忽闪着眼睛，看上去十分诡异。

“你点吧。我就不参加了。”

“还是参加一下吧。就几分钟。”

“为啥？”

“你来了就知道了。”

点名时，我站在队列后面，看着张冰清点人员、讲评工作、布置任务。接下来，他该下达“解散”口令了，那他叫我来干吗？我正准备转身回队部，张冰突然放大了嗓门：“同志们，今天点名还有一件重要的事情要给大家通报。”

我不知道有什么重要的事。重要的事应该我第一个知道才对。

“大家知道，这次基地部分单位编制调整，我们回收队从副营级升格成了正营级单位。咱们回收队一直矮别人一头，升格了当然是件好事。你们应该已经知道了，新任队长不是咱们的队长叶春风同志——”

“张冰，你胡扯什么？”我厉声喝止。这种事能在队列面前公开谈论吗？真他妈猪脑子。如果就我俩，说说尚可。不过我也不会太抱怨。想起刚毕业时，我还给自己计划过，按照三年提一级的速度，我现在都快该提副团了，可却连个正营都还没提。现在我懂了，这玩意儿不是伽利略力学实验里那些摩擦力为零的小球，可以进行完美的匀速或匀加速运动。生活本身只是无序的布朗运动，没任何道理可讲。

“现在，叶队长向机关提出转业——”

“马上解散!”

“今天我点名，我还没点完!”素来听招呼的张冰居然抗命不从。

“我他妈说解散你聋了吗?”我几步冲到队列前，当胸一把推开张冰，“马上给我解散!”

没人听我的。

“解散!”我又喊，“听见没有，我说了解散!”

十几号人还站在原地一动不动。我不知道这是怎么了。这还是我的回收队吗?

“我名还没点完呢!”张冰红着眼睛瞪了我几秒钟，用力扯扯军装，又站回指挥员位置，“叶队长要闪人了！扔下我们自己先闪了，这是他一个队长应该干的事吗?”

“你他妈混蛋!”我上前要揪张冰的脖领子，他闪开了，我只抓住他的肩章。他拼命想挣脱我，像个正在街头演讲却被秘密警察逮住的革命青年，梗着青筋暴起的脖子：“队长要转业，你们答不答应?”

“答不答应?”张冰终于甩脱了我，一个箭步跳上门口的值班桌，他挥舞着胳膊大叫，“你们倒是给句话呀!”

“不答应!”

“我他妈听不见!”

“不答应!”

“再说一遍!”

“不答应!”众人齐吼，凝滞的夜色被震得不停晃动。

我木了。全然没想到还有这么一出。我不习惯这个。真不习惯。这一幕要发生在别人身上，我绝对会当成是一个沽名钓誉之徒的拙劣表演。然而此刻，我无法把这种念头像燃料那样加注到回收队身上。我做不到。永远也做不到。因为这他妈是回收队。我的回收队。

第五章　此页无正文

谁曾征服过风来着？在每次的交手中，它每次总会使出最最厉害的绝招来。如果你去攻击它，你也不过是直穿过去，准扑个空。

——《白鲸》第一百三十五章

1

周五下午上班头一个小时，电话已经接了不下二十个。有的是公事，主要来自各团站军务股，多是向我请示士官选取工作相关细节问题。凡属政策规定，我逐一认真解答，至于其他一律装傻。什么机动指标？我没听说过什么机动指标，谁告诉你的你去问谁，好不好？有的是私事，比如财务科一个助理员约我晚上喝酒。一个从不打交道的同僚冷不丁请我喝酒，类似一个不熟悉的姑娘没来由地要跟我舌吻，而我并非才如子建貌似潘安，不能不怀疑这里面暗藏阴谋或者口臭。还有的不关我事，比如基地招待所会计和“羊大头”酒家老板前后脚打电话来要账，说军务科欠了四万多会议费和两万多餐费，打黎科长电话总打不通，想到办公楼来找也被卫兵拦着不让进。我告诉他们黎科长依然健在，只要他们坚定信心不断重拨，总有打通的那一天。

这些都好办。烦人的是另外一些电话。就这个下午而言，最熟悉的电话来自三九站后勤处油运股股长。此人脸黑眼白，像个抠掉两块皮的圆茄子。我当器材助理员时，他还是汽车连副连长，老缠着我要这要那。当然，我也没少找他要车。只是去了回收队之后，车就再也要不到了。之后若干年，我们没再怎么打过交道。来军务科前，他热情洋溢地打来电话，说要派站里刚配发的“勇士”车送我去0号报到，我很礼貌地予以回绝。我坐惯了禹强开的卡车，引擎强劲视野开阔，不论高丘低壑，总能抵达我想去的任何地方。上个周末，他托人给我捎来两瓶十五年“茅台”。我从来没见过十五年茅台，没法判定真假。真酒自然不能要。他想给自己在汽车连开小车的表弟晋升上士，而按刚刚下发施行的士官编制标准，通用车辆驾驶员顶多只能干到中士。假酒就更不能要了，我要两瓶假酒干什么用呢？

“我给军务股那边说好了，先把我弟的专业改一下，改成有中级士官编制的专业，然后再给你报。”他说，“这样能行吧？”

“这事我真没法回答你。”我说，“我说了不算。”

“别啊哥哥，中级归你们管，你说了不算谁说了算？”他磨叽着，“军务科我就认识你老哥，这事就靠你了。”

这事就靠你了。为什么所有人都爱说这句话？这个现象值得研究。干吗要靠我呢？这没道理。我他妈又不是墙、肩膀、椅子背、楼梯扶手或者一级党组织。依靠作为一个亲密的举动，最起码的条件难道不是彼此信任甘苦与共吗？可我不认为自己跟他共同经历过什么不平凡的岁月。

“咱们一个站出来的，要能办我肯定办。”想归想，话还得好好说，“关键是今年士官制度刚改革，所有信息都得报总参审核以后才能注册，管得特别严。你要真想办，就赶紧找找黎科长，他说能办，那就没问题。”

“我知道，关键是我跟他不熟啊。实话说了吧，我找过他，人家连理都不理。”他吭哧了一阵，“老哥，你是兵员参谋，你帮我给他说一声肯定好使。你就帮兄弟一把嘛，需要打点啥的你尽管吩咐，我二十四小时随叫随到。”

我当然知道他跟黎科长说不上话，否则也不会来找我。中级士官审批权限在师级单位，军务科又是兵员工作主管部门，于是在每个撒尿成冰的冬天，我们这儿都会变得炙手可热。准确地说，炙手可热的是黎科长，这种事情只有他才能发挥决定作用。但黎科长是副团职领导干部，找他的人太多，只有具备足够分量和成色的人才可能得到回应，一般人他才不会搭理。这样一来，在黎科长那儿说不上话的那帮人不得不退求其次来找我。我是军务科正营职兵员参谋，全基地数千士兵的底细都存在我电脑 D 盘，理论上说他们找我也没错。不过我还是认为他们找错了人，犯了方向性错误。他们也不想想，我在令人闻之色变的回收队混过六年半，算下来多达七十八个月，占我沙漠军旅生涯的二分之一，见识过大风大浪，像头抹香鲸，皮糙肉厚油光水滑，除了主动搁浅，否则谁他妈也别想把我怎么样。

“我这儿的情况你不太了解。”我看一眼办公室对角的钱参谋，压低声音，“我跟黎科长之间有点——怎么说呢——有点不对付，他要是知道你找过我，那你这事就彻底没戏了。”

“老哥你看你，又开玩笑。”

“你以为我不想混了，拿这事开玩笑?”

这是我手枪里最后一发子弹，实在招架不住时我就朝自己脑袋上来一枪。屡试不爽。除了和尚和牧师，谁会跟一个死人废话呢?不会。据我的经验，只要说完这话，电话就该挂了。这次也一样。

虽然挺烦人，便终究比去年冬天轻松许多。去年这个时候我也接过大批这种电话，每个电话都火急火燎，仿佛人马上就要咽气，单等我前来相救。这事要搁在当年的器材股，我十有八九会火速赶到，把这帮活蹦乱跳的家伙从根本不存在的死亡线上抢救下来。那两年我相信赠人玫瑰手有余香，帮人办事能赢得友谊，越是难办的事越能让人没齿不忘。反正玫瑰也用不着我出钱买，器材股库房货架上层层摆放着成箱成套的成就感，随手一抓就是一把。这感觉如同水泥，把我和周遭人群搅拌成混凝土，再灌成机关楼的楼板或者墙壁，结成牢不可破的稳固关系。奇怪的是到了军务科以后，我又不这么认为了。也许是我意外地失去了某些欲望。显然，这得怨回收队。回收队几年把我给待坏了。一粒沙子刚被水泥粘住就不幸脱落，一阵风又把它吹出老远。一旦重新获得风中飞舞的机会，的确很难让它安之若素，心甘情愿地再次成为混凝土的一部分。

眼看熬到下班时间，我起身取下大头帽准备出门，参谋长却来了。他手里拿着我上午呈给他的基地士官选取工作会议讲话稿，看着挺不高兴。

“你们科长哪去了?”

这个问题我答不出，只能去看钱参谋。他总在两个办公室之间穿梭，这种事他最清楚。

“仇副司令把他叫去了。”钱参谋果然知道，“上楼有一会儿了。”

“叶春风，这是不是你写的?”参谋长把材料朝我桌上一扔，“给你们说了我要讲四块，第一块讲认清改革形势提高思想认识，第二块讲认真筹划安排精心组织实施，第三块讲加强组织领导严格标准要求，第四块讲杜绝不正之风严肃选取纪律。我专门说了严肃选取纪律这一块要单独拿出来说，谁叫你给我放到组织领导里面去的?”

我本来可以辩解一下，但还是理智地保持了沉默。参谋长交代材料时我根本不在，是黎科长领受了任务后布置给我的。三天前他拿着笔记本从参谋长办公室回来，把我叫去草草说了几句就开始接电话。当时我想让他把本子给我看一眼，他不给，说让我按他说的写就行。我生怕不能完全领会参谋长的意图，趁科长上厕所的时候溜进他办公室翻开本子看了一眼，结果发现他只记了第一点，后面写的全是“陈明天”“许下周一”“仇急办”之类看不懂的东西，最后一个才是“老板讲话三天”。老板指的是参谋长，这个我倒看懂了。写材料最怕的就是搞不清首长意图，要是参谋长直接交代给我，我他妈再蠢也不可能把四块写成三块。可是黎科长不喜欢我直接跟参谋长接触，所以他这个代理商一倒手，四块就变成了三块。我很想说这三块是黎科长告诉我的，可说了又能怎样？参谋长明知道他把材料交代给了黎科长，跟领导争这个毫无意义。说一千道一万，材料终究还得我来改。说出黎科长，除了让他对我更加不满以外，没任何好处。

“对不起首长，我没弄明白。”我说，“我马上改。”

“这么明白的事你们都弄不明白，我的话才到你们军务科就衰减成这样，那到了下面成什么了？”

参谋长正在此起彼伏的电话铃声中发着火，黎科长回来了。参谋长又冲他说了一遍，不过怒气比刚才减弱了很多。黎科长总归也是个五年的老科长，参谋长对他还是客气很多。

“是是是首长，这材料当时我看了前两部分觉得还可以，正好政委找我交代事情，我就没看完，这事我有责任。”黎科长说着又转向我，“我给你说得清清楚楚，一共写四块，第一什么第二什么，谁叫你把后两块合并的？机关工作要的就是严谨细致一丝不苟，你这干的叫什么玩意儿？”

我飞快地瞟一眼墙上的挂钟，暗暗叫苦。六点差十分，发往三九站的班车马上就要走了。

“行了，赶紧改，明天上班给我。”参谋长走到门口又停下来，

“噢，明天星期六，那就周一吧，周一上班给我。”

“今天晚上就改！明天早上八点之前放我办公桌上。”送参谋长出门后黎科长又折回来瞪着我，“再叫首长找上门来骂一次，你还能不能在这干下去自己掂量！”

黎科长一走，我立马下楼直奔子校而去。跑到学校门口，别说图六和笑笑，压根一个人影都没了。我只好又往班车发车点跑，拐过路口，差点儿跟迎面而来的冷楠撞个满怀。

“你打个电话给我不就完了吗？”她笑，“两个孩子我都送上车了，放心吧！”

2

加班到凌晨三点多，烟抽得呼吸困难，讲话稿总算是改完了。早上七点爬起来，到办公室把材料又顺了一遍。校对完，打印好，等着给黎科长过目，这时是八点差五分。周末的办公室暖气充足，阳光明亮，楼道里寂静无声，只有这时候，才有了那么一丝空旷之感。

十点钟，黎科长仍未出现。十一点还是没见人。想给他打个电话问他还来不来，想了想还是算了。前几次也是这样。我打了电话，结果被他一通好训。我找司令政委汇报事情，门口一等就是一上午一下午，你才等了多久就不耐烦了？这算客气的。催什么催？是你就我的时间还是我就你的时间？没规矩！

打电话的结果大抵如此。我当然明白，黎科长这是在收拾我。

至少这半年如此。从前他似乎并不这样。据说黎科长刚上任时工作劲头十足，最出名的有两件事。一是他办公室的灯必须亮到最晚。如果司令部其他科室还亮着灯，那他绝对不走。有一次通信科科长晚上加班走后忘了关灯，黎科长就在办公室扛了一宿，最后在沙发上睡着了。二是搞纠察。抓战士穿皮鞋不算本事，很多部队都这么干。黎科长要的是创新。基地男多女少，大家对女军人一贯比较照顾。黎科长上任后，誓言要对这种不正常状态宣战。他专门给警卫连纠察班配了剪刀，又选了一个愣头青当班长，但凡见到女军人军裤改窄，一律拦下来登记。如果第二次又被纠察，立刻掏出锋利的剪刀将裤腿划开一条口子。前几个被剪开裤腿的都是通信站的女兵，姑娘们又羞又恼，跺着脚号啕大哭。不过效果也很显著，女兵们纷纷跑去军需科价拨新军裤，生怕再被纠察逮住。不幸的是有一天纠察班班长看走了眼，划破了计量站助工朱莲的裤腿。这下好了。朱莲先是一个大耳刮子打蒙了纠察班班长，又抬起一脚狠踢在班长裆里，铁骨铮铮的一条汉子为了黎科长的事业当场倒在了路边。朱莲掏出手机一个电话打给了分管行管后勤工作的仇副司令员，哭着说纠察班班长当街耍流氓，摸她的大腿，还要扯下她的裤子欲行非礼。黎科长原本给纠察班班长许过愿，只要他严格纠察不徇私情，年底一定留队，结果当年年底，班长打起背包回了家。本来车红旗已经表示这事就算了，可朱莲不依不饶，硬是在仇副司令办公室哭闹良久，逼得黎科长不得不亲自带着警卫连连长去向朱莲道歉，弄得他好长时间抬不起头来。

说来说去，黎科长这也是为了工作。可惜我来军务科太晚，没赶上黎科长上善若水厚德载物的好时候。我没怎么见过他晚上来办公室加班，毕竟饭局太多。不过他依然惦记着办公室的灯。即使喝得五迷三道，还忘不了在夜里十一二点时把电话打到办公室，看看我还在不在。在我看来，加班是种受责任感和工作量驱使的自觉行动，有事就来，没事就没必要来。而黎科长则认为加班根本不是一种需要，而是一种姿态。白天把事做完不会被认为工作高效，只有晚上出现在办公室才是真正的夙夜在公宵衣旰食。那时黎科长的副团已经干了四年，正在向着正团的位置发起持续不断的进攻。就像冷高工生前总是试图克服打弹时出现的一切问题，黎科长也在试图扫清通往正团道路上的一切障碍，对他们来说，这都是自己现阶段人生的最高目标。只不过冷高工面对的是捉摸不定的导弹，黎科长面对的是捉摸不定的领导。冷高工想把导弹搞定，黎科长想把领导搞定。他们唯一的区别是冷高工已经死了，而黎科长还活着。基于这种奋斗纲领，黎科长要求我每日身处的那间朝向营区主干道的办公室必须保持灯火通明，那两扇窗户就像黎科长的两只眼睛，不停地向每一个途经此地的首长抛出媚眼。

这种令人头疼的局面一直持续到今年六月。当时四〇站站长提了副师，出任基地总工程师。都说黎科长要提正团接站长，结果命令下来，提升的却是我们隔壁的管理科科长，人家副团才刚满三年。为这事，黎科长大病一场，在医院躺了一个星期。从此以后，他晚上再也不打电话来问我灯亮不亮的事了。

这我完全理解。车红旗顶了我的位置时，我不也气愤难平吗？谁都知道，夜空的星辰随便哪一个都比地球大得多，然而站在地球上眺望，它们却若明若暗，如此微小。这种时候，人的理想就算大如宇宙，照样也还得在小小的地球上待着。

十一点五十。黎科长肯定是不会来了。正准备去吃饭，电话响了。回身一看，不是黎科长的手机，却是回收队的军线。于是伸出去的手又缩了回来。

这个时候回收队找我干吗？他们难道不明白，十一月的时候我最烦接电话吗？

上个月初，白雪歌也曾找过我，问我能不能帮忙把马行处的一个亲戚接来当兵。我很奇怪白雪歌怎么会找我办马行处的事。马行处并没有按照给白雪歌的承诺，结婚以后继续回北京做生意，而是很快办理了随军手续，撸起袖子准备在基地创业。最初他在生活服务区豆腐房隔壁开了一家专卖军用模型的礼品店，开业时放了好长时间的鞭炮，店名叫“讲武堂”，听上去颇为牛×。讲武堂既不讲武也不讲价，东西卖得挺贵，好处在于方便。刚开业时生意不错，那些来基地演习驻训的部队每次都买不少，至于那些塑料飞机机翼会不会突然脱落或者导弹会不会跟发射架自动脱离，马行处毫不关心。反正这些来自大江南北长城内外的演训部队都跟候鸟一样，长则半年，短则一月，任务结束就会离开，下一次来还不知道什么时候，马行处根本用不着考虑售后服务的问题。这种喜人的局面维持了一段时间之后就开始变得恼人。好几个演训单位给参谋长反映说，马行处卖的东西全是次品，很多模型都是纸浆做的，跟清明节扫墓的祭祀用品可有一拼。主管演训工作的参谋长很没面子，又不好直接跟马行处谈，只得把白雪歌叫去批评了一通，让她管好自己的家属。刚谈完没几天，又有几个演训部队的干部去找马行处退货，马行处坚决不退，双方剑拔弩张，幸亏治安办的人及时赶到，才避免了一起军民纠纷。基地首长大为光火，命令营房科连夜收回店面，还把马行处的那些纸飞机纸导弹全部搬到了生活服务区的空场上，限他二十四小时内处理，否则就送去锅炉房烧掉。过了段时间，马行处转变了经营思路，东山再起开始卖夜光杯苁蓉酒之类的土特产，可这种东西到处都是，没什么竞争优势，进的货好长时间卖不动。后来他还卖过办公家具、儿童服装、家用电器和手机电脑，涉足领域不可谓不广，可惜都没干下去。等我来军务科时，他已经什么也不干了。我在路上见过他几次，他两手插在西装裤兜里懒洋洋地走着。第一次碰见时我还冲他笑了笑，可他表情茫然，显然想不起我是谁了。

可我没办法帮她这个忙。好在隔了一天，白雪歌又发短信说算了。

“为啥?”我本来不想问那么多，却没忍住回了个短信。

“不想给你添麻烦。”她说。

白雪歌都知道不能给我添麻烦，回收队难道不知道吗？这电话是谁打的？回收队我的旧部就那十来个兵，每个人的情况都刻在我脑子里，就算用修理间的碳钢锉刀和金刚砂轮也够呛把它们磨掉。年底服役满五年的只有“红二”。满八年的只有禹强。这两年很多义务兵干满两年都不愿留队，“红二”这种初级士官想留队应该没什么问题。那就只有禹强了。他要想留队，就得从二级士官套改并晋升为上士，属于中级士官，这就比较麻烦。

电话一个劲儿响，我站在办公桌边一筹莫展。要是禹强打电话让我帮忙，我该怎么说呢?

“干吗?”谢天谢地，电话那头不是禹强，“今天周六不知道啊?”

“知道，这不是着急吗?”张冰说，“军务股不让我们报中级士官，说回收队今年没指标。你知道这事吗?”

“不知道。”

“咱们队——”

“你们队。”

“行，我们队。我们队有两个标图员编制，编制表上明确可以干到中级，军务股非一口咬定说我们的人只能按驾驶员算，中级指标一个也没有。要是这样，禹强就留不下来了。”

“他们可能搞错了。你再跟他们沟通沟通。”

“我刚给军务股打完电话，股长说要报就报，不报拉倒。我跟他吵翻了。”张冰气息粗重，“你能不能出面打个电话，给军务股说一声? 你在军务科，打个电话肯定好使。”

“这话我没法说。”

“我也不想麻烦你，可现在公事都他妈得按私事办，我不给你打咋办?”张冰说，“我叫禹强直接给你打，他不干。他说你说过，对朋友要求越少，友谊才越长久。”

“我他妈才没说过这种屁话。”

“说没说过无所谓，关键是禹强的事怎么办?”

“你是队长，这事你得自己想办法。”

“我这不是没办法了吗?”

“你没办法，我就有了?我他妈长得像个办法吗?”

“你听清楚我说的是谁了吧?我说的不是啥远房亲戚，我说的是禹强!”

“我知道是禹强。”

“禹强你也不管?”

“禹强现在是你的兵，跟我没关系。”

“是，他是跟你没关系。他在回收队干得头破血流前途尽毁都他妈跟你没关系!”张冰停了半晌，又跟只乌鸦似的嘎嘎笑了两声，难听死了，“算了，好好当你的军务参谋吧。站长政委该走都得走，一个禹强算什么?我这就通知他准备卷铺盖滚蛋。这有啥呢?说来说去，不就他妈的一个兵吗?”

我还没张嘴，电话断了。这个傻×，当了几天队长就敢摔我电话。要倒回去两年，我他妈两大脚早上去了。可现在我心态很好，工作敬业，极少喝酒，不爱生气，谈吐文雅，喜欢大自然，每天吃过晚饭出去散步，走到营区主路西头可以远远望见八号山。大多数晚上我在办公室加班，兼职看护灯光。有时也在宿舍看书。一年下来，《白鲸》都复习了两遍。遗憾的是回收队用不着英语，脑袋里上万词汇早被风吹得所剩无几，只能看看译著。张冰骂就叫他骂两句好了。以前我经常骂他，还打过他呢。做人得讲道理，不能只取不予。

但我不想给张冰解释什么。他以为我给三九站军务股打个电话就可以解决问题。没那么简单。分配给各团站的指标是有数的。增加一个禹强就得去掉一个别人。一个指标就代表着一身军装一种待遇和一份工资，去掉谁都不容易。列入上报名单的每个人都有着坚硬的理由固守在名单上无法删除。张冰更不可能知道的是，三九站军务股股长给他在基地通信站当话务员的堂妹弄了一份党表和一张三等功表格，想让我在姑娘复员之前放进她的档案，可我刚刚回绝了。

我坐在办公桌前发愣。饭点过了也不觉得饿。身边的暖气烤得我浑身冒汗。桌面上有电脑显示器、塑料文具盒、文件和电话。为什么电话线用久了就会缠在一起？每次有一搭没一搭地接着电话时，我就容易思考这个深奥得连钟军都无法解释的问题。我抽着烟，看着桌面上那块阳光缓慢地移动到深蓝色的地板革上，又无声无息地爬上钱参谋的办公桌。等它终于落在对面墙上变成窄长一条时，门“嘭”一声被推开，黎科长进来了。

“有个急事，你赶紧办一下。”我拿起参谋长的讲话稿给他，他却看也不看，只顾把手里的一个档案袋放在我桌上，身上残留的酒味仍很浓烈，“后勤部汽车营有个兵要留三级，你赶紧把他的专业改一改，改成特装车驾驶号手。”

“特装车驾驶号手是高级士官编制。”本不想多嘴，又担心黎科长中午或许喝高了还没睡醒，“留个三级士官不用改这个吧？”

“谁说是三级士官？你当我一个军务科科长不知道三级士官已经改叫上士了？”黎科长总算是看了我一眼，“我说的是三级军士长！”

黎科长抓起参谋长的讲话稿回了自己办公室。我翻过桌上的档案袋，一眼就看到了封皮上那个名字。

秦波。

3

印象里，禹强似乎才没当几天兵，仔细一算，当真已满八年。时间果真是种操蛋的维度。八年前我去新兵连接禹强，看着他把身子弯成弓，拼命把一个大麻袋拖到卡车边上，再用两根细胳膊往车上装。新兵本不该有什么家当，可禹强的麻袋不知塞了什么，满满当当，疙里疙瘩，看上去足有两百斤重。他憋紫了脸把它抱起来搭在卡车大厢沿上，想腾出一只手往里推，麻袋却"嘭"一声掉在地上，激起一股灰尘。抱起来再试一次，连大厢边都没挨着又掉下来，差点儿把他砸倒。他用袖子抹把汗，低头盯着麻袋看了几秒钟又转过脸，怯生生瞅我一眼。我双手插在大衣兜里，叼着烟站在一边，幸灾乐祸地看他怎么把麻袋弄到车上去。其实我搭把手问题就解决了，但我才不那么干。他完全可以分装两个麻袋，或者把里面的东西先掏一部分出来再装车。不管他怎么折腾都跟我没关系。麻袋的重量是他自己造成的，他往里装东西时就该考虑到。他自己都不考虑，我干吗管他？

那会儿我从器材股到回收队也就三个月，视野之内人物皆非，更别提一个新兵蛋子。三九站任何一只乌鸦都知道，分到回收队的兵历来百里挑一，不会有什么省油的灯。来领人之前，我已获知了禹强的简要事迹：新兵连开班务会，班长说完正事闲扯了几句，说他最爱看"飘子丹"主演的电影。禹强憋不住纠正班长，说那是

“甄”子丹而非“飘”子丹，那个字念真假的真，《红楼梦》里就有一个甄士隐。班长初中毕业，没看过《红楼梦》。但问题的重点不在于谁看过《红楼梦》，而在于谁是班长。班长是军中之母，当妈的不识字照样可以管教儿子，于是当场甩了禹强一个大嘴巴。禹强正儿八经高中毕业，高考落榜后复读一年，考上地区师专感觉壮志未酬，一气之下便来当兵准备考军校。他自以为多上了几年学，腹有诗书气自华，哪知道刘项原来不读书，一气之下跑到连部闹着要回家。连长指导员连哄带吓不起作用，最后报到了副参谋长罗慕那里。罗慕前去处理此事，各打了三十大板。班长违反禁令打骂体罚新兵，打背包回了老连队，而禹强因为嘲笑班长顶撞上级，分兵时便来了回收队。

禹强那天拼命想把麻袋弄到车上，反复试了几次都不成功，麻袋最后一次掉下来，封口的绳子散开，书散落一地。里面有高中课本、英汉字典，还有《红楼梦》《平凡的世界》《鲁滨孙漂流记》。那一幕我记得特别清楚，而很多我认定会像陈年老酒般珍藏的事却忘得一滴不剩。禹强气喘吁吁地捡着书，每捡一本都要吹一吹，又在裤子上拍拍，然后才塞回麻袋。这次我帮了他一把，不然他这辈子也没法把麻袋弄上车。

第一茬向日葵长出来时，禹强去参加基地组织的军校学员苗子预考，一百多号人里名列第三。成绩出来那天，我让炊事班加了两个菜，还按一人一瓶的标准喝了啤酒。统考前两天正赶上打多目标，禹强嚷嚷着非要去出任务。书看不进去啦，再看就要吐啦，就这水平考个本科估计没啥问题啦。我犹豫一下同意了，为此后悔至今。我们兵分三路去搜索残骸，也就是那次，禹强的车在戈壁滩抛锚，大风几乎要把卡车吹翻。一块飞石命中他的额头，血流如注。那年头还没配发卫星电话，第二天傍晚我才带人找到他。他头发上粘着深棕色的泥巴，仔细一看，才发现那是和了血的沙土。我宽慰他说，明年还有一次机会，以你的水平肯定能考上。可惜第二年他也没考成——他年龄超了一个月，彻底失去了上军校的机会。

生命其实是一种加速运动，每一秒都比前一秒更快。八年一晃而过，禹强从来没跟我提过这事。越不提我记得越清楚，记得越清楚我就越难受。我有时很希望他是个时常需要我用大脚丫子踹用大耳刮子扇的屌兵，那样的话，我也不至于像现在这样心神不宁。用脚踹对我来说是家常便饭，回收队没哪个兵没被我踹过。我踹他们并不指望他们变得与众不同，我踹他们只是希望他们都他妈像个人像个兵就行。说起来，这一招我还是跟当年的老武学的。谁不听招呼我就踹谁的屁股。大多数情况下我的脚还没抬起来，那些屁股的主人就吱哇乱叫着从我眼前跑开了。司令政委快来看呀，干部打兵啦！他们嘻嘻嘿嘿哈哈地在旷野上呼喊。一旦他们真的惹火了我，他们又不跑了，等我的脚结结实实落在他们屁股上，这才歪着脑袋朝我翻一下眼睛，不吭不哈地走开了。我清楚地记得每一个被我踹过的兵，以及为什么踹他们。禹强从司训队回来没几天就跑了——那时我还不知道他为什么跑——把他捉回来后我踹了他一脚才把他扔进菜窖。“红二”被我踹是因为家里谈的对象跟他掰了，大冬天晚上把自己灌醉，跑到浇过水又结了冰的菜地里又哭又叫，好几个人劝他也不肯回来。后来我烦了，一脚上去，他仰面八叉顺着冰面滑出去老远，爬起来拍拍屁股，低着脑袋回了宿舍，什么事也没了。还有早已复员的李华楷。管理股把他从机关公务班送来时还说他表现挺好，直到别人丢掉的六百块钱却从他鞋垫底下抠了出来，我才踹了他一脚。事情败露让他很没面子，跳上椅子拧下灯泡威胁要触电自杀，我不得不再来一脚，把他从椅子上横踹下来。为了惩前毖后治病救人，我把他连同四个馒头一起扔进菜窖，又派人轮流在门口值守。这待遇跟禹强当初完全一样。区别是禹强出来时，四个馒头纹丝未动，张冰说这叫气节。李华楷出来时，四个馒头不见了，菜窖里多了一泡屎，张冰说这叫韧性。这小子复员后跑去北京当保安，居然混成了一个什么副队长，后来又跟商场地下一层火锅店当服务员的姑娘好上了，结婚时还给我打过电话。我和张冰从罗慕的小金库里拿了一千块钱寄给了他，反正这钱里头也有李华楷的一份功劳。

但在回收队那六年半时间里，我只动用过一次大耳刮子。一共就那么一次。因为在我的观念中，踢屁股和打脸分属两个范畴，相当于人民内部矛盾和敌我矛盾。至于打了几个早记不清了，四五个？还是八九个？总之手麻了。打人是个体力活儿，要不是我底子不错，真有可能会累趴下。回收队的第一个秋天，我带人去黑水镇给菜地拉羊粪。禹强刚从司训队学车回来，还没单放，正跟着秦波复训。他们走在头里，我带车跟在后面。到了联系好的牧民家门口，大家都进了羊圈开始起粪，禹强却迟迟不下车。我走过去拉开车门，禹强正拿着擦车的抹布捂着嘴。拉开他的手，嘴边糊的全是血。问他怎么回事，他不说。从车里扯出来再问，还是一言不发。

我用力捏住他的腮帮子，嘴总算张开了，还掉出来半颗牙。就是那次，我当着众人的面揪住秦波的衣领，抡起胳膊连扇了一串大耳刮子。没等他从别人手里夺过铁锹，我已经成功地将其放倒在了羊圈里。大家围观完毕后又开始起粪，秦波却躺在羊粪堆上哭了起来。哭完了又骂，逼着我又走过去，他才闭上了嘴。返回时，我把他赶上了大厢，自己带着禹强的车回了队里。把这事告诉张冰时，他十分忧郁地望着我。他不说我也清楚，秦波是基地后勤部仇部长的外甥。第二天一早，罗慕来队里了解情况。他问我，我承认了。他又把昨天同去的兵一个个叫去问话。也不知道张冰做了什么手脚，所有的兵异口同声都说没看见。隔了两天，罗慕打电话说，我打完车红旗又打秦波，放在天底下任何一个单位我都不可能再混下去，但他还是想尽了一切办法，最终在仇部长那里替我把事情抹平了。

秦波肿起的脸还没消下去，便调到了基地后勤部汽车营。在回收队之前，他是三九站汽车连的司机，为了避一避跟排长打架的风头才来了回收队。罗慕批评我管理方法简单粗暴，可有时我却认为暴力并非一无是处。至少回收队不再有谁敢把菜盘子扣在桌上，不再有谁敢逼着新司机把汽油卖给牧民，也不再有谁敢卖不成油的时候就倒握着大号改锥往徒弟的脸上猛砸。罗慕还说，没有带不好的兵，只有不会带兵的干部。其实这话就像说明天会比今天更好一样，既不理性也不科学。只不过那时我跟罗慕的关系很好，我不会为了这些无关紧要的话题跟他争论不休。

那时秦波是三级士官第一年，他舅舅是基地后勤部仇部长。现在秦波准备套改高级士官，他舅舅是基地仇副司令员。其实我很少能想起他来，我以为这辈子不会再跟他有任何交集，所以在给他填表时感觉木然。办公电脑的兵员信息系统中，基地为数不多的高级士官我全都能对得上号，个个都是千里挑一的技术尖子，很多比同专业的军官都能干许多。要么就是我弄错了？如果秦波真成了三级军士长，那是不是意味着我见过的那些老兵并不全如我以为的那么出类拔萃？

周末剩下的时间，我按照黎科长的指示，把秦波的档案尽量改得具备套改高级士官的模样。当然很多地方是没法改的，兵员信息定时上报备案，上级军务部门留有底档，这么改不仅没什么用处，还可能惹出麻烦。而且按照新规定，名单公示时间不得少于五天，后面还附有各级军务和纪检部门的举报电话。我可不确定秦波现在还卖不卖汽油，打不打徒弟，或者扣不扣菜盘子。

“你是科长还是我是科长?”但我的提醒让黎科长很不愉快，“操那么多闲心干啥?”

周一上班，参谋长叫我过去，让我把他的讲话稿改一下重新打印一份。一共也没改几处，说明材料通过了。接下来就是开会。仇副司令员传达学习三级兵员会议精神，参谋长部署工作提出要求，政委讲话做指示。会议一共半天，最后在热烈的掌声中圆满结束。

下午快下班时，黎科长把我叫去，从自己的笔记本上取下几张活页纸，用黑色长尾夹夹在一起递给我。这是一份名单。每个人占一行，姓名和部职别。每一行末尾都有一个括号，里面写着一个名字。有的名字我很熟悉，就跟我在同一幢楼里办公。有的则从来没听过。去年也有这么一份名单。名单上的人现在都是中级士官，正散布在基地各处。问题是去年这时候黎科长对我还不错，我以为今年他不会再把名单给我了。

“把它输到你电脑里——括号里的可别往里输啊——再加个密，完了赶紧还我，弄丢就麻烦了。”黎科长说，“等各单位的名单报上来，你仔细核对一下，看名单上的人都报上来没有。要是有漏掉的，赶紧打电话催他们补报，好不好?”

黎科长说话时一直微笑地看着我。还以“好不好”来结尾。真他妈波谲云诡。要知道这半年来，他从来没冲我笑过。连正眼都没瞧过我。即便上午在会场，黎科长把我叫到会议室门外，安排我去处理马行处的事情时，脸还是吊着的。

“装备部又来电话，又是那个姓马的。治安办收拾不了，你赶紧组织警卫连的人去处理一下。”

“怎么处理?”

“你爱怎么处理怎么处理，这事别问我。”黎科长说着走开了，“我只看结果，其他那是你的事。”

这他妈算什么路数?前几次马行处闹事，治安办如果搞不定，总是钱参谋出马，率领警卫连应急机动小分队将马行处连抬带架地弄走。钱参谋是队务参谋，这种事本来就归他管。黎科长干吗突然甩给我?难道他听说了我和白雪歌的事，故意拿来难为我?

看吧，这就是得罪领导的下场。我只得离开会场，硬着头皮去装备部技术室。

整个0号都知道，白雪歌最近一年来的中心工作就是跟马行处闹离婚。她的态度阴晴不定，夫妻关系处在战略相持状态难解难分。在给我的电话和短信中，有时候她会咬牙切齿，把马行处形容成一个彻头彻尾的骗子，连那辆十分拉风的路虎也是他借来的。有时候她又叹着气，哀婉地表示不认命也不行，再说还有孩子。每次她这么说，我都挺难受地认为白雪歌真像一个笑话说的那样，在商场里千挑万选，终于把最难看的那件衣服买走了。

那时马行处早已是0号的名人，戴上墨镜也能被人轻松认出。他在破坏白雪歌的离婚企图上展现了高超的政治智慧。估计他非常关注东北亚局势，擅长使用危机外交手腕，只要白雪歌一提离婚，他第一件事就是去厨房拿菜刀。那把菜刀切菜未必好使，切人可不一定。军人离婚必须经过组织批准，白雪歌的离婚申请要递交给技术室党支部研究，然后报装备部领导批准，最后去政治部组织科开介绍信。折腾了一年，白雪歌的离婚申请连技术室都没通过。谁也不敢签这个字。每个有权签字的领导一提笔就觉得后脖颈发凉。于是技术室主任让白雪歌去找装备部协理员，协理员让她去找部长，部长让她去找分管副司令，分管副司令日理万机当然没工夫管这事，马上责成装备部解决此事，装备部部长也马上责成技术室解决此事，技术室主任找不到人来责成，只好坐在办公室生闷气。主任是个很有自知之明的人，他从不认为自己具备解决如此棘手问题的能力，但他又不能没个态度，经过缜密思考，终于想出了一条妙计。

“先把你老公的工作做通了再来找我。”主任说，“你们两个一起来，我得确定你们已经统一了思想，能够平和地表达诉求，那时候我一定签字。”

“我要把他杀了，还得先征求他同意?”白雪歌的胸立刻气成了

D 罩杯，“你这是什么逻辑?”

“你不征求他同意，他会把我杀了的。”主任扶扶眼镜，“你们夫妻闹离婚非要把我扯进去，这跟日俄战争有什么区别? 城门失火殃及池鱼，你又是什么逻辑?”

主任是国防科大的博士，玩逻辑白雪歌玩不过他，气得哭了一场走了。

我认为马行处那把菜刀就跟他的那些纸飞机纸导弹一样不具杀伤力，但领导考虑问题不会像我这么片面。只要不签字，马行处顶多也就跟白雪歌闹。要是签了字，马行处很可能就会来跟领导闹。万一出条人命，那可就成了大事。领导的位置可不像八号山那么稳固，他们承担不起这种后果。何况马行处是白雪歌自己找来的老公，又不是领导包办的，谁也没义务保证白雪歌身体健康家庭幸福万事如意。后来白雪歌在网上找了份离婚起诉状，照猫画虎写了一份，然后坐着军列去了黄羊滩，又转乘中巴车前往安北县人民法院起诉离婚。法官告诉她，根据最高人民法院相关司法解释，军人起诉与非军人配偶离婚，需经团级以上政治机关批准同意，否则法院无法受理。总是穿着西装的马行处像只英俊的苍蝇，无论白雪歌如何挥舞双手都轰不走他，连治安办那两个兵也找到保卫科科长要求调到别的单位去，要么去住院也行，他们总在半夜接到白雪歌的求救电话，精神已经到了崩溃的边缘。

我赶到技术室时，马行处正在白雪歌的办公室大吵大闹。白雪歌不知躲去了哪里，马行处便在走廊里大骂白雪歌是个婊子，逼着技术室主任把“那个不要脸的死女人”交出来。马行处一边破口大骂一边挨个办公室搜寻白雪歌，比回收队队长出身的我都认真细致。马行处控诉白雪歌的主要罪行是贪图他的钱财才跟他结婚，现在他没钱了又要跟他离婚，实属天下最烂的女人。还说白雪歌结婚时早就不是处女，床上经验比 A 片里的日本女优还丰富，肯定早被一万个男人肏过云云。由于骂得太脏，本想在现场多看看热闹的女干部们都不忍卒听纷纷散去。

最后他走到了女卫生间门口，掀开门帘就要往里闯。技术室主任已经告诉我，白雪歌眼下就躲在卫生间里，所以我不得不上前拽住他的胳膊。

“别太过分了啊。”我说，“这是女厕所。”

“你是什么东西!”马行处拼命甩脱了我，却也不再往女厕所里走了，只是站在走廊里瞪我，“你是不是也跟她有一腿?”

我苦笑一下。我当然想一拳把马行处打翻在地，可是我已经没有过去那么冲动了。我心底里甚至还闪过了那么一丝幸灾乐祸——如果和我在一起，白雪歌能是现在这样吗?

好在我打电话招来的应急机动小分队已经赶到。那帮小子天天拿着警棍盾牌训练防暴技术却无用武之地，接到命令一个个笑逐颜开，当即把准备强闯女厕所的马行处按倒在地拖出门去。黎科长只说让我处理，没有更具体的指示，我只好让带队的排长开着三轮摩托车，把宽胶带缠住手脚贴住嘴巴的马行处塞进车斗，沿着通往四二站的军用公路开出了三十公里，松绑之后，把他和一瓶“娃哈哈”矿泉水一起扔到了路边。

等我赶回会场，正赶上会议结束时的掌声。我把情况给黎科长简要汇报完，他只在鼻子里“哼”了一声，抽身走了。

这才过了一个中午，他莫名其妙地对我笑什么？难道他要提升了？

我心里一动。这半年来，我已经习惯了横挑鼻子竖挑眼的黎科长，并已经从中找到了某些新的乐趣，他为什么突然放弃自己的原则和操守来冲我微笑？难道老天都觉得禹强应该留下，于是在今天中午给了科长某种神谕和启示？

“科长，有个情况想给你汇报一下。”容不得多想，我要抓住这个或许稍纵即逝的机会，“回收队有个兵——”

“这个咱们回头说，你现在先帮我办个事。”黎科长带着眼角两丛鱼尾纹打断我，右手食指像电台报务员一样快速敲打着桌面，“干部科车科长，你俩关系很铁，没错吧？”

4

傍晚顶着风去子校接图六和笑笑。路边两个执勤的纠察又向我敬礼。我前面至少走过去十个军官，没见他们给其中任何一个敬礼。纠察并非营门卫兵，只有处理违反军容风纪的军人时才需要敬礼。这话我至少给他们说过一万次。没用。警卫连纠察班每个兵都知道，面前经过的这个中校是“军务科管兵的叶参谋”。0 号就是0 号，随便一个兵都比我们回收队的机灵。

九月初，图六和乐乐上了小学，送他俩坐班车就成了我的事。你不是图六的干爹吗，你不接谁接？钟军对此心安理得。这两年他忙着捣鼓基地仿真战场的实兵交战系统，这玩意儿可比装填火药柱复杂多了。首先得解决建立在光测、雷测、遥测等等多类传感器基础上的数据融合问题，然后才能实时准确评估多兵机种联合训练效果，好让首长在指挥所掌握每架飞机每发导弹每个靶标每套单兵作战单元的实时动态和毁伤效果。每次去三九站，钟军都没工夫搭理我，只顾坐在计算机前苦思冥想，模样活脱脱一个窄版冷高工。身后一排机架式服务器闪着绿光，墙角放着几箱方便面，两瓣屁股下面各垫一本 A4 幅面的厚书，好让他那颗凛然不屈的痔疮能像热气球一样悬停在空中。

这种状态一直持续到今年夏天，有天半夜钟军独守机房，眼前突然出现了奇幻的景象。可惜不是门捷列夫看见了元素周期表或者凯库勒梦见了正六边形苯环结构，而是一大群乌鸦铺天盖地在他眼前飞舞。钟军采用比较法进行观测，发现闭上左眼，乌鸦只有三五只。闭上右眼，乌鸦却有一大群。于是他像轻武器射击那样闭上左眼给李凝打了个电话。搁在平时，钟军根本不敢随便给李凝打电话，他一直企图把工资卡交给李凝，说那是图六的生活费，但李凝只消冷冷地翻他一眼，他就讷讷地退却了。

“你知道吗？李凝哭了。”那天晚上，袁政委亲自带车把钟军送到基地医院，第二天一早，钟军坐上值班飞机去了北京。我去机场送他时心情沉重，不料这厮都满眼乌鸦了，还不忘给我说这个，“你不觉得我很幸运吗？”

在北京做完视网膜手术回来，袁政委指示李凝照顾钟高工的生活起居，而我则扮演起了爷爷或者姥爷的角色。每天下午提前十分钟下班去子校接图六和笑笑，再把他们送上回三九站的班车。为这事，黎科长训过我很多回，但这十分钟我真的没法妥协。后来他可能也骂烦了，早退十分钟，成了我在军务科的唯一一项特权。

和从前一样，冷楠带着一帮学生在子校门前等着家长来接。她现在是图六和笑笑的班主任。我记得周一时她戴一顶有花纹的绒线帽。周二她穿一双红色的短靴。周三她外套上有只卡通飞碟。今天她的围巾是白色的，脸蛋红扑扑地站在风里。

笑笑总是很乖，一见我就会跑过来。操蛋的是图六，他又在挨个跟同学告别，板着脸催他他也不理。这小子从小就知道看人下菜碟，不能不让人怀疑他究竟是不是钟军的种。刚来基地到现在，整个三九站他谁也不怕，唯独见到袁政委时，他会立刻停住脚，先敬个礼，再大叫一声“首长爷爷好”。连钟军都搞不清这一套他是跟谁学的。也只有这个时候，袁政委才会满脸堆笑地伸手摸摸图六的脑袋，一迭声地说好好好。也许在图六眼里，肩上两杠三星又头发斑白的袁政委，定然是本地最大最老的官。

“快走了！”我一把揪住图六的书包。

“放开我！”图六扭头瞪着我。

“不听话我打你了啊。”

“你打我，那我就叫我爸用电脑电死你！”

“再不走把你裤子扒了！”我吓唬他，“让大家都来看你的小鸡鸡！”

“看你的小鸡鸡！看你的小鸡鸡！”图六大叫，引来一阵哄笑。

“你这几天情绪不高呀。”我面红耳赤，正准备把图六强行拖走，冷楠却站在几步外微笑道，“平时不是挺有耐心的吗？”

“要是我儿子，早揍他了。”我放开拼命挣扎的图六，尴尬地笑笑。冷楠说得对，这几天我夜里睡不好，风鼓动窗棂就会将我唤醒，嘴唇上火眼圈发黑，都他妈张冰害的。

“那你赶紧生一个啊。”冷楠说，“这又不是什么技术活儿。”

“就是，顶多是个体力活儿。”我顺嘴说完又发现不大合适，冷楠却哈哈大笑。冷楠喜欢大笑，笑起来我能看到她粉色的扁桃腺。情绪如同电话线扭曲成团，她的笑声却像一只手从头捋过，听筒倒悬在半空中急速旋转，即刻解除了纷乱的缠绕。

图六恨恨地走在前面，笑笑则听话地拉着我的手。她眉眼长得像李凝，鼻子却像兰甘。一天之中只有这个时候，我会觉得伤感。要是兰甘还在宣传科，禹强的事就好办了。别看他只是个新闻干事，但只要他想办，拔腿就能跑到参谋长办公室去把事情搞定。他真有这个本事。在兰甘笔下或者镜头里的每个领导都神采奕奕谈吐不凡，事实上他们中的很多人离了稿子就像丢了手机，立刻六神无主，话都说不利索。

就算兰甘不在宣传科，他至少也该活着，不是吗？只有活着，才能对抗这巨大的荒凉。只有活着，才不会被沙漠溶解成尘土。也只有活着，才不会害得别人去绝望地追忆。

如果我能更主动点陪他——后来我总这么想——那么抓着笑笑小手的人就不该是我。在回收队的最后一个深冬，我光忙着赌气闹转业了，所以那个晚上，兰甘突然来电话让我陪他喝酒，我拒绝了。

“我忙着呢，改天吧。”

“我就想今天喝，你来不来？”

“去不了，你自己喝吧。”

“你他妈快点过来！”

“别闹了，今天真去不了。”

“我有事要给你说。”

“你说啊。”

“你过来我才说。”

“你说了我再看用不用过去。”

“快来吧，我得当面说。”

“真去不了，明天吧。”

“不来你可别后悔。”

“我后悔个蛋。”

…………

可是，我真的后悔了。凌晨两点，李凝打电话问兰甘在不在我这儿时，我一激灵，心里没来由地生出一股寒意。我也不知道自己为什么就去了八号山，大概是对于失踪残骸的敏感深入骨髓，而那时的兰甘的确也已经成了一具生命的残骸。我在“引箭亭”里找到了悬在那儿的兰甘，他脚下是一堆没烧尽的新闻报道剪贴本。他被风吹得晃来晃去，吓得我灵魂出窍，差点儿一头栽下山去。等我们七手八脚把他弄下来，强烈的恐惧突然又荡然无存。张冰后来说，那会儿我跪在地上抱着兰甘的脑袋，疯了一样拼命扇自己的耳光，他怎么拉都拉不住。要不是第二天我发现自己两颊红肿，我一定认为那都是张冰杜撰出来的故事。我只记得那个冬夜，兰甘一动不动地躺在我怀里，从头到脚覆着被风卷起的尘土，星光下一张脸完全变了形，仿佛糊了一层冰冷的水泥。

后来的几天，车红旗给我打了一千个电话，我全摁掉了。然后他来了一趟回收队。他都已经是回收队队长了，来一下也是对的。他让我陪他去一趟"引箭亭"，我去了。他坐在亭子的水泥椅子上，看着地面上烧黑的痕迹，无声地哭了很久。中间他擦干了眼泪，似乎都要起身离开了，可屁股重新跌落回去，又哭了一个下半场。这是那天唯一令我感到意外的事件。

"操。"他说。

"操他妈的。"他又说。

我无力承担兰甘带来的重负，所以必须把其中一部分算在车红旗的头上。如果不是他扰乱了我的生活，我应该会去陪陪兰甘，这一切可能就不会发生了。但平心而论，这对车红旗并不公平。每个人所遭遇的都是自己将会遭遇的，不是吗？我们得接受自己所遭遇的一切，包括接受"接受一切"这个态度本身。

送图六和笑笑上了班车，我一直走到营区主干道尽头，又慢吞吞地折回了办公楼。

车红旗好找。绝大多数晚上，他都睡在办公室。一排铁皮柜把房间隔成两部分，柜子背后的空间里有一张展开的折叠床，床下有脸盆、拖鞋和整箱的听装啤酒，弥漫着淡淡的脚臭味儿。

我来机关晚，没见过朱莲来办公楼哭闹的场景。大概她也习惯了。第一次在超市——老尹转业后，他十分不舍地将超市盘给了别人——碰上朱莲，她照旧穿着军装，不过变化很大，一个漂亮的姑娘干瘦得像棵沙枣树。我冲她笑笑，她飞快地扫我一眼，仿佛我是一盒挂在收银台边的避孕套，这说明我也变了。她不理我也好。车红旗是我们之间唯一的话题，而我们无疑都不想谈论这个话题。

作为干部科科长，车红旗的酒局不会太少。刚来军务科时，他老是叫我和他一起去。看得出他邀请我时态度诚恳，丝毫没有科长的架子。不过那时我还对过去的事耿耿于怀，很不客气地一概回绝。车红旗红着脸讪讪离去时，我以为自己会生出些解恨的快意，可惜并没有。那时候别人的饭局也有不少，初来乍到，我磨不过面子也曾参加过几次，喝过酒的人第二天早上会在饭堂里同我打招呼，很容易混得脸熟。几顿酒下来就认识了不少人，比我在回收队六年半里认识的还多。像分导式洲际弹道导弹，每一次酒局都会带来更多的酒局，裂变般的感觉令我不安。席间弥漫的气息像沙丘的缓坡，很容易就能让我滑回曾经熟悉的氛围，热闹嘈杂头晕脸热，醉意迷蒙欲去还休。酒精容易令人产生登高而招顺风而呼的幻觉，整个人山一般从地壳中隆起，而不再是一粒沙。后来我就不怎么去了。去了说什么呢？仅这一个问题就足以让我在百分之九十九的邀请前却步。于我而言，机关干部们就像饭店门口的鱼缸，鳍尾相连挤作一团，毫无目的地乱游一气，吐出的气泡混在一起，躲都躲不开。跟回收队截然相反。出任务的那些晚上，我们顶着满天繁星席地而坐，用煤油炉煮上一锅方便面，每人茶缸里倒上一两白酒或者半杯啤酒，不一定说什么，肯定有人会大声唱歌。数万平方公里的射击区如同大海，沙丘是凝固的波涛，每个人都可以是一头抹香鲸，随意游向深远，不时浮上来斜喷水雾，又一头扎进海里。

车红旗这么聪明的人居然看不出我烦他，还是总来找我。他住办公室，而我总在加班，躲都没处躲。刚开始他会打电话看我在不在，我从来不接。后来他干脆不打了，直接下楼来我们办公室。时间一久，我好像又不那么烦他了。很多个晚上，十二点以后，拖鞋的吧嗒吧嗒声在楼道里回响，我就知道他来了。他干吗不去找别人？整个 0 号，想跟他彻夜长谈的人能从营区主路东头排到西头。可他偏偏缠着我不放。很多个深夜，车红旗喷着酒气坐在我办公桌对面，好像这世界上他只认识我一个人。赶紧滚，没看我忙着呢吗？我靠，好歹我也是个科长，给点面子行不行？你赶紧回去睡觉吧。不急，我等你。你不是刚喝过酒吗？那酒喝得没劲，说的全是屁话。那你就等着吧。车红旗在我们办公室踱来踱去，把玻璃柜里的书和杂志翻得乱七八糟。这种时候，就算手里的活儿干完了，我依然假装敲打键盘。个别时候车红旗熬不住，上楼睡觉去了。大多数时候是我被他熬得受不了，只好去他办公室坐一会儿，喝一两罐啤酒。车红旗说的都是八百年前的陈芝麻烂谷子。军校里他跟我竞争模拟连连长的事他说过五十遍。毕业分配的事他说过八十遍。我抡他一酒瓶的事他说过一百遍。即便是占了我回收队队长命令的事他也说过至少三十遍。我听得哈欠连天，要走他还不让。你还是回家去吧。不回。为啥？没意思。那你找别人聊去吧，我得回去睡了。你以为我能跟谁这么聊吗？这栋楼里我唯一能说说话的就你了，真的真的，孙子骗你。

与车红旗相对而坐的这些深夜，气氛温热宁静，类似无风的星夜，我们仿佛又成了朋友。然而也仅限于深夜。第二天在走廊里相遇，只是点一下头，或者头也不点，像陌生人一样擦肩而过。车红旗夹着一个蓝皮本在司令员、政委和冯主任的办公室进进出出，他自己的办公室总有一屋子人等着见他。这种虚线式的状态也没什么不好。不必小心轻放，也不用付出感情。正如现在，即便车红旗不答应，我也不会感到意外。

“老黎的鼻子真是比狗灵。”车红旗脱下袜子，还像在军校里那样，习惯性地举到鼻尖上闻一下，“政委明年六月才满五十五，还有半年多才休息，变数大着呢。到时候接政委的不定是谁，真不知道他急啥。”

难道我又想错了？上个月，冯主任的司机喝了酒被营区车辆纠察拦住，他一脚油门冲过检查站，把一个执勤纠察蹭倒在地，身上多处擦伤。警卫连连长跑来找黎科长告状，黎科长却把连长臭骂一顿，让他不许再提这事。打发走连长，黎科长去了趟冯主任办公室，也不知说了什么，十分钟后，灰头土脸地回来了。过了几天车红旗才告诉我，黎科长本想去向冯主任表功，却招来一顿好训。冯主任主动在常委会上做了检讨，又把司机打发去了场站，弄得黎科长好几天都不愿去饭堂吃饭。所以黎科长微笑着让我去找车红旗，想让他出面请冯主任吃顿饭时，我满以为他只是想从冯主任那里把失掉的印象分再扳回来。

“我也觉得奇怪，他为啥不自己去请冯主任。”

“他怎么没请？光我知道就请过几回了，回回碰一鼻子灰。老冯是什么人，你们科长肚子里那点小算盘，老冯一眼就能看他个胃穿孔。”车红旗笑笑，“不然他怎么会找我，又怎么会找你。”

“冯主任能接政委吗？”

“这谁知道。有可能，不过也未必。”车红旗含混地笑一下，“你先答应老黎，说我去找主任试试。不管怎么说，我也当过半年回收队队长，你那个兵也算是我手下——你瞪我干啥，我说的是理论上算，这行了吧？”

回到办公室，我拨通了黎科长的手机。他明早要陪着仇副司令员去各团站检查士官选取工作，两天以后才回来。

“好，我知道了。”

“科长，我给你说的那件事——”

“啥事？”

“回收队那个兵。”

“噢，等我回来再说吧。”

如果没有禹强——一到十一月份，这小子就像被风刮到了西后旗，彻底销声匿迹，连个短信也没来过——我会去求黎科长吗？我真还说不好。但搜寻导弹残骸的经验告诉我，大部分沙丘都可以绕行，但有些确实绕不过去。两侧的沙梁向远方绵延，之后又是更高的沙丘。除了硬着头皮翻越，别无他途。

5

车红旗让我转告黎科长，吃饭时间定在周六中午。刚给黎科长报告完，车红旗又改口说，政委临时交代周六下午要开常委会，所以饭局推迟到晚上。

“你直接给黎科长说吧。”我说，“我就不在中间传话了。”

“我就是要叫你传话，”车红旗说，“你要不找我，哪来的这顿饭？”

再去黎科长办公室报告，他破天荒地拍了拍我的肩膀。

“好，晚上更好！”他笑眯眯的样子，引得我又想再提一次禹强的事。不过忍住了。等他跟冯主任吃完饭，那时再提一定更好些。

黎科长态度转好，我心情也为之一振。我并不想同任何人过不去，何况是自己的顶头上司。退一步说，有些事我做得也并不算妥当。两年前第一次去0号晋见领导时，我特地刮了一个闪着青光的大秃瓢，迷彩服上有图六用彩笔画的道道，裤脚扎在满是灰尘的作战靴里，说话时露出被七块五一包的“紫兰州”熏黑的牙齿。

我这是故意的。晋见首长无论如何都不该是这副样子。十七年军龄一秒一秒经过，我心知肚明。象征性的挣扎并不能摆脱什么，不做出点抗拒的样子又对不起自己。聊以自慰之外，没任何用处。

没人告诉我为什么要把我弄到军务科来，正如没人告诉一粒沙为什么会在沙漠而不是海滩——一粒沙无权过问造物的安排。后来从车红旗那儿听说，前任兵员参谋因为收了战士的钱没办成事，被当事人告发，年底转业走了。政委要求在全基地范围内选人补缺，并亲自定了四个条件：一是任过三年以上基层主官；二是有团站机关工作经历；三是全日制本科毕业；四是没有亲戚朋友在基地当兵。此外还特意要求被推荐人的所在团站政委必须亲自写出推荐意见。一大圈转下来，干部科报上去的只有三个人，我是其中之一。

基地政委不知出于何种考虑，在我名字下面用红笔画了一道杠。车红旗说，袁政委用蓝黑墨水在三九站的红头信笺上亲笔写了四页半纸的推荐意见。而其他两个政委提交的推荐意见只有一页纸，还都是打印的。

我没看到袁政委都写了些什么，也轮不到我看。这属于内幕，去晋见参谋长时我并不知情。我那天的野战造型意外地逗乐了参谋长，却惹恼了黎科长。回到军务科办公室后他关上门，厉声斥责我不懂规矩，不成体统，不像话，机关楼里的光头就像澡堂子里的刺青一样令人生厌。我看着黎科长油亮的秃顶保持沉默。他那是脂溢性脱发，属于不可抗力造成的，跟我蓄意而为的光头存在质的区别。

黎科长命令我马上留起头发换上常服。我照办了。头发长出来需要时间，常服却必须立刻换上。制式领带勒着脖子，受到燃料蒸气损害的肺叶难以舒张。有时我不由自主地把领带拉下来，黎科长一发现就会逼我重新系紧。

“军容风纪就是军务科管的，你就这样子去管？”

剃了六年的秃瓢重新被头发覆盖，像三九站营区周边那一片片长满了小树的空地。我得穿着笔挺的常服，系紧领带，擦亮皮鞋，接打电话，呈阅文件，布置会场，安排岗哨，打印桌签，起草文电，在电脑里倒腾数千士兵的信息或曰命运，键盘缝隙里落满了烟灰。

就这么过了几个月，黎科长对我态度慢慢好起来。要是一直保持这种状态，禹强的事情就不会像现在这么棘手。分配给每个团站的中级士官指标无一例外会被黎科长扣下几个，作为机动指标攥在他手里。看在我天天加班熬夜的分儿上，他开恩给我解决一个也不算过分。

可惜好景不长。第一次绝非故意。参谋长召集全科人员开会研究警卫分队正规化建设问题，黎科长郑重建议对机关办公区营门卫兵执勤方式进行改革，首长出入时，卫兵统一行举枪礼。这样既能更充分地体现警卫战士对首长的敬意，又能让首长对警卫勤务工作印象更加深刻。

“嗯，举枪礼，听着好像不错。”参谋长的鼻孔冲我喷出两股烟，“小叶，你觉得呢？”

“好看是好看。”我发誓当时我就是顺嘴那么一说，到军务科我没事就背条令，有时忍不住就会卖弄一下，“不过《内务条令》第七十三条规定，举枪礼仅限于执行阅兵和仪仗任务时使用。”

“是吗？”参谋长拿起桌角的条令本翻开，有点吃惊地看我，“你小子挺行啊。”

参谋长没再提举枪礼的事，黎科长也没再提，但傻子也能看出他气坏了。我花了好长时间才把多了一句嘴带来的不安和悔意驱散，黎科长却拿着一沓发票来找我。按财务规定，发票背面要有批准人、经手人和验证人三人签字方可报销。从前用不着我，都是科长和另两个参谋签。自从老参谋提升后，签字就少了一个人。我不管内勤，也不知道这些发票的来历。拿着发票翻了翻，里面大多数都是办公用品打印机耗材和餐费。我自己吃饭没开过票，而办公室的订书机坏了我总得去斜对过的通信科借用。但我不想再惹黎科长不高兴，拿起来一连签了十多张，直到看到一台彩色激光打印机发票时才停下来。六千多块钱呢。我从来没见过什么彩色激光打印机。科里那台喷墨打印机三天两头卡纸，想洗掉指头上的墨，总得打上肥皂搓半天才行。

“我签这个好像不合适。”我停下手。

“就是个手续，没啥不合适的。”黎科长笑着说。

“真不合适。您还是叫其他人签吧。”

“一共就咱们三个干部，哪还有人。”科长耐心解释，“赶紧签了吧，晚上咱们全科一起坐坐。”

“我真没法签这个字。”我说，“保密员也可以签啊。”

黎科长沉下脸，抓起发票出了办公室。事情过了两天，周五晚上没事可做，想去办公室看看电影，一进门，只见管内勤的钱参谋正趴在玻璃茶几上小心翼翼地写着什么，玻璃板下面一盏台灯正朝上照着，映得他一脸白光。一见是我，钱参谋手忙脚乱，想用手捂住面前那一堆发票，可摊得太开，两只手不够用。走近一看，赫然发现那些发票的背面都签着我的名字。钱参谋无法解释他为什么要描摹我的签字，我只好把茶几上那些发票拢起来塞进抽屉。钱参谋赔着笑索要无果，匆匆收起台灯走了。不一会儿，黎科长打来了电话。

“你马上把发票还给钱参谋。”

“他得先给我说清楚这是怎么回事。”

“这事没必要给你说！”

“那行，上班我去问参谋长。”

“叶春风，你别给我要二球啊!”

“科长，你是上级，我尊重你。不过也请你别把我当傻×。不然的话，”我想了一阵，“我有可能会跟你翻脸。”

“这也是不得已的办法，你不签字发票就报不了，叫我怎么办?”科长说，“翻脸就没必要了，好好的翻什么脸呢你说是不是?”

当然我们都明白，脸已经是翻了。其实那些发票签了也就签了，可也不知为什么，我就是不想签。签了科长会高兴，而我会不高兴。在他高兴和我高兴之间我宁愿选择后者。电话挂了以后，黎科长再也没冲我笑过。以前我起草的材料他顶多看一眼就直接呈给了参谋长，可现在他肯定会挑一堆毛病然后让我去修改。下基层检查也不再安排我去，要么自己去，要么带钱参谋去。甚至士兵调动这种属于我分管的工作，黎科长也屡次越过我亲自办理，以致好几次领导打电话向我询问细节时，都弄得我一头雾水被动不堪。

我曾以为这种状态已无法挽回，必须要到黎科长或者我离开军务科才能宣告结束。不过眼下也许是个改变的机会。也许黎科长决定跟我实现关系正常化。也许他认识到我们之间的矛盾并非是我有意造成。这让我有点感动。我飞快地反省了一下。服从是下级的本分，而我好几次令他难堪。他对我有看法也无可厚非。要是张冰或者禹强这么对我，我怕是早都要动手了。相比之下，黎科长比我有涵养得多。他顶多只是不用正眼瞧我罢了。也不像曹股长。曹股长不高兴时会瞪着我，说一些很难听的话。当然，那些话回想起来充满了文学性。曹股长刚转业回去时天天穿着反光背心，站在县城的马路上指挥车辆。电话里他抱怨自己被汽车喇叭声吵得神经衰弱两耳冒风，不得不申请调到了没人愿去的乡镇中队。前不久他还说，上半辈子欠下的每一个分贝都得还上，从这一点上说，生活是公平的。

那几天我加班加点努力工作，把各单位上报的名单仔细梳理了一遍。三九站报的名单里没有禹强，我打电话让军务股把他的材料尽快补报。但股长说，名单是站常委会研究定的，他不敢随便加人。操，报应果然来了。他说的完全在理，我一点脾气也没有。

“不用你改名单。”我很没底气地说，“你把他的材料送来就行了。”

“叶参谋，送材料没问题，我意思是三九站一共就这几个指标，你可得高抬贵手啊。”股长听上去很担心，“千万别把我们的人给挤掉了。”

“放心吧，不会的。”我说，“我从别处想办法。”

挂了电话，仍觉心虚。其实这有什么呢？我安慰自己。三九站油运股股长的表弟报上来了，专业居然是回收队的标图员，而这个指标本该属于禹强。秦波的档案是我改的，当然也在上报名单之列。冯主任的司机虽然去了场站，但晋升上士的材料也一样报了上来。那我还担心什么？我在等黎科长请冯主任吃饭。禹强的希望就在这顿饭上头了。

6

据说，周六下午的常委会是专门为冯主任召集的，以便他能被万无一失地带走。除了司令员和政委，事先没人知道这个安排。周一早餐时，饭堂里嗡嗡作响。不锈钢餐盘太浅，藏不住任何秘密。

有人说，冯主任办公室查抄出了很多手表、金饰、手机、银行卡和冈本超薄安全套。多么无聊。唯一有点新意的是一套香港太平书局的《金瓶梅词话》。这我倒信，给常委们传阅文件时，三楼西头冯主任那间朝南的办公室我去过很多次，皮转椅背后的书柜满满当当。坐在办公桌后面的冯主任怎么看，都是一个领导干部勤奋敬业的形象。

“小叶啊，你这次来机关不容易，争议很大。”第一次来这间办公室传阅文件时，我敬个礼，把文件夹轻轻放在冯主任桌上正要离开，他却很意外地叫住了我，“但使用干部这一点上，我态度始终很鲜明，就是要不拘一格，把年轻优秀干部选上来。你这次到了机关，要好好干啊！”

“是。”我说，“谢谢首长关心。”

果然，冯主任还记得我。不过我认为他完全没必要向我一个小小的参谋卖好，特别是当我已经知道他其实非常讨厌我，从胡天逃跑那次开始就一直讨厌我时，这就更显得无趣了。他坐直了身子，衣领动一动，我突然发现他脖子上有一颗长着毛的黑痣。他坐着我站着，这是领导和部属的关系。但也许从这个角度，我才可以大胆地俯视他。

很多人应该在周六就知道这件事了，但我总不去参加饭局，这种消息知道得就比较晚。周六从饭堂回到办公室，我以为黎科长一定正在跟冯主任吃饭。上了楼却意外地看到黎科长办公室敞着门，他正坐在桌前，而不是几天前就订好的“绿洲缘”包间里。

“叶参谋，你过来一下。”黎科长不像刚喝过酒的样子，脑门上在日光灯下闪着油光，“你看到了啊，今天晚上我没去吃饭。这件事就当不存在，不要给任何人说，听到没有?”

我点点头。莫名其妙。难道冯主任变了卦，又不再想跟黎科长吃饭了吗？这让我很失望。

“行了，你走吧。”

“科长，那个兵的事。”

“哪个兵?”

“就是我们队的那个兵，今年要留中级。”

“什么你们队，给你说过多少次了，别一天到晚你们队你们队的，你现在是军务科的参谋，不是什么连队干部!”黎科长把手里的水杯用力一蹾，茶水溅得到处都是，“把你自己的事情干好我就谢天谢地了，不要动不动就想着给领导提要求!”

我半天回不过神来。上楼去找车红旗，不在。打他手机，关机。我压根没想到，世界已经发生了重大变化，而我还一无所知。

周一上班时，冯主任的办公室已经贴上了封条，但小道消息却四处弥漫。各单位接到通知，不许犯自由主义私下议论。越是这样大家议论得越来劲。听说姓冯的为了接任政委，给上头一位将军送了重礼，结果该将军不幸被查，顺嘴就把他供了出来。谁说的，他早就被上面盯住，电话早都被监听了。听说他调整干部时按级别收钱，在三九站当政委时提个副营起价五万，当基地政治部主任时涨到十万，少于这个数将非常危险。不是吧，他在三九站的时候就已经是十万了，不然营房股的岳助理为啥被他搞成那样。听说他从当干部科科长开始就特招过冒牌大学生，有的都已经转业了，有的现在还在基地。好像不对，他从当副科长的时候就干过这事。听说“绿洲缘”就是他出资开的，不然生意不会那么兴隆。他开的不是“羊大头”吗？听说他以小舅子的名义在西前旗入股一家煤矿，把无烟煤高价卖给基地各单位，分红不少于两千万。何止两千万，五千万都不止。听说他在北京买了好几套房子。还有上海的呢！听说他跟基地若干女干部有染。不光女干部吧，家属不算？听说他天天吃“伟哥”。他才不用吃，他老二有茄子那么大。听说他拒绝交代任何问题。得了吧，他都咬出几十号人了。听说他已经在北京某个招待所跳楼自杀。不可能，我同学说他关在一楼，窗户上还有铁栏杆呢。

大家为了证明自己的消息更准确，不惜与别人争得面红耳赤。那些天，办公楼像一洼水塘，被人用竹竿猛搅了几下，浊水翻滚，什么都看不清楚。

车红旗也成了议论的热点，但未经证实之前，他仍是干部科科长，还在按时上班。还有朱莲。据说她原本只是北京一家内部招待所的服务员，特招的全部资料都是伪造的，包括她的计算机专业本科学历证明。这个我倒不奇怪。我记得当年在器材股时，我曾给过白雪歌一个32M的优盘，朱莲看到了也来找我要。我本想把手头一个64M的给她，可她执意要“白雪歌的那种”。我提醒她，64M比32M的大一倍，但朱莲说，她不要大一倍的，“大了显得愣，我还是喜欢白雪歌的那种，小小的好看”。那时我以为她是在跟我开玩笑，否则无法解释一个学计算机出身的人会不明白内存与体积的区别。但到了军务科以后，我才相信她可能真的不明白。

“你知道不，朱莲是计算机专业毕业的，但她不知道什么是DOS系统。”这是车红旗亲口给我说过的话。

接下来的传言说，朱莲已经被取消了军籍和干部待遇，变成了一个待业家属。可这些故事过于离奇，我依然不太相信。直到有一天我在路上碰上朱莲。在三九站时，朱莲就特别爱穿军装。来基地机关也是，每次见她都穿着军装，哪怕是周末。但这一次，她穿着一件棕色的羽绒服，把她的脸色衬得很难看。如果不是她突然叫住我，我几乎无法认出她来。

“起码老娘也当过几年军官。”朱莲神经质地笑着，声音还是那么嘶哑，“再说，又他妈不光我一个。”

我还没反应过来，她已经走开了。

车红旗是冯主任一手提拔起来的，朱莲是冯主任手里特招的，这都好理解。但我没想到的是，还有白雪歌。

“白雪歌是冯主任的情人，她在干部科当打字员的时候就有一腿。要不她那水平，怎么可能考得上军校？”

“白雪歌在三九站的时候一直跟老冯勾搭着呢，一直想让老冯把她调走。老冯有那么傻吗？她走了玩谁去？”

“白雪歌勾引了那么多男的，最后偏嫁了个马行处，你们说是不是她自找的？”

他们在说。伴着窃笑。谎言有百分之八十是真实的。这好像是哪部电影的台词。他们说的是白雪歌的真相吗？我即使再傻，这时候也该明白，当初白雪歌为什么那么不愿分回基地，车红旗为什么突然和白雪歌分手，袁门为什么反对我跟白雪歌交往。他们都知道我所不知道的事情，但他们无法向我直言。我想起刚毕业时，有一次钟军说，李凝长得比白雪歌好看，这种低下的审美能力几乎让我笑掉大牙。一个姓李的怎么可能比一个姓白的姑娘好看呢？这个蠢货。李白的重点在于白，一个伟大的浪漫主义诗人只能叫李白而不是李逵。“白”字一共五画。“叶”字也是五画。多么巧。而“车”字才四画。“钟”字更扯淡，九画。“兰”字倒是五画，可兰甘长得酷似《倩女幽魂》里的燕赤霞，身高才他妈一米六，就算五画我也毫不担心。我曾把这个重大发现告诉过白雪歌，言下之意我和她属于天作之合，可她连笑一下都不肯。

“没准我最讨厌的就是五画呢?”我记得她想了好一阵才说。然而我不可能想到，“冯”字原来也是五画。

冯主任的事牵扯首长精力，推迟了两天才开常委会研究士官选取工作。上会用的材料早已准备停当，反复校对了好多次。黎科长拿着打印好的士官选取名册，对着自己本子上记录的秘密名单核对了好几遍，确定他记下的所有名字如数在案后才把名册还我。那份名册比登上八号山顶的台阶还长，却容不下一个禹强。

等待开会那两天，我不知道干什么好。很想给禹强打个电话解释一下，却不知从何说起。他早不是当初那个畏首畏尾的新兵了，没什么他不明白的。像袁门在三九站种的那些树，刚栽下去时一手就能拔出来，如今已经日渐粗壮。如果禹强现在遇到秦波，鹿死谁手尚未可知。我打算去超市买两条烟，老兵来 0 号集中乘车时给他。问题是禹强不抽烟。那我该送他点什么？不管送什么，我都怕跟他见面。我怕他会客气地冲我笑笑，然后婉言谢绝。他会这样吗？会吗？我说不好。我只是无比慌乱。当年田山路退伍时，袁门为什么会喝得大醉？我有点懂了。

早上六点，黎科长一个电话把我催到了办公室。

“选取中级士官的名册里要加上一个人，所有会议材料上，凡是牵扯到中级士官选取人数的地方，统统要加上数字一。千万别弄错了。”黎科长挂电话时冷静地叮嘱道，“需要增加的人名，我现在发你手机上。”

“没配套材料，光加个名字行吗？”

“不行我叫你加啥？”科长已经恢复了往日威严的口吻，“叫你加你就加。人家是外面刚调进来的，还没报到呢。”

天还黑着，狂风夹着沙土，像冰箱里冻过的砂纸用力擦在脸上，每走几步就得背过身去大口喘气。办公楼空无一人，脚步声在走廊里格外响亮。八点十分开常委会，还有两个小时时间。我得把昨晚已经装订好校对完准备分发给所有常委的会议材料全部重新打印装订一遍。每一份都得从头翻到尾，防止多页或者漏页。

把那行字敲进去只需要十秒钟。就这么简单。我却用了差不多十分钟。也许是二十分钟。我紧紧盯着液晶显示器，仿佛有些趣味低级的镜头，弄得我口干舌燥。没办法，我需要一点时间来权衡和判断，思考和抉择，看自己究竟是冲锋还是溃退。

给打印机装满十六开白纸，鼠标一点，吱吱作响，吐出来的纸很热。热得烫手。全部装订完开始核对页码，黎科长搓着手进来了，嘴里喷出一股大蒜味儿。他每顿饭都要吃掉至少一头大蒜，包括早饭。他拿起一份名册，对着自己手机看了看，什么也没说，回了自己的办公室。

会议开到十点，圆满结束。常委们并不认识这厚厚名册中的士官都是谁，他们顶多关心一下各自需要关心的名字。但这个程序具有重要意义，它意味着会议通过的名册将作为正式命令下达，由总部审核确认并统一进行身份认证编码，每个士官最终将纳入全军士官注册系统，从而拥有唯一的合法身份。

回到办公室，我把士官选取命令按上报格式打印好，呈送司令政委签字。首长大笔一挥，尘埃落定，不再有人敢随意更改。谢谢首长。我心里说，真的感谢，虽然他们并不知道自己已经帮了我的忙。从铁皮柜里出取司令政委的名章，站在办公桌上给每份刚刚打印好的命令盖章。印泥鲜红，每盖一次我都心跳如鼓。几个团站军务股等不及了，一个劲儿打电话让我给他们先传真一份。急什么？我故作镇定，还没弄好，明天吧，明天就知道了。

第二天上午，我把盖好章的一沓命令送到保密室。三九站离得近，很快就能收到。果然，中午还在饭堂，三九站军务股股长的电话就追了过来。接下来，手机屏幕上出现的是三九站油运股股长的号码。对此我深表同情，可话说回来，这事也不能怪我，谁让他表弟占了禹强的指标呢？

下午一上班，黎科长把我叫到他办公室。

“把门关上。”他依然理智，一点没有大喊大叫，声音甚至比平时还轻柔缓慢。

“你以为把名字换掉就行了?”黎科长拿着一份命令，“我告诉你，你这个什么禹强我照样让他滚蛋，我才不管他给了你多少好处!”

我垂手默然。

“还有你，你也得走！我马上就去给参谋长报告，不管你是不是政委选来的，你都不适合在军务科干下去了。”

“这你放心，我肯定走。我两年前就想走了，其实我根本不想来。”我说，“但禹强这个兵真的不错，真是个好兵，你就让他留下吧。”

“留下?”黎科长瞪着我，“我看你脑子有病!”

“禹强留下，我走。”我说，“不行吗?”

“别做梦了，你们全都得给我走!”

“我可以走，禹强必须留下。”我从裤兜里掏出两页纸，展开后放在黎科长面前，“实在不行，咱们就一起走。”

黎科长脸紫得像有人勒住了他的脖子，我从来没见他这么愤怒过。

“你以为这两张烂纸片子就能拿住我了?”黎科长喘了一阵，“实话亮给你，这名单里没有我自己的人，那都是首长的人、领导的人，随便哪一个就能捏死你!”

“无所谓了。”我伸手要拿回复印的名单，却被黎科长一把抓走了。我笑笑，“没事，这份留给你，我还多着呢。”

“叶春风，你别犯浑啊！这不是开玩笑的事!”

“没人知道有这份名单，就咱们两个。”我诚恳地看着黎科长，

“我不想这样，真的科长，但我实在想不出更好的办法了。”

中午在饭堂，车红旗的出现引起一阵骚动。我也有好几天没见他人了。截至目前，他依然是干部科科长，可是大家都相信他马上就干不成了。他坐在平时常坐的那张桌前埋头吃饭。那张能坐八个人的桌子向来满座，这次却空着七个凳子。密密麻麻的人头当中，那张白色矩形的桌子像被挖掉了一块的草坪，十分扎眼。我端着餐盘走过去坐在他对面，他抬头看我一眼，又低下头往嘴里扒饭。他脸瘦了一圈，两眼通红，拿筷子的右手总在抖，好像手腕里装了个马达。我才吃了两口，他扯一张纸巾抹抹嘴，起身走了。我又吃了几口，手机响一下。

“以后还是保持距离为好。”车红旗的短信。

“晚上一起吃饭。”我回他。

和车红旗从办公楼出来，月亮周围有一个巨大的风圈。那是我第一次请车红旗喝酒。从前不论多晚，“绿洲缘”的老板总会随叫随到，可今天没看见人。我点了青椒腊肉、干锅土豆片和炸花生，外加一瓶“草原风情”。

“对不住你。”车红旗说，“你那个兵的事。”

“没事。”我说，“黎科长让他留下了。”

“那黎科长还不错。”

“是不错。”

“过两天我可能就不在这儿了。”车红旗说，“以后咱们再见面就难了。”

“严重吗?”

"说大不大，说小不小。"车红旗说，"这么给你说吧，老冯就像个房东，手里攥着好多房子。别人以为我跟他关系多铁，他们也不想想，租户跟房东能铁到哪去？我也就相当于一个熟客，该给的租金一分不少，只是他租给我更放心。房租那么贵，我不当一下二房东，怎么付得起租金呢？"

"那袁政委也算是房东了？"

"那倒不是。袁政委不像老冯。老冯把自己当成业主，但袁政委清楚那些房子并不是他的，他只是个管理员，类似你原来管过的那些火药柱箱。"车红旗笑笑，"所以住袁政委手里的房子不要钱，唯一的条件是要把房子收拾干净，要爱护家具，不能弄得乱七八糟。当然了，要是上面领导逼着他腾个房子给别人，他也扛不住，所以他能提供的房源也很少，不然不会那么久都解决不了你的正营。但不管咋说，你真算运气好的，袁政委手里的房子数量少面积小，但你住着踏实对不对？不像我，住惯了舒服的好房子，就再也不想搬了。"

"白雪歌要转业了，你知道不？"沉默了一会儿，车红旗又说。

我摇摇头。到军务科以后，我常能碰到白雪歌推着婴儿车在路上晒太阳，我会同她打个招呼，有时也会停下来聊一会儿。可这些天我再也没见过她。也许关于她的传言是真的，但我不可能去问她。

"有个秘密，关于白雪歌和你的。你想不想听？"车红旗诡秘地笑一下，抓起酒瓶给我倒了满满一茶杯，"想听就先把这杯喝了。"

"你先说，我看值不值当喝这一杯。"

"那也行，不过不许玩赖啊！"车红旗看我一眼，把目光挪到了别处，“我跟她谈的时候，老觉得关系没进展，她一直不冷不热的。跟她说话吧，她老是在那儿发呆，有时候我说了半天，她啥都没听见。那段时间还老有别人追她，我有点担心，有一次趁李凝出差，我就拿了办公室的录音笔悄悄放在她衣柜顶上，想看看她都跟别人说啥。那玩意儿在她那儿放了有两三天，我才找了个空取回来。拿回来我才发现录的时间太长，根本听不过来。听了个开头，都是些挪椅子倒开水和走路关门的声音，然后我就快进，快进了几次，结果还真让我听到了点东西。”

我抬起头盯着车红旗，他却还望着黑色的窗户。

“我听见她在说你的名字。刚开始我以为你去宿舍找她了，仔细听又不像，因为里面没你的声音。后来我断断续续听了差不多一星期，全听完才算是明白了，那是她没人的时候在自言自语。”车红旗总算把脸转向了我，两眼通红，“十来个小时的录音里头，她说了大概有十来遍，有时候一次说好几遍，隔几个小时不说，然后又说一遍，不过说的都一样，声音特别小，估计就是坐在椅子上说的。你猜她说你啥？”

我摇头。

“她说，叶春风，你好吗？叶春风，我爱你。叶春风你好吗？叶春风我爱你。就这两句。这两句也就足够了，对吧？”车红旗停下来点一根烟，“这事本来我打算一辈子不说的，主要是事情干得比较龌龊，说出来怪丢人的。现在又觉得告诉你一下也不是不可以。”

我说不出话。像回收队暖气坏了那天晚上，浑身抖得怎么也控制不住。

“你没事吧?”车红旗说着把杯子拿开,“算了,你还是别喝了。”

“你应该早告诉我。”好一阵我才说。

“我还真不能早告诉你。”车红旗笑一下,“我早告诉你又能怎么样?就算你跟她结婚了,现在呢?遇上这种情况,你敢说你还能像从前那样对她吗?”

“那些也未必就是真的。”

“可惜就是真的。说实话,我真是挺喜欢她的,特别喜欢。我要不是半夜去给老冯送特急电报,正好看见她从老冯办公室出来,我绝对舍不得跟她分手。我操,我到现在都恨那份特急报。我不知道她是咋想的,我也不可能跟她谈这种事。问题是我就是看见了,亲眼看见的,半夜三点多,她从老冯办公室出来的时候头发还是乱乱的,那会儿我就站在楼梯拐角。”车红旗苦笑一下,“这事我倒是想提醒你,结果才说了半句,就换来你老人家的一酒瓶。”

我抓起那杯白酒灌进嘴里,像喝下一口岩浆,心头流火。我承认我被车红旗说中了。我不确定当我知道这一切后,我还能否像从前一样爱她。我可能真的做不到。白雪歌一定知道我做不到。她比我想象的更了解我,或者说,比我所能想象的更爱我。

那天晚上,车红旗拉着我一直走到人工湖边上,风贴着冰面呼啸而来,坦克一样撞得我俩东倒西歪。

“咱们唱歌吧。刚毕业的时候咱们不是经常在路上唱歌吗?要是能再回到那时候该多好,年轻得跟他妈‘红-9’似的。”车红旗的眼睛在月光下闪闪发亮,“唱《冷暖自知》好不好,来,咱们唱吧!”

我摇头说唱不动，车红旗却已站在湖边的水泥长椅上唱起来。每唱两句都要停下来问我下一句歌词是什么。磕磕巴巴唱完一遍，第二遍就顺畅多了。我俩跟两个傻子似的对着如镜的湖面放声高歌，风抽打着我们的脸，塞住我们的嘴，挤出我们的眼泪，我们上气不接下气，搓着手跺着脚还在唱。上次这么唱歌都是上个世纪的事了，但那歌一直存在，依然熟悉。最牛×的歌词还是那两句：

在没有方向的风中开始跳舞吧

或者系紧鞋带听远处歌唱

歌声招来了两个夜班纠察。他们提着手电筒，飞跑过来阻止我们在夜半的旷野号叫。手电光在我脸上停留了两秒，两个小子又掉转头没命地跑开了。

“纠我啊！他妈的为什么不纠我！”

我冲着他们的背影大喊，没有回答。他们知道我是谁，但他们不知道，我马上就不是军务科管兵的叶参谋了。

7

半个下午都在找参谋长说转业的事，但他就是不同意。他看上去很意外，问我为什么突然要走。如此说来，黎科长并没给参谋长说过我俩之间的交易。

“不让我转业，让我下队也行。”磨了半天未果，最后我说，

“我不适合在机关干，我还是愿意在连队待着。”

“你哪不适合了，我看你挺适合的嘛。”参谋长说，“行了，我还有事，改天再说吧。”

下班时，从楼梯口的保密柜取出手机，发现上面有六个未接来电，都是同一个陌生号码打来的。我回拨过去，听到一个年轻又陌生的声音。

“请问你是叶春风吗？”

“是的，哪位？”

“我是红盐池点号的排长。”他说，“军列上查到一个证件不全的人，被扔到我们这里了。他说他是你的军校同学，你有一个叫胡天的同学吗？”

当然有。胡天不仅是我的同学，作为回忆，他还是我生命的一部分。不管我愿不愿意，这一点都不可改变。有点惊讶的只是胡天变得比我还要厉害，脑袋跟黎科长一样油光发亮，体重比军校时估计增加了一倍，一走路就不停地喘。

想不起我们有多久没联系了。起码两三年，也许三四年。有一年他说自己在上海做生意，本来赚了点钱，不料开车撞了人，医药费花去几十万，车也卖了，现在很困难，让我接济他。再次来电时，他又换了个新号码，开始给我讲佛学。念完经后他说他决定皈依佛法遁入空门，去了灵隐寺人家不收，正准备转道去五台山，那里的寺庙多，也许会有一家肯收留他。出家人身无长物，只靠四处化缘，让我帮他解决飞机票。我没搭理他。佛祖都没坐过飞机，他凭什么坐。每一次给我打电话，胡天都绝口不提从前的事，好像从来没发生过，很可能真的从未发生过。偶尔我会觉得电话那头的家伙根本不是胡天，而是某种能够模仿人声的装置。无数个这样的装置被放在一个像试验厂房一样巨大的空间里，由一个穿着黑色风衣的神秘人物操控。

但我们之间的最后一个电话我还记得。他告诉我，股市行情大涨，经他深入研究，大盘涨到一万两千点毫无问题，问我有没有兴趣投资。

“没兴趣不要紧，用不着你做。你只负责把资金给我，坐等红利就对了。”他好像昨天才跟我商量过投资事宜，连往日那几句铺垫都省了，“四五万也行，七八万也行，多少都行，越多越好，投入越多回报越多。我可以保证，你什么也不用管，回报率都不会少于百分之四十。”

“你他妈到底在哪儿?”

“不是说了吗？北京。”

“那你现在用座机给我打过来。”

“我在证券公司的朋友这儿谈事情，不大方便。”

“你那什么鸡巴证券行业的朋友连个固定电话都没有吗?”我说，“挂了吧胡天，以后别再打了，行吗?”

“春风，你变了。”胡天停了几秒，“你原来不是这样的。”

“我他妈从来都这样，而且我他妈不想再跟你有任何他妈的关系，别再找我了，听明白没有?”

就在我即将挂断电话的那一秒，他高声喊住了我。

“叶春风我告诉你，白雪歌早就被我肏过了！毕业分配的时候就被我肏过了！是她故意让我肏她的，她还以为这样我就会帮她别分回基地！”胡天气咻咻地喊，“这下你傻×了吧？因为你本来就是个大傻×！”

那会儿我好像真没怎么生气。我记不太清楚胡天打电话时，白雪歌是否已跟马行处结婚，总之她已经跟我没什么瓜葛了。我没有什么对不起她的地方，只有她对不起我。至少那时，我是这么想的。

如果白雪歌此时还在基地，我不确定自己是否会打电话叫她来和胡天一起吃饭。兰甘显然是没机会了。钟军在北京开型号评审会。车红旗已经消失了很久，他那间办公室已被重新布置，换了新人。所以吃饭时只有我和胡天两个。我希望人能多一点。光靠我和胡天，似乎找不到什么可供谈论的话题。可是除我之外，整个沙漠已经没人认识胡天了。

“时间真快，是吧春风？”他有些尴尬地笑着，“比想象的更快。”

“是呀，真快。”我说。

胡天告诉我，他爱上了一个姑娘，想结婚却没有身份证。他女朋友希望他能给过去做一个交代，哪怕坐牢，她也愿意等他。我望着他笑笑，不置可否。于是他又说，他老爹一直想跟那个女博士结婚，可还没离成就得了脑溢血。他老爹现在半身不遂，整天歪着个嘴，喝口水都要往外流，全靠他老妈照料，谁也看不出他曾是一个儒雅风流的将军。

我无法确定胡天所说的真伪。他每说一句话，我都怀疑下一句就会问我借钱。好在这次没有。也许他看着面前的我时开不了这个口，或者他真的是想让父母在有生之年看他过上正常人的生活。然而这感觉很不真实，仿佛在我面前吞吐烟雾的胡天只是个幻影，转眼间就会消失不见。

我和胡天面对面坐着，就像军校毕业前我们在教保处餐厅里面对面坐着一样。他遗憾地通知我，白雪歌分配的事他找过他爸了，但惨遭拒绝。回忆的图景已然生出了密密麻麻的噪点，不过我还记得胡天当时那副挺不好意思的神情。

就是那一次，我突然生出了申请分去基地的想法。为此专门约了白雪歌见面。那个炎热的七月，二十岁的白雪歌穿着月白色制式短袖和深蓝色军裙，脸颊有一抹红晕，看上去极为动人。如果不跟白雪歌分到一个单位的话，再过几天我就再也看不到这种美了。

“别傻了。”白雪歌略施粉黛并且理智从容，“我和你并不算在谈恋爱，而且就是谈，我也不会让你去基地。”

“但你是喜欢我的。”我说，“对吧？”

白雪歌垂下眼帘，转着桌上的绿豆冰沙默然不语。好像那是女巫的水晶球，或者指挥车的显示器，能看出什么关于未来的秘密。

“你根本不了解我。”后来她说，“其实连你也说不清为什么喜欢我。”

“你记得去年冬天有一次下雪吗？你一个人站在路边看树上的一只鸟。我也不知道那是什么鸟，黑白色胖乎乎的，它在树枝上待了好半天，你就一直仰着脸在那儿看，两手背在身后，脸蛋冻得红扑扑的。”我说，“那会儿我在宿舍窗户上一直看你，看得我心率加快，然后我就觉得自己爱上你了。”

“这叫什么理由啊！”白雪歌愣了愣，“我都不记得有这事。”

“这东西能有什么理由呢。”我说，“其实也不需要什么理由。”

见过白雪歌的那天晚上，熄灯哨都吹了，队里突然通知所有毕业学员到俱乐部开会。会一共开了十分钟，却搞得大家一宿没睡。根据学院首长指示，今年要大幅增加本科生分到基地的名额，队里的任务是不少于五个，而眼下一个还没有。

“考验大家的时候到了，希望大家经得起考验。”教导员最后说，“如果有自愿申请去基地的同志，随时可以来队部找我和队长。”

第二天上午，全队都知道我主动申请去基地的事了。午饭前下楼集合时，白雪歌突然把我叫到一边。

“你干吗申请去基地？你知道那是什么地方吗？”她看上去情绪激动，“你疯了你！”

“我清醒得很。基地又不是墓地，有什么不能去的？”我说，“那么多人不都在那儿待着吗，多我一个怕什么。”

“你不许去！听见没有？你现在就去找队长教导员，告诉他们你不去！”

“可是我真的想去。”

“你要去了，我永远都不会再理你了！”

“我不去，我咋知道你会不会理我呢？”

“我真的不会再理你了。”白雪歌无力地说，“真的。”

“我是为我自己去，跟你又没关系。”我笑起来，“你急啥？”

纵使年深日久，偶尔我还会陷入这种早已被现实填充的遥远想象之中。事实上我申请去基地之后才不到四十八小时，一切又都变了。除了白雪歌不得不去和我主动要去，队里还差四个本科生名额没有着落。那个闷热的下午，胡教务长亲临教学楼大阶梯教室，面对全队所有毕业学员，亲自从讲桌上厚厚一沓学员登记表中随机抽取，谁被抽到，就将前往那个我们都未曾见过的空军基地。所有人都屏着呼吸，眼睁睁地看着胡教务长神情严峻地开始抽取表格，仿佛在抽取一张张扑克牌。他抽到了钟军。抽到了兰甘。抽到了车红旗。

“最后一名——”我们看着胡教务长的嘴唇停顿了漫长的几秒钟后张开来，“胡天！”

那时讲台上只站着胡教务长一人，除了他自己，谁也不可能知道最后那张表格上到底写着谁的名字。但我们都不相信那是胡天的表格。肯定不是。至少我那位在系里当副主任的老乡亲口告诉我，那一沓表格里根本就没有胡天的。系主任生怕胡教务长抽到自己的独子，事先就把它取走了。这件事我从来没告诉过胡天。从这个意义上说，我也曾对他保有秘密，不是吗？

第二天一早，我带着胡天去了保卫科。年轻的保卫科科长万分惊愕，他从来也没听说过还有这么一档子事。他和一个干事翻遍了所有的材料，也没能找到关于胡天逃离部队的只言片语。后来他又跑去问政治部副主任。副主任是前任保卫科科长，同样也一头雾水，按说他应该去问自己的前任，可他的前任已经转业好几年了。他们把电话打到四二站九队，得知十多年前确实有这么一个人，但谁也说不清来龙去脉，毕竟他只在队里待过短短的几个月便消失无踪。

“我是没招了。”保卫科科长挠着头，“不然你们去干部科问问吧。”

车红旗走后，干部科的人基本换了一个遍，同样没人知道站在门口的这个光头凸肚的胖子到底是谁。政治部主任依旧空缺，最后只能由负责牵头工作的政治部副主任前去向基地政委汇报。副主任回来说，政委坐在椅子上想了很久，总算从记忆的角落里把蒙着灰尘的胡天抠了出来。

“他爸是不是军校里的教务长？”政委问。

这下总算对上号了。干部科科长带着两个干事在档案室里找了两个钟头，总算从一只顶柜里找出了胡天曾经存在过的证据。

“怪不得找不到呢。你早就按干部复员处理了。时间从——”科长撕开贴着封条的档案袋，抽出一份材料翻了翻，“时间从 1997 年 3 月起算。就是说你已经复员十几年，早就不是基地的人了。这应该还是冯……那什么当干部科科长的时候办的。不过你这份档案为啥没寄回原籍呢？”科长咂吧着嘴，“这还真是个麻烦事！”

一切都表明，胡天既不会被判刑，也不会被劳教，我们曾设想的那些惊心动魄的追捕行动从来也没有发生过。

“其实好多时候，我还真挺想这个地方的。”在 0 号车站月台上，胡天说，“很奇怪是吧？我也觉得很奇怪。”

我想告诉胡天，这没什么奇怪的。我想告诉他，沙漠就是沙漠，不热情也不冷淡，就算把时间前溯或后推几百万年，它还会是现在这个样子，面无表情，不动声色。我想告诉他，沙漠的好与坏，关于它的爱与恨都来自我们自己，所有的沙暴都只在我们心里遮天蔽日。

但我什么也没说。因为我确信，胡天已经不再有资格跟我谈论沙漠了。

尾声

在芨芨墩的帐篷里，我又一次梦见了白雪歌。帐篷外不远处是我们刚完工的一座机场。两个星期建造的机场当然不可能是真的。塔台是钢管支架撑起的伪装网。停机坪上的飞机由成卷的白铁皮剪裁后焊接而成，用八号铁丝拴在地钉上。雷达天线罩简单来说就是一只巨大的迷彩气球，演习前一天才开始充气，不然会被风吹到国境以北。跑道最初用石灰画出，往往一夜风后就无影无踪。改用煤矸石，可吸附性又太强，很快变得跟砾石一样无从分辨。后来我们学着军用铁路两侧固沙的办法，用一把把麦草扎在沙地上，阳光下充满光泽。前天开始安装调试地面图像采集系统。按惯例，钟军要来跟班检查。整个实兵交战系统都是他设计的，他站在工地上指手画脚，两只眼睛被厚厚的镜片弄成绿豆那么大，像一只实验室里逃走的怪物。昨晚施工结束，我让炊事员做了一大锅羊肉面卷，每人一瓶啤酒。喝点吧，一杯没事。不要，李凝不让我喝。操，还他妈总工呢，就这点出息。我就喜欢听我老婆的，关你屁事。你跟李凝办事肯定是她骑在你身上。真他妈流氓，滚。钟军住在我的小帐篷里，我俩斗嘴斗到凌晨，最后在尖啸的风中睡去。

昨晚我们并没聊到白雪歌。事实上我连想都没想到她。白雪歌转业离队后，我没听到任何关于她的消息，却每年都会梦到她一次。不多不少，就一次。梦境里的白雪歌永远是黑色眼线，粉色唇膏，小巧的右乳上那一粒痣很像远处沙丘上的一个人，在八月滚烫而透明的空气中轻微抖动。梦境的宇宙不必遵从任何物理法则，可以让我瞬间穿越一切时空。二十岁的白雪歌沿着未知的轨道运行，一年一度进入我梦中的视野，又在我紧闭的双眼前掠过。

这事我从来没告诉过冷楠。哪怕有那么两次，我从关于白雪歌的梦里醒来，她就在我身边呼呼大睡，身子沿着床的对角线展开，把我挤到一边。按说告诉她也没关系，她从不强迫我说什么。不像钟军，老琢磨着偷看一下李凝的手机，看看里面有没有我发的短信。

钟军和李凝结婚时，袁政委出席了婚礼。那会儿他已经确定转业，穿一身便装，不过图六还是喊他“首长爷爷”。参加完他俩的婚礼，我赶去了大苦水，那里需要新建一个仿真导弹阵地。而等我回来时，袁政委已经走了。

“小叶你知道吧，”他确定转业之前，专门来工地看了一回，“搞‘红旗演习’的内利斯空军基地原来就是内华达测试与训练场。基地化训练是个大趋势，以后你要干的事还多着呢。”

袁政委说这话时，我从军务科调整到战场仿真大队任副大队长刚满一年。那年我三十五岁，他四十五岁，已到正团职领导岗位的最高服役年限。

“这地方不适合植物生长，不过倒是适合人成长，特别适合像你这样的年轻人成长。”马上脱军装了，袁政委还在给我说这个，“所以我一直认为，这是个好地方。”

不过对他来说，这也正常。他一天到晚只关心连队宿舍的暖气、饭堂的馒头、学习室的桌椅、阅览室的图书、卫生所的药品、钟军的视网膜和那些渐渐长大的一棵棵树苗。事情细小得像沙，没有一样能写进汇报材料给首长留下印象。难怪最后接任基地政治部主任的是人家四一站的董政委而不是他。董政委在宣传科当科长时，兰甘一年能发两百篇稿子，基地新闻报道的历史从来也没有那么辉煌过。这一点倒真像罗慕多年前曾经总结过的那样。

“冯政委干工作像谈恋爱，袁政委干工作像过日子。恋爱就谈那么一阵子，所以拿出来的都是最好的，追上了就行，追不上再换别人。过日子就不一样了，一过就是一辈子。可是哪个位置能让你过一辈子呢？”我倒不认为罗慕说得对，但他的比喻总是那么新鲜，“在这一点上，冯政委确实比袁政委清醒多了。”

早晨从帐篷出来，刚好观赏一场日出。沙漠镀了一层温暖的金色，很好。充气机工作了一夜，仿真雷达天线罩拔地而起，在朝阳中投出狭长的影子。战场仿真大队很像回收队，一年多半时间都在外面跑。有好几次，我和张冰或者禹强在演习区相遇，他们带着人直接寄宿在我们施工的帐篷里，在我们这儿蹭吃蹭喝。区别只在于回收队忙着把别人打掉的东西找回来，属于靶场工作范畴，而战场仿真大队则忙着把自己的东西给别人打，属于战场工作范畴。每次演习之前，我们都要花很长时间，用水泥、钢筋、铁皮、塑料、铁丝、钢管、木板、伪装网、煤矸石、反射箔、充气模型去建造仿真机库、塔台、掩体、指挥所、飞机、导弹、高炮、雷达和船艇。参加演习的飞行员最喜欢把我们建造的地靶炸得稀巴烂，因为他们很少有机会能打到这么过瘾的靶标。

陪着钟军四处检查了一圈，正准备通知午饭后撤退，远远看见两台越野车出现在地平线上。我以为那车来自附近参演的“红-9”营，可它们却朝着工地直驶过来，一直开到了帐篷前面。

“总部工作组临时决定来看看阵地，手机没信号，也没来得及通知。”基地副司令员从车里钻出来招呼我，“你赶紧报告一下。”

我扯扯迷彩服，正待上前报告，却一眼看见了刚从车上下来，戴着大校肩章的罗慕。

“愣着干什么，赶紧给罗副局长报告啊!”副司令员喊了一声，我如梦方醒，上前几步立正敬礼。

“副局长同志，基地战场仿真大队正在施工，请指示！大队长叶春风。”

“按计划进行!”罗慕还礼。

“是!”

蓦然间恍若隔世。上次听别人提起时，罗慕还是空军机关的处长呢，这才几年，又成了总部机关的副局长。不过以罗慕的聪明，不断进步并不会让我意外。

罗慕在众人簇拥下，在阵地上看了约莫二十分钟。我和钟军陪在一边，负责解答他提出的各种技术问题。他不苟言笑，我谦逊有礼，一切都很正常。送他们上车时，罗慕一只脚已经跨进车里，忽然又停下来。我突然有点紧张，生怕他会转头冲我笑笑，而我还没想好是不是要对他报以微笑。好在他只是停顿了一两秒钟，然后弓起背钻进车里。这让我感觉轻松。我其实不用担心的，我和他并不是一类人，很长时间我以为是，但现在我清楚，我们从来也不是。

从芨芨墩回来的那天中午，我开着吉普车去了八号山。八号山未曾改变。天空仍是深不可测的湛蓝，接近地平线时渐淡成蓝白色，最后过渡到沙漠的烟白色。半月形的坑道入口窄小如故，连遮挡它的那儿丛芨芨草似乎也没任何变化，密生的浅色茎秆仍旧坚韧，几根高挑出的毛须如盔缨般在风中摆动，不时蹭过我的脸，痒痒的感觉和我往日的记忆完全吻合。

除了这个暗藏的坑道，这片自然造化的大漠我还有哪儿没去过？那些戈壁、沙丘、石山、湖泊、庙宇、林场、河道、营房和阵地我无所不至，我在这蛮荒之地留下过车辙、脚印、烟头和呼喊，有些被风吹散被沙掩埋，有些应该还在，没准一万年以后才会被人发现。这世界上不会有谁比我更熟悉这片荒漠，我总这么想。即便地球已经小到了可以装进手机屏幕，但除非站在这里，否则永远不可能看到那些小巧机灵的四脚蛇、谨小慎微的野兔和神采奕奕的毛腿沙鸡。

两架歼-10拖着一串滚雷，从八号山顶上编队低空掠过。演习开始了。在狭小的洞口犹豫了一会儿，我探出两腿钻了进去。洞里漆黑而凉爽，有股发霉的味道。打开手电，冲着坑道大叫几声，然后壮起胆子往里走。每走几步，我都得大叫几声，硬着头皮继续深入。经过与罗慕有关的那个破门板向前，坑道似乎还很漫长。好在坑道壁上那条白色粉笔线依然清晰地向前延伸，让我有了那么一丝安全感。

走了差不多十五分钟，坑道突然开阔起来，变成了一个巨大的穹顶，几乎有三层楼那么高。对面的石壁上开着一个高大的洞口，卡车开进来都绰绰有余。顺着粉笔线小心翼翼走了二十分钟，两扇发黑的大门出现在面前。用力推，纹丝不动，用手敲，像敲在一块石头上，发出低闷的声响。

在门前发了两分钟呆，我不得不重新回到穹顶之下。正打算沿着原路返回，手电光圈落在了一面齐整平滑的石壁上。走近一看，才发现这并非岩壁，而是一堵人工修砌的水泥墙，像个照壁，挡住了它后面的洞口。

这条坑道比其他两条更长，两侧有更多的语录和更多的房间，长得似乎失去了尽头。不知走了多久，几乎想掉头逃走时，坑道最深处的黑暗似乎变得不再那么纯粹。关掉手电。没错，是光，一抹微光。我飞跑起来，脚重重地踏在地面上，坑道里发出巨大而持续的回响。

光线和沙子从洞口流进来，淹没了背后幽深的黑暗。我长舒一口气，紧紧裤带正要往外爬，猛地看到右侧混凝土墙面上那几个白色的粉笔字。

袁门。1987. 4. 15.

我盯着这几个字看了一会儿，又摸出手机拍了张照片。有那么一刻，我很想把这张照片发给袁门，却又想起我并没有加他微信。事实上，我连他的手机号码都没有。那我怎么发给他呢？我该怎么让他知道，我也找到了坑道的另一个出口？

从八号山另一侧的山坳里走出来，几个像是被瞬时风吹离了空降场的伞兵正晃晃悠悠地在百多米外着陆，风用力扯着白色降落伞，把他们一个个拖倒在地。一个黝黑粗壮的四级军士长最先解开伞具，爬起来摘下头盔四处望望，然后提着自动步枪向我跑来。

“首长好！”他冲我敬个礼，“请问这里是什么地方？”

操，如此简单的问题居然把我给问愣了。

这里是什么地方？我看着他，一时间竟想不出答案。

2014. 3. 16—4. 13 初稿

2014. 7. 18—11. 29 二稿

2015. 1. 7—3. 29 三稿

2015. 5. 6—9. 7 定稿

图书在版编目（CIP）数据

导弹和向日葵 / 王凯著. — 北京 : 北京十月文艺出版社，2017.9
ISBN 978-7-5302-1681-1

Ⅰ. ①导… Ⅱ. ①王… Ⅲ. ①长篇小说—中国—当代
Ⅳ. ① I247.5

中国版本图书馆 CIP 数据核字（2017）第 103460 号

北京市优秀长篇小说创作出版扶持项目

导弹和向日葵
DAODAN HE XIANGRIKUI
王 凯 著

出　　版　北京出版集团公司
　　　　　北京十月文艺出版社
地　　址　北京北三环中路 6 号
邮　　编　100120
网　　址　www.bph.com.cn
发　　行　新经典发行有限公司
　　　　　电话（010）68423599
经　　销　新华书店
印　　刷　北京天宇万达印刷有限公司
版　　次　2017 年 9 月第 1 版
　　　　　2017 年 9 月第 1 次印刷
开　　本　880 毫米 ×1230 毫米 1/32
印　　张　11.75
字　　数　251 千字
书　　号　ISBN 978-7-5302-1681-1
定　　价　36.00 元
质量监督电话　010-58572393
如有印装质量问题，由本社负责调换。